pulp

master

Paul A. Freeman kam 1963 in West-London zur Welt. Er studierte Umweltwissenschaft und ging Mitte der 80er als Englischlehrer in den Nahen Osten (Sudan, Kuwait, Ägypten). 1990 zog es ihn nach Simbabwe, wo auch sein erster Roman *DIE LEGENDEN VON OPHIR* (Bd. 21) entstand. 1996 verschärfte sich die politische Situation und er bekam als Weißer keine Aufenthaltserlaubnis mehr. Er ist mit der Sudanesin Ashai verheiratet und hat mit ihr zwei Töchter und einen Sohn. Zur Zeit arbeitet er in Saudi-Arabien, wo er für Tageszeitungen und Magazine als freier Journalist und Autor tätig ist.

Paul A. Freeman

Laster und Tugend

pulp master

pulp master
Band 25

Erschienen bei PULP MASTER, Berlin

Deutsche Erstausgabe
Erste Auflage 2010
Originaltitel: Vice & Virtue

Herausgegeben von Frank Nowatzki
Übersetzt aus dem Englischen von
Ango Laina und Angelika Müller
Redaktion: Heinz Scheffelmeier, Ute Nowatzki
Cover: 4000
Autorenfoto: privat
Umschlaggestaltung und Layout: MM-Grafomat
Druck und Verarbeitung: NORHAVEN, DK-Viborg

ISBN 978-3-927734-39-5

Bibliografische Information Der Deutschen Bibliothek.
Die Deutsche Bibliothek verzeichnet diese Publikation in der Deutschen Nationalbibliografie; detaillierte bibliografische Daten sind im Internet über http://dnb.ddb.de abrufbar.

www.pulpmaster.de

Ich widme dieses Buch all meinen Brüdern und Schwestern in Simbabwe, die von einem auf blinder Verehrung und Furcht basierenden Regime verfolgt und in die Armut gestoßen wurden.

Im Königreich Saudi-Arabien sind Herstellung, Vertrieb und Genuss von Alkohol verboten.

Erstes Kapitel

Peter Maddox war in miserabler Stimmung. Ein halb leeres Glas mit Wein aus Eigenproduktion in der Hand, hockte er auf der Kante seines Bettes. Streng genommen war es nicht sein Bett. Martina, seine aus Simbabwe stammende Frau, hatte es zusammen mit den dazu passenden Schlafzimmermöbeln ausgesucht. »Amerikanisches Schlafzimmer«, so hatte der Verkäufer das Ganze genannt, als wäre jedes andere Schlafzimmer nur zweite Wahl. Zauberworte, die Martina in ihren Bann geschlagen hatten, ungeachtet des hohen Preises und Maddox' Einwänden zum Trotz. Frauen aus der Dritten Welt konnten derart oberflächlich sein. Doch egal, es spielte ohnehin kaum noch eine Rolle. Martina und die gemeinsame dreijährige Tochter Kerry lebten nicht mehr in Saudi-Arabien.

Auf dem Nachttisch stand ein gerahmtes Foto. Maddox nahm es in die Hand und lächelte kläglich: London – letzte Weihnachten. Kurz bevor in Simbabwe die Kampagne gegen die Weißen richtig in Gang kam. Eine andere Zeit. Ein anderes Leben. Maddox' Leben vor Saudi-Arabien. Alle drei – er, Martina und Kerry – weder an dicke Mäntel noch an gemäßigtes Klima gewöhnt, sahen auf dem Foto verfroren aus, als fühlten sie sich unbehaglich. Was gaben sie nur für ein ungleiches Trio ab: Martina mit der dunklen Haut der Afrikaner. Er aschfahl im Gesicht, unrasiert, wahrscheinlich verkatert. In der Mitte dann Kerry, unschuldig lächelnd, mit strahlenden Augen und gesundem, braunem Teint. Arme Kerry! Gefangen in der Mitte. Jetzt, da sie in England aufwuchs, der Heimat ihres Vaters, entfremdete sie sich nicht nur von ihm, sondern auch vom Land ihrer Mutter.

Seit der Aufnahme hatte Maddox sich verändert. Er fuhr sich mit der Hand über das Kinn. Keine Stoppeln mehr – sanft wie ein Kinderpopo. Bis zu einem gewissen Grade war auch seine Reizbarkeit verschwunden, zumindest hatte er sie jetzt besser im Griff. Aber die Veränderung hatte sich nicht schnell genug, nicht hinreichend genug vollzogen, um die Trennung von Martina zu verhindern. Das Wort Trennung hatten sie nie in den Mund genommen, doch tief in ihrem Innern wussten sie beide, dass Martinas und Kerrys Umzug nach England zu ihrer Cousine Angelina genau das bedeutete.

Maddox stellte die Fotografie zurück und lauschte dem sanften Klimpern der Klimaanlage. Sein Blick heftete sich auf den Kleiderschrank. Die Türen auf Martinas Seite standen offen. Doch anstelle von Kleidern beherbergte der Schrank einen 40-Liter-Behälter voll vergorenem Wein – eine Gäranlage en miniature, die hier vor neugierigen Blicken versteckt war. Martina mit ihrer bewussten Lebensweise würde schier ausrasten, wüsste sie davon.

»Salute!« Maddox hatte sein Glas zu einem ironischen Toast erhoben, als das Klingeln des Telefons ihn vor weiteren trüben Erinnerungen bewahrte. Er kippte den Rest Wein hinunter, ging zum Toilettentisch und nahm den Hörer ab.

»Peter Maddox! *Arabian Chronicle*! Abqaiq-Büro!« Sein Tonfall war knapp, Auswirkungen eines mehrjährigen Aufenthaltes im südlichen Afrika auf einen Engländer.

»Was soll das heißen? Abqaiq-Büro?« Sanju Zinta, der indische Chefredakteur des *Arabian Chronicle*, prustete los. »Ich würde deine Behausung nicht unbedingt als unser Abqaiq-Büro bezeichnen.«

Abqaiq war eine Ölstadt, fünfzehn Minuten landeinwärts vom Arabischen Golf inmitten des größten Ölfelds der Welt gelegen. Nachdem Martina und Kerry nach England gegangen waren, hatte Maddox seine Bruchbude von Wohnung in der Innenstadt zum Arbeitsplatz umfunktioniert. Von hier aus erledigte er den größten Teil seiner Arbeit. Zuvor jedoch hatte es wegen seiner Abneigung gegen Martinas amerikanisches Bett eine Veränderung in der Zimmernutzung gegeben: Das Schlafzimmer diente nun als Büro und die Couch im Wohnzimmer als neue Schlafstatt.

»Du hast doch nicht angerufen, um mit mir über Semantik zu diskutieren, du Curry mampfender Blödmann. Also was gibt's?«

»Ihre Worte sind äußerst schmerzlich, Sahib«, erwiderte der Chefredakteur lachend. »Sie treffen den armen Sanju bis ins Mark.« Dann ermahnte er sich zur Ernsthaftigkeit und sagte: »Außerhalb des Rafeeq-Einkaufszentrums hat es eine Explosion gegeben. Die Polizei ist bereits unterwegs.«

»Na, na, mein Lieber, hast wohl wieder den Polizeifunk abgehört, was?«

Mit gespielter Betroffenheit angesichts einer ungeheuerlichen Unterstellung sagte Sanju: »Du weißt, dass das im höchsten Maße gesetzwidrig ist, du Ehrabschneider. Also beweg deinen dicken Hintern raus zum Rafeeq.«

»Arsch, Sanju – fetten Arsch.«

»Es interessiert mich nicht, ob dein Hinterteil fett, ausladend, knackig oder flach ist, schaff es einfach nur zum Rafeeq-Einkaufszentrum!«

Mit einem leisen Lachen legte Maddox auf. Fünf

Minuten später schlüpfte er in seine Sandalen und verließ die Wohnung, eine alte Ricoh SLR um den Hals. Die Kamera war noch betagter als der blaue 86er Chevrolet Caprice, in den er jetzt stieg und den er nach allen Regeln der Kunst dazu brachte, anzuspringen. Der alte Benzinfresser war sein ganzer Stolz, seine ganze Freude – umso mehr, als Martina ihn nicht mochte. Wie alle Ehefrauen von Ausländern wäre auch sie gern in einem stattlichen Vierradantrieb durch die Gegend chauffiert worden. Schließlich konnte man so wesentlich besser auf die vom Glück eher Benachteiligten herabsehen. Maddox schlug die Richtung nach Al-Khobar ein. Er fuhr mit heruntergelassenem Fenster, dem frischen Fahrtwind ausgesetzt, auf dass es der Wirkung zu vieler Gläser Wein jetzt an den Kragen gehe.

*****

»Ein Wahnwitz! Eine Fehlinvestition!« Zwei Begriffe, deren sich Maddox in einem Artikel anlässlich der Eröffnung des Rafeeq-Shopping-Centers als exklusivstes Einkaufszentrum der Ostregion bedient hatte. Damit hatte er sich nicht nur bei den Rafeeq-Investoren unbeliebt gemacht, er hatte sich auch einflussreiche Feinde unter den Mitgliedern des saudi-arabischen Jetsets geschaffen – oder Jetsams, Ballast, wie aufgrund eines Druckfehlers am folgenden Tage im *Arabian Chronicle* zu lesen gewesen war.

Beim Anblick des Komplexes drängte sich Maddox erneut der Vergleich mit einem billigen Abklatsch der alten Festungen aus gestampftem Lehm auf, die über das ganze Land verstreut waren. Obwohl alle namhaften

Geschäfte eingezogen waren, hatte sich das Rafeeq nicht als die gewinnbringende Investition erwiesen, die man sich erhofft hatte. Stattdessen hatte es sich vor allem zu einem Ort der Selbstinszenierung für die junge, betuchte Elite entwickelt, wo man verbotene Freundschaften durch vielsagenden Augenkontakt knüpfte oder durch eine von geschickter Hand verstohlen zugesteckte Mitteilung oder Telefonnummer. Nicht unbedingt das, was sich ein Jugendlicher erträumt, doch immerhin ein wenig Nervenkitzel in einem Land, wo Musik und Lachen oft mit einem Stirnrunzeln begegnet wird.

Im Bereich des Parkplatzes sah Maddox jede Menge Blaulicht. Alles war vor Ort: Polizei, Feuerwehr, Rettungsdienst. Ein Haufen Schaulustiger drängte sich um ein schwelendes Fahrzeug. Um einen besseren Überblick zu haben, waren Jugendliche auf die Dächer ihrer Autos geklettert, umsichtige Väter hatten ihre Kinder auf die Schultern genommen. Eine Wagenkolonne mit Gaffern, die an der Unglücksstelle vorbeischlich, zwang Maddox, langsamer zu fahren.

Da zu vermuten stand, dass der Parkplatz hoffnungslos dicht war, stellte Maddox den Caprice auf einem Stück Brachland gegenüber dem Einkaufszentrum ab. Er streckte eine Hand aus, um dem starken Verkehr auf der Straße Einhalt zu gebieten, musste jedoch einsehen, wie unsinnig das war, und hetzte über die belebte Fahrbahn, schlängelte sich ungeachtet des wütenden Hupens und der Flüche der Fahrer an den Autos vorbei.

Drüben angekommen, kämpfte er sich vor bis zur ersten Zuschauerreihe, duckte sich, schlüpfte unter dem gelben Absperrband hindurch und hielt Ausschau nach bekannten Gesichtern unter den Polizisten am Tatort.

Erbost über die Unverfrorenheit dieses Ausländers, über seine Missachtung einer polizeilichen Absperrmaßnahme stürmte ein schmalbrüstiger Sergeant auf Maddox los. »Zurück! Gehen Sie zurück!«, schrie der Polizist wild gestikulierend.

Als Maddox nach seinem Presseausweis tastete, erkannte ihn ein dünnes, uniformiertes Milchgesicht. »Moment, Sergeant! Das ist Peter Maddox vom *Arabian Chronicle.*«

Dem Sergeant schoss das Blut ins Gesicht, und wütend nahm er seinen Untergebenen ins Visier. Nach einer Reihe peinlicher Fälle von Polizeischikane gegenüber Journalisten war die Order ergangen, dass die Polizei der Presse mit größter Zuvorkommenheit zu begegnen habe. Der Sergeant sah seine Autorität in Frage gestellt, seine Fähigkeit, die Situation zu kontrollieren, also warf er sich demonstrativ in die Brust, strich seine olivgrüne Uniform glatt – eine Show für die Umstehenden, die den erlittenen Gesichtsverlust vergessen machen sollte –, drehte sich auf dem Absatz um und marschierte los.

Der junge Polizist strahlte Maddox an. »Kommen Sie, Mr. Maddox«, sagte er und führte den Reporter zu dem ausgebrannten Fahrzeug. »Die Leiche ist noch drin«, meinte er genüsslich und fuhr lächelnd fort:

»Vor fünfundzwanzig Minuten gab's hier eine Explosion, als der Fahrer rückwärts ausparken wollte.«

»Eine Bombe?«

»Der Sergeant geht davon aus. Einige Jugendliche und ein Sicherheitsbeamter haben versucht, den Fahrer herauszuziehen, aber die Flammen haben sie zurückgetrieben.«

Die nächste Frage blieb Maddox fast im Halse stecken,

doch er musste sie stellen: »War er noch bei Bewusstsein?«

»Oh ja!«, erwiderte der junge Mann mit leuchtenden Augen. »Hat sich die Seele aus dem Leib geschrien – bis ein Sicherheitsbeamter sein Magazin auf ihn abgeschossen hat.«

»Mein Gott!«

Maddox hatte sich schon gefragt, was mit dem Sicherheitsbeamten los sei, der auf der Bordsteinkante hockte und ins Leere starrte. Wie soll er mit dieser Tat fertig werden?, ging es Maddox durch den Kopf. Nach den Glaubensgrundsätzen des Islam hatte der Sicherheitsbeamte dem Opfer keinen guten Dienst erwiesen. Er hatte einen Mord begangen. Was das Töten aus Mitleid betraf, gab es im Koran keine Grauzonen.

»Weiß man etwas über die Nationalität des Opfers?«

Der Polizist zuckte mit den Achseln. »Nur dass er Westler war. Wir müssen abwarten, was der Computer über das Autokennzeichen ausspuckt. Aber das hat keine Eile, oder? Unserm gegrillten Freund nutzt das eh nichts mehr.« Er zwinkerte vieldeutig.

Die Anspielung, dass mit ein wenig Schmiergeld mehr Informationen flössen, erweckte in Maddox das Verlangen, seinem Gegenüber kräftig eine einzuschenken. Stattdessen sagte er: »Lassen Sie sich meinetwegen nicht vom Pfad der Tugend abbringen.«

Diese kalte Dusche vertrieb das Grinsen aus dem Gesicht des jungen Mannes. »Vielleicht sind ja Ihre Freunde von der *Kingdom Tribune* interessiert.«

Als der Polizist davonstolzierte, lenkte ein Lichtblitz Maddox' Aufmerksamkeit auf die Anwesenheit eines Fotografen der *Kingdom Tribune*. Doch zuerst ging er um das ausgebrannte Fahrzeug herum, schoss mit seiner alten Ricoh ein halbes Dutzend Bilder und näherte sich dann seinem Kollegen. Ein neues Gesicht, dieser kleine, pummelige Filipino, der nach Maddox' Meinung eher aussah, als wäre er auf das Fotografieren von Kindergeburtstagen spezialisiert denn auf Fotos von verkohlten Leichen. Neben der Spitzenkamera in seinen Händen hing eine weitere um seinen Hals. Die beiden Männer nickten einander zu, ein Ausdruck kollegialer Wertschätzung.

Mit Bentley Gorman, dem Reporter der *Kingdom Tribune*, kam es hingegen zu keinerlei Austausch von Höflichkeiten. Der gebürtige Neuseeländer Gorman konnte den Werdegang eines privilegierten Schülers einer Privatschule aufweisen. Nicht nur, dass er gegen das Klassensystem rebelliert hatte, als dessen Vertreter seine Eltern voll und ganz galten, in Saudi-Arabien hatte er sich zudem zu einem entschiedenen Gegner des von Westlern bevorzugten Lebensstils entwickelt. Ein Phänomen, das Maddox schon häufig beobachtet hatte – Außenseiter, des gesellschaftlichen Umgangs mit anderen Westlern unfähig, brandmarken diese als Rassisten. Doch nicht alle Rassisten waren weiß. Das hatte Maddox bitter erfahren müssen. Eine derartige Antipathie, wie Gorman sie gegenüber Westlern hegte, war kein Garant für eine objektive Berichterstattung.

»Wie ich sehe, kann sich der *Chronicle* immer noch keinen ordentlichen Fotografen leisten«, stieß Gorman zwischen den Zähnen hervor. Sich seiner körperlichen Überlegenheit bewusst, blickte er herablassend über seine Habichtsnase.

Maddox bedachte ihn lediglich mit einem eisigen

Lächeln. Neben Gorman stand der junge Polizist. Er hatte sich tatsächlich eine andere Kundschaft gesucht und war gerade dabei gewesen, mit dem *Tribune*-Reporter ins Geschäft zu kommen. Jetzt allerdings wirkte er leicht verstört. Feindseligkeiten zwischen Westlern waren ihm ein Gräuel. In seinen Augen war jeder weiße Mann der Bruder jedes anderen weißen Mannes – Punkt! Eine unumstößliche Tatsache, genau wie die Amoral weißer Frauen.

Um keinen Disput mit Gorman heraufzubeschwören, ging Maddox auf die andere Seite des Fahrzeugs. Hier, wo kein Wind den Brandgeruch vertrieb, war die Mauer aus Schaulustigen wesentlich löchriger. Maddox bemühte sich, den seitwärts geneigten Kopf der verkohlten Leiche zu ignorieren, und konzentrierte sich auf einen zweiten, schwach wahrnehmbaren Geruch. Ein irgendwie vertrauter Geruch – das ekelhafte Aroma von unverdünntem Sidiki, einer Flüssigkeit, die hauptsächlich aus konzentriertem Industriealkohol bestand. Also hatte der Tote Sprit transportiert. Der Intensität des Geruchs nach zu urteilen in kommerziellen Mengen. Wie makaber, dachte Maddox. Ein Schwarzbrenner verbrennt im eigenen Schwarzgebrannten. Nicht sonderlich komisch, aber irgendwann Stoff für eine gute Anekdote.

Maddox kam eine Idee. Er ging zum Heck des Fahrzeugs. Da war noch ein anderer Geruch. Weniger intensiv als der des Sidikis, dafür aber widerlich süß. Eine braune, glänzend-zähe Substanz sickerte unter den Hintertüren des Wagens hervor. Auf dem Asphalt hatte sich eine Lache gebildet, die bereits hart zu werden begann. Maddox fuhr mit einem Zeigefinger durch die Schmiere und rieb Zeigefinger und Daumen aneinander. Das Zeug war klebrig. Er roch daran und leckte probeweise an seinem Finger. Zucker – einer der Grundstoffe für die Herstellung von Alkohol. Ein Hinweis mehr, dass der Tote ein Schwarzbrenner gewesen sein könnte.

Maddox holte sein Mobiltelefon aus der Tasche. Unter den neugierigen Augen des schmalbrüstigen Sergeants wählte er die Privatnummer von Major Mohammed Al-Tamimi, dem Chef der Verkehrspolizei in Abqaiq. Dabei ging er ein zweites Mal um das ausgebrannte Fahrzeug herum, Gorman verstohlen im Blick. Der wurde noch immer von dem jungen Polizisten in Beschlag genommen, der ihm versprach, für ein angemessenes Honorar das Nummernschild checken zu lassen.

»Major Mohammed Al-Tamimi.« In der Stimme am anderen Ende schwang Gereiztheit und Ungeduld mit.

»Major? Hier ist Maddox.«

»Was wollen Sie, Peter? Ich esse gerade zu Abend.«

»Ich bin am Rafeeq-Shopping-Center. Hier hat es eine Explosion gegeben, auf dem Parkplatz. Es deutet alles auf eine Autobombe hin. Könnten Sie für mich die Zulassungsnummer überprüfen? Es ist dringend!«

Mit einem Seufzer gespielter Unduldsamkeit sagte der Major gutmütig: »Schießen Sie schon los.«

»Es ist ein GMC Blazer. Dunkle Farbe – es könnte Rot, aber auch Braun sein, bei der Beleuchtung und den Brandschäden schwer zu sagen.« Maddox beugte sich hinunter, um das vordere Nummernschild zu entziffern. »Die Nummer lautet KNL 418.«

Der Major wiederholte die Nummer. »Ich rufe in fünf Minuten zurück«, versprach er.

Nachdem er Maddox' Anfrage an einen diensthabenden Sergeant bei der Verwaltung der Abqaiq-Verkehrspolizei weitergeleitet und Antwort erhalten hatte, rief der Major wie versprochen zurück. »Das Fahrzeug ist auf einen Duncan L. McCready zugelassen.« Er buchstabierte den Namen. »McCreadys derzeitige Adresse wird mit Delta-Compound angegeben. Wissen Sie, wo das ist?«

»Hinter dem Peninsular-Compound«, erwiderte Maddox wie aus der Pistole geschossen und verwünschte sich sogleich dafür, schließlich war die kleine Siedlung auf der Halbinsel nur wegen PJ's Bar, einer berüchtigten Destille, in aller Munde.

»Hm, hm!«, meinte der Major vieldeutig. »Und nicht vergessen, Sie schulden mir was.«

Noch bevor Maddox darauf reagieren konnte, hatte der Major aufgelegt. Obwohl der Major mit seiner letzten Bemerkung auf ein Quidproquo angespielt hatte, war die Freundschaft zwischen Maddox und ihm eher eine einseitige Geschichte zu Maddox' Gunsten. Und eine nützliche dazu, was die Behandlung von Strafzetteln betraf.

Nur wenige Minuten später brachte Maddox den Caprice geräuschvoll in Gang. Während er schnurstracks Richtung Delta-Compound fuhr, kramte er in seinem Gedächtnis nach einem Gesicht hinter dem Namen McCready.

*****

Unterdessen wurde auf dem Parkplatz des Rafeeq eine verschleierte saudi-arabische Frau, die angesichts der verkohlten Leiche und wegen des Geruchs ohnmächtig zu werden drohte, von ihrem Ehemann zu einer nahe gelegenen Sitzbank geführt. Allerdings fand der Ehemann die Bank bereits besetzt vor. Unmöglich, seine Frau neben einem fremden Mann Platz nehmen zu lassen.

»Entschuldigen Sie!«, sagte er schroff. »Meiner Frau ist schlecht. Sie müssen aufstehen.«

Doch der schäbig gekleidete Mann auf der Bank reagierte nicht und starrte weiter ins Leere.

Der Ehemann geriet in Wut. »Ich sagte, Sie sollen aufstehen. Das ist mein Land, Sie pakistanischer Affe. Meiner Frau geht es nicht gut.« Als er dem Pakistani auch so keine Antwort entlocken konnte, verlegte sich der Saudi auf die traditionelle Geste der Verachtung, zog seine Sandale aus und schlug damit auf Brust und Arme des Mannes.

Etwas Feuchtes traf den Saudi ins Gesicht. Er fuhr sich mit der anderen Hand über die Stirn. Danach war die Hand rot. Ihm entglitt die Sandale und als er die Blutspritzer auf seinem Thawb sah, klappte sein Unterkiefer herunter. In diesem Moment kippte der Mann auf der Bank zur Seite und man sah eine klaffende Wunde in Taillenhöhe.

Die Frau des Saudis begann zu begreifen. Ihr Anfall von Schwäche schien vergessen und sie fing an zu schreien.

Zweites Kapitel

Eine halbe Stunde. So viel Vorsprung gegenüber Bentley Gorman rechnete Maddox sich aus. Er hatte den Caprice auf den Al-Khobar-Damman-Expressway gesteuert und lieferte sich jetzt eine Art Autoskooter-Rennen mit ebenso rücksichtslosen Saudis und Asiaten. Am Pleasant Land, einem der wie Pilze aus dem Boden schießenden drittklassigen Vergnügungsparks, bog er auf die Küstenstraße ab.

Das Scheinwerferlicht schnitt durch das öde Gelände eines ausgedehnten, mit Abfall übersäten Wüstengebietes, das optimistisch auf Erschließung hoffte. Überall verstreut sah man Lagerhäuser und eingezäunte Grundstücke, die sich der Vermietung von Baugeräten verschrieben hatten. Dazwischen, fernab der neugierigen Blicke saudi-arabischer Stadtbewohner, lagen einige Wohnsiedlungen ausländischer Arbeitnehmer. Diese Siedlungen waren kulturelle Oasen und Tummelplätze der Ausländer, die sich die unverschämt hohen Mieten leisten konnten. Unter den konservativeren Saudis galten diese Wohnkomplexe als wahres Sodom und Gomorrha.

Eine halbe Stunde. Nicht annähernd genug Zeit, um eine Destillieranlage abzubauen und wegzuschaffen, vorausgesetzt, McCready hatte seine Schwarzbrennerei tatsächlich zu Hause betrieben. Andererseits genügend Zeit, um anderen, die darin verstrickt waren, den Tipp zu geben, sich dünne zu machen.

Es ist schon eine merkwürdige Sache, wenn Loyalität unterschiedlich ausgerichtet ist, ging es Maddox durch den Kopf. Ihn verleitete sie gerade zu ungesetzlichem Handeln. Das hing nicht allein damit zusammen, dass McCready ebenfalls Westler gewesen war. Schwarzbrenner verband etwas miteinander. Nun, Maddox stellte Wein her, keinen Sidiki. Mehr noch, er produzierte in einer Größenordnung, die allenfalls für ihn und einen gelegentlichen Gast ausreichte, und nicht in der kommerziellen Größenordnung, in der sich McCreadys Produktion scheinbar bewegt hatte. Würden sie jedoch erwischt, drohte jedem von ihnen die gleiche Strafe: Auspeitschen, Gefängnis und danach die Abschiebung. Sollte die Autobombe jedoch mit einer Verstrickung McCreadys in das

Sidiki-Geschäft zusammenhängen, dann hätte ihn sogar die Todesstrafe ereilt. Also betrachtete es Maddox als seine Pflicht, jeden, der mit McCreadys illegalem Geschäft zu tun hatte, vor dem aufziehenden Sturm zu warnen.

Gormans Loyalität galt anderen. Umso dringender war die Fahrt zum Delta-Compound. Die feindselige Ablehnung, mit der Gorman in seinen politischen Anschauungen den Anschauungen einer Mehrheit der Westler begegnete, hatte es ihm unmöglich gemacht, im Kreise westlicher Ausländer Fuß zu fassen. Gleichsam isoliert und dadurch verbittert, war er im Gegenzug so tief wie möglich in die fremde Kultur eingetaucht und hatte in der Folge mit einflussreichen Saudis Freundschaft geschlossen.

Maddox malte sich die Reaktion des Reporters der *Kingdom Tribune* aus, wenn der nachträglich Kenntnis von der Identität und der Adresse des Toten erhielte. Inzwischen hatte er vermutlich auch den Sidiki gerochen, die Lache aus geschmolzenem Zucker hinter dem Blazer bemerkt und zwei und zwei zusammengezählt. Mit einer Story über einen ermordeten westlichen Alkoholschmuggler könnte er hinreichend Rache üben für all die Provokationen, für jede Situation, in der man ihm die kalte Schulter gezeigt hatte, erst recht, wenn sich herausstellen sollte, dass die Explosion, die McCready getötet hatte, auf das Konto eines anderen westlichen Alkoholschmugglers ging. Gorman würde sich vor Freude die Hände reiben und es gar nicht erwarten können, dass im Delta-Compound das Unterste zuoberst gekehrt würde.

Allerdings war die Chance gering, dass die Polizei in der Siedlung eine Großrazzia auf die Beine stellen würde. Zum einen gab es im Delta-Compound weder eine Bar noch einen Nachtclub – eine Tatsache, die Gorman wahrscheinlich verborgen geblieben war. Zum anderen hatte die Polizei allgemein Anweisung, die Gemeinden der Westler nach eigenen Regeln schalten und walten zu lassen. Diese Anweisung rückgängig zu machen, hätte einer Entscheidung von ganz oben bedurft. Hingegen wäre jeder der Komplizenschaft mit McCready überführte Staatsangehörige eines Landes der Dritten Welt weniger glücklich dran. Sein Schicksal bestünde darin, zunächst kniend und mit Handschellen gefesselt für Fotos zu posieren, die tags darauf die Seiten der Zeitungen schmückten. Als Nächstes käme die Erniedrigung in Form einer öffentlichen Auspeitschung, gefolgt von einer Gefängnisstrafe, dann die Abschiebung in irgendein Ghetto von Mumbai oder Karatschi. Letzteres ohne einen Penny in der Tasche. Es war genau dieses Szenario, das Maddox zu verhindern suchte.

An der Sicherheitsschranke zum Delta-Compound gab es noch keinen Wochenend-Rückstau. Das einzige Fahrzeug war ein schmutzig grünes Oldsmobile voller Filipinas. Sie hatten sich alle ihrer Abajas entledigt und machten den Eindruck, als erwarteten sie einen kurzweiligen Mittwochabend, schließlich erstreckt sich das Wochenende in der muslimischen Welt über Donnerstag und Freitag. Und dieser Mittwochabend versprach besonders unvergesslich zu werden: Kaum dass die blauen und roten Lichter der Streifenwagen auftauchten, würden auf jeder Grillparty im Compound Gläser mit Sidiki, gemischt mit Cola oder Limonade, voller Panik auf gepflegten Rasenflächen entleert.

Maddox hielt vor dem Wachhäuschen und ließ das Fenster auf der Fahrerseite herunter. Ein kräftiger indischer Sicherheitsposten, der einschüchternden Wirkung wegen die Schirmmütze tief in die Stirn gezogen, kam näher.

»Kann ich Ihnen helfen?«

»Ich möchte zu Duncan McCready.«

Der Wachmann trat zurück und musterte den Caprice abschätzig. Klapprige Caprices waren in der Regel armen Saudis vom Lande vorbehalten.

»Was möchten Sie denn von Mr. McCready?«

Maddox zwinkerte dem Posten listig zu. »Ich habe mit ihm vereinbart, dass ich etwas abhole.«

Die undurchdringliche Miene des Sicherheitspostens bescherte Maddox einen Moment der Spannung, bis der Inder schließlich sagte: »Mr. McCready ist weggefahren. Allerdings ist einer seiner Boys da. Vielleicht kann der Ihnen helfen.«

Innerlich stieß Maddox einen Seufzer der Erleichterung aus. Doch der Sicherheitsposten war noch nicht fertig mit ihm. Er schnippte mit den Fingern, dicht vor Maddox' Gesicht. »Iquama!«, forderte er.

Maddox wusste, was das hieß. Er kramte seine Brieftasche hervor und nahm seinen Inlandsausweis heraus. Nachdem er einen zusammengefalteten 10-Riyal-Schein hineingelegt hatte, übergab er dem grinsenden Inder das Dokument.

»Geradeaus«, sagte der Wachposten und gab ihm den leeren Iquama zurück. »Dritte Querstraße rechts. Mr. McCreadys Villa liegt etwa fünfzig Meter von der Straßenecke entfernt auf der rechten Seite. Im Vorgarten steht ein Gartenhäuschen.«

Maddox fuhr auf das Gelände. Vorsichtshalber wollte er an der vierten Querstraße abbiegen, um sich McCreadys Haus zu Fuß und von hinten nähern zu können.

Während er auf die Abzweigung zufuhr, fragte er sich, warum die Wahl des Attentäters ausgerechnet auf das Rafeeq als Ort des Anschlages gefallen war. Nun, es war ein öffentlicher Raum mit hohem Bekanntheitsgrad, nahezu prädestiniert, eine größtmögliche Wirkung zu erzielen. Handelte es sich um eine Botschaft an die Westler, an die Christen, dass sie in Saudi-Arabien, der Wiege des Islam, nicht gelitten waren? Andererseits könnte es das Signal rivalisierender Schmuggler und Schwarzbrenner für einen beginnenden Verteilungskampf bedeuten. Das waren die einzigen Erklärungen, die in Frage kamen. Was oder wer auch immer dahintersteckte, es würde buchstäblich eine Bombenstory für die morgige Ausgabe des *Arabian Chronicle* abgeben.

Und McCready? Maddox versuchte krampfhaft, sich an den Mann zu erinnern. Ganz klar, sollte er ein Schwarzbrenner gewesen sein, dann hatte er sich bereits länger in Saudi-Arabien aufgehalten. Dass er gesoffen hatte, war so gut wie sicher. In dem Fall musste er Maddox über den Weg gelaufen sein.

Vor Maddox' geistigem Auge tauchte ein verschwommenes Bild auf: ein Amerikaner mittleren Alters, rotgesichtig, aufgedunsen und auf dem besten Wege, sich in ein frühes Grab zu saufen. Er war ihm bei einem seiner gelegentlichen Besuche im PJ's begegnet. Pat Fletcher, die Wirtin, hatte ihm seinerzeit eine abgedrehte Geschichte über McCready erzählt, nämlich dass er die Gewohnheit habe, sich morgens Wein über seine Cornflakes zu gießen. Ein nahrhaftes Katerfrühstück sozusagen. Mehr war ihm von diesem Mann nicht in Erinnerung.

Die vierte Querstraße war die Jacaranda Avenue, eine

makellos saubere Straße mit Vorgärten in der Größe von Taschentüchern, die den Anwohnern westliche Vorstadtidylle schlechthin bot. Diese artifizielle Umgebung schirmte sie von der Wirklichkeit des rauen Wüsten-Königreiches ab und hatte so wenig gemein mit Maddox' heruntergekommenem, in einem urbanen Ghetto gelegenem Apartment.

Maddox parkte vor einem Haus, das seiner Einschätzung nach hinter McCreadys lag. Als er aus dem Wagen stieg, war er für einen Moment perplex, auf eine junge, dunkelhaarige Joggerin zu treffen. Sie trug knappe Shorts, ein weit ausgeschnittenes T-Shirt und ein Bandana, um das schulterlange Haar zu bändigen. Maddox, daran gewöhnt, Frauen in Abajas gehüllt zu sehen, ertappte sich dabei, wie er sie anstarrte. Er bemühte sich um Nonchalance, als er »Guten Abend« sagte.

Wortlos lief die Frau an ihm vorbei. Er sah noch, wie sie ein Mobiltelefon an ihr Ohr presste. Zu telefonieren, während man joggt, ist wahrscheinlich genauso hip wie zu telefonieren, während man Auto fährt, dachte sich Maddox, verschwendete aber keinen zweiten Gedanken daran, sondern konzentrierte sich auf das, was vor ihm lag.

In diesem Teil des Delta-Compounds waren die sogenannten Villen nichts weiter als Bungalows. Ein schmaler, zu beiden Seiten von einem schlichten Palisadenzaun begrenzter Fußpfad markierte die Trennlinie zwischen den einzelnen Häusern. Über einen solchen Fußpfad gelangte Maddox zu der Straße, die parallel zur Jacaranda Avenue verlief. Er bog in die Straße ein und steuerte den Bungalow zu seiner Rechten an. Der Rasen davor war ziemlich ins Kraut geschossen, als habe der

Besitzer alles Mögliche im Kopf, nur keine Gartenarbeit. Inmitten ungepflegter Frangipani stand das Gartenhäuschen, das der Wachposten erwähnt hatte.

Maddox ging hinüber zu dem schmalen Fußpfad auf der anderen Seite des Bungalows und schlich zum hinteren Garten. Hier stand das Gras knöchelhoch. Ein schneller Blick über die Schulter, dann sprang Maddox über den Palisadenzaun.

Von der Hintertür des Bungalows führte ein Trampelpfad zu einem Holzschuppen, wo durch augenscheinlich abgedunkelte Fenster ein wenig Licht aufblitzte. Maddox stapfte durch das Gras auf einen Streifen Licht zu, der unter der Tür des Schuppens hindurchfiel.

Er widerstand dem Impuls, anzuklopfen, packte die Klinke und stieß die Tür auf. Alkoholdämpfe schlugen ihm entgegen und raubten ihm fast den Atem – der stechende Geruch von destilliertem Sidiki vermischt mit dem vergorener Maische.

Maddox schnappte nach Luft. Wer hier arbeitet, muss ständig benebelt sein, dachte er.

»Was wollen Sie hier, Sir?«

Maddox drehte sich um, mit erhobenen Händen, um für eine mögliche Verteidigung gewappnet zu sein.

»Was wollen Sie hier, Sir?«

Ein dürrer Pakistani in zerschlissener Hose und zerschlissenem Hemd hatte sich von hinten angeschlichen. Er hielt einen Baseballschläger in der Hand, wippte auf seinen Fußballen vor und zurück, als sei er unschlüssig, ob er dem Reporter den Schädel einschlagen oder weglaufen sollte.

»Der Boss wird bald zurück sein, Sir. Was wollen Sie?«

Maddox hielt einen der seltenen Momente für gekommen, die absolute Ehrlichkeit erforderten. »McCready wird nicht mehr auftauchen. Er ist tot.«

Die Worte erzielten die gewünschte Wirkung. Dem Pakistani fiel der Baseballschläger aus der Hand und landete im Gras. Ungläubig schüttelte der Mann den Kopf. »Ich hab's Boss Duncan immer gesagt«, jammerte er, »zu schnell, hab ich ihm gesagt, Sie fahren zu schnell, Sir!«

»Es war kein Autounfall. Jemand hat in seinem Blazer eine Bombe deponiert.«

Der Pakistani starrte ihn ungläubig an. »Eine Bombe?«

Maddox nickte.

»Und Juwaid, mein Cousin? Was ist mit ihm? Er war heute mit Mr. Duncan zusammen!«

»McCready war allein in seinem Wagen, als das Ding hochging.«

»Gelobt sei Allah!«, rief der Pakistani, fiel auf die Knie und hob die Hände gen Himmel. »Meine Familie würde es mir nie vergeben, wenn Juwaid was zustoßen würde.«

Maddox entnahm dieser Reaktion, dass McCreadys Ableben den Pakistani nicht sonderlich beunruhigte. Das würde sich jedoch schnell ändern. Ganz gewiss war er ein illegal Beschäftigter mit abgelaufenem Visum, dem, sollte man ihn hier antreffen, die Abschiebung ins Haus stand.

Maddox half dem Mann auf die Füße. »Sie sollten lieber verschwinden. Die Polizei wird gleich da sein.« Tränen der Erleichterung und Dankbarkeit im Gesicht, ergriff der Pakistani Maddox' Hand und küsste sie. Dann lief er durch das Gras und sprang über den Palisadenzaun.

Maddox ging zum Hintereingang des Bungalows, fand aber die Tür verschlossen vor. Er verfluchte sein Pech. Es erschien ihm seltsam, dass die Haustür verschlossen gehalten wurde, der Schuppen mit der Destillieranlage hingegen unverschlossen blieb. Vielleicht befand sich im Haus etwas, was McCready für wertvoller erachtet hatte. Andererseits war man in Saudi-Arabien. In einem Land, wo der geringste Gesetzesverstoß drakonisch bestraft wurde, war Kleinkriminalität schlechterdings kein Thema. Folglich konnte Maddox davon ausgehen, dass McCreadys Sicherheitsvorkehrungen mehr als lax waren.

Rechts und links der Tür stand jeweils eine Topfpflanze. Maddox hob den rechten Topf hoch. Nichts. Er hob den linken Topf. Dort, in der feuchten, von Ameisen wimmelnden Erde lag ein angelaufener Ersatzschlüssel.

Er schlüpfte ins Haus und fand sich in der Küche wieder. Als Erstes zog er einen Vorhang zurück, um sicherzugehen, dass blau-rote Lichter sich nicht unbemerkt nähern konnten. Noch war von der Polizei weit und breit nichts zu sehen. Maddox spähte durch eine dreckige Fensterscheibe. Der Garten lag genauso dunkel da wie bei seiner Ankunft.

In der Küche roch es schal nach Curry und schmutzigem Geschirr. Auf dem Tisch standen die Reste einer Mahlzeit; offenbar hatte Maddox den Pakistani mitten beim Essen aufgescheucht.

Von der Küche gelangte man in einen winzigen Raum, wo McCready seine pakistanischen Arbeiter untergebracht haben musste. Quer durch den Raum war ein mit Nägeln an der Wand befestigtes Nylonseil gespannt. Es diente Kleidungsstücken als Wäscheleine, die bereits bessere Tage gesehen hatten. Auf dem Boden lagen zwei schäbige Matratzen, dazwischen stand eine altersschwache Kommode. Bei der Klimaanlage handelte es sich um einen alten Monarch – eher ein Garant für Lärm als für kühle Luft.

Maddox öffnete eine Tür, die in einen schwach beleuchteten Flur führte. Rechts und links lagen Schlafzimmer und ein Badezimmer. Plötzlich vernahm er ein Geräusch. Das Zerreißen von Papier. Er war also nicht allein im Bungalow. Das Geräusch traf ihn unvorbereitet und prompt, getreu Murphys Gesetz, knarrte eine verräterische Diele unter seinen Füßen.

Dort, wo seiner Meinung nach das Wohnzimmer lag, schien es jetzt hektisch zuzugehen. Die Vordertür wurde aufgerissen, das orangefarbene Licht der Straßenbeleuchtung fiel in den Bungalow und das Geräusch sich entfernender, schneller Schritte war zu hören. Maddox stürzte in das Wohnzimmer und rannte durch die offene Vordertür hinaus in den Garten. Am Eingangstor blickte er links und rechts die Straße hinunter. Niemand rannte davon. Nichts war zu sehen, nur der Schein der Straßenlaternen, der jetzt durch die blau-roten Signalleuchten eines Streifenwagens Verstärkung bekam.

Maddox rannte zurück in den Bungalow und schlug die Vordertür hinter sich zu.

Ihm war klar, dass er verschwinden musste, bevor die Polizei eintraf. Er war gerade im Begriff, zum Hinterausgang zu laufen, als seine Aufmerksamkeit auf ein offenes Notizbuch im Wohnzimmer gelenkt wurde. Es lag auf einem Telefontischchen, unter einer kleinen Lampe. Die Schublade des Tischchens war aufgebrochen worden. Maddox sah, dass eine Seite herausgerissen war. Doch im Licht der Lampe entdeckte er auf dem Blatt darunter Abdrücke einer Notiz. Er riss das Blatt heraus und legte es in seine Brieftasche. Als vor dem Bungalow zwei Wagen hielten, war er bereits zur Hintertür hinaus und über den Palisadenzaun.

Kurz darauf hielt er mit seinem Caprice hinter dem Streifenwagen und einem Fahrzeug der *Kingdom Tribune*. Der schmalbrüstige Sergeant und sein junger Kollege diskutierten gerade darüber, wie man sich Zugang zu McCreadys Haus verschaffen könne, und zwar möglichst ohne die Tür einzutreten. Bentley Gorman und sein Fotograf beobachteten die Szene mit wachsender Ungeduld, schließlich witterten sie eine Story und die Gelegenheit für Fotos.

Maddox lehnte sich aus dem Wagenfenster. »Gibt's Probleme, Officers?«

Das plötzliche Auftauchen des Reporters wischte das Grinsen von Smileys Gesicht und ließ Gormans Stimmung auf einen neuerlichen Tiefpunkt sinken. Da er für Informationen über McCready bezahlt hat, träumt Gorman wohl von einer Exklusivstory, dachte Maddox.

Mit der Kamera in der Hand stieg er aus dem Caprice und schlenderte den Gartenweg hoch. »Vielleicht kann ich behilflich sein«, sagte er. Auch hier standen beiderseits der Tür Topfpflanzen. Wie zuvor am Hintereingang hob Maddox den linken Topf hoch. Darunter lag ein Zweitschlüssel, eingebettet in ein Gespinst haarfeiner Wurzeln.

Gorman starrte Maddox an. Ihn beschlich mehr und mehr der Verdacht, dass sein Rivale sich einen Vorteil verschafft hatte. »Woher wussten Sie, dass der Ersatzschlüssel dort liegt?«, stieß er hervor, als der junge Polizist sich bückte, um den Schlüssel aufzuheben.

»Rateglück?«

»Die *Kingdom Tribune* ist einer Einladung der Polizei hierher gefolgt«, bedrängte Gorman den Sergeant. »Ich verlange, dass Sie Reporter vom *Arabian Chronicle* am

Betreten des Hauses hindern.« Der philippinische Fotograf sah sich genötigt, ihm artig beizupflichten.

Amüsiert beobachtete Maddox, wie der Sergeant in Harnisch geriet. »Es handelt sich um einen Deal zwischen Ihnen und meinem Kollegen. Da ich sein Vorgesetzter bin, liegt die Entscheidung bei mir, wer hineingelassen wird und wer nicht. Habe ich mich klar ausgedrückt?«

Gorman biss sich auf die Lippen und nickte.

Während der junge Polizist zum hinteren Teil des Grundstücks ging, betraten die anderen drei den Bungalow durch die Vordertür. Gormans Verdacht, Maddox habe ihn noch vor der Ziellinie abgefangen, wurde nun zur Gewissheit. Maddox' Desinteresse an den Gegebenheiten vor Ort und seine offensichtliche Kenntnis der Räumlichkeiten waren zarte Hinweise, dass er bereits herumgeschnüffelt hatte. Den Beweis allerdings lieferte das Notizbuch auf dem Telefontischchen. Als Gorman es entdeckte, warf er seinem Gegenspieler einen Blick zu, und Maddox zwinkerte vielsagend zurück.

»Das Haus ist leer«, verkündete der Sergeant, als Maddox und Gorman in die Küche kamen.

Der junge Polizist tippte gegen das Küchenfenster und wies auf die Umrisse des Schuppens. »In dem Schuppen dort steht eine Destillieranlage«, sagte er. »Leute sind allerdings keine da.«

Gorman ließ die Worte des Polizisten auf sich wirken, erfasste die Bedeutung des Abendessens auf dem Küchentisch und sah Maddox vorwurfsvoll an. »Gefahr erkannt – Gefahr gebannt«, sagte er lediglich.

Gefolgt von den beiden Reportern und dem Fotografen ging der Sergeant durch die Hintertür, hinüber zu

McCreadys Destillieranlage. Während Maddox und der Filipino die Anlage fotografierten, fühlte Gorman sich bemüßigt, seinen Rivalen an einige Gegebenheiten des Lebens zu erinnern.

»Macht es eigentlich Spaß, für ein Käseblatt zu schreiben, Maddox?«

»Keine Ahnung. Aber macht es Spaß, nur Käse zu schreiben?«

Gorman sah Maddox herablassend an. »Wer hier Käse schreibt, werden wir bei den Saudi Press Awards sehen.«

Voller Unbehagen fummelte der Fotograf an seiner Kamera herum.

»Die Press Awards?«, erwiderte Maddox und lachte. »Was sollen die uns denn sagen? Natürlich werden Sie abräumen. Ihr Kopf steckt doch so weit im Arsch des Vorsitzenden des Preisgerichts, dass der jedes Mal furzt, wenn Sie einen Laut von sich geben.«

Gorman war drauf und dran, sich Maddox vorzunehmen, doch der Fotograf stellte sich ihm in den Weg. Er hatte die Nase voll von dem Gezänk. »Könnte ich bitte die Aufnahmen für den Artikel machen und dann hier verschwinden?« Sein Blick wanderte von Gorman zu Maddox. »Es war ein langer Tag, meine Herren.«

Die Bitte des Fotografen sorgte für Besonnenheit. Gorman zog sich zurück und ließ Maddox und den Filipino ihre Bilder schießen. Sie fotografierten die Behälter mit vergorener Maische sowie die Flaschen und Korbflaschen, die darauf warteten, gefüllt zu werden. Wo der Alkohol aus der Maische extrahiert und zu reinem Sidiki destilliert wurde, machten sie Aufnahmen von einem verwickelten Röhren-Gitterwerk zwischen den Boilern, die den Destillationsprozess antrieben.

Gorman gestattete sich ein listiges Grinsen. Wenngleich Maddox als Erster im Delta-Compound gewesen war, hatte er nur einen kleinen Vorteil gegenüber der *Kingdom Tribune* erringen können. Er, Gorman, hingegen hatte die Sensationsmeldung über den Pakistani, den man erstochen auf der Bank des Rafeeq-Shopping-Centers gefunden hatte. Wäre das Rache genug? Nicht für Gorman. Aber es gab noch andere Wege, es Maddox heimzuzahlen.

Drittes Kapitel

Im Licht einer schräg einfallenden Morgensonne, umschlossen von gelbem Absperrband, so verharrte die geschwärzte Karosserie des Blazers auf dem Parkplatz. Längst hatte man die sterblichen Überreste Duncan McCreadys ins Leichenschauhaus verbracht, längst war das Team der Spurensicherung an- und wieder abgerückt. Jetzt war nur noch ein einzelner Polizist als Wache abgestellt und der unterhielt sich gerade mit dem Fahrer des Abschleppwagens. Bald schon würde man den Blazer fortgeschafft, die Brandflecken auf dem Parkplatz weggeschrubbt und die Autobombe vergessen haben.

Noch herrschte auf dem Parkplatz des Rafeeq nahezu gähnende Leere. Es war Donnerstagmorgen, der erste Tag des islamischen Wochenendes, aber es war zu früh für die Horden saudischer Einkaufsbummler. Sie würden später einfallen. Gegen seinen Wagen gelehnt, las Maddox die Morgenzeitungen. Wütend knüllte er die *Kingdom Tribune* zusammen und stopfte sie in den nächsten Abfalleimer. Sanju würde stinksauer sein. Während Maddox sich über Details aus dem Delta-Compound verbreitete, hatte Gorman mit der Nachricht über einen toten Pakistani namens Juwaid und der Erwähnung eines Besuches McCreadys in einem Café des Rafeeq, dem Café Latte, seinem Artikel die nötige Würze verliehen.

Ein Nepalese im Blaumann spritzte eine der Bänke und den fleckigen Boden darunter ab.

»Arme Sau!«, entfuhr es Maddox, dem der Pakistani in den Sinn gekommen war, der McCreadys Destillieranlage betrieben hatte. »Auf einen Schlag den Cousin und den Lebensunterhalt zu verlieren.«

Neugierig musterte der Nepalese den Mann, der mit sich selbst sprach. Was für eine armselige Welt, dachte Maddox und betrachtete den Nepalesen. Du solltest eigentlich im Himalaja als Sherpa für einen übergewichtigen Touristen arbeiten und nicht gezwungen sein, dich hier um die Krumen zu schlagen, die von einem Petrodollartisch fallen. Ungeachtet der wachsenden Arbeitslosigkeit gab es Jobs, die von den Saudis strikt abgelehnt wurden. Um die im Königreich anfallenden niederen Tätigkeiten dennoch ausführen zu lassen, griff die Regierung auf die Leistung von Millionen von Gastarbeitern zurück.

»Ist der Pakistani hier erstochen worden?«, fragte Maddox.

Der Nepalese nickte. »Schlechte Arbeit. Ich mag diesen Job nicht. Zu viel Blut.« Er rümpfte die Nase und machte mit seiner unangenehmen Aufgabe weiter.

Wer auch immer Juwaids Mörder war – nach allem, was man bisher wusste, musste es ein Profi sein. Kein Aufsehen. Nur ein einziger, tödlicher Stich. Um den Pakistani aus dem Weg zu räumen, damit der Attentäter an die Arbeit gehen konnte. Maddox fragte sich, ob es sich um ein und dieselbe Person handelte. Er bezweifelte es. Die Geschichte war zu komplex für einen einzelnen Attentäter.

*****

Dass das Café Latte nicht McCreadys Bühne gewesen war, erfasste Maddox mit einem Blick. Jemand, der auf Cornflakes mit Wein stand, hätte sich schwerlich so weit von seiner Tränke entfernt, nur um im schicken Ambiente eine Tasse Kaffee zu trinken. Es gibt nur einen möglichen Grund, weshalb McCready im Café Latte war, dachte Maddox, er wollte hier jemanden treffen.

Maddox suchte sich einen Platz inmitten der Dekoration aus künstlichen Pflanzen und rief einen affektiert wirkenden philippinischen Kellner zu sich. Laut Namensschild hieß er Ronny.

»Hatten Sie gestern Abend Dienst, Ronny?« Er zückte seinen Presseausweis. »Peter Maddox vom *Arabian Chronicle.*«

Schlagartig wich alle Farbe aus Ronnys Gesicht und mit einer theatralischen Geste griff er sich an die Stirn.

»Oh, ist das nicht furchtbar, Mr. Maddox?«, lispelte er. »Dieser arme Mann!« Um die dramatische Wirkung noch zu verstärken, legte er eine Hand an seine Hüfte. »Gerade trank er noch an dieser Palme dort drüben seinen Cappuccino und im nächsten Augenblick ... «

»Ka-bumm!«, beendete Maddox den Satz für ihn.

Tränen glitzerten in den Augen des Filipinos und er schwankte leicht. Da Maddox befürchtete, der Kellner könne womöglich noch aus den Pantinen kippen, zog er einen Stuhl heran und klopfte auf die gepolsterte Sitzfläche. »Setzen Sie sich, Ronny, dann fühlen Sie sich gleich besser.«

Mit Unbehagen nahm der Kellner Platz. Nervös sah er sich um. Es verstieß gegen die Anweisungen, sich zu den Kunden zu setzen.

»Ich möchte Ihnen einige Fragen zu den Vorgängen des gestrigen Abends stellen, Ronny.«

Der Typ an der Kaffeemaschine lugte neugierig hinter einer Trennwand hervor. Auf seinem Gesicht spiegelte sich Besorgnis. Maddox rief ihm zu, er möge zwei Cappuccino bringen.

»Sie sind so nett, Mr. Maddox«, sagte Ronny. »Was wollen Sie denn wissen? Ich habe schon alles der Polizei erzählt und dem reizenden Mr. Gorman von der *Kingdom Tribune.*«

»Vielleicht erzählen Sie es noch mal für mich«, sagte Maddox. »Zum Beispiel, ob McCready jemanden getroffen oder mit jemandem gesprochen hat.«

Ronny schüttelte den Kopf. »Nein. Aber sein Telefon hat geklingelt, daran erinnere ich mich. Eine SMS, glaube ich. Er hat jedenfalls nicht ins Telefon gesprochen.«

Ronnys Kollege brachte die beiden Cappuccino und spitzte mitfühlend die Lippen. Ronny lächelte matt zurück als Zeichen, der andere möge Maddox und ihn in Ruhe lassen.

»Waren gestern Abend Gäste hier?«, fragte Maddox.

Geistesabwesend rührte der Kellner Zucker in seinen Kaffee, dann sagte er: »Nur ein paar junge Saudis. Sie waren zur selben Zeit hier wie Mr. McCready und haben für reichlich Unruhe gesorgt.«

»Unruhe? Inwiefern?«

»Zuerst haben sie Mädchen belästigt und dann sind sie abgehauen. Ohne zu zahlen«, fügte er hinzu. »Das Geld wird mir vom Lohn abgezogen. Woher soll ich bitte fünfzig Riyal nehmen?«

Wieder war er den Tränen nahe.

»Haben Sie sonst noch was Ungewöhnliches bemerkt, Ronny? Es könnte wichtig sein.«

Ronny verzog das Gesicht vor Ekel. »Ja, da war eine Sache. Nachdem Mr. McCready gegangen ist, kam ein Beduine und setzte sich genau auf den Platz.«

»Ein Beduine?«

»Sein Thawb war schmutzig, nein, er war dreckig! Er hat mich so anzüglich angegrinst. Und seine Zähne! Braun und verfault.« Ronny erschauerte förmlich bei dieser Erinnerung, dann nippte er graziös an seinem Kaffee.

»Hat dieser Beduine etwas gesagt oder getan?«

Der Kellner schniefte voller Scham, zögerte einen Moment und platzte dann mit der Geschichte heraus. »Er hat mir auf den Po gehauen und gesagt: ›Einmal Säbel schlucken – hundert Riyal‹. Ich wär fast gestorben.«

Maddox unterdrückte einen Lacher.

»Ich bin gleich hinüber zur Kaffeemaschine gerannt, zu André «, fuhr Ronny fort, »aber als wir zurückgekommen sind, um dem Beduinen zu sagen, dass er das Café verlassen soll, war er schon weg.«

Ronny hob den Kopf, fest entschlossen, Maddox Paroli zu bieten, sollte der ihn wegen seiner Homosexualität anmachen wollen. Doch Maddox war mit seinen Gedanken ganz woanders. Wenn McCready nicht zu einem Treffen ins Rafeeq gekommen war, dann vielleicht zu einer Übergabe. Es wäre ansonsten ein merkwürdiger Zufall, dass McCready und der Beduine in einem schwach besuchten Café auf ein und demselben Platz gesessen hatten. Die Plastikpalme direkt daneben bot sich nahezu als Ort für eine Übergabe an.

»Hatte McCready etwas bei sich, als er kam, Ronny?«

»Einen Umschlag«, sagte der Kellner. »Vielleicht war's auch ein kleines Päckchen. Er hatte es jedenfalls in der Hand, als er kam. «

»Und als er gegangen ist?«

Ronny zuckte die Achseln. »Da ist mir nichts aufgefallen, Mr. Maddox. Er ist gegangen, während sich das Theater zwischen den jungen Saudis und den beiden jungen Damen abgespielt hat.«

»Sie haben mir wirklich weitergeholfen, Ronny«, sagte Maddox. Er stand auf, zog seine Brieftasche hervor und legte zehn Riyal auf den Tisch. Nachdem er kurz nachgedacht hatte, legte er fünfzig Riyal dazu. »Das ist für die Rechnung der Saudis, die abgehauen sind, ohne zu zahlen «

Ronny lächelte. »Aber das müssen Sie doch nicht«, protestierte er und nahm das Geld.

*****

Vor dem Rafeeq wurde gerade das ausgebrannte Wrack von McCreadys Blazer auf den Abschleppwagen geladen. Maddox holte seine Ricoh aus dem Caprice und schoss ein Dutzend Bilder. Er war einigermaßen irritiert. Ein belebter Ort wie das Einkaufszentrum war eher ungewöhnlich für eine Übergabe. Zudem war McCready ein unfassbar hohes Risiko eingegangen, indem er mit einem

Wagen auf den Parkplatz gefahren war, der literweise Sidiki und säckeweise Zucker geladen hatte. War seine Angst vor möglichen Erpressern so groß gewesen, dass er es nicht gewagt hatte, sich zu verspäten?

Bevor Maddox weitere Nachforschungen anstellen konnte, benötigte er Informationen über das Geschäft mit der Schwarzbrennerei. Vor allem wollte er etwas über Schutzgeldzahlungen wissen. Er nahm sich vor, mit jemandem Kontakt aufzunehmen, der eine dieser illegalen Kneipen betrieb, die man überall in der Ostregion fand.

Als er wieder in seinem Wagen saß, fiel ihm die Seite ein, die er am Abend zuvor aus McCreadys Notizbuch herausgerissen hatte. Er nahm das Blatt aus seiner Brieftasche, hielt es ins Licht und bemühte sich, die tiefen Abdrücke zu entziffern, die McCreadys schwere, ungelenke Hand hinterlassen hatte.

Die Entscheidung, welche Kneipe er aufsuchen sollte, wurde ihm abgenommen. Das Stück Papier war eine Liste von Pubs und Klubs in der Ostregion. Einige waren ausgestrichen, andere am Rand hinzugefügt worden. Das PJ's und das Peninsular-Compound standen ganz oben auf der Liste. Doch zuvor hatte Maddox einen Artikel über die Nachwehen des Attentats auf McCready und die Konsequenzen daraus zu schreiben.

Viertes Kapitel

»Was zum Teufel denkst du dir eigentlich, Peter?«

Maddox hielt spontan den Telefonhörer von seinem Ohr weg. Dann entschied er sich anders und stellte den Lautsprecher an.

»Armer Sanju! Armer Sanju!«, quäkte es jetzt erbärmlich. »Erzähl Sanju nichts von der Bürde des weißen Mannes. Der weiße Mann ist Sanjus Bürde – und sein Name ist Peter Maddox.«

Für gewöhnlich wusste Maddox mit den Tiraden seines Chefredakteurs umzugehen, egal ob sie ironisch gemeint waren oder nicht. Heute Abend fehlte ihm jedoch der Nerv dafür. »Du hast den Artikel für die morgige Ausgabe. Du hast genug Bilder, von gestern Abend und von heute, um eine ganze Seite zu füllen. Was denn nun noch?«

»Was denn nun noch? Der Standpunkt, Peter! Du beziehst nicht Stellung! Rückst nichts in den Fokus! Die *Tribune* gibt als Quelle jemanden aus der Führungsspitze der Polizei an, der gesagt hat, McCreadys Tod sei der Vorbote eines Verteilungskampfes – Banden von Schwarzbrennern und Schmugglern, die sich gegenseitig ins Jenseits befördern. Weißt du, wie Gormans morgige Schlagzeile lautet?«

»Schwarzbrenner am Rande des Nervenzusammenbruchs?«

»Ich lache später! Wenn du doch nur für einen Moment deine schnoddrige Art zurückstellen könntest. Gormans Artikel erscheint unter dem Titel ›Terror regiert den Verteilungskampf‹.«

»Ach ja? Und wieso kennst du bereits heute den Titel

von Gormans morgigem Artikel?«, entgegnete Maddox. »Gib es zu, du hast einen deiner Spione in die Redaktion der *Tribune* eingeschleust. Verträgt sich das überhaupt mit deiner Vorstellung von einem moralisch integren Chefredakteur?«

Er nutzte das verlegene Schweigen seines Chefs, um nachzutreten.

»Und dann dieser ausgemachte Schwachsinn von wegen Führungsspitze der Polizei als Quelle. Du weißt genau, dass die *Tribune* die Story so hindreht, wie die Regierung es haben will.«

»Wenn das so ist, hast du offenbar tiefere Einblicke, als dein Artikel vermuten lässt. Mit welchen Informationen hältst du denn hinterm Berg, Peter?« Jetzt war es an Maddox, verlegen zu schweigen. Er hatte ein paar Verdachtsmomente, vage Vermutungen, aber keine knallharten Beweise. »Gib mir etwas Zeit zum Herumstöbern und warte ab, womit ich rauskomme.«

Jetzt schoss Sanju aus allen Rohren und erinnerte Maddox daran, dass Gorman in seinem Artikel den mysteriösen Tod des Pakistani behandelte, das Ganze abgerundet mit Augenzeugenberichten und einem Interview mit dem Kellner aus dem Café Latte. »Und«, fügte er hinzu, »Gorman hat erstklassige Fotos. McCreadys Leiche, zusammengesackt über dem Lenkrad. Den toten Pakistani, wie er auf der Bank in einer Blutlache liegt. Und was haben wir? McCreadys ausgebrannten Blazer und einen Scheißhaufen aus Röhren und Dampfkesseln, von dem du behauptest, es sei eine Destillieranlage.«

»Du kennst meine Einstellung«, erwiderte Maddox schroff. »Ich werde meine Integrität nicht durch ein paar Sensationsfotos zum Zwecke der Auflagensteigerung gefährden. Dergleichen überlasse ich anderen.«

»Schon gut, schon gut«, meinte Sanju versöhnlich. »Ich bin nun mal ein Kind der Dritten Welt mit einer Vorliebe fürs Archaische. Ich gelobe diesbezüglich Besserung.«

»Wer's glaubt, wird selig.«

Maddox hörte, wie eine Autotür zugeschlagen wurde, also hatte Sanju das Gespräch von seinem alten Mercedes heraus geführt.

»Hey!«, rief Sanju aus und überging geflissentlich Maddox' letzte Bemerkung. »Das ist neu, ein Schild über deiner Haustür. Abqaiq-Büro! Wirkt durch und durch professionell. Jetzt komm in die Gänge und mach das Tor hier unten auf!«

In diesem Moment ertönte die Klingel. Maddox eilte die Treppe hinunter und öffnete das Metalltor an der Vorderfront des Wohnblocks. Sanju Zinta, eine Zigarette in der Hand und der Hitze zum Trotz mit Jackett und Krawatte, füllte mit seiner Masse fast den Eingang aus.

Es wurde bereits dunkel und der Muezzin der nahen Moschee rief die Gläubigen zum Gebet. Aus einem Lautsprecher auf dem Minarett schallte ein kraftvolles Allahu Akbar – Gott ist der Größte.

»Das ist jetzt also offiziell das Abqaiq-Büro«, sagte Sanju und reckte den feisten Hals, um zu dem handgemalten Schild über der Tür hochzuschauen. »Sehr hübsch!«

»Sarkasmus steht dir nicht, Sanj. Komm rein und erzähl mir, weshalb du hier bist. Sicherlich ist das kein reiner Freundschaftsbesuch.«

Auf dem Weg zum Apartment geriet Sanju mächtig ins Schwitzen. Er lamentierte über die Luftfeuchte und beklagte Maddox' Gedankenlosigkeit, keine Parterrewohnung gemietet zu haben.

»Schuld sind wohl eher zwei Schachteln Zigaretten am Tag und zu viel Biryani«, widersprach Maddox.

Sanju lächelte schwach, während er seine Zigarette auf dem Treppenabsatz austrat. Maddox hielt die Tür auf und dankbar betrat Sanju die klimatisierte Wohnung.

Die Besuche des Chefredakteurs versetzten Maddox immer einen Stich. Der Inder war ein Familienvater durch und durch. Trotz seiner Nikotinsucht käme er nicht einmal im Traum auf die Idee, in einer Wohnung zu rauchen, wo Kinder lebten. Dass er seine Zigarette an der Türschwelle austrat, war eine deutliche Geste. Wie immer schlenderte er durch den Flur, wie immer in den Bann der gerahmten Bilder gezogen, die dort hingen. Sie zeigten Momente aus glücklicheren Zeiten – Maddox, Martina und Kerry in Simbabwe, bevor der politische Wirbelsturm sie erfasst hatte.

Sanju schob die schwarze Brille mit den dicken Gläsern auf die Stirn und studierte eine Fotografie. »Wann kommt Martina zurück?«

Maddox zuckte mit den Achseln.

»Misses Zinta würde die kleine Kerry gern mal wieder sehen. Wie alt ist sie jetzt?«

»Drei«, sagte Maddox in Erwartung eines Vortrags betont kühl.

Der Inder verstand den Wink und riss sich von der Fotografie los. »Was zu trinken, Sanj?« Maddox führte ihn ins Wohnzimmer und deutete auf den großen Sessel. Es war die einzige Sitzgelegenheit, die stabil genug schien und die dennoch unter Sanjus Gewicht ächzte, als er sich jetzt setzte. In der Ecke neben dem Sofa befand sich ein kleiner Kühlschrank, auf dem vier Whiskygläser standen. Maddox hockte sich auf die Sofalehne und öffnete die Tür. Es war keine 5-Sterne-Minibar, aber es würde reichen.

»Keine große Auswahl, fürchte ich. Wein oder Wasser?«

Sanju fuhr sich mit der Zunge über die Lippen. »Das Wasser heb ich mir für morgen auf.«

Maddox hob fragend eine Augenbraue. »Planst du ein Besäufnis mit anschließender Übernachtung? Was wird denn Misses Zinta dazu sagen?«

Er goss dem Chefredakteur ein Glas Weißwein ein.

»Misses Zinta und die Zinta-Brut sind heute Morgen nach Madras geflogen. Kurzurlaub. Schwiegermutter liegt in den letzten Zügen ... wieder einmal. Also kann ein glücklicher Sanju die Vorzüge des Strohwitwer-Daseins ohne Angst vor Repressalien genießen.«

»Und wer schmeißt den Laden?«, fragte Maddox.

»Die Redaktion? Iqbal natürlich.«

Iqbal, ein älterer Reporter in der Al-Khobar-Redaktion des *Chronicle* schien immer derjenige zu sein, dem man zusätzliche Arbeit und Verantwortung aufbürdete.

»Komm schon, Sanj, du bist doch nicht hier, um dir anständig einen auf die Lampe zu gießen.«

Sanju räusperte sich. »Ich muss mit dir über die gestrige Episode im Delta-Compound reden.«

»Reden?« Maddox goss sich ein Glas ein. »Ich hab eher das Gefühl, du willst mir anständig den Kopf waschen.«

Er sprang von der Lehne auf. »Aber ich werd hier nicht rumsitzen, während du mich abkanzelst. Wir haben hier vielleicht noch vier Liter Wein. Für ein Besäufnis dürfte das kaum ausreichen. Drüben im Schlafzimmerschrank stehen noch dreißig Liter Rotwein.

Du erzählst mir, was dir auf den Nägeln brennt, und ich zapf die derweil ab.«

Sanju mühte sich aus dem Sessel hoch und folgte Maddox ins Schlafzimmer. Unschlüssig verharrte er im Türrahmen. Von Natur aus prüde, war ihm das Schlafzimmer eines verheirateten Mannes heilig.

Maddox weidete sich ein wenig am Unbehagen seines Chefs. »Nur nicht so schüchtern! Die Dame des Hauses ist dreitausend Meilen weit weg. Zurzeit tut sich nicht viel in diesem Schlafzimmer.«

Sanju trat über die Schwelle, dabei fiel sein Blick auf die Pinnwand an der offenen Tür. Auf chronologisch geordneten Karteikarten waren Maddox' nächste Einsätze notiert. Viel stand dort allerdings nicht – nur die Veranstaltungen zur jährlichen Woche der Verkehrssicherheit und die Jahreshauptversammlung des südafrikanischen Frauenklubs.

»Das kannst du vermutlich knicken«, meinte Sanju.

»Du sprichst in Rätseln«, erwiderte Maddox und öffnete den Kleiderschrank. »Willkommen an der Wiege des Château Maddox.« Er stellte sein Glas auf den Nachttisch.

»Raffiniert!« Sanju grinste und ging hinüber zu dem Tapeziertisch, der Maddox als Schreibtisch diente. Sein Blick wanderte über die Tischplatte, auf der die Gegenstände geordnet waren wie das Rasierzeug eines Offiziers: in der Mitte ein Laptop, Schreibtischlampe und Scanner links und rechts davon Wörterbücher und dahinter die Basisstation des Telefons. Der totale Kontrast zu Maddox' chaotischem Schreibtisch in der Al-Khobar-Redaktion.

»Nimm dir einen Stuhl, Sanj!«

Der Inder rollte Maddox' Bürostuhl in die Mitte des Zimmers, während Maddox sich daranmachte, sein Gebräu abzuzapfen.

Der Behälter mit dem Wein stand auf einem niedrigen runden Tisch. Ein Kunststoffdeckel schützte den Inhalt vor Verunreinigung von außen.

»Nicht gerade eine Massenproduktion«, kommentierte Sanju und rollte sein leeres Glas zwischen den Handflächen.

»Dreißig Liter alle zwei Wochen. Genug für ein paar Besäufnisse mit Freunden und Kollegen. Das ist alles.« Maddox deckte den Teppich vor dem Kleiderschrank mit einer alten Ausgabe des *Chronicle* ab. »Kleckern lässt sich nie vermeiden«, erklärte er.

»Was für ein Sakrileg!«, rief Sanju aus. »Könntest du dafür bitte die *Kingdom Tribune* nehmen?«

Der Chefredakteur lockerte seine Krawatte und nahm sie ab. »Ziemlich heiß hier drin, findest du nicht?« Er warf einen Blick auf die ausgeschaltete Klimaanlage, während er seine Krawatte in die Jackett-Tasche stopfte.

»Ich leide für meine Kunst. Dreißig Grad ist die ideale Gärtemperatur.« Maddox zeigte auf ein Thermometer, das die Form des Washington Memorial hatte.

»Ich muss ein paar Behälter und den Schlauch aus der Küche holen. Zieh um Himmels willen die Jacke aus und bemüh dich, etwas entspannter auszusehen.«

Als Maddox zurückkam, hing Sanjus Jackett über dem Stuhl und Sanju selbst saß mit aufgerollten Hemdsärmeln da. Maddox stellte sechs leere Wasserbehälter vor den Schrank und entrollte einen Plastikschlauch.

»Die Utensilien des illegalen Küfers«, bemerkte Sanju.

Maddox grinste. »Klingt, als wär ich ein Drogendealer.«

»In Saudi-Arabien wird nun mal nicht unterschieden«, sagte Sanju. »Alkohol ist eine Droge, beeinflusst das Bewusstsein, verändert die Stimmung. Ergo: illegal.«

»Also willst du keinen Drink mehr?«

Sanju lachte, dass der Stuhl unter ihm vibrierte. Doch dann fragte er völlig unvermittelt: »Hast du deinen Wein eigentlich schon mal verkauft, Peter?«

Maddox öffnete den Weinbehälter. Ein Geruch nach Hefe erfüllte das Zimmer.

»Würde ich meinen Wein verkaufen, käme das einer Grenzüberschreitung gleich. Es wäre so, als würde aus einem Drogenkonsumenten ein Drogendealer.«

»Würdest du sagen, dass McCready als eine Art Drogendealer angesehen wurde?«, fragte Sanju.

Maddox zuckte mit den Achseln. Die Frage irritierte ihn. Während er darüber sann, was Sanju mit dieser Unterhaltung bezweckte, führte er das eine Ende des Plastikschlauches in den Behälter mit dem Wein, saugte am anderen Ende den Wein an, presste den Schlauch fest zusammen und steckte das Ende in einen der Wasserbehälter. Als er den Schlauch losließ, floss der Wein von einem Behälter in den anderen.

»Was Alkohol betrifft, sind die Ausländer hierzulande die reinsten Pharisäer«, sagte Maddox schließlich. »Zuerst aber muss man festhalten, dass Bier und Wein das Haschisch auf dem Alkoholmarkt sind, die weichen Drogen. Und dabei ist meine kleine Eigenproduktion nicht mehr als eine Träne im Ozean.«

»Also ist Sidiki das Heroin des Alkoholhandels. Die harte Droge.«

»Genau. Allerdings unterscheiden Westler zwischen den Sidiki-Produzenten und den Pub- und Klubbesitzern, die den Kunden das Zeug am Ende verkaufen. Die Produktion steht im Zwielicht, ist Teil der Unterwelt, der Verkauf hingegen gilt als gesellschaftsfähig.«

»Was springt dabei heraus?«, fragte Sanju.

»Im Endeffekt verdienen alle Beteiligten ein Vermögen damit, dass Westler scharf auf Alkohol sind. Ist man lange genug im Geschäft, muss man sich um seinen vorzeitigen Ruhestand keine Sorgen mehr machen.«

Der Chefredakteur lehnte sich vor.

»Kannst du dich in McCready hineinversetzen, Peter?«

»Wein herzustellen ist eine Kunst, genau wie das Destillieren von Schnaps. Insofern gibt es Parallelen. Nur war er im Gegensatz zu mir ein Profi.«

»Also kann man von einer gewissen Affinität sprechen zwischen dir auf der einen und McCready und seinesgleichen auf der anderen Seite, egal, wie oberflächlich sie auch sein mag«, schlussfolgerte Sanju. »Hast du deshalb denjenigen gewarnt, der für McCready die Destillieranlage betrieben hat?«

Maddox schwieg. Bevor er mit der Sprache herausrückte, wollte er herausfinden, wie viel Sanju wusste.

»Woher hast du gewusst, dass McCready im Delta-Compound gewohnt hat?«, setzte Sanju sein Verhör fort. »Und wie gut hast du ihn eigentlich gekannt?«

»Major Mohammed Al-Tamimi hat den Halter des Blazers für mich ermittelt. War 'n Gefallen. So bin ich an die Adresse gekommen. Und was McCready betrifft: Wir sind uns ein paar Male in Bars begegnet. Mehr nicht. Was soll eigentlich die Fragerei, Sanj?«

Sanju deutete mit dem Kopf auf den dritten Wasserbehälter, der kurz davor stand, überzulaufen. Maddox steckte den Schlauch in den nächsten.

»Die *Kingdom Tribune* hat bei der Pressebeschwerdestelle Beschwerde gegen dich eingelegt.«

»Gorman?«

»Es spielt keine Rolle, auf wessen Initiative. Fakt ist, du bist vor der Polizei im Delta-Compound gewesen. Als Beweis geben sie das Video der Überwachungskamera am Pförtnerhaus an. Das ist an sich nicht dramatisch, sieht man davon ab, dass du den Major in ernsthafte Schwierigkeiten bringen könntest, weil du ihn gebeten hast, dir McCreadys Daten zu beschaffen. Viel gravierender ist der Vorwurf des illegalen Betretens von McCreadys Bungalow.«

Maddox sah schweigend zu, wie der Wein den vierten Behälter füllte. Das Gebräu war nicht so klar, wie es gewesen wäre, wenn er ihm noch ein paar Tage länger Zeit gelassen hätte, sich zu setzen. In der rubinroten Flüssigkeit verteilter Bodensatz garantierte für den nächsten Morgen einen Riesenkater. Er führte den Schlauch in den vorletzten Behälter ein.

»Die Frage«, fuhr Sanju fort, »die man sich höheren Ortes stellt, lautet: Was hast du in der Zwischenzeit gemacht? Schließlich warst du vor der Polizei im Delta-Compound, bist aber erst nach ihr bei McCready aufgetaucht.«

»Hab mich verfahren«, sagte Maddox lahm. »Das Delta-Compound ist ein Irrgarten.«

»Außerdem schwören nicht nur die Polizisten, sondern auch die Mitarbeiter der *Tribune*, die vor Ort waren, dass du genau gewusst hast, wo der Schlüssel zum Bungalow lag.«

»Ich habe mit meinen Vermutungen eben ins Schwarze getroffen.«

Sanju schüttelte den Kopf. »Das ist reichlich dünn, Peter. Der Artikel, den du mir heute vorgelegt hast, enthält genaue Details über die Wohnverhältnisse der Pakistani, die für McCready gearbeitet haben. Diesen Teil habe ich herausgenommen. Und weißt du, warum?«

Maddox gab zu verstehen, dass er es nicht wisse.

»Es liegt eine eidesstattliche Erklärung des Sergeants vor, nach der nur er das Zimmer der Pakistani betreten hat.«

Da ihm darauf keine Antwort einfallen wollte, verlegte sich Maddox auf schuldbewusstes Schweigen. Er schob den Schlauch in den Hals des letzten Behälters und stellte sich vor, es wäre Gormans Kehle.

Sanju rutschte schwerfällig auf seinem Stuhl nach vorn. »Und dann wäre da noch die Behauptung, ein Beweisstück sei abhandengekommen, Peter. Es lag ein Notizbuch auf dem Telefontisch. Die Polizei ist sich sicher, dass Seiten herausgerissen wurden. Man fragt sich nun, ob du etwas über deren Verbleib wüsstest.«

Maddox machte auf beleidigte Unschuld. »Von einem Notizbuch weiß ich nichts«, log er. »Hört sich an, als bastelten Gorman und seine Kumpane an einer Verschwörungstheorie. Wär nicht das erste Mal.«

Sanju seufzte, nicht sonderlich überzeugt.

Endlich war der Weinbehälter leer und Maddox konnte die Plastikflaschen verschließen.

»Räumen wir erst mal den Wein weg«, sagte er. »Dann kippen wir uns ordentlich einen hinter die Binde und besprechen das Ganze.«

Sanju nickte, erhob sich ächzend vom Stuhl und zog sein Jackett an. Drei Plastikflaschen im Arm, folgte er Maddox in die Küche. Nachdem sie vier im Schrank und zwei im Kühlschrank verstaut hatten, fuhr er sich mit dem Taschentuch über die Augenbrauen.

»Geh schon mal rüber, Sanj«, sagte Maddox, »ich komm gleich nach.«

Während Sanju hinüber ins Wohnzimmer ging, um sich dort dankbar in den Sessel fallen zu lassen, brachte Maddox Weinbehälter und Schlauch ins Badezimmer. Bentley Gorman legt also auf mich an, dachte er. Was für eine traurige Entwicklung. Er drehte den Hahn auf und ließ Wasser in den Behälter laufen. Der Wettbewerb war hart im Journalismus, mitunter sogar ruinös. Dennoch sollte man davon ausgehen können, dass sich die schreibende Zunft an gewisse Regeln hielt.

Maddox hob den Behälter aus der Wanne, ließ ihn rotieren, damit sich Bodensatz und Wasser vermischten, und schüttete das Ganze in die Toilette. Dann warf er einen Scheuerschwamm in den Behälter, fügte etwas Desinfektionslösung hinzu und stellte den Behälter wieder unter den Wasserhahn. Gorman hatte bei der Pressebeschwerdestelle eine Beschwerde gegen ihn eingereicht. Vorsitzender der PBS war Rami Al-Rasheedi, der zufällig auch Vorsitzender der Jury der Saudi Press Awards war. Als Busenfreunde, die sie nun mal waren, zogen Gorman und Al-Rasheedi sehr wahrscheinlich an einem Strang. Zusammen stellten sie gefährliche Widersacher dar. Angesichts des Einflusses Al-Rasheedis drängte sich die Frage auf, in welchem Maße Sanju hinter Maddox stünde. Voll und ganz, vermutete der. Allerdings gab es andere, die weitaus mehr imstande waren, Maddox zu schützen. Zuallererst der Besitzer des *Chronicle*, Khalid Al-Yaani. Inwieweit der jedoch bereit war, seinen eigensinnigen Reporter angesichts der gegen ihn sprechenden

Beweise zu unterstützen, stand auf einem anderen Blatt.

Weinbehälter und Schlauch waren jetzt sauber. Maddox ließ beides zum Trocknen in der Wanne und ging hinüber ins Wohnzimmer. Er hatte für sich entschieden, das Thema Arbeit für heute Abend ruhen zu lassen und den Ärger mit gehörig viel Wein hinunterzuspülen.

Fünftes Kapitel

Maddox rückte seine blau getönte Sonnenbrille zurecht und bereute die beiden letzten Gläser Wein der vergangenen Nacht. Trotz der dunklen Brille, die eigentlich eine Wohltat hätte sein sollen, empfand er die saudi-arabische Sonne, die ihre schneidenden Strahlen durch die Windschutzscheibe von Sanjus altem Mercedes schickte, als Strafe.

Maddox hasste den Wagen seines Chefredakteurs. Die Bremsen waren unzuverlässig, die Gangschaltung hatte ihre Mucken. Der Wagen verfügte selbstredend über keine Klimaanlage und die Stoßdämpfer waren defekt. Aus Sanjus Sicht gereichte ein Umstand dem zwanzig Jahre alten Gefährt jedoch zur Ehre: Es war ein Mercedes. Ein Statussymbol. Zwar mit dem Kilometerstand eines Spaceshuttles, aber ein Mercedes. Und nur das zählte.

Als sie an einer Ampel links abbogen, wurden sie von einem Pick-up geschnitten. Sanju fluchte und malträtierte die Hupe.

»Verdammter Mistkerl!«, schrie der Chefredakteur. Maddox warf einen verstohlenen Blick auf seinen Chef. Sanju hatte eine Hand am Lenkrad, mit der anderen rieb er sich den Schweiß von der Stirn. Als er jetzt nach rechts blickte, um nach weiteren durchgedrehten Fahrern Ausschau zu halten, bemerkte Maddox den Zustand seiner Augen. Vergrößert durch die dicken Brillengläser, wirkten sie wie angriffslustige Feuerquallen.

»Soll ich fahren?«, fragte Maddox vorsichtig.

»Wir fahren doch nur ins Industriegebiet«, gab Sanju bissig zurück. »Außerdem bin ich erwachsen, Sahib.«

Im Industriegebiet hatten sich überwiegend Autowerkstätten angesiedelt, die Vorderfronten versehen mit handgemalten Schildern in schlechtem Englisch. Es war Freitag, islamischer Sabbat, und so blieben die Roll-Läden der Werkstätten heruntergelassen und die Türen verschlossen. Die Dritte-Welt-Bevölkerung von Abqaiq war dennoch auf den Beinen. Ein Strom ausländischer Arbeitnehmer – Inder, Sri Lanker und Filipinos – bewegte sich zum Wochenmarkt.

Dieser Wochenmarkt war auch Sanjus und Maddox' Ziel. Zum einen erhofften sie sich von dem Abstecher Linderung der Auswirkungen ihres nächtlichen Gelages, zum andern wollte Sanju ein Willkommensgeschenk für Misses Zinta erstehen.

Der Freitagsmarkt fand auf einem asphaltierten Platz von der Größe eines Fußballfeldes statt. Standen weder Markt noch öffentliche Auspeitschungen auf dem Programm, war das Gelände menschenleer. Heute jedoch wurde es zum belebtesten Ort der Stadt.

Gemeinsam mit Maddox und Sanju trafen die letzten mit Waren beladenen Fahrzeuge auf dem Markt ein und während sich saudische Standbesitzer auf ein Glas Tee und einen Plausch in den Schatten zurückzogen, richteten ihre abgerissenen Dritte-Welt-Arbeiter die Stahlgerüste der Stände auf, spannten Planen und legten Waren aus.

Am Eingang zum Markt standen zwei Streifenwagen. Daneben posierte ein Polizist breitbeinig auf seinem Motorrad, eine verspiegelte Sonnenbrille auf der Nase. In unmittelbarer Nachbarschaft dieser Polizeipräsenz hatte sich ein GMC Suburban postiert. Er gehörte der »Behörde für die Verbreitung von Tugendhaftigkeit und Verhinderung von Lastern«, der Religionspolizei. Im Dienst der Behörde standen die gefürchteten Mutawwa´in, konservativ-religiöse Männer, die sich mit ihrer strengen Sichtweise auf den Islam gegenüber einer eingeschüchterten Bevölkerung durchsetzten. Wenn auch für viele Mutawwa´in eine tiefe Religiosität und der Wunsch, ihren Glauben weiterzutragen, Antrieb waren, der Gemeinschaft zu dienen, gab es doch Eiferer unter ihnen, die in dem Ruf standen, ungeschlachte Rüpel zu sein. Für diese Männer war der Islam ein Schutzschild, hinter dem sie sich versteckten.

Sanju stellte den Mercedes am Rande des Marktplatzes auf der Hauptstraße ab. Obwohl es nur ein Katzensprung bis zum Markt war, atmete der Inder bereits schwer, als sie den ersten Stand erreichten. Seinen mühsam arbeitenden Lungen zum Trotz zündete er sich eine Marlboro an und sah so erst recht verkatert aus.

Maddox zog ein kleines Notizbuch hervor und begann, Notizen zu machen. »Vielleicht sollte ich für die Lokalseite einen Artikel über den Markt schreiben, was meinst du?«

Sanju nickte, schien aber mit den Gedanken woanders zu sein.

Der Freitagsmarkt war ein internationaler Treffpunkt und eine Art Sesam-öffne-dich voller Billig-Imitate. Nur allzu logisch, dass sich die Kundschaft aus Mitgliedern der Heerscharen unterbezahlter ausländischer Arbeiter und einer wachsenden Zahl verarmender Städter zusammensetzte. Die saudischen Frauen hier trugen schlichte, abgetragene Abajas und ihre männlichen Bewacher bildeten den völligen Gegensatz zu den tadellos gekleideten, parfümierten Saudis, mit denen Maddox im Zuge seiner Arbeit zu tun hatte.

Maddox steckte sein Notizbuch weg. »Was geht dir durch den Kopf, Sanj?«

Anstelle einer Antwort fragte Sanju: »Stimmt es, dass du zu Bentley Gorman gesagt hast – wie war das gleich? –, ach ja, sein Kopf stecke so weit in Rami Al-Rasheedis Arsch, dass der jedes Mal einen Wind fahren lässt, wenn Gorman spricht?‹«

»Ja«, gab Maddox zu. »So in etwa.«

»Junge, Junge«, erwiderte Sanju mit warnendem Unterton. »Nicht sehr geschickt von dir, Peter. Vor allem, weil dein Spruch Rami Al-Rasheedi zu Ohren gekommen ist.«

»Es war eine Sache zwischen Gorman und mir«, stieß Maddox zwischen den Zähnen hervor.

Sanju schien nicht zuzuhören. Sie blieben an einem Stand mit Parfums stehen, billiger Massenware mit Namen wie Cheeky und Hotline. Sanju nahm eine Flasche in die Hand, die groteskerweise die Aufschrift Calcutta trug. Sogleich drängte sich Maddox das Bild eines Illegalen auf, der irgendwo im Zentrum von Al-Thuqbah in einem Bottich mit stinkenden Chemikalien herumrührte, die sich gleichzeitig als Cheeky, Hotline und Calcutta verkaufen ließen.

»Du musst umsichtiger sein, wenn du mit Gorman sprichst«, sagte Sanju. Er sprühte sich Calcutta auf den Ärmel und roch kritisch daran. »Gorman fehlt die Integrität des Zeitungsmenschen im Umgang mit Kollegen.

Und du bedrohst seinen persönlichen Machtbereich. Er betrachtet Saudi-Arabien als sein Terrain und will der einzige westliche Reporter sein, der hier arbeitet. Das macht ihn zu einem gefährlichen Gegner.«

Sanju erstand das Parfum und versprühte es großzügig unter den Achseln seines Jacketts. Als sie ihren Gang über den Freitagsmarkt fortsetzten, kam der Chefredakteur auf den Hauptgrund seines Besuches bei Maddox zu sprechen. »Khalid Al-Yaani hat einen speziellen Auftrag für dich.«

»Muss wichtig sein, wenn der Auftrag vom Besitzer des *Chronicle* persönlich kommt.«

»Es ist wichtig. Die britische und die amerikanische Presse haben die McCready-Geschichte aufgegriffen. Die BBC stellt die Autobombe als einen Angriff islamischer Fundamentalisten auf Westler dar. «

»Damit könnten sie gar nicht so falsch liegen. Islamische Fundamentalisten, die gegen den Handel mit Schwarzgebranntem vorgehen – scheint mir plausibel«, räumte Maddox ein. »Nicht unbedingt die wahrscheinlichste aller Theorien, aber eine mögliche.«

»Khalid möchte, dass du den Aspekt der Schwarzbrennerei herunterspielst. Wir wollen nicht, dass die Polizei und die Mutawwa'in uns auf die Pelle rücken und wissen wollen, wo die ganzen Westler-Kneipen sind, die McCready versorgt hat.«

»Kein Problem, Sanj.«

»Schreib ein paar Artikel, wo du in groben Zügen die Reaktion der westlichen Community auf den Mord an McCready umreißt. Grab ein paar Informationen über Fundamentalisten aus. Und wenn möglich, stell irgendeine Verbindung her zwischen dem Mord an McCready und den hiesigen Islamisten.«

Maddox stieß einen Pfiff aus. »Das ist heikel. Der Regierung wird's nicht gefallen, wenn man ihre extremistische Schwachstelle freilegt. Weiß Khalid etwas, was wir nicht wissen?«

»Vermag ich nicht zu sagen, Peter.« Sanju zündete sich eine neue Zigarette an und fuhr fort: »Die *Tribune* hält an Gormans Version der Ereignisse fest. Sie sagen, hier entzünde sich ein Revierkampf unter Schwarzbrennern. Vielleicht ist Khalids Reaktion ein Reflex auf die Sichtweise der *Tribune*. Andererseits könnte er über seine Quellen in Übersee an Insiderinformationen gekommen sein. Du kennst die Gerüchte? Weißt, mit welchen Leuten er zu tun hatte, als seine Familie im englischen Exil war?«

»Spione!« Maddox dachte an die Konsequenzen und wurde ungehalten. »Gibt's noch mehr, was ich wissen sollte, bevor ich mit den Recherchen beginne?«

»Hey, ich bin nur der Bote. Erschieß nicht mich!«

Khalid Al-Yaanis Motive, dem Mord an McCready den Stempel des Fundamentalismus aufzudrücken, wurzelten vermutlich in seinen Ressentiments gegenüber der saudischen Königsfamilie. Bis in die Achtzigerjahre hinein hatten die älteren Mitglieder des Al-Yaani-Klans im Londoner Exil gelebt. Im Rennen um die königliche Herrschaft auf der Arabischen Halbinsel war Khalids Familie dem Hause Saud unterlegen. Ihre Rückkehr nach Saudi-Arabien war – nachdem sie schließlich ihren geringeren Status anerkannt hatte – auf der Übereinkunft erfolgt, dass sie sich aus der Politik heraushalten würde. Allerdings waren die Araber der Golfregion unversöhnliche Menschen. Khalid Al-Yaani bildete da keine Ausnahme.

Als Zeitvertreib hatte er den *Arabian Chronicle* ins Leben gerufen, zu einem Zeitpunkt, als sich nur regierungsfreundliche Stimmen zu Wort melden durften. Doch mit der sich anbahnenden Öffnung der saudischen Gesellschaft wurden auch die Grenzen für die Berichterstattung weiter gesteckt. Gut möglich, dass Khalid nun testen wollte, in welchem Maße sich diese Grenzen erweitern ließen. Storys, die vor wenigen Jahren als zu kritisch für eine Veröffentlichung gegolten hätten, waren jetzt Teil des alltäglichen Journalismus. Vielleicht stellte ein investigativer Bericht über Details in Sachen islamischer Fundamentalismus im Königreich die nächste Stufe in diesem Öffnungsprozess dar. Aus Maddox' Sicht hatte die Sache nur einen Haken: Im Falle einer Grenzüberschreitung wäre er derjenige, den man kreuzigte.

Als könne er Gedanken lesen, sagte Sanju: »Ich werd sehen, was ich tun kann, damit uns Khalids Rachefeldzug gegen die Mächtigen nicht auf die Füße fällt.«

Sie waren bei einer zerschlissenen Markise angelangt, die drei alten saudischen Frauen Schutz bot. Ganz in Schwarz gehüllt, hockten sie auf dem Boden, umgeben von kleinen Bündeln Sandelholz und Knäueln aus Ziegenhaar. Mühsam sein Gleichgewicht haltend, hockte sich Sanju dazu und begann ein gekonntes Feilschen um ein Bündel Sandelholz. Durch die Sehschlitze in ihren Schleiern verständigten sich die Frauen untereinander mit verstohlenen Blicken. Jede Bewegung ihrer lederartigen Hände hatte eine geheime Bedeutung. Sanju jedoch meisterte diese Herausforderung äußerst souverän.

Maddox hing unterdessen weiter seinen Gedanken nach. Der Besitzer des *Chronicle* wollte ihn für die Story. Niemand anderen. Auf den ersten Blick sah das gut aus.

Wenn der Boss ihn so sehr schätzte, würde er ihm im Falle einer Untersuchung durch die Pressebeschwerdestelle sicher den Rücken stärken. Khalid Al-Yaani hatte genügend Einfluss, um ein paar Strippen zu ziehen, möglicherweise sogar Beweise für ein Fehlverhalten verschwinden lassen zu können. Dennoch fand Maddox ein Haar in der Suppe. Khalid wollte, dass er tief schürfte. Jede hergestellte Verbindung zwischen McCreadys Tod und islamischen Fundamentalisten würde die Regierung jedoch in eine peinliche Lage bringen. Schlimmer noch: Eine nachgewiesene Verbindung würde das bereits angespannte Verhältnis zwischen Saudi-Arabien und seinen westlichen Verbündeten zusätzlich belasten. Maddox verweigerte sich dem Gedanken, dass man ihm den Schwarzen Peter dafür zuschieben könnte.

»Diese McCready-Geschichte könnte gefährliche Züge annehmen«, sagte er laut.

Das Feilschen war beendet. Achtzig Riyal wechselten den Besitzer und eine der Frauen steckte das Bündel Sandelholz in eine Tüte. Maddox musste sich der Konzentration wegen von der Vorstellung einer Misses Zinta losreißen, die sich im Vorfeld einer romantischen Begegnung mit ihrem Gatten mit dem Rauch des brennenden Sandelholzes parfümierte.

Sanju kam unsicher auf die Füße. »Gefährlich? Was soll an einem ganz normalen Artikel gefährlich sein?«

Der Ton des Chefredakteurs sagte Maddox, dass weitere Fragen seinerseits unerwünscht seien. Khalid Al-Yaani hatte gesprochen. Sie setzten ihren Spaziergang über den Markt fort. An einem Stand mit Ornamentteppichen, die Sanjus Interesse geweckt hatten, ließ Maddox seinen Chef zurück, um Wasser zu besorgen. Nach dem nächtlichen Gelage mussten beide ihre Flüssigkeitsspeicher dringend auffüllen

Der Tumult brach los, als Maddox sein Wasser ausgetrunken hatte. Eine Frau hatte ihren Schleier gelüftet, um ungehinderter mit dem Inder sprechen zu können, der am Spielzeugstand bediente. Augenblicke später marschierte ein dünner Mann mit Frettchengesicht und struppigem Bart auf sie zu. Seine Kufiya hatte nicht das übliche rot-weiße Muster. Sie war einfarbig weiß. Auch sein Thawb war anders – kürzer, sodass man die Knöchel sah: die Uniform der Laster-und-Tugend-Männer, der Mutawwa´in. Ein Polizist bemühte sich, mit dem Hüter der islamischen Moral Schritt halten zu können.

»Ist dieser Mann dort dein Ehemann?«, schrie der Mutawwa.

»Nein«, stammelte die verängstigte Frau mit weinerlicher Stimme und ließ den Schleier über ihr Gesicht fallen.

»Ist dieser Mann dein Bruder? Dein Vater?« Der Mutawwa ließ nicht locker.

Voller Demut senkte die Frau den Kopf.

»Zeige niemals einem Manne außerhalb deiner Familie dein Gesicht«, zischte der Mutawwa, »Gott beobachtet dich.«

Es bildete sich eine Menschenmenge. Verärgertes Gemurmel war zu hören, doch man spürte auch unterschwellige Angst.

»Mistkerl!«, stieß Sanju hervor.

Der Blick des Mutawwa glitt über die Menge und blieb an einem philippinischen Paar hängen. Die Frau trug ein Kopftuch, ihr Gesicht jedoch war unverhüllt.

Als der Mutawwa verbal auf den Ehemann losging, tat

er dies mit hoher, kreischender Stimme. »Du! Warum ist das Gesicht deiner Frau unbedeckt? Ist es euren Frauen auf den Philippinen gestattet, nackt herumzulaufen?«

Als die Frau zur Verteidigung ihres Mannes das Wort ergriff, hielt sich der Mutawwa die Ohren zu. »Die Stimme Evas!«, rief er. »Die Versucherin! Ihre Stimme verunreinigt meine Seele! Schweig, Weib!«

Jeden Augenkontakt mit diesem Peiniger vermeidend, murmelte der Ehemann eine Entschuldigung. Beim nächsten Marktbesuch, versprach er, werde seine Frau verschleiert sein.

Ein Lächeln der Genugtuung umspielte die Lippen des Mutawwa.

Maddox war unfähig, seine Zunge im Zaum zu halten. »Sieh nur, wie die verdammte kleine Ratte sich freut«, sagte er zu Sanju.

Das Lächeln des Mutawwa erstarb. Den Polizisten im Schlepptau, stapfte er hinüber zu den beiden Zeitungsleuten. Unter Missachtung jeglicher Distanz zischte er Maddox und Sanju in perfektem Englisch zu: »Ihr glaubt wohl, ich sei ein ungebildeter Wüstennigger, nicht wahr?« Er zeigte auf Maddox' Sonnenbrille. »Nimm sie ab!«

Maddox reagierte nicht.

In dem Versuch, um ihre Unterstützung zu bitten, wandte sich der Mutawwa an die Menge. »Sonnenbrillen sind ein Symbol westlicher Dekadenz. Ist es nicht hinlänglich bekannt, dass es sich dabei um Vorrichtungen handelt, mit denen man durch die Bekleidung unserer Frauen sehen kann?«

Erneut hob Gemurmel an als Ausdruck des Unbehagens, wenn auch Angst jedermann davon abhielt, es offen auszusprechen – hieße dies doch, als Ungläubiger gebrandmarkt werden und eine Strafe herausfordern.

»Verdammt clever«, flüsterte Maddox. »Sich an Leute wenden, die dem Scheiß nicht widersprechen können, den man faselt.« »Feiglinge wie du bekommen, was sie verdienen, ob in dieser Welt oder der nächsten«, fügte er lauter hinzu.

Der Mutawwa mit dem Frettchengesicht grinste verschlagen. Mit seiner Beleidigung eines Mitglieds der Religionspolizei hatte sich Maddox einen Haufen Schwierigkeiten vonseiten der Religionswächter gesichert.

Der Mutawwa öffnete den Mund, um seine Verdammung auszusprechen, da packte ihn jedoch eine Hand von der Größe einer Bärentatze bei der Schulter und ließ ihn verstummen. Sie drückte zu, aber nur so fest, dass er schwieg. Hinter dem mageren Mutawwa hatte sich ein zweiter aufgebaut, das Gesicht verdeckt durch einen dichten Bart.

»Worum geht es denn, Mansour?«, fragte dieser Religionswächter, der so breit wie hoch zu sein schien.

»Dieser Ungläubige weigert sich, seine Sonnenbrille abzunehmen«, erklärte das Frettchengesicht. Als er jetzt die Nase reckte und schnüffelte, erinnerte er mit seiner verkniffenen Mimik noch mehr an ein Nagetier. »Und er und sein Freund haben getrunken.«

Der große Mutawwa schob sich an seinem Glaubensbruder vorbei und stellte sich zwischen die Kontrahenten in einem Streit, der außer Kontrolle zu geraten drohte.

Sanju präsentierte seinen Ausweis. »Sanju Zinta. Chefredakteur des *Arabian Chronicle.* Und das ist Peter Maddox – einer meiner Reporter.«

Der kräftige Mann nickte und gab den Ausweis zurück.

»Hamid Al-Korbi«, sagte er. Er deutete auf eine schmale Gasse in der sie umgebenden Menge. »Gehen wir?«

Maddox spürte die zornigen Blicke des anderen Mutawwa im Rücken, als er Hamid Al-Korbi und Sanju folgte.

»Ich muss mich für Mansours Benehmen entschuldigen«, sagte Hamid. »Er ist neu bei der Behörde.«

Vor einem Textilstand mit einer Art blauem Vorzelt blieb er stehen. Ein Ständer mit Blusen versperrte die Sicht ins Innere. Al-Korbis riesige Hände schufen eine Lücke zwischen den Blusen. Nun gab es keine versteckten Ecken mehr, die zu unmoralischen Aktivitäten einluden.

»Mansour ist mein Neffe. Er schießt mitunter über das Ziel hinaus«, erklärte Hamid Al-Korbi. »Sie gedenken doch nicht, diesen Vorfall in Ihrer Zeitung zu erwähnen, oder?«, setzte er hinzu, ein wenig Hoffnung in der Stimme.

»Ich schreibe einen Artikel über den Freitagsmarkt in Abqaiq. Etwas für den Lokalteil. Kein Grund, Ihren Neffen zu erwähnen«, sagte Maddox nicht ganz wahrheitsgemäß. »Er ist wohl kaum repräsentativ für diejenigen, die im Dienste der Behörde für die Verbreitung von Tugendhaftigkeit und Verhinderung von Lastern stehen.«

»Sie sind wirklich sehr freundlich, Gentlemen.«

Der Mutawwa schüttelte Maddox' Hand so energisch, dass dieser fürchtete, sein Ellbogen werde sich ausrenken, und überreichte Sanju und Maddox nach einer nochmaligen Entschuldigung für das Benehmen seines Neffens seine Visitenkarte. Hamid Al-Korbi arbeitete für die P.O.C., die Arabian Peninsular Oil Company. Sein

Job wurde mit »Berm Construction Foreman« angegeben.

Fragend zog Sanju eine Braue hoch.

»Mr. Al-Korbi arbeitet draußen in den Ölfeldern«, erklärte Maddox. »Alte Pipelines müssen vor direktem Sonnenlicht geschützt werden. Dazu werden sie mit lockerem Sand bedeckt, den man festigt, indem man ihn mit Öl übersprüht. Das nennt man ›berming‹. Unser Freund hier überwacht diesen Vorgang.« Er wandte sich an Hamid. »Nicht gerade ein Job, den ich einem Mutawwa zuordnen würde.«

Hamid Al-Korbi lachte. Seine weißen Zähne strahlten inmitten des Wustes aus Barthaaren und Maddox fühlte sich unweigerlich an einen jovialen Bürgermeister erinnert. »Es ist meine religiöse Berufung, ein Mutawwa zu sein. Darüber hinaus muss ich aber meinen Lebensunterhalt verdienen.«

»Entspringt der Wunsch Ihres Neffen Mansour, ein Mutawwa zu sein, ebenfalls einer religiösen Berufung?«, fragte Maddox.

Ein Anflug von Verärgerung zeigte sich im Gesicht des freundlichen Riesen. »Wie ich bereits gesagt habe, Mansour wurde erst kürzlich Mitglied. Ich bin sein Mentor, also wenn Ihnen jemand Unrecht zugefügt hat, dann ich. Für sein Benehmen gibt es keine Entschuldigung. Man wird ihm gut zureden und ihn in seine Schranken weisen. Wir Muslime respektieren die Gebräuche und Kulturen unserer Gastarbeiter – solange die sich innerhalb unserer gesetzlichen und religiösen Grenzen bewegen. Für Mansour sind sie scheinbar nicht klar genug abgesteckt. Das wird man korrigieren.«

Wieder blieb Hamid stehen, diesmal an einer Stelle,

wo zwei Stände derart dicht standen, dass für die Marktbesucher nur ein schmaler Gang blieb. Das beförderte den Körperkontakt, wenn Männer und Frauen sich durch diese Lücke zwängen mussten. Mit Gesten bedeutete der Mutawwa, dass die Gasse zu verbreitern sei. Äußerst beflissen leisteten die beiden Asiaten, die am Stand bedienten, der Anweisung Folge.

Bemüht, wieder an Mansours Seite zu sein, bevor der sich weiterer Fehleinschätzungen schuldig machte, verabschiedete sich Hamid. »Besuchen Sie mich doch mal«, sagte er zu den Journalisten. »Meine Privatnummer steht auf der Visitenkarte.«

Maddox war ziemlich angetan von dieser neuen Bekanntschaft. Nach außen ein Mann von körperlicher Stärke, war Hamid Al-Korbi von einer Bescheidenheit, von einer Einfachheit, die Maddox Respekt abnötigten. In beruflicher Hinsicht wäre Hamid gut für mindestens einen Artikel über die positiven Seiten der Laster-und-Tugend-Männer und darüber hinaus ein nützlicher Kontakt für die Zukunft.

Zurück am Mercedes, lehnte sich Sanju rauchend gegen den Wagen, während Maddox noch einige Notizen machte für seinen Artikel über den Freitagsmarkt.

»Was die Recherchen über den McCready-Mord und die Verbindung zu Fundamentalisten anbelangt – «, sagte er und steckte Notizbuch und Stift ein, »wann soll ich damit anfangen?«

Sanju drückte seine Zigarette aus. »Sofort.«

Etwas in dieser knappen Antwort ließ Maddox aufhorchen. Es schien, als halte der Inder mit wichtigen Fakten hinter dem Berg. Doch Sanju dazu zu bewegen, freiwillig Informationen herauszurücken, kam oftmals dem Unterfangen gleich, in der Wüste nach Wasser zu graben.

»Und wer wird jetzt Artikel redigieren und die Features für den Lokalteil erstellen, wenn ich am McCready-Fall arbeite?«

»Ich bin mir sicher, dass du es schaffst, zwischenzeitlich den einen oder anderen Artikel aus dir rauszuquetschen.« Sanju lächelte und riss die Augen auf, als käme ihm gerade eine wundervolle Idee. »Und wir lassen zur Unterstützung einen Reporter aus England einfliegen. Der übernimmt die Aufgaben, für die du keine Zeit mehr hast.«

Maddox' Gedanken überschlugen sich. War er zur Belastung geworden? Galt er als entbehrlich? Er war im Begriff zu protestieren, doch Sanju hob die Hand und gebot ihm Einhalt.

»Dankesbekundungen für die Erleichterungen in deinem Job kann ich nicht annehmen. Sie gebühren allein Khalid.«

Jedes weitere Argument war sinnlos. Offensichtlich hatte man bereits Fakten geschaffen.

»Und wo soll er unterkommen, der Neue?«

»Na bei dir, mein Freund.« Der Inder räusperte sich, bereit, noch eins draufzusetzen. »Schließlich bezahlt der *Chronicle* die Miete für das Abqaiq-Büro.

Siebtes Kapitel

Die Ankunftstafel kündigte für den British-Airways-Flug aus London eine halbe Stunde Verspätung an. Maddox seufzte. Diese Woche versprach Erfolg auf der ganzen Linie. Er blickte sich um. Die weitläufige Ankunftshalle des Dammam-Flughafens lag ziemlich verlassen da:

Zwei Kinder bespritzten sich gegenseitig mit Wasser aus einem Brunnen in der Mitte der Ankunftshalle. Gleich daneben saßen ihre jungen Mütter, Mobiltelefone ans Ohr gedrückt. In einer hinteren Ecke stand eine Gruppe Hausmädchen, frisch eingeflogen aus Indonesien. Sie wirkten verwirrt, unsicher. Der Saudi, der sie abholen sollte, trieb sie zum Ausgang und bellte dabei in einer Sprache, die sie nicht verstanden. Maddox seufzte nochmals.

Vielleicht sollte er die Wartezeit nützen und einen Artikel über den nicht voll ausgelasteten Flughafen vorbereiten.

Er sah auf seine Uhr – noch war genügend Zeit für eine Tasse Kaffee und einen Imbiss. Seine Schritte hallten wider, als er den Wegweisern zur Cafeteria folgte.

*****

»Mein Name ist Simmons«, sagte ein Mann mittleren Alters. »Dennis Simmons.«

Obwohl die Cafeteria bis auf Maddox leer war, stellte der Mann seine Tasse Tee auf Maddox' Tisch und setzte sich ihm gegenüber.

»Maddox«, er schüttelte die Hand, die ihm entgegengestreckt wurde, »Peter Maddox.«

»Auch ein Opfer von British Airways?«

Maddox nickte. »Wir müssen uns wohl noch ein wenig gedulden. Halbe Stunde Verspätung.«

Simmons lächelte schief und verdrehte die Augen. »Die reinste Katastrophe, dieser Flughafen. Unfreundliche Angestellte. Lahme Abfertigung bei Zoll und Passkontrolle. Kein Wunder, dass die Leute es vorziehen, wenn möglich drüben, in Bahrain, anzukommen. Zumindest ist da für anständige Drinks gesorgt.«

»Die reinste Katastrophe, dieser Flughafen«, wiederholte Simmons nach einer knappen Pause.

»Mit einer Kapazität für sechzehn Millionen Passagiere im Jahr. Im Moment fertigt man eine Million ab.« Als er Simmons' Überraschung angesichts seiner Stippvisite in die Statistik bemerkte, fügte Maddox hinzu: »Ich bin Journalist. Ein Kollege kommt mit dem B.A.-Flug an.«

»Und ich bin Englischlehrer«, sagte Simmons. »Nicht, dass ich noch viel unterrichtete. Ich bin Schulleiter.«

»In der English International School in Al-Khobar?«

Simmons starrte ihn mit offenem Mund an. »Woher zum Teufel wissen Sie das?«

»Ich vermute, dass der gelbe Nissan Sunny, neben dem ich geparkt habe, Ihnen gehört. An der Windschutzscheibe befindet sich ein Aufkleber der English International School.«

»Ihr Journalisten seid ein wirklich neugieriges Pack.« Simmons lachte.

Maddox musste grinsen. Sein Landsmann wurde ihm zunehmend sympathisch. Alles an ihm sprach für die eiserne Disziplin eines Oberfeldwebels: der präzise gestutzte Schnurrbart, die einem Ladestock ähnliche Haltung und das ergrauende, auf einheitliche Länge geschnittene Haar. Wenn er je einen überzeugten Junggesellen gesehen hatte, dann war es dieser Mann.

Verdammt!, dachte Maddox gleich darauf, als Simmons ein Familienfoto aus seiner Brieftasche zog. So viel zum ersten Eindruck. Mit gespieltem Interesse lauschte er den Jubelarien auf die beiden Töchter. Nur schwieg sich der Mann seltsamerweise über die ältere Frau auf dem Foto aus, die offensichtlich seine Gattin war.

Er war erleichtert, als Simmons das Foto wieder wegsteckte. Wusste er doch nie so recht etwas zu sagen, wenn Familienbilder hervorgekramt wurden. Maddox rührte geistesabwesend in dem trüben Kaffee, den zu trinken er nicht vorhatte, und starrte auf das vertrocknete Croissant, das zu essen er ebenfalls nicht vorhatte.

»Das Zeug scheint nicht viel zu taugen, was?«, kommentierte Simmons und führte seine Tasse an die Lippen.

Plötzlich weiteten sich seine Augen und er stieß einen unterdrückten Schrei aus. Maddox folgte seinem Blick, stand auf, um über den Rand der Tasse blicken zu können. Fühler und Beine von sich gestreckt, schwamm eine der größten Kakerlaken, die er je gesehen hatte, in der dunklen Brühe.

Simmons sprang auf und stürzte zu den Toiletten. Nachdem er sich vergewissert hatte, dass kein Sicherheitspersonal in der Nähe war, machte Maddox ein paar Aufnahmen mit der kleinen Kodak, die er immer zu Anlässen mitnahm, für die seine Ricoh zu groß war. Auf der Papierserviette entdeckte er Namen und Telefonnummer der für das Catering zuständigen Firma und notierte sich beides.

Als Simmons zurückkam, hatte Maddox die Tasse des Anstoßes bereits dezent auf den Nebentisch gestellt. Bevor der Schulleiter mit seinen Beschwerden über das Catering des Flughafens zur Höchstform auflief, fragte Maddox, ob er die Schimpftirade auf sein Diktaphon aufnehmen dürfe. Simmons stimmte bereitwillig zu. Am Ende dieses improvisierten Interviews posierte er sogar mit entsprechend empörtem Gesichtsausdruck für eine Reihe von Fotos.

Maddox spürte, dass womöglich noch eine weitere Story aus dem Schulleiter herauszuholen wäre, und fragte: »Wie läuft's eigentlich heutzutage mit dem Geschäft in Sachen Englischunterricht?«

Simmons' Schnurrbart zuckte. »Das ist ein ziemliches Dilemma, mein Freund. Schwierig, über die Runden zu kommen – vor allem, wenn sich so viele meiner neuen Lehrer als unfähig erweisen.«

»Wie das?«

»Hauptsächlich Alkoholprobleme. Heimweh kommt gleich an zweiter Stelle. Sie sollten mal bei den Vorstellungsgesprächen in England dabei sein. Man könnte meinen, die Bewerber kämen alle aus der Klapsmühle. Da hat man keine große Auswahl.«

Maddox lachte.

»Englisch zu unterrichten ist nicht mehr die Einnahmequelle, die es einst war.« Simmons blickte sich vorsichtig um und beugte sich dann nach vorn. Er sprach in vertraulichem Flüsterton: »Ich denke sogar daran, die Sparte zu wechseln. Mit Schnaps lässt sich Geld machen. Sidiki!«

»Sollten Sie gegenüber einem Vertreter der Presse wirklich so offenherzig sein?«, scherzte Maddox.

Simmons wischte das beiseite. »Sie sind doch einer von uns, Peter. Westler und Brite. Also weiß ich, dass ich Ihnen vertrauen kann.«

Diese Naivität war entwaffnend. Hätte Simmons mit Gorman gesprochen, hätte sich der Direktor der English International School am nächsten Tag in den Schlagzeilen wiedergefunden.

»Momentan ist Schwarzbrennerei nicht unbedingt die sicherste Beschäftigung«, wandte Maddox ein. »Denken

Sie nur daran, was diesem Typ gestern Abend vor dem Rafeeq-Shopping-Center zugestoßen ist.«

»McCready?« Simmons schüttelte den Kopf. »Ich hatte das zweifelhafte Vergnügen seiner Bekanntschaft. Er war nicht gerade beliebt. Ein Dutzend Leute könnte ihn getötet haben. Er hatte eine Menge Feinde.« Für einen kurzen Augenblick des Schweigens schien Simmons darüber nachzudenken, ob er noch mehr sagen solle. Schließlich verriet er: »Sein Tod hat das Sidiki-Angebot in der Ostregion beträchtlich ausgedünnt. Meine Chancen stehen nicht schlecht, die entstandene Lücke zu füllen.«

Maddox hätte dem Schulleiter gern noch weitere Fragen über McCready gestellt, doch die Unterhaltung fand ein vorzeitiges Ende. Die Ankunft des Fluges 505 der British Airways aus London wurde bekanntgegeben.

*****

»Haben Sie Ihren Kollegen schon entdeckt?«, fragte Simmons.

»Noch nicht.«

Die meisten Passagiere des Fluges 505 hatten bereits Pass- und Zollkontrolle hinter sich. Doch weder Barry Kennedy noch Edmund Blake, Simmons' neuer Englischlehrer, waren in der Ankunftshalle aufgetaucht.

Maddox erbot sich, am British-Airways-Schalter nachzufragen.

»Sie sind angekommen«, verkündete er bei seiner Rückkehr, »aber es gibt irgendein Problem – wahrscheinlich bei der Passkontrolle.«

Der Schulleiter schloss enerviert die Augen. »Und was machen wir jetzt?«

»Den Grund für die Verzögerung herausfinden«, erwiderte Maddox.

Von der Absperrung am Ankunftsbereich aus rief er dem Sicherheitsposten etwas zu, der am Ausgang der Zollkontrolle stand. Der Mann übersah ihn geflissentlich, bis Maddox energischer wurde, mit dem Presseausweis wedelte und es ein zweites Mal auf Arabisch versuchte. Jetzt kam der Posten gemächlich näher, wechselte einige Worte mit Maddox und zog wieder ab, auf der Suche nach einem Vorgesetzten.

»Und?«, fragte Simmons.

Maddox stützte sich auf die Barriere und seufzte. »Ein Passagier ist sternhagelvoll, der andere wollte eine Flasche Scotch einführen.«

Bevor Simmons etwas erwidern konnte, tauchte ein Gepäckträger auf, vor sich einen Rollstuhl, in dem ein junger Mann, den Pass im Schoß, schlaff vor sich hin dämmerte. Hinter dem Duo dann ein zweiter Gepäckträger, der, einen kleinen Koffer in jeder Hand, ausrief, ob jemand gekommen sei, um einen Mr. Edmund Blake abzuholen.

Der Schulleiter rang um Fassung. »Wieso passiert das immer mir? Ich sollte einen Berufswechsel ernsthaft in Erwägung ziehen.« Er fing sich jedoch wieder und gab den Gepäckträgern ein Zeichen, sie mögen Edmund Blake samt Gepäck zum Parkplatz schieben. »Es war mir ein Vergnügen, Sie kennenzulernen«, sagte er zum Abschied. »Sie finden mich abends im PJ's. Vielleicht können wir bei Gelegenheit unsere Unterhaltung in angenehmerer Atmosphäre fortsetzen.«

Ja, vielleicht sollten wir das, dachte Maddox. Sobald er den neuen Reporter mit dem Wichtigsten vertraut gemacht hatte, würde er Pat und Jack Fletcher einen Besuch abstatten, um herauszufinden, ob es eine Verbindung zwischen ihrer Bar und dem Tod von Duncan McCready gab. Schließlich hatten das PJ's und das Peninsular Compound ganz oben auf McCreadys Liste gestanden.

Der Sicherheitsposten, mit dem er vorhin gesprochen hatte, gab sich wieder die Ehre. »Kommen Sie mit!«, sagte er, drehte sich auf dem Absatz um und begab sich zurück in das Flughafen-Allerheiligste.

Maddox duckte sich unter der Absperrung hindurch. An einem Counter im Nichts-zu-verzollen-Bereich stand ein gut aussehender Westler von jungenhaftem Äußeren. Sein Auftreten war ungezwungen, entspannt und doch hatte er etwas Überhebliches, Herausforderndes an sich. Ob beabsichtigt oder nicht, seine Haltung war geeignet, den Zollbeamten zu verärgern, der gerade die billige Flasche Whisky untersuchte, die er in einer der Taschen des Mannes gefunden hatte.

»Barry Kennedy?«, fragte Maddox.

Der junge Mann fuhr sich durch das wellige blonde Haar. »Ja, ich bin Barry Kennedy!«, sagte er und deutete sogleich mit dem Finger auf den Zollbeamten. »Können Sie diesem Komiker bitte mal verklickern, dass die Obergrenze bei Spirituosen anderthalb Liter beträgt? Deshalb habe ich den grünen Ausgang genommen.«

Der Zollbeamte runzelte verständnislos die Brauen.

Maddox zückte seinen Presseausweis, schüttelte dem Beamten herzlich die Hand und begrüßte ihn wie einen lang verloren geglaubten Bruder. »Mein Freund kennt die Gesetze und Traditionen Ihres großen Landes nicht«, sagte er auf Arabisch. »Er entschuldigt sich uneingeschränkt für jeglichen Affront gegenüber Ihrer so gastfreundlichen Nation. Er sieht ein, dass sein respektloses Handeln ein Irrtum war, und verspricht, den bedauerlichen Fehler, den er beging, nicht zu wiederholen.«

Nunmehr besänftigt, nickte der Zollbeamte und lächelte. Maddox grinste zurück und nahm Barry Kennedy beiseite. Als er den neuen Kollegen ansah, war das Grinsen verschwunden. »Hat man Sie vor Ihrer Abreise über Saudi-Arabien informiert? Haben Sie eine Vorstellung davon, was hier abläuft?«

»Saudi-Arabien, das heißt Sonne und Sand«, erwiderte Barry angriffslustig. »Muss man mehr wissen?«

»Wir sind hier nicht an der beschissenen Costa del Sol, mein Junge. Hier ist Alkohol illegal, grüner Ausgang hin oder her. Wenn Sie nicht wenigstens ein bisschen Reue zeigen, schickt man Sie mit demselben Flieger zurück, mit dem Sie hergekommen sind.«

Alle Farbe wich aus Barrys Gesicht. Er linste Maddox über die Schulter. Der Zollbeamte nahm sein Gepäck eingehend unter die Lupe.

Maddox kniff die Augen zusammen. »Lassen Sie mich noch ein paar andere verbotene Dinge erwähnen: Pornografie, Drogen, nicht-islamische religiöse Traktate, Druckerzeugnisse, die den Islam oder Saudi-Arabien verunglimpfen.«

Nervös strich Kennedy sein Haar zurück. »Ich hab eine Bibel dabei«, sagte er, als er sah, dass der Zollbeamte besagten Gegenstand aus einem Haufen Kleidungsstücke zog, die Seiten durchblätterte und das Buch zurücklegte.

»Eine Bibel dürfen Sie einführen – zum persönlichen Gebrauch«, sagte Maddox, und um die angespannte

Stimmung etwas aufzulockern, fügte er hinzu: »Ich hoffe nur, Sie haben kein Poster vom Papst dabei.«

Barry Kennedy schüttelte den Kopf und brachte sogar ein schwaches Lächeln zustande.

Im schnellen Arabisch erklärte der Zollbeamte, dass Barry, begleitet von einem Sicherheitsposten, den Aufenthaltsbereich für das Personal aufsuchen und den Scotch dort wegschütten müsse. Zunächst wollte Barry protestieren, zeigte jedoch schnell Einsicht und folgte dem Sicherheitsposten in den Personalbereich.

»Übertreiben Sie nicht ein wenig, wenn Sie ihn den Scotch eigenhändig weggießen lassen?«, fragte Maddox.

Der Zollbeamte lächelte spöttisch. »Würden wir den Whisky lediglich konfiszieren, würdet ihr Westler uns verderbten Arabern, die wir in euren Augen nun mal sind, Diebstahl unterstellen.«

Maddox lachte. »Vermutlich liegen Sie da richtig.«

Mit einmal Male völlig geschäftsmäßig, sagte der Zollbeamte: »Sie wissen ja, wie's läuft.«

»Fünfhundert Riyal Geldstrafe und Barry Kennedy kommt auf Ihre schwarze Liste. Und beim nächsten Verstoß gegen die Zollbestimmungen – Abschiebung«, leierte Maddox herunter.

Der Zollbeamte nickte. »Korrekt! Nur dass die Geldstrafe auf tausend Riyal verdoppelt wurde.«

Maddox stieß einen Pfiff aus. Mit einigem Bedauern zog er zwei 500-Riyal-Scheine hervor und gab sie dem Zollbeamten. Der stellte eine Quittung aus und notierte sich die Daten aus Barrys Reisepass.

Achtes Kapitel

Später, in Maddox' Caprice, sagte Barry nach einer Weile ungemütlichen Schweigens: »Nette Karre! Der Sprit dafür muss ein Vermögen kosten.« Sein Tonfall war die reinste Herausforderung.

»Der Benzinpreis ist nur ein Zehntel so hoch wie in England, also durchaus erschwinglich.«

»Aber schlecht für die Umwelt.«

Maddox überging den Seitenhieb. Barry ist noch jung, sagte er sich, und der demütigende Vorfall am Flughafen hat ihm zugesetzt. Er wird sich an Zusammenstöße mit Amtspersonen gewöhnen müssen – Berufsrisiko. Obwohl Nachsicht mit anderen so gar nicht Maddox' Sache war, sah er ein, dass er hier mal eine Ausnahme machen sollte. Der Junge befand sich in einem fremden Land, war konfrontiert mit einem neuen Job und hatte bereits am ersten Tag gepatzt. Maddox grinste in sich hinein – immerhin hatte Barry einen schlimmeren Tag als er.

In dem Versuch, Konversation zu machen, nannte er Gründe, weshalb seine Wahl auf einen Benzinfresser gefallen war. »Greenpeace-kompatibel ist der Caprice nicht, falls Sie das meinen. Hierzulande muss man beim Kauf eines Wagens bestimmte Sicherheitsaspekte berücksichtigen. Ich bilde mir ein, mit einem etwas längeren Motorblock und verstärktem Stahl an den Seiten größere Überlebenschancen zu haben. Die Saudis und die Jinglys fahren nämlich wie die Wahnsinnigen.«

»Jinglys?«

»Inder«, korrigierte sich Maddox. »'tschuldigung! Unsere Wortwahl hier unten ist nicht immer politisch korrekt.«

Noch bevor Barry etwas erwidern konnte, wurden sie von einem Lastwagen geschnitten, der einen Container mit der Aufschrift »Flüssiger Schwefel« transportierte. Ohne zu blinken, wechselte der Fahrer zwei weitere Spuren, um die Dammam-Port-Ausfahrt zu nehmen. Auf den Container hatte jemand »I love Kerla« gekritzelt.

»Verstehen Sie, was ich meine?«, sagte Maddox. »Verdammte Jinglys!«

»Du meine Güte!«, rief Barry, die Arme steif ausgestreckt in Vorbereitung auf einen Zusammenstoß, zu dem es nicht kam.

»Sind Sie sicher, dass Sie als Erstes ins *Chronicle*-Hauptquartier wollen, Barry?«, fragte Maddox. »Sie haben eine lange Reise hinter sich. Wenn Sie wollen, können Sie das Treffen mit dem Big Boss auch auf morgen verschieben. Ich rufe ihn an. Das ist kein Problem. Und was mich betrifft, ich kann zu Hause genauso gut arbeiten wie im Al-Khobar-Büro.«

»Ich bin nicht sonderlich müde, Mr. Maddox.«

»Nennen Sie mich doch einfach Peter«, schlug Maddox vor.

Tatsächlich, der neue Reporter war hellwach. Mit großen Augen beobachtete er die Straße, zuckte jedes Mal zusammen, wenn Fahrzeuge ohne Rücksicht auf Geschwindigkeitsbegrenzungen und Verkehrsschilder rechts und links vorbeijagten. Maddox fragte sich, ob sich Barry diesem freien Kräftespiel auf den Straßen anpassen werde. Einigen Westlern gelang das nie.

Schließlich entband sich Barry der sinnlosen Aufgabe, das Verkehrsgeschehen vorauszusehen.

»Was für ein Glück, dass ich samstags angekommen bin«, sagte er. »Wegen Wochenende und so. Muss unbedingt ein paar von den hiesigen Mädels kennenlernen.«

Maddox traute seinen Ohren nicht. Wo nur sollte er ansetzen? Dieser Barry war bar jeder Ahnung, was Traditionen und Gebräuche der konservativen islamischen Gesellschaft betraf, in die er hineingeraten war.

Zunächst erklärte ihm Maddox geduldig, dass der Samstag der erste Arbeitstag der Woche sei und nicht Teil des Wochenendes wie in christlichen Ländern. Dann setzte er ihm auseinander, dass die »hiesigen Mädels« auch an Wochenenden an einer so kurzen Leine gehalten wurden, dass sie außerhalb ihrer Wohnungen kaum dem Gesichtskreis ihrer Bewacher entrinnen konnten. Für Maddox war es unverständlich, dass man Barry nicht besser vorbereitet hatte. Noch absurder erschien ihm die Vorstellung, dass Barry als Journalist vor Besteigen des Fliegers keine Informationen über Saudi-Arabien eingeholt hatte.

Ganz unerwartet dann zeigte sich Barry zerknirscht. »Am Flughafen hab ich wohl einen ziemlichen Affen aus mir gemacht.«

»Was Beobachtung und Recherche betrifft, sollten wir Ihre Fähigkeiten schärfen«, schlug Maddox vor.

»Ich habe mir ein Buch gekauft – ›Sitte und Kultur am Arabischen Golf‹. Sollte mir die Anpassung erleichtern. Allerdings«, so räumte er kleinlaut ein, »bin ich noch nicht dazu gekommen, es zu lesen.«

»In diesem Fall genießt die Förderung Ihres Bewusstseins und Ihrer Sensibilität für gesellschaftliche Zusammenhänge oberste Priorität«, sagte Maddox. »Scheuen Sie sich nicht, mir Fragen zu stellen, wenn Sie etwas verwundert. Saudi-Arabien ist ein bizarres Land für einen Neuankömmling. Männer, die Kleider tragen, und

Frauen, die in Müllsäcken rumlaufen.«

Barry warf Maddox einen Blick zu, der ausdrücken sollte, dass er derlei Kommentare für unangebracht hielt. Maddox, der sich darauf konzentrierte, Verkehrsampeln auszutricksen, entging diese Reaktion.

»Schon irgendwas beobachtet, was Sie verwirrt?«, fragte er.

»Nur dass Sie rote Ampeln ignorieren«, sagte Barry. »Das ist bereits die zweite rote Ampel, die wir überfahren.«

»Hey! Die ist doch gerade erst rot geworden«, feixte Maddox. »Das macht's mir leichter, mich den Einheimischen anzupassen. Aber nun raus mit der Sprache ... es interessiert mich wirklich. Was sind Ihre ersten Eindrücke von Saudi-Arabien? Was kommt Ihnen komisch vor?«

»Ich habe bisher noch keine Frauen am Steuer gesehen«, sagte Barry. »Fahren die nicht gerne oder was?«

»Frauen dürfen in Saudi-Arabien nicht Auto fahren. Es ist gesetzlich verboten.«

Barry machte ein entsetztes Gesicht. »Und was ist mit den Rechten der Frau?«

»Frauen haben das Recht, den Mund zu halten«, witzelte Maddox. Als er Barrys Entrüstung sah, gab er den Anwalt des Teufels. »Wollen Sie wirklich verschleierte Frauen mit ihrem eingeschränkten Blickfeld hinter dem Lenkrad eines Wagens sitzen sehen? Das allgemeine Fahrniveau wäre zehnmal schlechter, als es ohnehin schon ist.«

Ein Rassist und frauenfeindlich noch dazu! Barry beschloss, das Thema Frauen fallen zu lassen. »Okay! Andere erste Eindrücke.« Er dachte einen Moment nach.

»Mir ist aufgefallen, dass saudische Männer ihre Bärte entweder sauber gestutzt tragen oder wild wachsen lassen. Was steckt dahinter?«

»Da kommen wir schon weiter«, sagte Maddox, dem das Thema gefiel. »Was Sie da beobachten, ist die Polarisierung der saudischen Gesellschaft. Die Saudis, die sich pflegen wie männliche Models, tendieren dazu, sich dem westlichen Lebensstil anzuschließen. Die Saudis, die ihre Bärte und Schnauzer wachsen lassen, streben hingegen eine strengere Gesellschaft an. Eine, die von den zentralen Glaubensgrundsätzen des Islam regiert wird.«

Ein alter Mercury überholte den Caprice; sein saudischer Fahrer lenkte nur mit einer Hand und nutzte den Rückspiegel, um seine Kopfbedeckung zu ordnen. Als er mit dem Ergebnis zufrieden war, begann er, seinen adrett gestutzten Bart zu kämmen.

»Ich frage mich, wodurch die saudische Gesellschaft auf lange Sicht mehr Schaden nehmen wird«, sagte Maddox. »Durch die Vereinnahmung seitens der westlichen Kultur oder durch das Wiederaufleben des Fundamentalismus?«

Links von ihnen ragte ein riesiges, mit Säulen versehenes Gebäude aus grünem Marmor empor. Spiegelglasfenster reflektierten die Sonne derart, dass es in den Augen schmerzte. Auf dem Giebeldreieck über dem Eingang stand in goldenen Lettern *Kingdom Tribune.*

Maddox ging leicht vom Gas. »Die Konkurrenz«, sagte er bissig.

»Das hört sich an, als wäre die *Tribune* eher Feind als Konkurrenz«, stellte Barry fest.

»Das kommt der Wahrheit recht nahe.«

»Gestern Abend war übrigens einer von der *Tribune* im

Fernsehen«, sagte Barry. »Auf BBC und CNN. Wurde zu dem Anschlag vor dem Shopping-Center befragt. War 'n merkwürdiger Name. Bentley irgendwas. Hat sich angehört wie ein Australier, der einen Lehrgang in Sprechtechnik hinter sich hat.«

»Gorman? Bentley Gorman. Ursprünglich Neuseeländer und mein Pendant beim Konkurrenzblatt. Liebling der herrschenden Klasse des Landes. Hat eine Dauer-Vendetta gegen alle Westler laufen.«

»Wirklich? Ich hätte erwartet, dass alle Westler wie Pech und Schwefel zusammenhalten.«

Maddox zuckte die Achseln. »Es gibt eine Menge Beneidenswertes am Lebensstil der Westler in Saudi-Arabien und genauso viel Verachtenswertes, wenn man von diesem privilegierten Lebensstil ausgeschlossen ist. Gorman schaut von draußen zu. Die Sichtweise, die er vertritt, wenn er über Westler schreibt, ist seine Art, Rache zu nehmen.« Maddox warf einen Blick auf seine Armbanduhr. »Oh Mann! Wir sind spät dran. Khalid Al-Yaani sollte man nicht allzu lange warten lassen. Für welches Blatt in England haben Sie eigentlich gearbeitet?«

»*Huddersfield Courier!*«

»Aha! Hauptsächlich Berichte über entlaufene Katzen und Rentner, die von betrügerischen Gasablesern gelinkt werden, nehme ich an.«

»Nicht zu vergessen die Treffen der männlichen und weiblichen Pfadfinder«, fügte Barry hinzu.

*****

Das Gebäude, das die Büros des *Arabian Chronicle* beherbergte, bildete den völligen Kontrast zu dem der *Kingdom Tribune*. Die einst weißen Mauern waren jetzt von einem den Witterungseinflüssen geschuldeten deprimierenden Grau. Die Dominanz gerader Linien und rechter Winkel vermittelte den Eindruck, als bestehe das Haus aus billigen Gipskartonplatten. Ein alles andere als virtuos gestaltetes Schild auf dem Dach verkündete jedem Passanten, dass die trostlose Immobilie darunter Hauptsitz des *Arabian Chronicle* sei.

»Es ist nicht viel, aber es ist Heimat«, sagte Maddox. Er parkte den Caprice zwischen Sanjus Mercedes und einem brandneuen Land Cruiser mit Allradantrieb.

»Wie Sie gleich an unseren noblen Büros erkennen werden, sind wir der arme, provinzielle Cousin der *Tribune*.«

Sie stiegen die Stufen hoch und gingen durch eine Drehtür. Klimatisierte Luft empfing sie und hüllte sie ein. Maddox wechselte ein paar freundliche Worte mit dem Mann vom Sicherheitsdienst, der seine Füße auf den verzogenen Empfangstresen gelegt hatte, und dann ging es nach oben, in die zweite Etage, zur Nachrichtenredaktion.

Auf dem Weg dorthin versorgte Maddox seinen neuen Kollegen mit einem Schwall Fakten: »Der *Arabian Chronicle* begreift sich eher als nationale Zeitung. Wir berichten im Interesse aller Menschen, die in diesem Lande leben, schreiben nicht nur für die Begüterten, Einflussreichen. Anders als die *Kingdom Tribune* zielen wir nicht auf die internationale Leserschaft. Genauso wenig sind wir Sprachrohr der Regierung. Zwischen dem Besitzer des *Arabian Chronicle* und der herrschenden Dynastie gibt es keinerlei Bande der Sympathie und so lässt Khalid Al-Yaani keine Gelegenheit verstreichen, die Royals vor den Kopf zu stoßen.«

In der Nachrichtenredaktion herrschte ungewöhnliche Betriebsamkeit. Jedermann schien beschäftigt, redigierte oder lud internationale Nachrichten herunter. Keiner der Kollegen aus Indien und Pakistan verfolgte auf seinem Computer das an diesem Tag zwischen beiden Ländern ausgetragene Kricketspiel. Es gab keine halbherzigen Begrüßungen, man ignorierte Maddox geflissentlich, vor allem Iqbal Singh, der dienstälteste indische Reporter, dem es missfiel, ständig die zweite Geige nach Maddox zu spielen.

Noch bevor Maddox jemandem eine Information entlocken konnte, was denn eigentlich los sei, fiel sein Blick auf Sanju. Der Chefredakteur saß hinter dem Schreibtisch seines verglasten Büros. Mit Nachdruck deutete er auf das angrenzende, holzgetäfelte Büro des Herausgebers, aus dem gedämpft ein Streitgespräch zu hören war. Sanju stieß seinen Zeigefinger in Maddox' Richtung, um ihn sich anschließend quer über die Kehle zu ziehen.

»Schenken Sie diesem Idioten keine Beachtung. Er ist nur der Chefredakteur«, sagte Maddox, während er und Barry das Büro betraten.

Im Anschluss an eine knappe Vorstellung und Begrüßung setzten sich die beiden auf die unbequemen Stühle, die Besuchern des Chefredakteurs vorbehalten waren. Sanju war nicht daran interessiert, dass sich jemand bei ihm wohlfühlte. »Ermuntere niemanden, länger zu bleiben, als unbedingt nötig«, pflegte er zu sagen.

Sein schmuckloses Büro schreckte ebenfalls unerwünschte Gäste ab: Kahle, nikotinverfärbte Wände, ein smaragdgrünes Sofa als einzige Konzession an Komfort. Es diente Sanju als Bett, wenn der Umbruch einer Titelstory sich verzögerte und er in der Redaktion noch benötigt wurde.

Sanju drückte seine Zigarette aus, lehnte sich in seinem verstärkten Bürostuhl zurück und musterte Barry über seinen dem Status eines Chefredakteurs angemessen teuren Schreibtisch hinweg. »Großartig, Sie an Bord zu haben«, sagte er freundlich.

Dann schwenkte sein Blick zu Maddox. Der Tunneleffekt von Sanjus Linsen, verstärkt durch die schwarzen Ränder seiner Brille, vermittelte Maddox das Gefühl, in Gewehrläufe zu starren.

»Stimmt was nicht, Sanj?«

Wieder hörte man gedämpftes Geschrei aus Khalid Al-Yaanis Büro.

»Seine Exzellenz Rami Al-Rasheedi«, erklärte Sanju mit einem Anflug von Sarkasmus. »Exzellenz« war eine Anrede, die der niedere saudische Adel liebte. »Er ist gekommen, um den Boss persönlich zu sprechen – wegen der Beschwerde, die gegen dich läuft.«

Bei der Erwähnung einer Beschwerde gegen Maddox saß Barry gleich noch aufrechter auf dem unbequemen Stuhl, die Ohren gespitzt.

Maddox zuckte mit den Achseln. »Für Gorman hängen die Trauben zu hoch. Die PBS hat nicht genügend Beweise, um mir was anzuhängen. Das ganze Theater fußt nur auf haltlosen Behauptungen und Hörensagen.«

»Das mag sein. Allerdings ist das nicht unsere einzige Sorge. Angesichts der dem *Chronicle* drohenden Untersuchung durch die PBS stellt sich für Khalid die Frage nach den Auswirkungen auf die Saudi Press Awards. Er kann es sich an zwei Fingern abzählen. Erstens: Gegen dich erhobene Beschuldigungen bedeuten schlechte Publicity für den *Arabian Chronicle*. Zweitens: Mit Rami Al-Rasheedi als Vorsitzenden in der Jury laufen wir Gefahr, von der *Tribune* doppelt angeschissen zu werden.«

Maddox' Reaktion, ein weiteres geringschätziges Achselzucken, versetzte den Chefredakteur in äußerste Wut. Offensichtlich hatte Khalid Al-Yaani ihm bereits die Hölle heißgemacht, und so ließ er alle Gelassenheit fahren. Sein Körper zitterte wie Gelee unter seismischen Erschütterungen. Bevor es jedoch zur Eruption kommen konnte, wurde Khalid Al-Yaanis Bürotür aufgestoßen. Rami Al-Rasheedi stolzierte heraus, einen braunen, goldbestickten Umhang über seinem weißen Thawb, der seinen hohen Status unterstreichen sollte. Überheblich musterte der PBS-Vorsitzende die Nachrichtenredaktion, nicht ohne den Chefredakteur mit einem spöttischen Lächeln zu bedenken.

»Wichtigtuer«, murmelte Maddox, laut aber begrüßte er Rami Al-Rasheedi mit einem fröhlichen »Guten Morgen, Euer Exzellenz!«

Zornesröte überzog Al-Rasheedis Gesicht. Sein dünnlippiger Mund, umrahmt vom Bart eines Inquisitors, zeugte von einem Mann, der es gewohnt war, seinen Willen durchzusetzen, und der es nicht gewohnt war, dass ihm jemand oder etwas in die Quere kam. »Bis zum Ergebnis der Untersuchung bleiben Sie hinsichtlich der Saudi Press Awards unberücksichtigt, Maddox«, sagte er, machte auf dem Absatz kehrt und fegte aus der Nachrichtenredaktion.

Kurz darauf rief Khalid Al-Yaani Maddox zu sich. Das Büro des Herausgebers wirkte ungleich einladender als das seines Chefredakteurs. Vergrößerungen von Schwarz-Weiß-Fotografien zierten die Wände und erzählten von einer schlichteren Phase in der saudi-arabischen Geschichte. Ein Perlentaucher, dürr wie eine Bohnenstange und mit braunen Zähnen, präsentierte stolz eine Handvoll Perlen. Eine Dhau lag vor Anker, deren Besatzung eher Piraten glich als den eitlen, parfümierten Pfauen, zu denen sich viele ihrer Nachfahren entwickelt hatten. Allerdings gab es keine der berühmten Aufnahmen des ersten saudischen Königs, wie er den Hahn der ersten Ölquelle des Landes aufdrehte. Vermutlich hat Khalid die auf seiner Dartscheibe, dachte Maddox.

»Nehmen Sie Platz, Peter.«

Maddox glitt in einen der Sessel, die an den Wänden des Büros standen. Ihm gegenüber, hinter einem Schreibtisch, nur halb so groß wie Sanjus, saß Khalid Al-Yaani, leicht nach vorn gebeugt, die Fingerspitzen beider Hände aneinandergelegt. Der Herausgeber war ein großer, korpulenter Mann. Anders als bei Sanju hatte seine Körperfülle etwas Gesundes. Zudem war er – ungewöhnlich für einen Saudi – glatt rasiert. Diese Abweichung von der Norm kennzeichnete den Unterschied zwischen ihm und seinen bärtigen Landsleuten. Er war ein Freigeist, ein Nonkonformist in einer Nation von Konformisten.

»Kaffee? Tee?« Khalid wies auf zwei Thermoskannen auf einem Beistelltischchen. Daneben, auf einem Tablett aus Porzellan, standen Teegläser.

Maddox lehnte ab.

Der Besitzer des *Arabian Chronicle* erhob sich und begann, im Zimmer auf und ab zu gehen. »Al-Rasheedi und die PBS werden diese Beschwerde so weit wie möglich vorantreiben. Zur Prüfung der Beweise hat man eine journalistische Ethikkommission eingesetzt. Ich persönlich denke, sie werden einen schweren Stand haben. Was sie aufweisen können, ist von untergeordneter Bedeutung.« Er hielt inne und sah Maddox fragend an. »Ist Ihre Quelle sicher?«

»Ich habe nichts Gegenteiliges gehört«, erwiderte Maddox.

»Gut!« Al-Yaani nahm seinen Spaziergang wieder auf. »Es gibt nichts Schlechteres, als eine Quelle zu gefährden. Schlecht für zukünftige Geschäfte.«

Maddox räusperte sich. »Ich bedaure es, sollte ich Sie in eine peinliche Lage gebracht haben, Sir.«

Khalid Al-Yaani tat Maddox' Besorgnis mit einer Handbewegung ab. »Sie sind es, Peter, der in diesem Morast aus Kot steckt, wie Sanju es wohl eloquent ausdrücken würde. Al-Rasheedi will, dass Sie umgehend und für die Dauer der Untersuchung suspendiert werden.«

»Und was haben Sie dazu gesagt, Sir?«

»Ich habe ihm gesagt, er soll zur Hölle fahren.«

»Ich hoffe, Sie haben es etwas diplomatischer formuliert.«

Khalid Al-Yaani lächelte flüchtig. Dann wurde seine Miene wieder ernst. »Sanju hat Sie informiert, weshalb Barry Kennedy vor Ort ist?« Es war eine rhetorische Frage.

»Um Artikel zu redigieren und die Lokalseiten zu übernehmen, während ich an der McCready-Story arbeite.«

»In dieser Sache wollen wir der *Tribune* zuvorkommen, Peter. Die betrachten die Story unter dem Blickwinkel eines Krieges zwischen Schwarzbrennern in der Ostregion. Die irren sich! Das hab ich im Gespür! Hier handelt es sich um ein Werk von Fundamentalisten.«

Maddox hielt es für unklug, seinen Boss darüber zu informieren, dass die ersten Recherchen Bentley Gormans Sicht der Dinge bestätigten. Khalid schien so überzeugt. Vielleicht hatte ihm irgendjemand etwas ins Ohr geflüstert.

»Graben Sie tief«, fuhr Khalid Al-Yaani fort. »Finden Sie das Bindeglied zwischen der Extremistenszene und der Autobombe am Rafeeq. Das wird Sie von dieser verflixten Untersuchung mehr als entlasten.«

»Ich tu mein Bestes, Sir.«

»Gut! Das wäre dann alles, Peter. Und schicken Sie mir diesen Kennedy rein. Ich möchte ihn instruieren.«

Maddox erhob sich zögernd.

»Ich möchte ihn unter vier Augen instruieren.«

Nunmehr ausgeschlossen von der Unterredung zwischen Khalid und Barry Kennedy, machte es sich Maddox auf dem Sofa des Chefredakteurs bequem. Er befand es an der Zeit, einige Fragen zu stellen.

»Wann hat der Boss Kennedy angeheuert?«

»Vor ein paar Wochen, als er in London war. Die Stellenanzeige stand im *Guardian*. Ich hab's auch gestern erst herausgefunden.«

Sanju zog eine Schreibtischschublade auf und kramte darin herum – ein untrügliches Zeichen, dass er nicht die Wahrheit gesagt hatte. In derlei Situationen flüchtete er sich gern in Ersatzhandlungen.

»Komm schon, Sanj«, sagte Maddox, »in der Schublade stößt du allenfalls auf deine Vorrichtung zum Abhören des Polizeisenders.«

Der Chefredakteur knallte die Schublade zu und räusperte sich nervös.

Maddox lächelte. »Vom *Huddersfield Courier* zum *Arabian Chronicle* – von einem Lokalblättchen zu einer überregionalen Zeitung. Ist schon ein gewaltiger Sprung. Meinst du, der packt das?«

»Ich habe seinen Lebenslauf gelesen. Der Beste seiner Klasse auf der Journalistenschule. Hervorragende Referenzen. Der packt das.«

Maddox ließ es dabei bewenden, schwang seine Füße auf den Boden und stand vom Sofa auf. »Es gibt jede Menge zu redigieren. Barry ist mit etwas anderem beschäftigt, also mach ich mich dran. Und wenn ich schon mal dabei bin, kann ich auch gleich den Flughafen-Artikel vorbereiten.«

Sanju nickte.

Als Maddox das Büro verlassen wollte, hielt ihn der Chefredakteur an der Tür auf. »Versprich mir, vorsichtig zu sein, Peter. Wir wissen nicht, worauf wir uns mit dieser Geschichte einlassen. Vergiss nicht, dass Khalid eine Story will, die die Machthaber in Verlegenheit bringt. Womöglich will er sie um jeden Preis. Wenn du nachweisen kannst, dass muslimische Fundamentalisten für McCreadys Tod verantwortlich sind, straft es das, was die Regierung in die *Tribune* lanciert, Lügen. Im Handumdrehen schaffst du dir so einen Haufen einflussreicher Feinde. Vielleicht verliert Khalid den Blick für die Gefahren, in die er seine Reporter manövriert, ich aber nicht. Also sei bitte vorsichtig – allein schon Martinas und Kerrys wegen.«

Maddox sah Sanju an. »Auf wen setzt du?«, fragte er. »Auf islamische Terroristen oder auf Schwarzbrenner?«

»Schwarzbrenner«, erwiderte der Inder ohne zu zögern.

Nachdenklich ging Maddox durch die Redaktion. Da war etwas faul mit der Anstellung von Barry Kennedy. Erst die Sache mit dem Scotch am Flughafen. Nur ein Schwachkopf würde versuchen, Alkohol ins Land zu bringen. Dann dieses Vieraugengespräch mit Khalid. Da Barry die Lokalseiten übernehmen sollte, wäre es sinnvoll gewesen, er hätte seine Instruktionen von ihm, Maddox, erhalten, es sei denn, man wollte ihn aus dem *Chronicle* herausdrängen. Ein Gedanke, so unerwünscht, dass Maddox ihn sogleich verscheuchte. Er blieb am Schreibtisch Iqbal Singhs stehen. Der indische Kollege maß ihn mit mürrischem Blick. Maddox zwinkerte ihm zu und sammelte einen Stapel zu redigierender Texte ein.

Die Schreibtische in der Nachrichtenredaktion standen einander gegenüber. Im Gegensatz zu seinem aufgeräumten Schreibtisch zu Hause war Maddox' Schreibtisch in der Redaktion das reinste Chaos – Papiere allerorten, ein Eingangskorb, der überzuquellen drohte, und der Rand des Monitors voller Klebezettel, die Maddox an Dutzende zu erledigender Aufgaben erinnern sollten. Maddox ließ sich in seinen Stuhl fallen.

Ihm gegenüber saß Nahid Qarni. Als einzigem saudischen Journalisten beim *Arabian Chronicle* fiel ihm die Aufgabe zu, die Seite »Aspekte des Islam« zusammenzustellen. Nahids betagte Augen ruhten auf Maddox. Es waren Augen, die die Umbrüche im Land – weg vom Kamel, hin zum Cadillac – gesehen hatten. »Guter Artikel, den Sie über den Freitagsmarkt in Abqaiq abgeliefert haben«, sagte er.

»Danke! Ich hoffe, dass ich im Falle der Mutawwa´in nicht zu weit gegangen bin.«

Nahid lächelte dünn. »Ihrem Artikel nach zu urteilen, war es der Mutawwa, der zu weit gegangen ist.«

Außenstehenden mochte das freundschaftliche Verhältnis zwischen Maddox und Qarni befremdlich erscheinen. Maddox, der respektlose Zyniker, Auge in Auge mit dem ehrwürdigen islamischen Gelehrten. Doch die Gegensätzlichkeit ihrer Standpunkte hatte ihnen oft bei ihrer Arbeit geholfen, was der Entwicklung eines tiefen Verständnisses füreinander förderlich gewesen war. Abgesehen davon, dass der in sein Thawb gehüllte Muslim und der Westler in einer von Indern dominierten Redaktion etwas gemeinsam hatten: Beide waren Außenseiter.

»Wie geht's dem neuen Jungen?«, fragte Nahid und deutete mit dem Kopf auf Khalid Al-Yaanis Büro. »Er wirkte etwas verloren, als er hereinkam.«

»Barry muss sich akklimatisieren, den kleinen Kulturschock verarbeiten. Das wird schon.«

»Sie müssen Barry mal am Wochenende zum Essen mitbringen«, sagte Nahid.

»Kann ich machen, aber es wird ein reiner Freundschaftsbesuch. Kein Missionieren wie seinerzeit, als ich das erste Mal bei Ihnen war. Sollten Sie versuchen, ihn zum Islam zu bekehren, bitte ich unsere Kollegen, Ihnen Kricket anzutragen.«

Der alte Mann lachte. »Für Letzteres sehe ich kaum Chancen, mein Freund. Allerdings ist es als Muslim meine Pflicht, die Botschaft Allahs zu verbreiten.«

»Hm! Aber hüten Sie sich davor, derart zu übertreiben wie dieses Frettchen von Mutawwa gestern.« Maddox erkannte, dass er seinerseits soeben über die Stränge geschlagen war, und wechselte das Thema. Er deutete auf das Papier in Nahids Hand und fragte, woran er arbeite.

Nahid reichte ihm den Brief. Er behandelte eine theologische Frage, gehalten im Stile einer Kummerkasten-Anfrage:

Lieber islamischer Bruder Nahid Qarni,
ein Freund von mir fühlt sich ungemütlich während des Gebets, weil er glaubt, er hätte einen Wind fahren lassen und auf diese Weise seine rituellen Waschungen unwirksam gemacht. Mein Freund hat Zweifel, ob er wirklich einen Wind hat fahren lassen oder ob es eher ein Zusammenziehen seiner Gedärme gewesen ist.

J.F., Abqaiq

Mit einem Grinsen reichte Maddox den Brief zurück. »Ist das ernst gemeint?«

»Dieser Gentleman schreibt mir ständig. Er ist ein neuer Konvertit und hat Fragen ohne Ende – egal wie bizarr. Ich soll nächste Woche ein Interview mit ihm machen und ihn zu seinem Übertritt befragen.«

Nahid, offensichtlich peinlich berührt und unsicher, wie er den Brief beantworten solle, bat um Rat.

Maddox dachte einen Moment lang nach. »Man kann immer die islamische Regel zitieren, der zufolge kein Zweifel die Gewissheit entkräftet. Wenn J.F. sich sicher ist, seine Waschungen korrekt ausgeführt zu haben, können sie nicht unwirksam sein, nur weil er denkt, er habe gefurzt ... also einen Wind fahren lassen.«

Nahid Qarni schien mit Maddox' Lösung glücklich.

»Ich werde Ihre Worte umarbeiten – das Ganze akzeptabler machen für meine Leserschaft«, sagte er.

Über seine Artikel gebeugt, ertappte sich Maddox dabei, wie er immer wieder Khalid Al-Yaanis Büro ins Visier nahm. Es schien sich um ein langes Briefing zu handeln.

Neuntes Kapitel

Das Wrack des Lexus auf dem Hof der Abqaiq-Fahrschule war geeignet, Albträume heraufzubeschwören. Und genau deshalb hatte man es dort hingestellt – um nachhaltige Schockwirkungen zu erzielen. Der Wagen war von einem Aufprall aufgerissen worden, der drei Menschen das Leben gekostet hatte, wie auf einem am Fahrgestell angebrachten Schild zu lesen war. Kopfschüttelnd stand Maddox davor. Er mochte sich den Unfallhergang und seine Folgen nicht ausmalen.

»Hui, das sieht ja übel aus«, kommentierte Barry Kennedy das pädagogische Anschauungsmaterial. Es war Sonntag und der Besuch der Fahrschule diente mehreren Zwecken. Zum einen sollte sich Barry Kennedy der obligatorischen Fahrprüfung unterziehen, zum anderen stand ein Artikel zur »Woche der Verkehrssicherheit« auf Maddox' Agenda. Und ganz nebenbei bot sich die Gelegenheit, Major Al-Tamimi zu neuesten Entwicklungen im Fall McCready zu befragen.

»Auf den Straßen des Königreiches sterben jährlich fünftausend Menschen«, sagte Maddox.

Barry pfiff durch die Zähne.

»Und zweiunddreißigtausend werden schwer verletzt«, ließ sich eine Stimme hinter ihnen vernehmen.

Die beiden Reporter drehten sich um. Vor ihnen stand ein Mann in einer adretten Uniform der Verkehrspolizei. Maddox stellte Barry Major Mohammed Al-Tamimi vor. Der Major war ein gut aussehender Mann, dessen Attraktivität nur durch ein Feuermal unterhalb des rechten Auges beeinträchtigt wurde. Wie ein Offiziersstöckchen steckte ein zusammengerolltes Magazin unter seinem Arm. Man sah den Major selten ohne ein Exemplar von *Maestro Detective*, und Maddox vermutete, dass das wöchentlich erscheinende Kriminalmagazin die Inspiration für Al-Tamimis berühmten kriminalistischen Scharfsinn war.

»Sind Sie schon unter Beschuss geraten wegen der Sache mit McCreadys Nummernschild?«, fragte Maddox.

»Nicht wirklich.« Der Major tat das Ganze ab. »Es gibt eine interne Ermittlung, die schlimmstenfalls auf eine Verwarnung hinausläuft.«

Maddox deutete auf Barry und sagte: »Da es in Saudi-Arabien gegen das Gesetz verstößt, ohne saudischen Führerschein zu fahren, braucht mein neuer Kollege ein Exemplar. Wie wär's, wenn wir den ganzen Papierkram umgehen und das sofort erledigen? Steht Ihnen ein Prüfer zur Verfügung?«

Barry war platt. Von einer Fahrprüfung war nie die Rede gewesen, lediglich von einem Artikel über die »Woche der Verkehrssicherheit«. Der Blick, den er Maddox zuwarf, sprach Bände. »Hat Khalid Sie denn nicht instruiert?«, fragte Maddox scheinheilig und grinste in sich hinein. Diese kleine Komödie hatte er sich nicht verkneifen können. Dennoch, die sogenannte Wohngemeinschaft mit Barry ließ sich überraschend gut an. Der war gestern früh zu Bett gegangen, sodass Maddox in aller Ruhe seinen Artikel über den Flughafen hatte verfassen können. Beim gemeinsamen Frühstück heute Morgen dann hatte er Barry das eine oder andere zum Fall McCready mitgeteilt. Die Tatsache, wieder jemanden in der Wohnung zu haben, gestaltete sich erträglicher, als vermutet. Sicher, es war anders als mit Martina und Kerry, gänzlich unangenehm war es jedoch nicht.

Der Major hatte inzwischen über sein Mobiltelefon alles für die Fahrprüfung in die Wege geleitet. »Jetzt schulden Sie mir zwei Gefallen«, sagte er.

»Hey«, gab Maddox zurück, »ich steh leibhaftig vor Ihnen, oder? Ich werde einen Artikel über die ›Woche der Verkehrssicherheit‹ schreiben und Sie dabei gut aussehen lassen. Das dürfte Ihnen wichtige Pluspunkte bescheren.«

Barry sah Maddox missbilligend an.

»Eine Hand wäscht die andere«, erklärte Maddox. »So läuft das hier am Golf.«

Ein Polizist näherte sich, ein schlanker, bärtiger Mann, dessen Uniformhose einige Zentimeter zu kurz war.

»Die Länge des Bartes und der Hosen deutet auf Demut hin – dieser Polizist ist ein Mutawwa«, verkündete Barry.

»Der Junge lernt schnell.« Der Major lachte.

»Wohl in ›Sitte und Kultur am Arabischen Golf‹ geschmökert, was, Barry?«, feixte Maddox.

»Das ist Officer Hassan«, sagte der Major. »Er wird Sie bei Ihrer Fahrprüfung begleiten. Außerdem darf nur ein Beamter der Verkehrsbehörde einen Führerschein ausstellen.«

Hassan nahm vor dem Major Haltung an, bevor er

Barry zu einem verbeulten Toyota Corolla, dem Prüfungsfahrzeug der Fahrschule, geleitete.

Maddox grinste breit.

»Worüber amüsieren Sie sich?«

»Ich fragte mich, warum Sie immer Hassan für die Prüfungen abstellen. Befürchten Sie, dass die anderen Beamten Bestechungsgelder annehmen? Ist er der einzige nicht korrupte Cop in der Stadt?«

»Da könnten Sie den Nagel auf den Kopf getroffen haben«, räumte der Major ein. »Es bringt Vorteile mit sich, Mutawwa´in bei der Polizei zu haben. Sie lassen sich weniger von Vetternwirtschaft und Geld beeinflussen.«

Maddox und der Major schlenderten über das Gelände der Fahrschule. An einer zentralen Stelle hatte man ein Festzelt aufgebaut, wo eine kleine Ausstellung untergebracht war. Ein Schild verkündete in arabischer Schrift: »Woche der Verkehrssicherheit«. Die beiden Männer suchten Zuflucht in der kühlen Atmosphäre des Zeltes. Obwohl es relativ früh am Tage war, hatte die Luft sich bereits ziemlich erwärmt. Maddox zückte sein Notizbuch und machte ein paar Notizen über die Ausstellungsstücke. Eine Gruppe von Polizisten scharte sich um einen brandneuen Chevrolet Lumina – die neueste Waffe im Kampf gegen Verkehrssünder. Vergnügt gab ein Polizist einigen Schuljungen eine ohrenbetäubende Demonstration der Sirene. »Ausgezeichneter Artikel über den Freitagsmarkt«, sagte der Major, als der Lärm abgeklungen war. »Ich weiß nur nicht, ob es klug war, so negativ über die Mutawwa´in zu berichten. Diese Leute wollen Sie doch sicher nicht gegen sich aufbringen.«

»Ich kann aber auch nicht berichten, im Königreich sei

eitel Sonnenschein, wenn dem nicht so ist. Außerdem habe ich mir nur dieses Frettchen vorgenommen. Apropos – Abqaiq ist das sprichwörtliche Dorf. Ist Ihnen der Typ schon mal über den Weg gelaufen?«

»Ihrer Beschreibung nach könnte es sich um Mansour Al-Bishi handeln.«

»Mansour Al-Bishi. Ja, das ist er! Höchst unangenehmer Typ«, sagte Maddox.

»Mansour lebte bis vor Kurzem in einer spirituellen Leere. Drogen, Alkohol und Mädchen. Vermutlich auch Knaben. Nach Jahren der Ausschweifung, der Selbstbefleckung und mehreren Gefängnisaufenthalten wurde er auf den rechten Pfad geführt. Jetzt ist er ein Sittenwächter durch und durch und drängt auf die Einhaltung der Scharia. Er mag ein Eiferer sein, aber er ist ein guter Muslim.«

Maddox beschloss, nicht weiter nachzuhaken. Das brächte sein Gegenüber eher in Verlegenheit, da offene Diskussionen zum Thema Religion im Königreich nicht sonderlich gelitten waren.

»Irgendwas Neues im Mordfall McCready?«, fragte er beiläufig.

Der Major hob eine Augenbraue. »Eine Menge. In gewisser Hinsicht bin ich persönlich involviert und habe die Entwicklungen deshalb genau verfolgt. Erstens: Knapp eine Stunde vor seinem Tod hat McCready 5.000 Riyal am Geldautomaten des Safeway-Supermarkts abgehoben. In dem ausgebrannten Fahrzeug fand sich jedoch keine Spur von dem Geld.«

»Verbrannt?«

»Hm! McCreadys Bankauszüge zeigen, dass er drei Tage hintereinander 5.000 Riyal abgehoben hat. Die

Abhebung am Safeway-Geldautomaten war die letzte. Zweifel sind berechtigt, ob ein Stapel Geld verbrennt, ohne eine Spur zu hinterlassen.«

»Vielleicht eine Schutzgeldzahlung?«

»Möglicherweise.«

»Wiederholt sich das Muster der Abhebungen?«, fragte Maddox.

»Alle drei Monate – der Safeway-Geldautomat ist immer der letzte, der benutzt wurde.«

»Weiß man, ob McCready bei Safeway was gekauft hat?« Die Frage war Maddox spontan in den Kopf gekommen. »Es erscheint etwas merkwürdig, dass er zum Supermarkt geht, nur um Geld abzuheben. Im Rafeeq gibt es schließlich diverse Geldautomaten.«

»Auch da ist man einen Schritt weiter. Zwar hat die Überwachungskamera bei Safeway McCready nicht aufgenommen, dafür aber den Pakistani, den man erstochen auf der Bank gefunden hat. Tatwerkzeug war übrigens ein Krummdolch. Der Pakistani hat neben einer Schachtel Marlboro sechs Säcke Zucker gekauft.«

Der Toyota Corolla der Fahrschule fuhr auf das Gelände und hielt an. Vom Stand des Roten Halbmondes am Eingang des Festzeltes aus beobachteten Maddox und der Major, wie Barry aus dem Wagen stieg. Etwas blass um die Nase, kam Barry auf sie zu. Major Mohammed wedelte jedoch mit seinem zusammengerollten Magazin, rief: »Zum Verkehrszeichentest!«, woraufhin Hassan den Briten in das Gebäude der Fahrschule führte.

Maddox machte sich unterdessen eiligst einige Notizen. Er konnte sich kaum das Lachen verkneifen, als er mitbekam, wie einer der Schuljungen, angestachelt von seinen kichernden Klassenkameraden, den verärgerten Rettungssanitäter fragte, ob die islamische Ethik es ihm erlaube, bei Frauen Mund-zu-Mund-Beatmung zu machen.

»Was sagt die Spurensicherung über den Sprengstoff, der für die Autobombe verwendet wurde?«, wollte Maddox wissen.

Der Major griff in die Tasche und zog ein gefaltetes DIN-A4-Blatt hervor. Es war die Kopie eines Polizeiberichts. »Das ist die Stellungnahme des Labors bezüglich des Sprengstoffes.«

Maddox blätterte eine neue Seite in seinem Notizbuch auf, während der Major das Blatt auseinanderfaltete.

»Es wurde ein Sprengstoff benutzt, der für gewöhnlich im südafrikanischen Bergbau zum Einsatz kommt. Es handelt sich um Emex SB. Im Königreich ist der Sprengstoff nicht erhältlich, demzufolge muss er ins Land geschmuggelt worden sein. Verwendet wurde nur eine Stange Emex SB. Sie wurde in ein Stahlrohr gesteckt, um eine Rohrbombe herzustellen. Ferner wurde ein elektronischer Zünder eingeführt. Vor Einführen des Zünders wurden die Zwischenräume im Rohr mit Schießpulver aufgefüllt – «

»Schießpulver?«, fiel Maddox dem Major ins Wort.

»Die Analyse der Rückstände ergab, dass es sich um Schießpulver aus Patronen handelt. Man öffnet die Spitzen der Patronen und schüttet den Inhalt der Patrone in das Rohr, bis der Raum gefüllt ist.«

»Aha!«

»Je größer die Patrone, desto besser. Vermutlich haben wir es mit AK-47-Munition zu tun. Die Kalaschnikow ist weit verbreitet, auch bei uns. Jeder Beduine, der etwas auf sich hält, hat irgendwo eine gebunkert.«

»Wie wurde sie gezündet?«, fragte Maddox. »Durch Fernzündung?«

»Nein. Man hatte die Bombe unter dem Fahrersitz platziert und sie mit dem An/Aus-Schalter der Stereoanlage verdrahtet. Dazu musste das Gerät ausgebaut werden. Wahrscheinlich während McCready im Café Latte war. Als er später eine Kassette eingelegt hat, schloss sich der Stromkreis zum Zünder und bumm!«

»Hört sich ziemlich kompliziert an«, sagte Maddox.

»Der Attentäter scheint ein Profi zu sein. Und ein Angeber. Die Autohersteller führen die elektrischen Leitungen unter dem Fahrersitz entlang oder am Fahrersitz vorbei. Das Überbrücken eines dieser Drähte hätte ebenfalls eine Detonation auslösen können, eine Verbindung mit den Rückleuchten oder Bremslichtern zum Beispiel.« Der Major faltete das Papier zusammen und steckte es wieder in die Tasche. »Unser Bombenbastler hat sich viel Mühe gemacht, um die Stereoanlage zu verdrahten, obwohl es ein Dutzend einfacherer Optionen gegeben hätte. Er ist ein Spezialist – und stolz auf das, was er tut.«

»Welchen Hintergrund braucht man, um so etwas so hinzubekommen? Armee? Arbeit im Bergbau?«

»In der Richtung, ja. Auch jeder, der mit Erdöl zu tun und eine Lizenz zum Sprengen hat, die ihn dafür qualifiziert, brennende Ölquellen zu löschen, also etwa die Hälfte unserer Westler in der Ostregion.«

»Eine Frage habe ich noch«, sagte Maddox. »Wenn ich Emex SB oder andere Dinge einschmuggeln wollte, wo würde ich das am besten machen?«

Der Major zögerte einen Moment, als brächte ihn die Frage in Verlegenheit. »Sie sind heute ziemlich hartnäckig, Peter«, sagte er schließlich. » Sie kriegen einen Haufen Informationen von mir. Und was bekomme ich als Gegenleistung?«

»Einen wohlwollenden Artikel. Wir werden mit der Mär von den quasi hinterhergeworfenen Führerscheinen aufräumen. Der Kollege Kennedy kann schließlich lebhaft aus eigener Erfahrung berichten«, erwiderte Maddox und lachte.

»Nun, da wären gewisse Gegenden, die prädestiniert sind für Schmuggel aller Art. Gegenden,wo die Polizei Schwierigkeiten hat, vorzudringen. No-go-Areas. Die schon seit langem existierenden Küstensiedlungen sind ein Beispiel. Es sind schiitische Gemeinden, die es überhaupt nicht schätzen, wenn sich der verlängerte Arm der sunnitischen Saudi-Regierung um ihre Angelegenheiten kümmert.«

Maddox nickte.

»Haben Sie einen Namen für mich? Gibt es eine Art Paten in der Ostregion?«

Der Major seufzte. »Da gibt es jemanden, von dem ich gehört habe. Der Prinz. Er scheint seine Finger in so ziemlich jeder Schmuggelaktivität zu haben. Viel mehr ist über ihn jedoch nicht bekannt.«

Bevor Maddox den Major weiter befragen konnte, kam Barry aus der Fahrschule gelaufen. »Ich hab ihn! Ich hab ihn!«, schrie er und hielt seinen saudischen Führerschein hoch wie ein Schiedsrichter die Rote Karte.

Maddox musste unwillkürlich grinsen.

Zehntes Kapitel

Den Nachmittag verbrachten die beiden Reporter in Maddox' improvisiertem Abqaiq-Büro – der Hausherr an seinem Computer im Schlafzimmer, Barry Kennedy vor seinem Laptop im Wohnzimmer.

Aus Maddox' Sicht war es ein produktiver Tag: Er hatte Mohammed Al-Tamimi Informationen im Fall McCready entlocken können, sein Artikel zur »Woche der Verkehrssicherheit« stand und Barry redigierte gerade einen Haufen Artikel, die Iqbal Singh per Mail verschickt hatte. Zuvor hatte Barry einen Beitrag über seine ersten Schritte in Saudi-Arabien verfasst, wobei die Führerscheinprüfung eine Art Zentrum bildete. Überhaupt – die Führerscheinprüfung. Für Maddox das wichtigste Ereignis des Tages. Hatte der neue Kollege erst einmal ein eigenes Auto zur Verfügung, war er unabhängig und brauchte ihm, Maddox, nicht länger wie ein Schatten zu folgen. Zudem konnte Barry dann vom Al-Khobar-Büro aus arbeiten. Vielleicht würde der *Arabian Chronicle* für den neuen Reporter sogar eine Unterkunft finden.

»Träum weiter«, dachte Maddox. So schnell würde er Barry nicht loswerden. Dafür sorgte Khalid schon. Er wurde den Verdacht nicht los, dass es eine Beziehung zwischen Khalid Al-Yaani und Barry Kennedy gab, dass Letzterer angewiesen worden war, ein wachsames Auge auf ihn, Maddox, zu haben.

Maddox wandte sich wieder Barrys Artikel zu, den er gerade Korrektur las. Für seinen Geschmack hatte sich Kennedy eines allzu lockeren Plaudertons bedient. Dennoch war es ihm gelungen, die einzigartige Atmosphäre

Saudi-Arabiens einzufangen und eine gewisse Aufgekratztheit rüberzubringen, die sich einstellte, wenn man frisch in einem neuen Land war.

Nachdem alle Artikel fertig und an die Redaktion versandt worden waren, schrieb Maddox noch die neuen Informationen zum McCready-Fall zusammen. Anschließend bereitete er zwei Tassen Kaffee zu und ging ins Wohnzimmer, wo Barry noch immer vor dem Laptop hockte.

»Zeit für eine Pause«, sagte er und reichte seinem Kollegen die Tasse. »Sie sehen reichlich kaputt aus.«

»Yeah! Ich bin ziemlich angeschlagen. War ein hektischer Tag heute.« Barry nippte an seinem Kaffee. »Darf ich Sie mal was fragen, Peter?«

»Nur zu«, erwiderte Maddox.

Barry suchte nach Worten. »Besteht da ein Zusammenhang zwischen dem Mord an McCready und der Beschwerde, die gegen Sie läuft? Das mit der Beschwerde war gestern in der Redaktion nicht zu überhören.«

»Wie kommen Sie darauf?«, fragte Maddox, um Zeit zu gewinnen.

»Nun, ich kann eins und eins zusammenzählen. Was den Anschlag betrifft, haben Sie mir schon einiges erzählt. Dann der Major, der wegen McCreadys Autonummer unter Druck geraten ist ... mich interessiert's einfach nur. Schließlich sind wir Kollegen.«

Sind wir das?, fragte sich Maddox. Doch er beschloss, sich nicht allzu zugeknöpft zu geben. Wenn Barry tatsächlich der war, für den er ihn hielt, war es taktisch klüger, seine Neugier zu befriedigen. Desto weniger brauchte der zu graben. Also berichtete Maddox detaillierter als beim Frühstück, beschränkte sich jedoch auf die Aspekte und Fakten, von denen er wusste, dass Khalid Al-Yaani sie kannte.

»Der Major hat Ihnen vorhin sicherlich neue Informationen geliefert«, sagte Barry am Ende.

Ein Ruck ging durch Maddox. »Was macht Sie da so sicher?«

»Ihr Artikel über die Verkehrssicherheitswoche ist fast schon eine Lobhudelei. Und wie haben Sie so schön gesagt ... eine Hand wäscht die andere am Golf.«

Maddox lachte auf. »Sie sind scharfsinniger, als ich dachte. Lernen Ihre Lektionen recht schnell. Aber Sie vergessen Ihre unbürokratische Führerscheinprüfung.«

Barry Kennedy verzog das Gesicht.

Draußen verblasste das Licht. Der Muezzin der nahen Moschee räusperte sich über den Lautsprecher und rief zum Gebet.

»Zeit für einen Dämmerschoppen«, sagte Maddox. Er ging zu dem kleinen Kühlschrank und füllte zwei Gläser mit Wein.

Barry schnupperte an seinem Glas. »Haben Sie nicht gesagt, Alkohol sei in Saudi-Arabien verboten?«

Maddox grinste. »Die meisten verbotenen Handlungen bleiben ungeahndet, solange sie nicht in der Öffentlichkeit geschehen. Alles, was hinter verschlossenen Türen stattfindet, ist Privatsache, vorausgesetzt, es bleibt im Rahmen.«

»Was für ein bigotter Haufen.« Barry roch nochmals am Wein. »Und Sie sind keinen Deut besser.«

»Gewöhnen Sie sich dran. Bigotterie gehört hier zum Lebensstil – für jedermann.« Maddox hob sein Glas: »Cheers!«

Nach einem Moment des Zögerns erwiderte Barry den

Toast. Er sah sich im Zimmer um und erkundigte sich mit ehrlichem Interesse nach den Familienfotos, die in der Wohnung hingen. Er zeigte sich erstaunt, dass ein Mann, den er für einen verkappten Rassisten gehalten hatte, mit einer schwarzen afrikanischen Frau verheiratet war. Maddox erzählte von Martina und Kerry, schilderte die turbulenten Jahre in Simbabwe, als ein zunehmend verstörter Präsident die Politik der Versöhnung mit den Weißen in eine Politik der Vergeltung, der Rache und des Hasses verwandelt hatte. Verwundert registrierte er, wie gut es ihm tat, mit einem Fremden recht ausführlich darüber reden zu können.

So verging die Zeit, und erst der letzte Gebetsaufruf des Tages erinnerte sie daran, wie spät es geworden war und dass sich Hunger eingestellt hatte bei ihnen. Nicht mehr ganz nüchtern, machten sie sich auf den Weg nach draußen.

Die Nachtluft war mild, eine feuchte Brise wehte von der See landeinwärts. Orangefarbener Lichtschein in Brand gesetzter überschüssiger Gase aus den umliegenden Ölfeldern verlieh dem Horizont von Abqaiq etwas Gespenstisches. Teufels Küche.

Maddox hatte den Film mitgenommen, den er auf dem Gelände der Fahrschule verschossen hatte. Vor einem geschlossenen Fotogeschäft blieben Barry und er stehen. Im Schaufenster sah man Porträtaufnahmen niedlicher Kinder, Fotos von ernst dreinblickenden Männern, doch nicht ein Foto zeigte eine Familie. Mit Ausnahme eines weiblichen Fotomodells, das für Fujifilm warb, gab es keine Aufnahme einer Frau.

Über ein Megaphon ertönte in einiger Entfernung eine herrische Stimme, die auf Arabisch zum Gebet aufforderte. Die sich ständig verändernde Lautstärke war ein Indiz, dass sich das Megaphon auf einem umherfahrenden Fahrzeug befand. Die Straßen waren verwaist, alle Geschäfte geschlossen. Zwei nepalesische Arbeiter hasteten vorbei.

»Es ist noch Gebetszeit«, sagte Maddox, der eine leichte Anspannung spürte. »Das Gesetz verlangt, dass alle Läden während der Gebetszeit geschlossen sind. Die Mutawwa´in sorgen dafür, dass jeder, der in der Moschee sein müsste, auch in der Moschee ist.«

Barry entging Maddox' Anspannung keineswegs. Und der ärgerte sich über seine Nachlässigkeit. Wenn die Mutawwa´in durch die Straßen patrouillierten, war es nicht gut, dort herumzulungern – erst recht, wenn man angetrunken war.

»Geht und betet! Geht und betet!« Das Fahrzeug kam näher und das war der Moment, als Maddox' Sturheit die Oberhand gewann. Er setzte sich auf die Stufen am Eingang des Ladens. Verunsichert setzte sich Barry neben ihn.

Ein silberner GMC bog um die Ecke, verlangsamte seine Geschwindigkeit und hielt vor dem Fotostudio. Das Emblem an der Tür – ein aufgeschlagener Koran neben einem Lateinsegel – wies den GMC als Fahrzeug der Religionspolizei aus. Die Beifahrertür wurde geöffnet und ein Mann in einem Thawb stieg aus – Mansour Al-Bishi.

»Scheiße«, murmelte Maddox. »Das Frettchen.«

»Wen haben wir denn da!«, rief Al-Bishi voller Häme. »Zwei Ungläubige zum Preis von einem. Mit Ihrer Missachtung des Gebetsaufrufes haben Sie sich dem Islam gegenüber respektlos verhalten.«

»Aber wir sind keine Muslime«, widersprach Barry.

Al-Bishi ignorierte ihn. Das Schaufenster des Fotogeschäftes hatte das Interesse des Mutawwas geweckt. »Nicht genug, dass Sie die Gebetszeit ignorieren, Sie haben auch beschlossen, das Ende vor einem Geschäft abzuwarten, das mit der Wiedergabe des göttlichen Abbildes des Menschen Handel treibt.«

Maddox griente. »Kommt Ihnen das jetzt gerade in den Sinn oder sprechen Sie immer so?«

Der Mutawwa trat an ihn heran und schnüffelte. »Rieche ich da Alkohol? Sie haben es geschafft, Maddox. Es reicht, um Sie beide festzunehmen und für einen Alkoholtest zur Behörde zu bringen. Es reicht auch, um Ihre Wohnung zu durchsuchen. Diesmal ist niemand da, der Sie retten kann.« Er ging zum GMC und riss die hintere Tür auf. »Los, rein! Sie beide!«

Barry erhob sich mit weichen Knien.

»Hinsetzen«, zischte Maddox. »Er blufft!«

Zögerlich setzte sich Barry wieder auf die Stufen.

Al-Bishi lief rot an. Er streckte die Hand aus. »Aufenthaltspapiere! Geben Sie sie mir!«

Barry wollte gerade erklären, dass seine Aufenthaltsgenehmigung noch nicht bearbeitet sei, als Maddox ihm eine Hand auf den Arm legte.

»Die Mitglieder der Behörde dürfen nur zu zweit und in Polizeibegleitung aktiv werden«, setzte Maddox dem Mutawwa auseinander. »So will es das Gesetz. Ich seh hier lediglich einen Sittenwächter – und zwar Sie.« Al-Bishi ging um das Fahrzeug herum und klopfte ungeduldig gegen die Windschutzscheibe. Die Fahrertür wurde geöffnet und ein Polizist stieg aus. Es war Officer Hassan, der Barrys Fahrprüfung begleitet hatte.

»Diese Männer haben sich der glorreichen Religion gegenüber respektlos gezeigt. Sie haben Alkohol konsumiert. Sie sind Feinde des Islam.« Dann zeigte Al-Bishi auf Maddox. »Und dieser Mann hat mich beleidigt und mich in der Presse lächerlich gemacht.«

Hassan unternahm nichts. Wütend baute sich der Mutawwa vor ihm auf. Es kam zu einem Wortgefecht auf Arabisch, derart schnell geführt, dass Maddox ihm kaum folgen konnte. Unterm Strich ging es darum, dass nach islamischem Recht die Reporter in Abwesenheit eines dritten Mannes nicht festgenommen werden konnten.

Die Gebetszeit näherte sich ihrem Ende und die Straßen füllten sich wieder. Schnell bildete sich eine Menschenansammlung, die eine sich anbahnende Konfrontation witterte. Unmut machte sich bemerkbar; zu wenige Sympathisanten hatten sich hier unter die Menge gemischt.

Gedemütigt und gleichzeitig darauf bedacht, seine Würde zu wahren, stolzierte Al-Bishi zur offenen Beifahrertür, stieg in den Wagen und starrte stoisch geradeaus. Hassan zuckte mit den Achseln, stieg ebenfalls in den Wagen, nicht ohne Maddox und Barry zuvor einen Blick zuzuwerfen, der zum Ausdruck brachte, dass er mit Al-Bishis Rachefeldzug nichts zu tun habe. Die Menge applaudierte.

»Weiße Männer: ein Punkt, Mutawwa'in: null Punkte«, sagte Maddox und half seinem Kollegen auf die Beine.

Jetzt, da die Gebetszeit vorbei war, machten sich ein paar Inder daran, das Fotogeschäft zu öffnen. Der Inder, der die Schlüssel in der Hand hielt, zeigte sich zufrieden mit dem kostenlosen Spektakel, dem er soeben beigewohnt hatte.

»Worüber grinsen Sie, Javid?«, fragte Maddox.

Der Inder grinste noch immer, schnupperte und zwinkerte Maddox verschwörerisch zu.

Nachdem Maddox den Film abgegeben hatte, schlug er vor, etwas essen zu gehen. Er führte Barry in ein afghanisches Lokal. Das Angebot dort beschränkte sich auf einfache, preisgünstige Speisen. Maddox bestellte eine Schüssel pürierte Limabohnen. Dazu wurde Fladenbrot frisch aus dem Ofen der Bäckerei von nebenan serviert.

Auf dem Tisch lag keinerlei Besteck, und als Barry skeptisch dreinblickte, klärte Maddox ihn auf, dass das Brot als Ersatz für Besteck fungiere. Geschickt riss er ein Stück Brot ab, klappte es zusammen und tunkte es in die pürierten Limabohnen. Bei seinem ersten Versuch verbrannte sich Barry die Finger am heißen Brot. Beim zweiten Versuch kleckerte er sich Püree über die rechte Hand. Er nahm die Herausforderung jedoch tapfer an und als ihm ein Afghane einen Löffel anbot, lehnte er dankend ab.

»Andere Länder, andere Sitten ... «, sagte Barry und setzte seine ersten Versuche, ohne Besteck zu essen, mit einem gewissen Stolz fort.

Auf dem Weg zurück ins Apartment holte Maddox die Fotos ab. Barry wartete draußen, als eine Gruppe junger Saudis vorbeifuhr. Einer rief ihm zu: »Du bist wunderschön! Ich liebe dich!« Maddox, der das Fotostudio gerade verließ, entschied, dass Barry sich von seinen blonden Locken trennen müsse, und nahm sich vor, mit ihm zum Friseur zu gehen. Ob auf männlichen oder weiblichen Köpfen, im Königreich zog blondes Haar unweigerlich die Aufmerksamkeit auf sich.

Zurück im Apartment, ging Maddox als Erstes unter die Dusche, während sich Barry wieder »Sitte und Kultur am Arabischen Golf« zuwandte. Frisch geduscht und umgezogen, füllte Maddox zwei Gläser mit Wein und ging anschließend in sein Schlafzimmer, um den Nachschub sicherzustellen. Er öffnete den Kleiderschrank, wo seine improvisierte Gäranlage versteckt war, holte Kartons mit Traubensaft, Zuckertüten und Wasserflaschen unter dem Bett hervor und machte sich daran, Wasser in Wein zu verwandeln.

»Der Alchemist kehrt zurück«, murmelte er vor sich hin.

Er schnitt die Ecke einer Dreikilotüte Zucker ab, schüttete den Inhalt in den leeren Plastikbehälter, fügte fünfzehn Liter Wasser hinzu und rührte mit einem Holzlöffel um, damit sich der Zucker auflöste. Das Thermometer zeigte dreißig Grad Celsius – perfekt! Schließlich goss er zwölf Liter hellen Traubensaft hinzu und krümelte eine Handvoll Bäckerhefe auf die Oberfläche – fertig! Er stopfte die leeren Kartons und Zuckertüten in einen Abfallbeutel, als sein Blick auf Martinas Frisierkommode fiel. Zu Hause hielt Maddox Ordnung. Was er auf der Frisierkommode entdeckte, war Unordnung: Das Telefon dort war verrutscht, stand in einem leichten Winkel. Während er, Maddox, unter der Dusche gewesen war, musste Barry das Telefon benutzt haben. Vielleicht hatte er seine Freundin in Huddersfield angerufen. Vielleicht hatte er etwas mit Sanju oder Khalid besprechen müssen. Entscheidend jedoch war, dass Barry nicht gefragt hatte, ob er das Telefon benutzen dürfe. Er hatte den Anruf getätigt, während Maddox sich im Bad aufgehalten hatte, und gehofft, dass der nicht dahinterkomme.

Maddox nahm den Hörer ab, drückte die automatische Wahlwiederholung und am anderen Ende wurde abgehoben.

»P.O.C.-Wohnsiedlung«, sagte eine männliche Stimme. »Welchen Anschluss?«

Maddox legte auf. Er war bei der Pförtnerloge der Wohnsiedlung der Peninsular Oil Company gelandet, wo auch die Telefonvermittlung für den ausgedehnten Wohnkomplex untergebracht war. Soweit er wusste, kannte Barry niemanden im P.O.C.-Compound. Und selbst wenn – was wäre verfänglich daran gewesen, Maddox zu informieren, dass er jemanden anrufen wolle?

Spontan beschloss er, seine Taktik zu ändern. Um Barry Kennedy mehr unter Kontrolle zu haben, musste er ihn auch mehr einbinden.

»Morgen machen wir einen kleinen Ausflug«, verkündete er, als er das Wohnzimmer betrat.

»So?«, fragte Barry und sah von seinem Buch hoch.

»Ja, ich will mich mal im PJ's umhören. Das war McCreadys Kneipe im Peninsular-Compound. Beschert Ihnen sicherlich ein paar nette Einsichten in Sachen Bigotterie.«

»Schmeckt nach Freiheit und Abenteuer.«

»Schau'n wir mal, Barry ... ich bring eben mal den Müll weg, bin in ein paar Minuten zurück.«

»In Ordnung.«

Auf dem Weg zum Müllcontainer grinste Maddox in sich hinein. Er hätte eine Flasche Hochprozentiges darauf verwetten können, dass Barry die paar Minuten nutzte, um seinen Kontakt vom bevorstehenden Besuch im PJ's zu informieren.

Elftes Kapitel

Das Peninsular-Compound umgab eine drei Meter hohe, mit Nato-Draht bespannte Mauer. Die Mauer hätte dringend eines neuen Anstriches bedurft und auch die tiefen Risse waren beredter Beweis, dass es sich bei dieser Wohnsiedlung um den ärmeren Verwandten des Delta-Compounds handelte. Maddox hatte den Caprice auf dem Parkplatz für Nichtanlieger außerhalb der Anlage abgestellt und stand jetzt mit Barry vor dem verschlossenen elektronisch betriebenen Stahltor an der Zufahrt zur Anlage. Er drückte auf den Summer am angrenzenden Eingangstor für Fußgänger und es klickte auf. Vor Maddox und Barry erstreckte sich eine Zufahrtsstraße, an deren Ende unübersehbar ein Fertighaus stand. Ein locker gemaltes Schild über dem Eingang verkündete, dass es sich um das PJ's handelte. Als die beiden Reporter sich auf den Pub zubewegten, wurde in einem kleinen Gebäude links von ihnen ein Fenster aufgerissen. Die streitlustige Miene des untersetzten philippinischen Wachmanns erschien. Er streckte seinen Kopf durch das Fenster, als bereite er sich darauf vor, guillotiniert zu werden.

»Sind Sie Mitglieder?«

Maddox fummelte in seiner Brieftasche nach seiner Mitgliedskarte. Er hielt sie dem Kopf hin.

Ein Arm schoss aus dem offenen Fenster und ein feister Finger deutete auf die Großbuchstaben auf der Karte. »Keine Gäste!«, sagte der Filipino, als wäre Maddox des Lesens unkundig. Der Wachmann deutete jetzt auf Barry und wiederholte: »Keine Gäste!«

»Ich werde die Kneipe schon nicht auseinandernehmen«, sagte Barry.

»Er hat seine Instruktionen«, erklärte Maddox. »Das PJ's ist ein beliebter Treffpunkt für die Gewohnheitstrinker der westlichen Gemeinschaft.«

»Tatsächlich?«, erwiderte Barry mit einem Blick auf Maddox' Mitgliedskarte spöttisch.

»Sie müssen die Mitgliederzahlen in Grenzen halten«, fuhr Maddox fort. Und an den Filipino gewandt, sagte er: »Rufen Sie Pat oder Jack an. Sagen Sie, Peter Maddox ist hier mit einem Freund.«

Der Kopf verschwand.

»Wer sind Pat und Jack?«, fragte Barry.

»Die Betreiber des PJ's. Pat und Jack Fletcher. Ihre Initialen bilden den Namen des Pubs. Jack arbeitet in einer Pipeline-Pumpstation der P.O.C. Allerdings ist das PJ's seine und Pats Haupteinnahmequelle.«

Der Filipino streckte wieder seinen Kopf durch das Fenster. »Pat sagt, Sie können reinkommen.« Gehässig rief er Maddox hinterher, dass seine Mitgliedschaft in einer Woche ablaufe. Er dürfe erst wieder rein, wenn sie verlängert sei.

»Unverschämtes Schwein!«, entfuhr es Barry, während sie Richtung PJ's gingen.

»Der beste Wachmann weit und breit. Lässt sich von niemandem ein X für ein U vormachen. 'ne Menge Westler sind hier auf dem Kolonialtrip. Meinen, sie könnten die Kulis ungestraft triezen. Das Schlitzauge am Eingang fällt denen richtig auf den Wecker.«

»Müssen Sie eigentlich immer diese rassistischen Ausdrücke verwenden?«, fragte Barry. »Der Gentleman ist ein Filipino, kein Schlitzauge.«

Maddox lachte kurz auf. »Political Correctness hat sich auf der Arabischen Halbinsel noch nicht durchgesetzt,

Barry. Wir beide sind die Tommys. McCready war ein Yankee. Der Türwächter ist ein Schlitzauge. Nur der Begriff Nazi ist im allgemeinen Sprachgebrauch ein Tabu. Wenn wir uns gegenüber den Leuten, die uns die Storys liefern, der Ausdrucksweise unserer Peers bedienen müssen, dann ist das eben so. Ein notwendiges Opfer. Basta! In Lokalen wie dem PJ's kommt man nicht weit, wenn man wie ein hochsensibler linker Trottel schwadroniert. Fragen Sie den Dummsack Gorman.«

Sie gingen an Pat's Café vorbei, einem flachen, quadratischen Gebäude rechts von ihnen. Vor dem Café stieß man auf eine in eine auffällige Union-Jack-Weste gewandete Bulldogge aus stabiler Pappe, die eine Menütafel hielt. Auf der Tafel stand mit Kreide geschrieben: *Das volle Frühstücksprogramm – durchgängig: Bacon, Würstchen, Spiegeleier, geröstetes Brot, gegrillte Tomaten.* Ein wahres Festival des Cholesterins.

Barry fühlte sich brüskiert. Er hielt sich zugute, ein aufgeklärter Zeitgenosse zu sein, ein linker Phantast war er deswegen noch lange nicht. Maddox spürte die Irritation bei seinem Kollegen und legte ihm versöhnlich eine Hand auf den Arm.

»Hören Sie, Barry, was Sie gleich dort vorfinden werden, ist alles andere, nur kein kosmopolitisches Gutmenschentum. Sie werden auf ein paar echte Rassisten treffen. Diese Ewiggestrigen sind zu alt, um ihre Meinung zu ändern, also versuchen Sie's gar nicht erst. Beißen Sie sich auf die Zunge. Das ist eine der Herausforderungen in unserem Metier.«

»Und dient der Schärfung meiner Sensibilität?«

»Und dient der Schärfung Ihrer Sensibilität. Genau!«, erwiderte Maddox mit einem Lächeln.

Eine Holztreppe führte hinauf zum Eingang des PJ's, einer schlichten, weißen Tür.

»Warum ein derartig schmaler Eingang?«, fragte Barry.

»Für den eher unwahrscheinlichen Fall einer Razzia. So können sich die Hüter des Gesetzes nur einer nach dem anderen Zutritt verschaffen, während es auf der Rückseite des PJ's zwei Notausgänge mit Doppeltüren gibt, durch die die Kundschaft schnell 'ne Biege machen kann.«

Maddox stieß die Tür auf. Ein Zug kalter Luft streifte die beiden Männer und das Hämmern lauter Musik, unterlegt mit Gesprächsfetzen und Gelächter, traf sie wie ein Faustschlag.

Die neugierigen Augen der überwiegend männlichen Besucher wandten sich ihnen zu. Als offenkundig war, dass die Neuankömmlinge dem gleichen Geschlecht angehörten, konzentrierten sich die meisten Gäste wieder auf ihre Drinks. Hier und da kam es zu einer freundlichen Begrüßung, gab es ein Kopfnicken, aber alles in allem schien jeder hier in seiner eigenen Welt. Die Quelle der dröhnenden Musik waren diverse Fernseher, die, an Trägern befestigt, von der Decke herabhingen. Sie waren auf den FashionSat-Kanal eingestellt und präsentierten Frauen, die im Rhythmus der Musik über den Laufsteg stolzierten.

Kaum dass er die Schwelle überschritten hatte, fühlte sich Barry wie befreit.

Die feuchte Hitze des saudi-arabischen Herbstes war wie weggeblasen, er sah weder Thawbs noch Abajas, das in Abqaiq dominierende Geplapper in fremden Sprachen, an das er sich bereits zu gewöhnen begann, war hier verdrängt von dem an Akzenten reichen Englisch der Briten, Amerikaner, Australier und eines Dutzend anderer Englisch sprechender Nationen.

Er ertappte sich dabei, wie er die wenigen Frauen im Pub anstarrte. Ihr Anblick wirkte besänftigend auf seine angespannten Nerven. Hinter dem Tresen stand eine hübsche Frau mit kurzem aschblondem Haar. Barry schätzte sie auf etwas jünger als vierzig. Sie gab Maddox und Barry ein Zeichen, sich an die Bar zu setzen, wo noch zwei Hocker frei waren. Auf dem Weg dorthin klärte Maddox Barry darüber auf, dass es sich bei der Frau um Pat Fletcher handelte, die Betreiberin des PJ's.

Maddox schwang sich auf einen der beiden Barhocker, Barry zwängte sich auf den zweiten, neben einen abenteuerlich aussehenden Mann, der soeben mit australischem Akzent ein Bier bestellte. Er trug einen grauen, fast bis zu Taille reichenden Bart und der Bierbauch unter dem T-Shirt schien im Schoß des Mannes einen sicheren Hafen gefunden zu haben. Vor sich hatte er den *Arabian Chronicle.*

»Lass dich mal drücken, Peter«, sagte Pat Fletcher zur Begrüßung. Sie beugte sich über die Bar, umarmte Maddox und küsste ihn auf die Wange. »Wo hast du gesteckt, du alter Gauner?« Sie sprach mit breitem Alabama-Akzent, der jedoch durch einen vermutlich langen Aufenthalt im Ausland erträglich geworden war. »Wir haben uns fast ein Jahr nicht gesehen.«

»Ich wollte mich nicht länger auf Pump vergiften.«

»Na so heftig war's nun auch wieder nicht«, gab Pat mit einem Lachen zurück.

»Falls da noch was offen ist – Rechnungen werden früher fällig. Nicht erst nach einem Jahr«, meldete sich eine zweite Tresenkraft zu Wort, eine junge Frau, braungebrannt und mit halblangem schwarzem Haar. Maddox meinte, in ihrem Tonfall etwas Feindseliges vernommen zu haben.

»Das ist übrigens Tanya – Tanya van Slooten«, sagte Pat. »Sie hilft aus bei uns, wenn sie nicht gerade Vorschulunterricht im Kindergarten des Delta-Compounds gibt. Ich hoffe, Rodriguez hat am Eingang nicht allzu viel Stress gemacht. Er hat, was das betrifft, schließlich seinen Ruf weg.«

Maddox versicherte ihr, dass Rodriguez ein Muster an Tüchtigkeit gewesen sei.

Pat hatte sich während ihrer Unterhaltung mit Maddox weit vorgebeugt und Barry fühlte sich von ihrem ansehnlichen Dekolleté magisch angezogen. Als Pat sich ihm zuwandte, sah er sich ertappt und lief rot an.

»Mmmmm! Wer ist denn der gut aussehende Knabe, den du da im Schlepptau hast, Peter?«

»Ob er gut aussieht, kann ich nicht beurteilen«, sagte Maddox. »Aber wer er ist, kann ich dir verraten.«

Er stellte Barry vor und Pat zeigte sich sogleich als perfekte Wirtin. »Welches Gift Peter bevorzugt, weiß ich – Sid und Cola. Wie steht's mit dir, Darling?«

Hilflos glitt Barrys Blick über die aufgereihten Flaschen auf den Regalen hinter Pat. Er hatte die Wahl zwischen Smirnoff und Johnnie Walker.

»Keine sonderlich große Auswahl, Kleiner«, sagte Pat. »Und vielleicht interessiert es dich, dass importierter Schnaps dreimal so viel kostet wie ein Schlückchen Sidiki.«

»Wenn Pat von importiertem Schnaps spricht, meint sie geschmuggelten«, flüsterte Maddox hinreichend laut für die Ohren der Wirtin. »Pat zählt in der Ostregion zu den erfolgreichsten Händlern von Schmuggelware.«

Pat versetzte Maddox einen spielerischen Klaps auf den Arm. »Falls der Junge einen Whisky oder einen Wodka will, der Erste geht aufs Haus.«

»Das ist ein Angebot, das man nicht ausschlagen sollte, Barry«, sagte Maddox und an Pats Adresse: »Was sagt Jack dazu, wenn du euern Gewinn derart schmälerst?«

Betretenes Schweigen. Maddox wurde sehr schnell klar, dass er ins Fettnäpfchen getreten war: Pats Lächeln war wie ausradiert. Der bierbäuchige Australier hustete hinter seinem Vollbart und schlug geräuschvoll die nächste Seite seiner Zeitung auf, Tanyas Miene spiegelte hämische Freude wider.

»Ich nehme das Gleiche wie Peter«, sagte Barry und rettete die Situation auf diplomatische Weise. »Sid mit Cola auf Eis. Mir steht nicht der Sinn nach Wodka oder Whisky, Pat.«

Maddox wunderte sich über die Reaktion auf die bloße Erwähnung von Jack Fletcher. Wäre Jack gestorben oder hätte er einen Unfall gehabt, wäre ihm das mit Sicherheit zu Ohren gekommen. Andererseits hatte Pat eher verlegen reagiert. Gut möglich, dass Jack sich eine Jüngere geangelt hatte.

Das bedeutete keine Seltenheit in der auf ihre Weise inzestuösen westlichen Gemeinde. Pat stellte zwei Gläser auf den Tresen, goss Sidiki hinein, füllte mit Pepsi auf und gab Eis hinzu. »Geht aufs Haus«, sagte sie und stellte den Reportern die Gläser hin. »Aber nur, wenn du versprichst, mit deinem nächsten Besuch nicht wieder ein Jahr zu warten, Peter.«

Jemand klapperte mit den Eiswürfeln in seinem Glas. »Noch einen Kurzen, Patricia«, sagte eine Stimme, die

Maddox irgendwie bekannt vorkam.

»Wodka oder Scotch, Professor?«

»Ein klarer Kopf vor Sonnenuntergang, ein umnebelter Geist danach. Wodka«, lautete die Antwort.

Maddox beugte sich vor, blickte nach links und entdeckte den Wodka-Trinker. »Mr. Simmons?«

»Mr. Maddox! Hallo! Das erste Mal, dass ich Sie im PJ's sehe. Sind wohl meinem Vorschlag gefolgt, was?«

»Muss mich hier mal wieder sehen lassen, immerhin hat Zeiten es gegeben, da gehörte ich quasi zum Inventar. Übrigens ... wie hat Ihnen der Artikel über Ihr Rendezvous mit einer gewissen Kakerlake gefallen?«

Simmons hatte inzwischen seinen Hocker verlassen und sich zu Maddox gestellt.

»Fabelhaft! Diesen Schwachköpfen von der verdammten Gulf Catering Company haben Sie's gezeigt. Patricia! Noch einen Sid mit Cola für Mr. Maddox«, und mit Blick auf Barry Kennedy: »Ihr Kollege?« Als Maddox nickte, rief Simmons: »Und auch einen für seinen Kollegen, meine Liebe.«

»Schon in Arbeit, Professor.«

Barry hatte zuvor misstrauisch an seinem Drink geschnüffelt. Jetzt überwand er sich und nahm einen Schluck. »Mein Gott!«, stieß er hervor. »Was ist das? Frostschutzmittel?«

»Hört sich an, als hätten wir hier eine Sidiki-Jungfrau«, brummte der Australier, ohne den Blick von der Zeitung zu lösen. »Und lass Gott aus dem Spiel, Kleiner.«

Barry murmelte eine schwache Entschuldigung. Als er sah, wie Pat ihm einen zweiten Drink einschenken wollte, hob er die Hände in einer Geste der Kapitulation. »Für mich nicht, Pat.« Zu Simmons sagte er: »Ich hab fürs Erste genug, Professor.«

»Professor?!« Simmons gab sich entrüstet. »Professor bin ich nur für Misses Fletcher und gute Bekannte. Für einen Schlaumeier, dem ich noch nie begegnet bin, lautet die Anrede Simmons – Mr. Simmons.«

»Schreiben Sie sich das hinter die Ohren«, flüsterte Maddox Barry ironisch zu.

Sehr zu seinem Missfallen errötete Barry ein weiteres Mal. »Es tut mir aufrichtig leid, dass ich Ihnen zu nahegetreten bin. Das lag nicht in meiner Absicht, Mr. Simmons«, sagte er mit versteinerter Miene. »Wenn Sie mich jetzt bitte entschuldigen würden«, er nahm seinen Drink, glitt vom Hocker und schlenderte hinüber zur Dartscheibe, wo sich ein Mann, der dank eines ärmellosen Trikothemdes eine stattliche Anzahl von Tätowierungen präsentieren konnte und den alle Welt Yorkshire-Brian nannte, bereits auf eine Runde Darts einstimmte.

»Die jungen Leute von heute!«, sagte Simmons mit Tadel in der Stimme. »Derart distanzlos.«

Amüsiert blickte Maddox seinem dünnhäutigen Kollegen hinterher, als ihm ein verstörender Gedanke kam: Barrys derbe Bemerkung über Rodriguez. Er hatte ihn als unverschämtes Schwein bezeichnet. Womöglich war der Junge nicht im Ansatz so sensibel und naiv, wie er sich gab, zog hier nur eine Show ab, aber ... Maddox wurde abrupt aus seinen Überlegungen gerissen, als Tanya eine Schale mit Erdnüssen vor ihm auf den Tresen knallte. Ihr Gesichtsausdruck war undurchdringlich, ihr Verhalten insgesamt abweisend, doch Maddox beschlich das Gefühl, sie schon einmal gesehen zu haben. Doch wo?

»Sie sind aus Südafrika, nicht wahr, Tanya? Ich höre das an Ihrem Akzent.«

»Sambia.«

Maddox nickte. »Die Welt ist ein Dorf. Ich war mehrere Jahre in Simbabwe, habe dort bei einer unabhängigen Tageszeitung gearbeitet, bis mich die Regierung rausgeschmissen hat. So bin ich in Saudi-Arabien gelandet. Hab quasi eine faschistische Diktatur gegen die nächste getauscht.«

Gewöhnlich genügte Maddox' kleine Geschichte, um Kontakte zu knüpfen zu denen, die aus den Ländern rund um Südafrika stammten. Bei Tanya jedoch funktionierte das nicht. Sie strich sich das halblange schwarze Haar aus dem Gesicht, wandte Maddox den Rücken zu und polierte weiter ihre Biergläser. Maddox ließ nicht locker.

»Haben Sie Ihre Ausbildung in Südafrika gemacht? Ihr Akzent klingt sehr nach Jo-burg.«

»Alle weißen Sambier machen ihre Ausbildung in Südafrika«, erwiderte sie ausweichend.

Simmons berührte Maddox am Arm. »Unsere Tanya ist für ein Schwätzchen nicht zu haben.«

Maddox ignorierte den Schulleiter. »Aus welcher Ecke Sambias stammen Sie? Lusaka? Copper Belt?«

»Westlich von Lusaka. Mein Vater verwaltet eine Farm in Mumbwa.«

Tanya hielt Maddox noch immer den Rücken zugewandt. Ihr Haar hatte die Farbe von Holzkohle und Maddox stellte es sich zurückgekämmt vor, von einem Stirnband gehalten. Vor seinem geistigen Auge sah er Tanya im Licht einer Straßenlaterne, im Delta-Compound, joggend, an dem Abend, als McCready starb: Er sah die Joggerin mit dem Mobiltelefon am Ohr vor sich.

Er reckte den Hals, um Tanya genauer betrachten zu können. Simmons entging das nicht. »Tanya ist nicht unbedingt der Prototyp einer Bardame« sagte er, »aber sie ist ein wirklich nettes Mädchen und topfit.« Wieder klimperte er mit dem Eis in seinem Glas und sah auf seine Uhr. »Dämmerschoppen! Zweimal Scotch on the rocks, Patricia.«

»Die gehen auf mich«, sagte Maddox. Dann nahm er den von Simmons gesponnenen Faden auf. »Wie schaffen Sie es, so fit zu bleiben? Gehen Sie schwimmen? Oder joggen Sie?«

»Beides. Aber nicht sehr oft«, sagte Tanya zu dem Glas, das sie gerade polierte.

»Nicht so bescheiden«, mischte Simmons sich ein. »Unsere Tanya joggt jeden Abend durchs Delta-Compound. Man könnte die Uhr nach ihr stellen.«

Tanya warf Simmons einen Blick zu, den Maddox nicht einordnen konnte, hielt beim Polieren des Glases inne und fixierte Maddox in dünnlippigem Schweigen. Pat stellte die Drinks für Maddox und Simmons auf den Tresen. »Seit wann um alles in der Welt interessierst du dich fürs Schwimmen und Joggen?«, fragte sie amüsiert.

»Investigativer Journalismus. Ich schreibe einen Artikel über die körperliche Fitness am Arabischen Golf.«

»Du bist verrückt.«

Maddox hielt Ausschau nach seinem düpierten Kollegen. Barry hatte sich entschieden, Yorkshire-Brian in Sachen Darts herauszufordern. Er stand kurz davor, sein zweites 501 Spiel zu verlieren.

»Ohne ein paar Drinks intus kann man nicht vernünftig Darts spielen«, rief Maddox ihm zu. In diesem Moment stieß Yorkshire-Brian die tätowierte Faust in die Luft und schrie: »Gewonnen!«

»Wie geht's Martina und der Kleinen, Peter?«, fragte Pat.

Maddox hielt nicht hinterm Berg, was sein Privatleben betraf, und ließ es zu, dass Pat mitfühlend seine Hand streichelte. Und er nahm das Thema zum Anlass, um auf Jack Fletcher zu sprechen zu kommen.

»Es tut mir leid, wenn ich vorhin mit meiner Bemerkung über Jack etwas in dir ausgelöst habe. Darf ich fragen, was passiert ist?«

Pat wich seinem Blick aus und schwieg. Als sie dann doch den Mund aufmachte, klang es für ihre Verhältnisse ungeheuer scharf.

»Natürlich darfst du das, wozu sind Freunde da? Um's kurz zu machen: Jack hat mich wegen einer Somali-Nutte verlassen. Ich habe gewusst, dass er fremdgeht, aber doch nicht mit einer Hure, die downtown in einem Bordell anschafft. Ich bitte dich! Und weißt du, was das Schärfste an der ganzen Geschichte ist?«

Maddox sah sie an. »Was denn?«

»Er hat sie geehelicht! Und das konnte er nach muslimischem Recht erst, nachdem er zum Islam übergetreten war.«

Maddox glaubte, sich verhört zu haben. Jack Fletcher, ein Mann, den er, soweit er sich erinnern konnte, nie völlig nüchtern gesehen hatte, ein Konvertit?

»Jack? Jack ist Muslim geworden? Du nimmst mich auf den Arm.«

»Keineswegs«, entgegnete Pat.

»Hey, Pat«, sagte der Australier und tippte mit dem Finger auf eine Nachricht. »Dein Jack ist wieder im *Chronicle.*«

»Er ist nicht mehr mein Jack«, wurde er von Pat korrigiert, die jetzt nach der Zeitung griff. »Lass mal sehen ... aha, ›Aspekte des Islam‹ ... na ja, das Übliche.«

Maddox fiel die Anfrage des Konvertiten ein, dessen Freund von Blähungen geplagt wurde, und die Nahid Qarni einiges Kopfzerbrechen bereitet hatte. Der Brief war unterzeichnet gewesen mit »J.F., Abqaiq« – Jack Fletcher!

Pat drückte dem Australier die Zeitung wieder in die Hände und beugte sich hinüber zu Maddox.

»Keine Ahnung, warum er eure Bande beim *Chronicle* um Rat bittet. Mir ist zu Ohren gekommen, dass er einen Mentor hat. Irgend so ein Typ von den Mutawwa'in.«

Maddox lachte. »Es geht um seine Belohnung im Himmel. Mit seinen Briefen an den *Chronicle* propagiert Jack den Islam und dafür schreibt Gott ihm ein paar Pünktchen gut. Gott ist bekanntlich großzügig mit denen, die sein Wort verbreiten.«

»Ich glaube, das ist alles nur Show«, sagte Pat, »diese Briefe an die Zeitung. Wer weiß, was tatsächlich dahintersteckt.«

Simmons klapperte mit dem Eis in seinem Glas – seine Art, eine Bestellung in Auftrag zu geben. »Konvertiten sind mitunter schlimmer als diese Arschlöcher, die das Rauchen aufgegeben haben«, sagte er nachdenklich. »Geläuterte Raucher werden nicht müde, über die schrecklichen Übel des Tabaks zu predigen.«

Tanya stellte zwei Drinks auf den Tresen. »Ich geb einen aus für unsere reizenden Damen hinterm Tresen«, sagte Maddox und reichte Tanya einen 50-Riyal-Schein.

Pat entschied sich für eine Diät-Pepsi mit Sid – mit Rücksicht auf die Figur, wie sie meinte. Doch als Tanya Maddox das Wechselgeld zurückgab, bemerkte er, dass nur ein Drink bezahlt worden war. Dafür streifte ihn ein merkwürdiger Seitenblick. Er fragte sich ernsthaft, welche Probleme diese Frau mit ihm habe. Oder vielleicht hatte auch sie ihn wiedererkannt?

»Und wie sehen deine Pläne aus, jetzt, wo Jack weg ist?«

»Vor allem werde ich den Laden umbenennen.«

»Du könntest den Pub *Pat's Place* nennen«, warf Tanya ein und legte Pat einen Arm um die Schulter.

»Seid ihr beiden eigentlich schon geschieden?«, wollte Maddox wissen.

»Wo denkst du hin?!«, rief Pat voller Spott. »Jack erklärte mir, als Muslim könne er mehr als eine Frau haben, sogar vier, wenn er wollte. Er schlug mir vor, gemeinsam mit ihm und seiner Somalia-Hure zu leben. Welch eine Großmut! Ich hätte nur konvertieren müssen.« Pat lachte, nur klang dieses Lachen angestrengt. »Was die Scheidung betrifft«, fuhr sie fort, »vertritt Jack die Auffassung, dass wir nach islamischem Recht bereits geschieden sind, weil ich mich geweigert habe, überzutreten.«

»Also keine offizielle Scheidung«, sagte Maddox. »Er hält sich alle Optionen offen. Hat er vom Islam die Schnauze voll, kann er zurück in sein altes Leben.«

»Wobei er sich hier gründlich irrt. Dieser Mistkerl tritt mir nicht mehr über die Schwelle. Außerdem hat es Vorteile, nicht geschieden zu sein. Sollte er morgen tot umfallen, kassier ich als Witwe die Versicherung.«

»Arme Pat«, sagte Tanya und fuhr Pat dabei übers Haar. Die lehnte ihrerseits kurz den Kopf an Tanyas Schulter. »Wenn ich dich nicht hätte«, sagte sie.

Maddox war einigermaßen verwirrt, wie vertraut die beiden Frauen miteinander umgingen, aber gut, er hatte das PJ's auch ein Jahr nicht von innen gesehen. Er stopfte sich ein paar Erdnüsse in den Mund, drehte sich auf dem Hocker um und betrachtete die Szenerie. An der Dartscheibe wechselten sich die Herausforderer von Yorkshire-Brian ab. Barry, der wieder verloren hatte, war für das Notieren der Punkte an der Tafel zuständig. Auf halber Höhe zwischen Bar und Dartscheibe stand ein hoher, langer Tisch. Darum herum, auf Barhockern, hatte sich ein kunterbunter Haufen versammelt, wie man ihn in der Zusammensetzung andernorts kaum hätte finden können. Am Tisch saß eine Gruppe sorgfältig, nahezu stutzerhaft gekleideter Männer. Noch augenfälliger als die Garderobe waren ihre blasierten Mienen gepaart mit affektiertem Verhalten. Daneben, gebeugt über Halblitergläser mit PJ's' selbstgebrautem Bier oder Gläser mit Sidiki und Cola, Vertragsarbeiter der P.O.C. aus allen möglichen Ländern und Männer aus verschiedensten Branchen des Ingenieurwesens. Über allem schwebten die Fernsehgeräte, auf deren Bildschirmen unterernährte Mädchen in Outfits, die aus Sackleinen gefertigt schienen, eine Parade abhielten, das Ganze untergelegt mit gemäßigten Techno-Klängen.

Maddox drehte sich wieder um zu Pat. »Was sagen eigentlich deine Gäste zu dem Anschlag auf McCready?«

»Das Leben geht weiter. So denken die meisten.« Mit einer Handbewegung wies sie auf die Schar der Gäste. »Es ist mehr als ein toter Schwarzbrenner vonnöten, um die hier zu beeindrucken. Vor allem wenn es sich um einen Schwarzbrenner wie Duncan McCready handelt.«

»McCready war ein verdammter Hurensohn«, kommentierte der bärtige Australier, ohne den Blick von der Zeitung zu wenden.

Auch Simmons schien sich für dieses Thema erwärmen zu können.

»Im World Service habe ich gehört, dass die britische Presse McCreadys Ableben mit willkürlichen Gewaltakten islamischer Fundamentalisten in Verbindung bringt«, sagte er. »Allerdings vertritt Mr. Gorman in der *Tribune* die Ansicht, McCready sei Opfer eines Bandenkriegs geworden. Was ist Ihre Meinung, Maddox? Ihre Artikel zum Thema zeigen bislang, dass Sie über den sprichwörtlichen Dingen stehen.«

»Sie wissen ja, wie die westliche Presse Ereignisse im Königreich verzerrt wiedergibt oder fehlinterpretiert. Es ist zu einem Reflex geworden, Fundamentalisten für alle Übel des Mittleren Ostens verantwortlich zu machen. Ich bewahre mir da einen offeneren Blick. Was den Bandenkrieg betrifft, die Polizei steckt noch mitten in den Ermittlungen. Und Gorman? Der ist voreilig.«

Simmons lächelte triumphierend. »Wie ich gesagt habe, Sie stehen über den Dingen.«

Maddox erinnerte sehr gut, dass Simmons Ambitionen hatte, die Lücke zu schließen, die McCready durch sein vorzeitiges Ende hinterlassen hatte. Nur wollte er den Mann nicht als Schwätzer bloßstellen und griff zu einem Trick. »Sag mal, Pat, ich geh davon aus, dass McCready auch dein Sidiki-Lieferant gewesen ist«, sagte er, wohl wissend, dass dem so war. »Wer übernimmt das jetzt?«

Simmons antwortete. »Quatschkopf Gorman hofft vermutlich, dass einer der anderen Schwarzbrenner in der Ostregion McCreadys Geschäft übernommen hat. Das würde seine Theorie bestätigen, dass ein Bandenkrieg stattfindet. Leider wird er bitter enttäuscht werden.«

Maddox hob eine Augenbraue, warf Simmons einen fragenden Blick zu und sagte in Anspielung auf ihre Unterhaltung am Flughafen: »Erzählen Sie mir nicht, es gäbe einen ›New Kid on the Block‹.«

»Wohl kaum ein Kid, mein Lieber«, erwiderte Simmons und gab sich düpiert.

Am Ende war es Pat, die Maddox die Politik der am Schwarzbrennen Beteiligten der Ostregion auseinandersetzte. »Alle, die ihre Aktien im Alkoholgeschäft haben – also Brauer, Schnapsbrenner, Inhaber von Pubs und Klubs, selbst die, die fürs Weggucken bezahlt werden –, sind sich einig, dass es von Vorteil ist, den Status quo beizubehalten. Wenn wir uns einverstanden erklären würden, dass die anderen drei Sidiki-Produzenten einspringen und McCreadys Gebiet unter sich aufteilen, würde das Gerüchte über einen Bandenkrieg nur untermauern. Um zu verhindern, dass irgendjemand von McCreadys Tod profitiert, haben wir uns auf einen neuen Sid-Lieferanten geeinigt.«

»Und auf wen?«, fragte Maddox, gewappnet, den Überraschten zu geben.

Simmons räusperte sich verhalten. »Ich bin es, Mr. Maddox«, gestand er. »Ich habe offiziell meine Bereitschaft erklärt, in das sprichwörtliche Haifischbecken zu steigen.«

Maddox hatte Mühe, ernst zu bleiben. Zu kurios war die Vorstellung von Simmons, diesem soliden und etwas steifen Briten, als durchtriebenen Schwarzbrenner.

Simmons' Schnurrbart zuckte, als könne sein Besitzer Maddox' Gedanken lesen. »Nun ja, wie Sie bereits wissen, büßt mein Schulprojekt seine Rentabilität dramatisch ein. Aus Mangel an geeigneten Mitarbeitern.« Simmons' Blick wanderte hinüber zu den affektierten Stutzern am langen Tisch. »Diese Gentlemen dort lehren am P.O.C. Training College die englische Hochsprache.

Lehrkräfte ihres Formats kann ich mir leider nicht – «

»Ihnen bleiben nur die Edmund Blakes der Zunft«, fiel Maddox dem Schulleiter ins Wort, um die Sache abzukürzen.

Simmons nickte traurig. »Ich habe Mr. Blake aufgrund mangelnder Eignung mit dem nächstmöglichen Flug nach Blighty zurückgeschickt. Unter solchen Umständen eine profitable Organisation leiten? Unmöglich, Mr. Maddox. Vielleicht verstehen Sie jetzt, weshalb ich mich dazu durchgerungen habe, McCreadys Rolle zu übernehmen.«

Der Australier faltete seine Zeitung zusammen und klemmte sie sich unter den Arm. »Besser Sie als ich, Professor«, sagte er und quälte sich vom Barhocker. »Mich beschleicht der Verdacht, Schwarzbrenner könnten zu einer bedrohten Spezies werden.«

»Damit liegt er womöglich gar nicht mal falsch«, sagte Tanya. »Haben Sie nicht bereits Ihren Nissan gegen einen Sierra Classic getauscht, Professor?«

»Diese Investition habe ich in der Tat nicht gescheut, meine Liebe. Ich habe eine Familie im Vereinigten Königreich zu versorgen, eine Hypothek abzuzahlen und ab nächstem Jahr werden meine beiden Töchter die Universität besuchen. Wüssten Sie einen besseren Weg, an das Geld zu kommen, das ich benötige?«

Maddox fragte sich, wen Simmons hier zu überzeugen suchte.

»Hören Sie auf meinen Rat«, sagte der Australier und zog sich die Hosen über den Bierbauch. »Wenn Sie erst mal Anspruch haben auf Ihre Fuck-off-Prämie, nehmen Sie den erstbesten Flug, der Sie hier wegbringt.«

Die Fuck-off-Prämie – jene mythische Summe, die

jeder im Auge hatte, der hier arbeitete, die Summe, die ihn finanziell unabhängig machen und in die Lage versetzen würde, das Königreich Saudi-Arabien für immer zu verlassen.

Der Australier winkte Pat und Tanya zu, hob die Zeitung zum Abschied und schlurfte Richtung Tür.

»Die Frage ist doch«, sagte Maddox zu Simmons, »wie Sie ein Viertel der Ostregion mit Sidiki versorgen wollen? Es dauert seine Zeit, eine Destillieranlage zu installieren, sie in Betrieb zu nehmen und dann die Produktion als solche. Zwei Wochen muss man da schon veranschlagen, würde ich sagen. Zudem hat es McCready mitten beim Ausliefern erwischt. Mit anderen Worten: Ein paar Pubs müssen ganz schön auf dem Trockenen sitzen, nicht wahr?«

Bevor Simmons antworten konnte, mischte sich Tanya ein. »Hat Pat doch erklärt, oder?«, sagte sie mit Ungeduld in der Stimme. »Es hat sich ein Konsortium der beteiligten Parteien zusammengefunden, das den Professor unterstützt.«

»Mehr noch«, sagte Simmons, »die anderen drei Sidiki-Produzenten verkaufen mir Sidiki zum Grossistenpreis, bis meine Anlage läuft. Damit nichts ins Stocken gerät. Keinem meiner Kunden wird der Sprit ausgehen.«

Maddox warf eine Erdnuss in die Luft, fing sie mit dem Mund auf und sagte: »Und woher kennen Sie Ihre Kunden? Ich meine, McCready wird mit den Namen nicht hausieren gegangen sein, oder?«

»Ich habe eine Liste.«

Tanya knallte die nächste Runde Drinks auf den Tresen. »Wir haben eine Liste zusammengestellt. Gesprächsfetzen etc. pp. Woran man sich eben so erinnert.« Sie blickte

Simmons eindringlich an.

»McCready wurde gesprächig, wenn er ein paar Drinks intus hatte, ja, schon«, sagte Pat, »aber ich wüsste nicht, dass er jemals über sein Geschäft gesprochen hätte.«

Tanya schoss einen wütenden Blick auf ihre Chefin ab. Maddox versuchte, sich einen Reim darauf zu machen, doch dann ergriff Simmons wieder das Wort und der Augenblick war vorbei.

»Wie Tanya gesagt hat, wir haben die Liste zusammengestellt – Äußerungen von McCready, die anderen Sidiki-Produzenten, Pub- und Klubbesitzer. Informationen von allen Seiten.«

Maddox nickte, als schluckte er diese Geschichte. Ich habe auch eine Liste, dachte er. In meiner Brieftasche. Die gleiche Liste, die ihr euch besorgt habt. Die, die auf der obersten Seite eines Notizbuches in McCreadys Bungalow notiert war.

Die Tür ging auf und aller Augen richteten sich auf den Neuankömmling, neugierig, ob es eine Frau war. Aber nein, es war ein Asiat, ein Mann, den Maddox sofort erkannte.

»Shereef?« Simmons winkte den Mann zu sich heran. »Das ist der Pakistani, der für McCready gearbeitet hat«, klärte er Maddox auf. »Armer Teufel. Es war sein Cousin, der am Rafeeq-Shopping-Center erstochen wurde. Shereef arbeitet jetzt für mich. Sehr verlässlicher Bursche.«

Mit einer schnellen, kaum merklichen Kopfbewegung deutete Shereef an, dass er Maddox erkannt hatte.

»Boss!«, sagte Shereef, »wir brauchen noch mehr Säcke mit Zucker und noch ein halbes Dutzend Plastikbehälter. Besser einen Überschuss an Maische produzieren, als dass einem der Vorrat ausgeht.«

»Ganz richtig!«

Der Schulleiter gab Shereef seine Wagenschlüssel. Er schien sich der Tatsache nicht bewusst zu sein, dass der Pakistani als vermutlich Illegaler über keinen saudischen Führerschein verfügte. Sollte er in eine Kontrolle geraten, könnte das unangenehme Folgen für ihn haben. Maddox schüttelte innerlich den Kopf angesichts eines derart dilettantischen Verhaltens.

»Haben unsere Freunde den Sidiki geliefert?«

»Er kommt morgen, Sir.«

»Was ist mit dem Johnnie Walker und dem Smirnoff?«

»Der wird ebenfalls morgen von Bahrain aus an Land gebracht. Wir können am Nachmittag mit der Lieferung rechnen.«

Maddox lächelte. Sein Aufenthalt im PJ's hatte sich bezahlt gemacht. Hatte Major Mohammed nicht erzählt, dass Schmuggler ihre Ware in Gegenden an Land brachten, wo Polizeikräfte – wenn überhaupt – nur wenig Präsenz zeigten? Schiitische Siedlungen, hatte der Major gesagt. Wenn der Alkohol von Bahrain aus ins Land kam, wäre die nächste schiitische Siedlung bei Tarut Island. Maddox' Ausflugsziel für den nächsten Tag stand somit fest.

Als Shereef sich seinen Weg zum Ausgang der Bar bahnte, holte Maddox sein Mobiltelefon hervor. »Ich muss mal eben ein paar Anrufe erledigen, Leute«, sagte er. »Hier ist es zu laut. Bin gleich zurück.«

»Shereef!«

Der Pakistani war bereits auf halbem Wege zum Eingangstor.

»Ich muss mit Ihnen reden!«

Shereef drehte sich um und ging zögernd auf Maddox zu. Neben dem PJ's lag ein Biergarten. Maddox deutete auf die Bänke unter der grünen Markise und sagte: »Setzen wir uns doch dorthin.« Die Luft war noch immer heiß und stickig und Maddox wünschte, er hätte seinen Drink dabei. Plötzlich ergriff Shereef Maddox' Hand.

»Ich danke Ihnen, Mr. Maddox, dass Sie mich vor der Polizei gewarnt haben. Danke, Sir! Wie sollte ich jetzt Geld verdienen, wenn man mich ins Gefängnis geworfen oder abgeschoben hätte? Was wäre mit meiner Familie? Mit Juwaids Familie?« Maddox fühlte sich angesichts Shereefs Dankbarkeit ein wenig unbehaglich. Andererseits könnte sich der Pakistani jetzt erkenntlich zeigen, sofern es gelänge, Vertrauen aufzubauen.

»Das mit Juwaid tut mir leid«, sagte Maddox. »Als wir uns an dem Abend begegnet sind, hatte ich keine Ahnung, dass Ihr Neffe tot ist.«

Shereef nickte. »Die pakistanische Botschaft wird ihn morgen in die Heimat überführen. Mr. Simmons hat die Gebühren bezahlt. Er ist ein sehr netter Mensch. Ein guter Boss.«

Shereef zupfte wie zum Beweis für Simmons' Güte am Ärmel seines neuen Hemdes. Maddox beschlichen erneut Zweifel, ob das Alkoholgeschäft das Richtige für den großzügigen Schulleiter sei. »Es gibt da noch ein paar Fragen, die ich Ihnen gerne stellen würde.«

Der Pakistani schien nicht sonderlich erbaut davon. »Aber Sie sind doch von der Presse!«

»Keine Sorge. Ich werde weder Ihren Namen erwähnen noch etwas schreiben, was auf Sie hindeuten könnte. Ich arbeite an einer investigativen Story. Ich will die Hintergründe des Bombenanschlags am Rafeeq-Shopping-Center aufdecken, will aufdecken, warum Juwaid und McCready ermordet wurden.«

Shereef schwieg und versuchte, sich ein Bild von Maddox zu machen. Er verhielt sich stets überaus zurückhaltend gegenüber Westlern, die ihn als einen Gleichberechtigten betrachteten. Die jahrelange schlechte Behandlung durch McCready hatten ihn misstrauisch werden lassen. Schließlich aber war er bereit, mit Maddox zu reden.

»Haben McCready und Juwaid an dem besagten Abend Sidiki ausgeliefert?«

»Mr. McCready, ja, aber nicht mein Neffe. Mr. McCready wollte nicht mit uns gesehen werden, wenn er seine Lieferungen machte. Er hat in jeder Bar ein, zwei Drinks genommen. So konnte er Kontakte knüpfen, konnte sich wichtig zu fühlen. Lumpenärschige Nigger, wie er es ausdrückte, hätten dabei nur gestört.«

»Sie kannten also seine Route nicht?«

»Nein! Die hielt er geheim. Alle Schwarzbrenner halten ihre Kundenliste geheim.«

»Was haben Sie oder was hat Juwaid gemacht, wenn McCready auf Liefertour war?«

»Al-Khobar hat eine große pakistanische Gemeinde. Mr. McCready brachte uns zu Freunden. Je nachdem, wer von uns beiden gerade dran war mit arbeiten. Wir haben dann bis zum Abend bei Freunden gesessen und anschließend Mr. McCready am Safeway getroffen.«

»Warum am Safeway?«

»Wir mussten unseren Vorrat an Zucker auffüllen, für die nächste Ladung Sidiki.«

»Hatte McCready am Safeway noch etwas anderes zu erledigen?«

Shereef zögerte, nicht sicher, ob er Maddox vertrauen könne. Schließlich sagte er: »Manchmal ging Mr. McCready zu dem Bankautomaten am Supermarkt, so alle drei Monate etwa. Er hob 5000 Riyal ab. An manchen Tagen lag im Handschuhfach ein Umschlag mit Geld. Er legte dann die fünf Riesen dazu.«

»Wofür war das Geld? Hat er jemanden bezahlen müssen?«

»Ja, so in der Art.« Shereef wand sich ein wenig. »Juwaid hat mir erzählt, dass es sich um Schutzgeld handeln würde für einen, der ›Prinz‹ genannt wird. Wir haben nie nachgefragt.«

»Habt ihr mitbekommen, wo das Geld übergeben wurde?«, fragte Maddox.

»Ja. Gewöhnlich in den Slums von Al-Khobar oder Dammam. Manchmal in einer Mülltonne, ein anderes Mal auf einem Stuhl in einem Café.«

»Es gibt Hinweise, dass am Abend des Anschlags eine Übergabe im Rafeeq stattgefunden hat«, sagte Maddox.

»Hm! Das ist merkwürdig«, erwiderte Shereef nachdenklich. »Weshalb dort?«

»Das frage ich mich auch.« Maddox fragte sich überhaupt nichts, für ihn nahm das Ganze bereits Konturen an: Man hatte McCready mit der Geldübergabe ins Rafeeq gelockt, um genügend Zeit für den Einbau des Sprengsatzes zu haben. Eine Autobombe in unmittelbarer Nähe eines belebten Einkaufszentrums erregte großes

Aufsehen und verbreitete Unruhe unter den übrigen Sidiki-Produzenten. Warum aber war gerade McCready ins Fadenkreuz gerückt? Wie auch immer – mehr und mehr nahm der Fall die Züge eines Bandenkrieges an. Keineswegs die Nachricht, die Khalid Al-Yaani verbreitet wissen wollte.

»Wie lief das mit dem echten Stoff – Smirnoff, Johnnie Walker? Wie ist McCready da rangekommen?«

»Wenn Mr. McCready Nachschub an echten Spirituosen brauchte, gab es eine Telefonnummer, die hatte er sich eingeprägt. Zwei Saudis haben die Kartons dann angeliefert.«

»War einer von ihnen der Prinz?«

Shereef schüttelte den Kopf. »Nein, Mr. Maddox. Der Prinz hat keine niederen Tätigkeiten ausgeführt. Er ist nie in Erscheinung getreten. Die beiden Saudis haben den Schnaps mit einem Pick-up geliefert, einem Toyota Hilux. Ein Beduine hat ihn immer gefahren. Der andere Saudi war so ein Schmalgesichtiger. Juwaid und ich haben uns so wenig wie möglich mit ihnen abgegeben. Es waren unheimliche Leute, vor allem der Beduine.«

Der Beduine aus dem Café Latte!, schoss es Maddox durch den Kopf.

Inzwischen war die Sonne fast untergegangen und von irgendwoher erklang der Ruf eines Muezzins.

»Ist das alles, Mr. Maddox?«

»Nur noch eine Frage, Shereef. Wenn McCready aus irgendwelchen Gründen verhindert war, kümmerte sich dann jemand um das Geschäft?«

»Das hat Mr. Fletcher gemacht – als er noch kein Muslim war, natürlich.«

»Natürlich! Und sind die beiden Handlanger des Prinzen auch mal aufgetaucht, als Mr. Fletcher zuständig war?«

Shereef nickte. »Als Mr. McCready das letzte Mal im Urlaub war, hat Mr. Fletcher eine Lieferung Spirituosen entgegengenommen.«

Maddox stand auf. »Danke, Shereef! Sie haben mir sehr geholfen.«

Der Pakistani wandte sich zum Gehen und Maddox kramte sein Mobiltelefon hervor. Er war im Begriff, Sanju anzurufen, als ihm etwas einfiel. »Eine Sache noch, Shereef. Hat McCready oft Musik im Auto gehört?«

Shereef runzelte die Stirn. »Nun, wenn Sie mich so fragen, ja. Kaum saß er im Auto, hat er auch schon eine Kassette eingelegt. Das würde das Stöhnen der Huren und das Gejammer der Nigger übertönen, meinte er.« Und mit einem Grinsen fügte er hinzu: »Das bedeutet aber nicht, dass ich ihn jemals mit einer Hure im Blazer gesehen habe.«

Maddox sah sich nun bestätigt, dass man den Sprengsatz installiert hatte, während McCready im Rafeeq war. Nachdem Shereef gegangen war, ging Maddox zur Treppe, die zum PJ's führte, und rief Sanju an. Binnen Sekunden war klar, dass er für seinen Chefredakteur alles andere war, nur nicht der Mitarbeiter des Monats.

»Wo treibt ihr euch rum, Barry und du? Alle stecken bis über beide Ohren in Arbeit und die Deadline schwebt über uns.«

»Entspann dich, Sanj! Kein Grund, melodramatisch zu werden. Iqbal übernimmt doch das Redigieren. Oder hat er sein Englisch verlernt? Ich gehe gerade einigen Hinweisen im McCready-Fall nach, also bleibe ich am besten, wo ich bin.«

»Und was ist mit Barry?«

»Akklimatisiert sich. Er bekommt für heute Abend einen Auftrag von mir. Er kann etwas über die neue Filipino-Band schreiben, nach der alle so verrückt sind.«

Nach einem Moment des Schweigens fragte Sanju misstrauisch: »Du bist nicht in einem Pub, oder?«

»Natürlich nicht!«

In diesem Moment wurde über ihm die Tür zum PJ's aufgerissen und ein Schwall lauter Musik ersetzte die Stille. »Komm endlich ins Kühle, Peter«, rief Pat ihm zu.

Maddox hielt die ausgestreckte Hand hoch und formte mit dem Mund die Worte »Fünf Minuten«.

»Okay, Schatz! Ich kann dir den Drink auch rausbringen.«

Maddox duckte sich unwillkürlich und schüttelte den Kopf. Pat verschwand wieder im PJ's, während Sanju eine repräsentative Auswahl an Beschimpfungen vom Stapel ließ.

»Ist vermutlich ein ganz schlechter Zeitpunkt, zu erwähnen, dass ich beabsichtige, für Barry einen Land Rover auf Kosten des *Chronicle* zu mieten, oder?«, fragte Maddox, als Sanju kurz schwieg, um Luft zu holen.

Es war ein schlechter Zeitpunkt. Sanju legte einfach auf. Davon unbeeindruckt, rief Maddox die Oasis Limousine and Car Rental an. Man kannte ihn dort, weil er vor ein paar Monaten die Dienste der Autovermietung hatte in Anspruch nehmen müssen, als sein Caprice in Reparatur war, und man sicherte ihm zu, noch heute Abend einen schwarzen Land Rover Discovery zum Peninsular-Compound zu überführen.

Während er die Treppe zum PJ's hinaufging, steuerte eine Schar Frauen – Mitarbeiterinnen der Peninsular Oil

Company – auf den Pub zu. Er ließ ihnen den Vortritt, hielt die Tür für sie auf und sie enterten den Laden, ohne ihn eines Blickes zu würdigen.

Maddox nahm wieder seinen Platz an der Bar neben Simmons ein.

»Sieht so aus, als würden sich die Damen heute Abend unters Volk mischen«, meinte Pat mit Blick auf die Invasion.

»Ab und an gelüstet es auch eine Dame nach Hausmannskost«, stellte Maddox klar und nahm die holde Weiblichkeit der P.O.C. in Augenschein.

»Hausmannskost! Das dürfte wohl für beide Seiten zutreffen«, bemerkte Pat gehässig.

Maddox' Blick blieb an einer jungen Frau hängen, die ihrerseits den Pub mit den Augen absuchte. Sie war ohne jeden Zweifel die Attraktivste unter den weiblichen Gästen. Maddox hätten wetten könne, dass sie aus Irland kam: Dafür sprachen das rote Haar und die koboldhaften Gesichtszüge. Sie trug ein ausgeschnittenes schwarzes Top und einen kurzen schwarzen Rock, der ihre blassen Beine betonte. Maddox beobachtete, wie die Rothaarige auf Yorkshire-Brian zustöckelte. Sie sagte ihm etwas ins Ohr, Yorkshire-Brian nickte kurz, notierte den letzten Wurf und deutete dann mit dem Finger in Maddox' Richtung. Die Rothaarige schüttelte den Kopf. Maddox konnte es sich nicht verkneifen, sein Glas zu erheben und ihr zuzuprosten. Noch bevor sie darauf reagieren konnte, trat Barry auf den Plan und sprach sie an. Er fuhr sich dabei nervös durch die blonden Locken. Es kam zu einem kurzen Dialog, woraufhin sich beide in eine der Nischen im hinteren Teil des PJ's zurückzogen.

»Sieh mal einer an! Unsere Emer!«, ließ sich Simmons

vernehmen, der die Szene ebenfalls verfolgt hatte.

»Emer?«, fragte Maddox.

»Ja, Emer Brady. Sekretärin bei einem der hohen Tiere von der P.O.C. Entzückendes Mädchen!« Der Schulleiter beugte sich verschwörerisch zu Maddox, als wolle er ihm ein schreckliches Geheimnis offenbaren. »Sie besteht auf getrennter Kasse, müssen Sie wissen. Bezahlt ihre Drinks immer selbst. Emer ist keine Blutsaugerin so wie die meisten Mädchen hier.«

Maddox hörte nur mit halbem Ohr zu. Seine Gedanken kreisten um das von Barry heimlich geführte Telefonat. Alles sprach dafür, dass er mit Emer Brady Kontakt aufgenommen und sich mit ihr verabredet hatte. Maddox hielt die Zeit für gekommen, etwas für Sanjus Seelenheil zu tun und einiges für den nächsten Artikel zum McCready-Fall zusammenzutragen. Vielleicht konnte er dabei dem rothaarigen Kobold ein wenig auf den Zahn fühlen.

Er zog sein Notizbuch hervor und wedelte damit, um Pats Aufmerksamkeit zu erregen. »Hast du was dagegen, wenn ich ein paar Meinungen einhole? Reaktionen auf McCreadys Tod? Es ist für meinen nächsten Artikel.«

»Nur zu!«, erwiderte Pat, die gerade alle Hände voll zu tun hatte, »wenn's der Wahrheitsfindung dient.«

»Das ist ja wieder mal typisch für euch Presse-Heinis«, sagte Tanya mit unverhohlenem Abscheu. »Kapital aus dem tragischen Tod eines Menschen schlagen. Hauptsache, die Auflage stimmt!«

Maddox ignorierte sie. Doch als er aufstand und sich umdrehte, bemerkte er, wie ein Gast hinter ihm mit den Lippen das Wort »Lesbe« formte.

Maddox tauchte ein in die Menge, tauschte hier mal einen Gruß mit alten Bekannten, schüttelte Hände und stellte seine Fragen. Als er meinte, genügend Informationen für einen Artikel gesammelt zu haben, ging er hinüber zum Dartboard.

»Na, wieder unter den Lebenden, Peter? Und ... Lust auf ein Spiel?«, fragte Yorkshire-Brian.

»Nein, lass mal, Brian. Vielleicht später, muss mich erst in Form bringen.« Maddox machte eine Geste, als kippe er einen Drink, um anzudeuten, wie er sich in Form zu bringen gedachte.

Brian grinste. Er warf seine Pfeile. Einhundertundvierzig. Er war gut – zu gut für Maddox.

»Wer war eigentlich die Rothaarige vorhin, Brian?«

»Eine aus der P.O.C.-Bande. Lässt sich allerdings hier nicht oft blicken. Sie war auf der Suche nach einem Reporter vom *Chronicle*.«

Brian warf gegen den nächsten glücklosen Gegner. Triple zwanzig, Triple siebzehn, Double sechzehn. Einhundertunddreiundvierzig check out. Maddox würde bestimmt nicht auf ein Spiel zurückkommen. Rituelle Erniedrigung war nicht gut für sein Ego.

»Als ich auf dich gezeigt habe, meinte sie, sie würde einen jüngeren Typen suchen.« Yorkshire-Brian griente. »Na ja, sie ist ja dann auch mit Baz abgezogen. Trag's mit Fassung, Maddox.«

»Hab schon andere Niederlagen einstecken müssen«, erwiderte Maddox und schlug Yorkshire-Brian freundschaftlich auf die tätowierte Schulter. »Muss mal nach meinem Kollegen Ausschau halten. Wir seh'n uns, Kumpel.«

Barry und Emer saßen sich in einer Nische gegenüber. Ihre Unterhaltung verstummte, als Maddox auftauchte. Zwanglos ließ er sich neben das irische Mädchen fallen.

Sie rutschte daraufhin unwillkürlich einige Zentimeter weiter.

»Hi, Emer«, sagte er. Dann wandte er sich an Barry. »Sie verlieren nicht viel Zeit, Kennedy.«

Maddox zwinkerte dem Mädchen zu und wandte sich wieder an Barry. »Nur ganz kurz. Ich habe mit Sanju telefoniert. Iqbal kümmert sich um den Laden, während ich Informationen einhole in Sachen McCready. Habe gerade einige Gäste nach ihrer Sicht der Dinge befragt. Ob sie jetzt verunsichert sind, Angst haben, die ganze Palette eben. Sie kennen das ja, Barry.«

»Mir scheint, es fällt Ihnen schwer Vergnügen und Profession auseinanderzuhalten. Oder braucht man als Journalist einen gewissen Pegel, um in die Gänge zu kommen?«, bemerkte Emer spitz.

»Fragen Sie Baz, unseren gemeinsamen Bekannten«, gab Maddox spöttisch zurück. »Schließlich gehört er ebenfalls zur schreibenden Zunft. Barry ist doch Ihr Bekannter, oder?«

Barry kam Emer mit seiner Antwort zuvor. »Ich muss schon sagen, Peter, ich bin tief beeindruckt von Ihrer Recherchetechnik. Wie Sie die Einlassungen von – wie lautete noch gleich Ihre Bezeichnung für die hier anwesenden Gäste? – ach ja, Gewohnheitstrinker, also wie Sie deren Einlassungen als repräsentativen Meinungs-Querschnitt der westlichen Gemeinde verkaufen – das ist journalistische Professionalität par excellence.«

»Sanju wird keinen Grund haben, sich zu beklagen.« Maddox glaubte, sich verteidigen zu müssen. »Mein Artikel wird genau das sagen, was die Leser und Khalid Al-Yaani hören wollen – dass die Westler meinen, Radikale stünden hinter dem Mord an McCready. Irgendwie steckt doch in jedem von uns ein Bentley Gorman.«

»Entschuldigen Sie so Ihre Schwächen? Etwas billig, finden Sie nicht«, fragte Emer.

Maddox beachtete sie nicht weiter. »Für heute Abend ist Folgendes geplant, Barry. Ich bleibe über Nacht im Peninsular-Compound. Die haben hier kleinere Bungalows, die man für eine Übernachtung mieten kann. Und Sie fahren rüber zum BritTech-Compound, da gibt's Stoff für einen Artikel.«

»Und wie kommen Sie morgen weg, wenn ich den Caprice habe?«

»Reden Sie nicht so einen Blödsinn, Mann! Glauben Sie, ich überlasse Ihnen meinen Caprice? Sie bekommen einen Mietwagen – einen Land Rover. Den habe ich vorhin für Sie klargemacht, müsste eigentlich schon längst da sein.«

»Okay! Und was ist das für ein Artikel, den ich schreiben soll?«

»Der Nachtclub im BritTech-Compound ist ein beliebter Treffpunkt, vor allem Mitte der Woche. Heute Abend spielt dort eine Schlitzaugen-Band, die – «

»Eine philippinische Band«, fiel Emer Maddox ins Wort.

»Von mir aus auch eine philippinische Band! Jedenfalls will Sanju seit Ewigkeiten einen Beitrag über – « Er wandte sich an Emer. »Wie heißen die noch mal? Ich hab's vergessen.«

»The Tabs.«

»Genau! Hört sich ja mächtig psychedelisch an! Jedenfalls ist die Gruppe nach allem, was man hört, der Bringer in der Schlitz... ich meine, in der philippinischen Community. Machen Sie ein Interview, besorgen Sie sich ein paar Hintergrundinformationen. Seien Sie aber vorsichtig mit Aufnahmen. Leadsänger und Drummer sind beides Frauen. Selbstverständlich erwähnen Sie sie in Ihrem Artikel, aber keine Fotos von den beiden auf der Bühne. Das Gleiche gilt für offenherzig gekleidete Frauen und tanzende Paare. Und achten Sie darauf, dass keine alkoholischen Getränke auf den Fotos zu sehen sind.«

»Ist das alles, Sir?«, fragte Barry im Tonfall eines Rekruten.

Maddox musste schmunzeln. »Nicht ganz, Schütze Kennedy.«

Pat winkte, um Maddox' Aufmerksamkeit zu erregen. In der einen Hand hielt sie den Telefonhörer. Mit der anderen zeigte sie in Richtung Einfahrtstor. Maddox nickte.

»Als Erstes: Der Rover ist gerade angekommen. Zweitens: Im Handschuhfach meines Wagens finden Sie eine kleine Kodak. Die nehmen Sie mit zum BritTech-Compound. Drittens: Im Kofferraum steht meine Notfalltasche. Die geben Sie unserm philippinischen Freund am Tor, zusammen mit meinen Autoschlüsseln.«

Er gab Barry die Schlüssel zum Caprice, der sie schweigend einsteckte. Es ging ihm gehörig gegen den Strich, derart herumkommandiert zu werden.

»Noch was«, Maddox war noch nicht am Ende angelangt. »Wenn Emer Sie begleitet, wovon ich wohl ausgehen darf, wäre es besser, sie nimmt ein Taxi. Zwar ist es nicht weit bis zum BritTech-Compound, aber wenn Sie beide in eine Kontrolle geraten, wird die Polizei Sie den Mutawwa´in übergeben. Schließlich können Sie wohl kaum eine Heiratsurkunde vorweisen, oder?«

»Und was, wenn ich ins Röhrchen blasen muss?«, fragte Barry. Er starrte auf sein halb leeres Glas. »Ich bin wahrscheinlich über dem Limit.«

Maddox verdrehte die Augen. »Wir sind in Saudi-Arabien, schon vergessen? Jede Spur von Alkohol ist über dem Limit. Und jetzt kommen Sie in die Gänge, die Tabs werden Ihretwegen den Auftritt nicht verschieben.«

Er blickte den beiden hinterher, als sie die Bar verließen.

Maddox kehrte an die Bar zurück. »Besteht vielleicht die Chance, die Nacht im Tank zu verbringen?«, fragte er Pat. Der Tank war einer der Minibungalows, Gästen des PJ's vorbehalten, die es vorzogen, ihren Rausch vor Ort auszuschlafen. »Und kannst du mir eine Quittung für das Zimmer und die Drinks geben, damit ich das Geld als Spesen verrechnen kann?«

»Eine Quittung für Drinks, und das in Saudi-Arabien? Träumen Sie weiter, Maddox«, sagte Tanya.

Pat schüttelte den Kopf. »Unsere Tanya ist manchmal etwas begriffsstutzig, nicht wahr, meine Süße? Das war ein Scherz!« Als Tanya sich mit Leichenbittermiene abwandte, sagte Pat: »Kein Problem, Peter. Der Tank steht zu deiner Verfügung.«

»Wenn das so ist, dann nehme ich doch glatt noch 'nen Drink. Umso besser lässt es sich nachher in dieser Hundehütte schlafen«, erwiderte Maddox grinsend und wappnete sich für einen feuchtfröhlichen Abend.

Dreizehntes Kapitel

»Mein Gott!«

Maddox dachte zuerst, es handele sich um eine Polizeisperre. Orangefarbene Kegel leiteten den Verkehr in zwei Bahnen. Die Notfall-Lichter der Polizeistreifen drehten sich in einem Kaleidoskop aus Rot, Weiß und Blau, Polizisten lehnten an ihren Fahrzeugen, rauchten und plauderten miteinander.

Er fühlte sich mehr als angeschlagen. Zwar hatte der Einsatz zweier Panadol dem Kopfschmerz Einhalt geboten, dennoch forderte reichlich Restalkohol in seinem Blutkreislauf seinen Tribut. Irgendjemand hatte Maddox mal erzählt, Sidiki kristallisiere im Magen und kehre in den Blutkreislauf zurück, sobald man seinem Körper wieder Flüssigkeit zuführe. Damals hatte er die Theorie angezweifelt. Heute jedoch war er durchaus geneigt, sich ihr anzuschließen.

Am Straßenrand standen zwei silberfarbene GMC. Sie trugen die Insignien der Religionspolizei.

»Scheiße! Mutawwa´in!«

An einem der Autos war ein Transparent befestigt. Über den Rand seiner blau getönten Sonnenbrille hinweg entzifferte Maddox: Welt-Versammlung Muslimischer Jugend (WAMY) gegen Drogen.

An der Spitze der Autoschlange verteilten kaum der Schule entwachsene Jugendliche mit entrücktem Gesichtsausdruck Tragetaschen voller Material, das eine Anti-Drogen-Botschaft predigte. Das Königreich ließ nichts unversucht, den stetigen Drogenmissbrauch unter einer zunehmend desorientierten Jugend in den Griff zu bekommen.

Maddox fragte sich, ob das eine Story wert sei. Er ließ das Seitenfenster herunter und nahm folgsam eine Tüte entgegen. In diesem Moment winkte ihn ein Organisator der Aktion, ein Mann mit grau gesprenkeltem Bart und gekürztem Thawb, an den Straßenrand.

»Und nun?«, murmelte Maddox, fuhr an den Straßenrand und hielt.

»Guten Tag, Mr. Maddox.«

»Osman!« An seinem Seitenfenster stand einer von Nahid Qarnis konservativeren Freunden und Maddox blieb nur zu hoffen, ohne ausufernde Bekehrungslitanei seitens des Mutawwas davonzukommen.

Osman war ein vertrautes Gesicht beim *Arabian Chronicle.* Ab und an tauchte er in der Redaktion auf, um Nahid in puncto ›Aspekte des Islam‹ zu beraten. Jedem Nicht-Muslim im Büro war bei diesen Gelegenheiten eine Predigt garantiert. Maddox ärgerte sich immer über diesen Osman. Die Religionswächter durften Andersgläubigen nach Herzenslust den Islam predigen. Würde Maddox es jedoch wagen, ihnen zu widersprechen oder gar das Wenige, was er aus der Bibel wusste, zu zitieren, säße er schnell im nächsten Flieger mit Kurs auf das Vereinigte Königreich. Saudi-Arabien eilte nicht der Ruf voraus, in Religionsfragen Toleranz zu zeigen.

Die beiden Männer schüttelten sich durch das Fenster die Hand.

»Anti-Drogen-Aktion«, bemerkte Maddox.

Osman nickte ernst. »Unter Allahs göttlicher Führung werden wir unsere Jugend vom Drogenmissbrauch und vom gefährlich glatten Weg in die Hölle abbringen. Allerdings könnten wir etwas Aufmerksamkeit gebrauchen. Vielleicht berichten Sie über unser Treffen heute

Abend in Al-Khobar. Wir errichten ein Festzelt in der King Khalid Street und es werden viele prominente Sprecher erwartet.« Gut möglich, dass Osman Maddox' abgestandene Alkoholfahne wahrgenommen hatte, denn er fügte hinzu: »Im Anschluss an die Veranstaltung könnten wir Ihr Verhältnis zum Allmächtigen bewerten.«

Maddox rang sich ein Lächeln ab und notierte demonstrativ alle Einzelheiten. »Ich freue mich schon darauf«, sagte er, legte sein Notizbuch beiseite und fuhr davon.

Auf dem Weg zum *Arabian Chronicle* ging ihm auf, welch glückliche Fügung es gewesen war, auf Osman und seine Welt-Versammlung der Muslimischen Jugend gestoßen zu sein.

*****

Als er sich in seinen Redaktionsstuhl fallen ließ, teilte Maddox Nahid Qarni ohne Umschweife mit, dass er Osman getroffen habe.

Nahid lächelte: »Wie geht's meinem alten Freund?«

»Gut! Gut! Er arbeitet für die Anti-Drogen-Kampagne der Regierung. Heute Abend macht er Hully-Gully auf einer WAMY-Party in der King Khalid Street.« Nahid runzelte die Stirn angesichts Maddox' unangemessener Ausdrucksweise.

Grinsend warf Maddox die WAMY-Tüte auf Nahids Schreibtisch. »Ein paar Leckerbissen für Sie.«

Nahid musterte seinen Kollegen misstrauisch. Maddox, zurückgelehnt in seinem Stuhl, die Hände hinter dem Nacken verschränkt. Lässig. Viel zu lässig. Er kannte Maddox gut genug, um sicher zu sein, dass das wieder einer seiner Tricks war. Nur selten gab Maddox etwas ohne Gegenleistung her.

Nahid leerte den Inhalt der Tasche auf seinen Schreibtisch: Abhandlungen, die detailfreudig die Folgen unterschiedlicher Formen des Drogenkonsums beschrieben, eine Kassette mit erbaulichen Koranversen, von der Maddox annahm, sie solle einem Süchtigen auf Entzug Trost spenden, eine Polizeibroschüre, die mit anschaulichen Bildern die Konsequenzen ungezügelten Drogenmissbrauchs illustrierte, darunter das Foto eines mit Erbrochenem beschmutzten armen Teufels in einer Toilette.

»Werden Sie zu dieser Anti-Drogen-Veranstaltung gehen?«, fragte Maddox. »Machen Sie doch einen Artikel draus, für Ihre Islam-Seite.«

»Natürlich, das werde ich tun, Peter. Danke übrigens, dass Sie mich auf die Veranstaltung hingewiesen haben. Und was, wenn ich fragen darf, soll für Sie dabei herausspringen?«

»Es geht um J.F.«, sagte Maddox. »Den Konvertiten mit dem Freund, der Blähungen hat. Sie haben erwähnt, dass Sie demnächst ein Interview mit ihm haben. Ich möchte dieses Interview machen.«

Nahid schwieg einen Moment. »Hat das mit dem Auftrag zu tun, den Sie von Khalid höchstpersönlich erteilt bekommen haben?«

Statt einer Antwort legte Maddox den Finger auf den Mund und blickte sich mit Verschwörermiene in der Redaktion um. In diesem Moment wurde die Tür zu Sanjus Büro aufgerissen und der Chefredakteur erschien im Türrahmen.

»Maddox! In mein Büro!«, schrie er und verschwand so schnell, wie er aufgetaucht war.

»Ich lege Ihnen alle Einzelheiten über J.F auf den

Schreibtisch«, wisperte Nahid. »Datum, Uhrzeit und Ort des Interviews.«

»Danke! Und sollten Sie noch mal mit ihm sprechen, erwähnen Sie bitte nicht, wer das Interview mit ihm führt.«

»Wenn er nicht danach fragt, werde ich auch nichts sagen. Aber bitten Sie mich nicht, zu lügen. Ich lebe in der Hoffnung auf Allahs Belohnung, nicht auf seine Bestrafung.«

»Dann wollen wir hoffen, dass J.F. nicht fragt«, sagte Maddox, holte tief Luft und bereitete sich auf eine Standpauke vor.

Auf dem Weg in Sanjus Büro musste er am Schreibtisch Iqbal Singhs vorbei. Singhs Gesicht leuchtete geradezu vor Genugtuung. Der Rest der Kollegen gab sich äußerst geschäftig, man schob Papier hin und her, als könne man allein durch einen Blick auf Maddox den Zorn des Chefredakteurs auf sich ziehen.

Maddox klopfte an Sanjus Tür und trat ein, ohne die Antwort abzuwarten. Er machte es sich auf dem Sofa bequem. »Was ist mit denen da draußen los, Sanju? Ist irgendwas passiert?«

»Armer Sanju! Armer, armer Sanju!«, rief der Inder und verzog die Mundwinkel nach unten. »Womit habe ich das verdient?«

»Mit Sünden im vorigen Leben?«, schlug Maddox vor.

Sanjus Züge entspannten sich. Selbst sein Goldzahn blitzte auf und passte sich der aufgeräumteren Stimmung an. »Deiner lockeren Haltung entnehme ich, dass die McCready-Story gut vorankommt.«

Maddox nickte unverbindlich.

Sanju lehnte sich in seinen Sessel zurück und verschränkte die Arme über dem großen Bauch. »Ich habe mein Okay gegeben, was den Land Rover betrifft. Drücken wir mal die Daumen, dass sich Barry dem fragwürdigen Fahrniveau im Königreich gewachsen zeigt.«

»Das kriegt er schon hin.«

Sanju blickte demonstrativ auf seine Uhr und fragte: »Wo steckt eigentlich unser Nachwuchsreporter? Ich hoffe, er nimmt sich kein Beispiel an seinem Mentor. Ich erwarte nun mal von ihm, dass er hin und wieder in der Redaktion auftaucht.«

»Vielleicht ist ihm was dazwischengekommen«, sagte Maddox verschmitzt. Sanju reagierte nicht auf die doppeldeutige Bemerkung, also fuhr Maddox fort. »Sein Artikel über die Fahrprüfung hat mich zuversichtlich gestimmt, dass er bereits eigenständig arbeiten kann, also habe ich ihn gestern Abend in den BritTech-Compound geschickt. Du erinnerst dich? Diese Schlitzaugen-Band, die Tabs. Habe ich gestern erwähnt. Er soll eine Konzertkritik schreiben, immerhin sind sie in der Ostregion der letzte Schrei.«

Sanju nickte. »Ich werde dem Boss die Idee vortragen, nur um sicherzugehen. Für saudische Verhältnisse gehen die Tabs vielleicht zu sehr ans Eingemachte. Musik. Tanz. Die Vorstellung von Männern und Frauen, von Körperkontakt. Ein wenig heikel.«

»Die Zeiten ändern sich, Sanj. Man kann die westliche Kultur nicht ewig aussperren. Wie auch immer, ich habe Barry instruiert, welche Anforderungen er zu erfüllen hat.«

Sanju blickte in die geröteten Augen seines Reporters. Für einen flüchtigen Augenblick dachte Maddox, dass der Freund ihm etwas Vertrauliches mitteilen wolle.

Doch der war sofort wieder in die Rolle des Chefredakteurs geschlüpft.

»Glückwunsch übrigens zu deinem Artikel über die Woche der Verkehrssicherheit – sehr zu Herzen gehend. Aber heute ist heute und draußen wartet ein Haufen Arbeit. Genug, dass jeder Kollege da draußen gestern für zwei arbeiten musste – um deine Frage nach ihren Befindlichkeiten zu beantworten.« Sanju wandte sich seinem Monitor zu. »Also ... zieh Leine!«

Maddox fragte sich nach dem Sinn dieses Gepräches. Neues oder etwas von Bedeutung hatten sie nicht ausgetauscht. Und wenn Sanju ihm etwas mitzuteilen hatte, warum scheute er davor zurück? Oder sollte die Tatsache, dass er in Sanjus Büro zitiert worden war, als Beweis herhalten für Sanjus Autorität? Iqbals neugieriger Blick sprach dafür. Maddox ignorierte ihn und ging direkt zu seinem Schreibtisch. Nahid hatte ihm die Daten für das Interview mit Jack Fletcher auf einem Zettel notiert. Maddox faltete den Zettel zusammen und steckte ihn zu McCreadys Liste in die Brieftasche. Anschließend machte er sich daran, den himalayahohen Berg zu redigierender Texte abzutragen. Sein Artikel über die Reaktion der Westler auf die Ermordung McCreadys musste eben warten.

*****

Zwei Stunden später kam Barry in die Redaktion, Emer Brady im Gefolge. Stolz führte er seine neue Bekanntschaft an seinem Arbeitsplatz herum. Alle Köpfe drehten sich nach ihr um. In den Büros des *Chronicle* waren Frauen eine Seltenheit, erst recht rothaarige, westlich gekleidete Frauen.

»Ich dachte, ich zeige Emer mal, wie eine Nachrichtenredaktion von innen aussieht«, verkündete Barry gut gelaunt.

»Sie kommen zu spät!« Maddox blieb auf seinem Stuhl sitzen.

»Ich hab die Story über die Schlitzaugen-Band«, lautete Barrys zweite Ansage. Er legte die Kodak und eine Filmdose vor Maddox auf den Schreibtisch.

Schlitzaugen!, dachte Maddox. Gestern noch war der Ausdruck ein Stein des Anstoßes, heute geht er ihm glatt von der Zunge. Auch ein Fortschritt. »Sie kommen zu spät!«, wiederholte er.

Doch es war Emer, die gegen Maddox' Sturheit opponierte.

»Jedenfalls saugt sich Barry seine Artikel nicht aus den Fingern«, sagte sie aufgebracht. »Im Gegensatz zu Ihnen. Oder was war das gestern im PJ's? Sie und Ihr Durchschnitt der westlichen Gemeinde!«

Maddox starrte auf seinen Monitor. Die Schlagzeile des Artikels, den er gerade begonnen hatte – »Westler unbeeindruckt von Bombenexplosion« –, klang genauso marktschreierisch wie Emers Tirade.

»Ich bin zu spät dran, weil ich den Beitrag über die Tabs in Emers Wohnung geschrieben habe«, verteidigte sich Barry. »Seit sechs Uhr morgens habe ich daran gesessen.«

»Darauf wette ich.«

Die Anspielung entging weder Emer noch Barry.

»Wo, bitte schön, hätte ich denn übernachten sollen, nachdem Sie es vorgezogen haben, draußen im Peninsular-Compound zu nächtigen?«

Maddox schlug mit der flachen Hand auf das oberste Blatt eines Stapels mit korrigierten Texten. »Sie hätten vor zwei Stunden hier sein sollen, um Korrektur zu lesen. Das Redigieren gehört derzeit nicht zu meinen Hauptaufgaben.«

Iqbal saß an seinem Schreibtisch und feixte. Ganz offensichtlich genoss er den Zoff zwischen den Engländern.

»Wir sind von einer Straßenkontrolle aufgehalten worden«, sagte Barry schwach.

»Dann hattet ihr Glück, dass man euch nicht mit aufs Revier genommen hat. Ich habe gestern Abend gesagt, ihr sollt getrennt fahren. Was, wenn sie euch nach der Heiratsurkunde gefragt hätten?«

»Die haben uns durchgelassen, weil wir Westler sind«, warf Emer ein. »Die Polizei will keinen Ärger mit Europäern.«

»Und wenn die Sie nicht durchgelassen hätten?«, fragte Sanju.

Der Chefredakteur hatte sich den drei Streithähnen unbemerkt genähert.

Barry stellte Emer vor, doch Sanju machte keinerlei Anstalten, ihr die Hand zu schütteln. Stattdessen hakte er nach.

»Wenn die Polizei Sie am Kontrollpunkt nicht durchgelassen hätte, wenn sie geruht hätte, Sie anzuhalten und Sie ganz freundlich um den Beweis zu bitten, dass Sie und diese reizende junge Dame verheiratet sind, was hätten Sie dann getan?«

»Mir wurde gesagt, dass die saudischen Behörden die Westler in Ruhe lassen. Letztendlich sind wir es, die hier alles am Laufen halten.«

»Das also hat man Ihnen gesagt, Barry?« Sanju ließ nicht locker. »Westler werden nicht behelligt? Aber wir Nigger sind zum Abschuss frei gegeben, nehme ich an.«

»Nein, Mr. Zinta ... Ich ... ich wollte damit nicht sagen, Mr. Zinta ... «

Sanju sah Maddox an. »Peter, kannst du mir erklären, warum Barry mich mit einem Male Mr. Zinta nennt und nicht Sanju?«

Maddox fing den Ball auf. »Keine Ahnung, Sanj! Vermutlich glaubt er, dass genügend Respekt dafür sorgt, dass du vergisst, welchen Volltrottel er aus sich gemacht hat.«

Angesichts dieses Komplotts geriet Emer in Wut. Doch bevor sie entsprechend reagieren konnte, wandte sich Sanju an Barry.

»Bringen Sie Miss Brady zum Empfang. Der Wachmann wird ihr ein Taxi rufen. Dann erwarte ich Sie und Peter in meinem Büro.«

Maddox glaubte, Emer gleich in Tränen ausbrechen zu sehen, doch das irische Mädchen war aus anderem Holz geschnitzt. Sanju drehte sich um und überließ das verwirrte Tableau vivant sich selbst. »Armer Sanju! Armer Sanju! Womit hast du das verdient?«

*****

Als Barry zurückkam, lümmelte Maddox bereits auf dem Sofa im Büro des Chefredakteurs. Der junge Reporter setzte sich auf einen der unbequemen Stühle vor dem Schreibtisch. Barry wirkte schutzlos, verletzlich, als sähe er sich gleich einem Verhör gegenüber oder einem Standgericht – so wollte Maddox ihn haben.

Sanju schwieg, des Effektes wegen. Er beugte sich in

seinem Stuhl nach vorn, nahm einen Bleistift zur Hand und klopfte damit ungeduldig auf seine Schreibtischplatte. Sein Verhalten war kontrolliert, mit seinem Zorn hingegen hatte Sanju mehr Probleme. Barry lag jedoch falsch, wenn er glaubte, er sei fällig für eine Standpauke. Da Emer jetzt als Objekt ausgeschieden war, konnte Sanju seinem Unmut eine neue Richtung geben. Der unbestechliche Blick des Chefredakteurs glitt über Barry hinweg und verharrte bei seinem irregeleiteten Reporter.

»Ich weiß, dass du bevorzugt allein arbeitest, Peter. Andererseits verlangen wir dir auch nicht ab, in einem Zweipersonenstück zu agieren. Barrys Aufgabe besteht darin, unter deiner Anleitung Artikel zu redigieren und die Lokalseiten zusammenzustellen. Das gibt dir Luft für die McCready-Story. Noch Fragen?«

Maddox schüttelte den Kopf. Jetzt war Barry dran. »Inwieweit sind Sie bereits mit dem Nahen Osten in Berührung gekommen, Mr. Kennedy?«

Nach einem für ihn unangenehmen Augenblick erwiderte Barry: »Ich habe im letzten Jahr meinen Urlaub in Ägypten verbracht.«

»Sehr schön«, sagte Maddox. » Haben Sie die Pyramiden gesehen?«

Wie ein Dirigent, der Stille gebietet, richtete Sanju seinen Bleistift auf Maddox. Dann wandte er sich wieder Barry zu. »Ägypten und Saudi-Arabien sind so verschieden wie Tag und Nacht. Einer der Hauptunterschiede besteht darin, dass jeder vierte Einwohner Saudi-Arabiens Ausländer ist. In der Ostregion liegt der Anteil noch höher. In Saudi-Arabien sind Ausländer kaum kurzzeitige Besucher. Sie bilden ein ganzes Spektrum von Untergemeinden.«

Mit nachdenklichem Gesichtsausdruck lehnte sich Sanju zurück.

»Peter hat Sie mit den Alkoholhöhlen und einer gewissen westlichen Subkultur bekannt gemacht. Nach meinem Dafürhalten nicht unbedingt eine zartfühlende Einführung in die saudi-arabische Lebensweise. Sie haben in die Welt der Pubs hineingeschnuppert, haben die Partyszene kennengelernt. Ich rate Ihnen jedoch, sich nicht allzu abhängig zu machen von den Westlern, auf die sie dort treffen. Unsere Lokalseiten erfordern es, dass man Kontakt hält zu allen Gemeinden im Königreich – zu Indern, Filipinos, Bangladeschern. Zu allen Gemeinden! Selbst mit denen unserer saudischen Gastgeber.«

Barry fiel aus allen Wolken. »Wollen Sie damit sagen, ich sei ein Rassist?« Er deutete mit dem Finger auf Maddox. »Er ist einer! Er ist der Rassist.«

Maddox zuckte die Achseln.

»Wir sind hier nicht in England.« Sanju bemühte sich, nicht herablassend zu wirken. »Peter mag sich durchaus einer Sprache oder gewisser Begriffe bedienen, die Sie für rassistisch halten, aber diese Begriffe werden ständig benutzt, von uns allen hier. Besser, Sie gewöhnen sich daran. Soweit ich weiß, bedeutet Rassismus, Menschen aufgrund ihrer Hautfarbe oder eines anderen hervorstechenden Merkmals in naturgegebene Gruppen einzuteilen. Peter blickt hinter die äußere Erscheinung, beurteilt Menschen nach ihren individuellen Fähigkeiten. Er sieht durch die Verallgemeinerung hindurch. Kriegen Sie das endlich in Ihren Kopf und befassen sich damit.« Er verdrehte die Augen. »Verdammte Briten! Und ich bin mit zweien geschlagen. Kann es noch schlimmer kommen?«

Barry ignorierte Sanjus Ausflug in den Humor und

bemühte sich, die Argumente zu entkräften. »Was ist mit den Indern und den Pakistani in der Nachrichtenredaktion? Ich habe noch keinen Einzigen von ihnen mit Maddox sprechen sehen. Woran liegt das, wenn nicht an seiner rassistischen Haltung?«

Wieder verdrehte Sanju seine Augen. »Wäre Peter eine Frau, würden Sie sagen, meine Brüder vom Subkontinent seien Sexisten, weil sie nicht mit ihm reden. Die Wahrheit ist, dass sie sich durch ihn bedroht fühlen. Warum? Weil seine bloße Anwesenheit sie daran erinnert, dass sie die englische Sprache nicht so beherrschen und auch nie beherrschen werden wie ein Muttersprachler. Sie sind neidisch, und sie empfinden ihn als Bedrohung. So einfach ist das.«

Betreten und nachdenklich zugleich blickte Barry auf seine Füße. Sanju hielt die Zeit für gekommen, sich Maddox vorzuknöpfen.

»Du bist nicht ganz schuldlos daran, Peter. Du hast Barry in die Pub- und Klubszene eingeführt, jetzt sieh zu, wie du das wiedergutmachst.«

Maddox biss sich auf die Zunge und verzichtete darauf, zu seiner Verteidigung anzuführen, dass das PJ's eine Art Dreh- und Angelpunkt der McCready-Story war. Barry hatte seine bittere Pille geschluckt und jetzt war es an ihm, das Gleiche zu tun.

»Also was schlägst du als Wiedergutmachung vor, Sanju?«

»Du bist doch derjenige, der diesen kümmerlichen Ersatz von einem Lokalteil zusammenschustert, Peter. Verrate mir, welche Gemeinde ist die größte im Königreich?«

»Bezogen auf unsere Leser? Das müssten die Inder und Filipinos sein.«

»Und außerhalb unserer Leserschaft?«

Barry verlegte sich aufs Raten. »Die Saudis?«

»Bingo!« Sanju stach mit dem Bleistift in Maddox' Richtung. »Ich möchte, dass Barry mit Saudis in Kontakt kommt. Er soll ein Gefühl für das Land entwickeln, aus erster Hand erfahren, wie sie leben. Wenn wir das geschickt anfangen, könnte daraus eine ganze Artikelserie werden. Die ersten Eindrücke eines naiven, weltfremden Briten vom Leben im Königreich Saudi-Arabien. Da fällt der *Tribune* mehr als ein Stein aus der Mauer. Ja! Das gefällt mir immer mehr.«

Maddox lächelte in sich hinein. Dieser durchtriebene Sanju hatte aus der Abreibung für seine beiden Reporter auch noch Kapital geschlagen.

»Wir könnten die Serie ›Willkommen in Arabien‹ nennen!«, Sanju war jetzt in seinem Element. »Ja, das gefällt mir immer besser! Ruf diesen Mutawwa an, den wir auf dem Markt kennengelernt haben, Peter. Diesen großen Burschen. Du hast doch hoffentlich seine Visitenkarte noch?«

»Ausgezeichnete Idee, Sanju. Ja, die Karte hab ich«, sagte Maddox und zwinkerte Barry zu.

Sanju sonnte sich nicht länger in der Vorstellung der eigenen Genialität. Er runzelte die Stirn, blickte auf seine Uhr und sagte: »Das ist alles. Jetzt seht, dass ihr wegkommt. Macht euch an die Arbeit.«

Vierzehntes Kapitel

Nachdem er die Tür zu Sanjus Büro hinter sich und Barry geschlossen hatte, schlug Maddox einen Ausflug nach Tarut Island vor.

»Tarut Island?«, fragte Barry. »Was gibt's denn da?«

»Ein portugiesisches Fort, Barry. Sechzehntes Jahrhundert! Sehr malerisch. Eingebettet zwischen Dörfern und Landschaft. Bietet alles, was man für einen guten Artikel braucht – Denkmalschutz und Denkmalpflege, touristisches Potenzial.«

Barry schluckte den Köder. Was wie ein spontaner Einfall seines Kollegen anmutete, war nur ein Vorwand, die Schmuggelaktivitäten auf Tarut Island unter die Lupe zu nehmen – die illegale Einfuhr von Whisky und Wodka, um genau zu sein.

Zwar hielt sich die Polizei laut Major Mohammed in den schiitischen Siedlungen zurück, die als Umschlagplatz für Schmuggelware dienten, aber es war davon auszugehen, dass die Schmuggler Vorsichtsmaßnahmen träfen. Die Entscheidung für einen Wochentag war eine Vorkehrung. Maddox rechnete damit, dass die Aktion in der heißesten Phase des Tages über die Bühne ging. Jeder halbwegs vernünftige Zeitgenosse, Polizisten und Angehörige der Küstenwache eingeschlossen, hielt zu diesem Zeitpunkt Siesta; es wären also weniger Menschen unterwegs.

Bevor die beiden Männer nach Tarut Island aufbrachen, hatten sie kurz einen Zwischenstopp bei Maddox' Wohnung eingelegt. Ausgestattet mit Feldstecher, Barrys Kameraausrüstung, zwei Baseballkappen gegen die Sonne und einem Reiseführer, dem ›Lonely Planet Guide to

Arab Gulf States‹, fuhren sie nun in dem schwarzen Land Rover auf der Küstenstraße Richtung Norden. Der schimmernde Asphalt vor ihnen schien ins Unendliche zu führen. Rechts erstreckten sich die milchig blauen Wasser des Arabischen Golfs. Links erhoben sich Dünen, geriffelt vom Wind, von der Sonne gebleicht und gezeichnet von den Spuren der Strandbuggys.

Barry hatte darauf bestanden zu fahren, und Maddox kam das angesichts seiner körperlichen Verfassung äußerst gelegen.

»Sie verstehen sich gut mit Emer, oder?«, fragte Maddox beiläufig.

»Sie ist klasse. Richtig nett.«

»Richtig nett war sie zu mir gestern Abend nicht.«

»Sie haben sie ganz schön auf den Arm genommen, Peter.« Barry warf Maddox einen fragenden Blick zu. »War das Absicht? Emer glaubt, dass Sie sie provozieren wollten.«

Maddox gab den Unschuldigen: »Ich? Keineswegs, Barry! Inzwischen müssten Sie mich ein wenig kennen, mich und meine mitunter flapsige Art.«

Barry lachte und entspannte sich hinter dem Lenkrad.

»Offensichtlich noch nicht gut genug. Aber ich würde gern ein wenig mehr über Ihre Frau Martina erfahren«, sagte er.

»Was ist so interessant an ihr?«

»Nun, sie lebt in England. Nicht mit Ihnen zusammen.« Maddox musste sich eingestehen, dass er um die Antwort nicht herumkam. Schließlich hatte er mit seiner Frage nach Emer das Thema erst angestoßen.

»Wenn sie nicht bei mir ist, vermisse ich sie. Noch mehr vermisse ich Kerry.« Er stieß ein kurzes, bitteres

Lachen aus. »Doch wenn Martina hier ist, wenn wir zusammen sind, fangen die Probleme an. Frauen aus der Dritten Welt erinnern an frisch geschlüpfte Vögel – ständig steht der Schnabel offen und ihr Appetit ist immens. Neue Möbel, neue Haushaltsgeräte, neue Kleider. Die Liste ist endlos. Und schon ist der Streit da. Liebe und Ehe sind kein Zuckerschlecken, Barry.«

»Einer der letzten großen Romantiker! Darf ich Sie zu dem Thema zitieren?«

Maddox lächelte. Allerdings lag ein Anflug von Traurigkeit hinter diesem Lächeln. »Frauen – ein Leben ohne sie ist nicht möglich, ein Leben mit ihnen genauso wenig.« Diese Plattitüde zeigte das Ende der Unterhaltung an. Barry hatte Maddox' wunden Punkt berührt und aus Maddox' Sicht war alles gesagt.

Er blickte über den Arabischen Golf. Das Wasser sah hell aus und machte einen seltsam verlassenen Eindruck, obwohl es unter seiner Oberfläche von Leben nur so wimmelte. Maddox ertappte sich dabei, wie er über Martina und Kerry nachdachte. Ob es in Manchester jetzt regnete? Vermutlich war Kerry gerade mit ihren Buntstiften beschäftigt oder baute Burgen aus Lego-Steinen, während er unter gleißendem Sonnenlicht Schmugglern nachjagte. Das Leben war Unruhe.

In einiger Entfernung durchbrach ein grüner Farbtupfer die Monotonie der Landschaft. Maddox deutete darauf, und der Flecken sollte sich rasch als Dattelpalmenhain entpuppen, in dessen Mitte die historische Siedlung Qateef lag.

Der Reiseführer navigierte sie durch die heruntergekommene Stadt und vorbei an einem Fischmarkt, den man allein durch seinen Geruch hätte lokalisieren können. An einer Tankstelle deckten sie sich mit Wasser ein, bevor sie den Damm passierten, der das Festland mit Tarut Island verband. Rechts und links des Damms lagen Reusen halb vergraben im Schlick – Relikte aus einer Zeit vor der Ära des Erdöls.

Näherte man sich dem Zentrum der Insel, stieß man auf ein Gitterwerk aus Bewässerungskanälen, die das Land mit einem Muster aus grünen und türkisfarbenen Karos versahen. Auf den Feldern grasten Esel und in einem Dattelhain erklommen Männer Palmen, um überflüssige Palmwedel abzuschneiden. Maddox übernahm jetzt das Steuer und ermöglichte es Barry, Dutzende Aufnahmen von Motiven machen zu können, die sich ihm geradezu aufdrängten. In der Ferne erhob sich ein Hügel. Ein an die Seiten der Erhebung geschmiegtes Wirrwarr aus Lehm- und Ziegelhäusern bildete wahre Trauben rund um eine aufragende Festung – Tarut Fort, einst Bastion zum Schutz der Hafenstadt Qateef, jetzt waren nur noch die erstaunlich gut erhaltenen Außenmauern übrig.

Maddox parkte den Land Rover auf einem Streifen Ödland unterhalb der Festung. Die Männer sahen sich umgeben von zum Teil eingestürzten oder durch den seltenen Starkregen mürbe und brüchig gewordenen Mauern der Lehmziegelhäuser. Wasser und Kameraausrüstung im Gepäck, bahnten sich die Reporter ihren Weg durch Trümmer zusammengestürzter, verfallener Häuser, stiegen über zersplitterte Fensterrahmen und Türpfosten, überwanden aus Stämmen von Dattelpalmen gezimmerte Dachbalken. Am Fuße der Festung angelangt, vernahmen Maddox und Barry Laute, so fehl am Platze, dass die beiden sich entschieden, stehen zu bleiben.

»Sind das Frauen, die da lachen?«, fragte Barry ungläubig.

Maddox hob den Kopf. Aus irgendeinem Grund schob sich das Bild mythischer Amazonen vor sein inneres Auge, die verzweifelte Männer in den Tod lockten.

»Das ist es wieder!«, sagte Barry.

Ganz deutlich erfüllte Kichern und Gelächter die ansonsten tiefe Stille. Und dieses Gelächter wurde von einem weiteren hier nicht zu vermutenden Geräusch begleitet – dem Plätschern von Wasser.

Maddox schlug seinen Reiseführer auf. »›Von der Festung sieht man auf eine natürliche Quelle, die noch immer von den Frauen des Ortes als Badeteich genutzt wird. Allerdings hat die Regierung ein Gebäude errichtet, das den Badeteich umschließt.‹ Was für Spielverderber!«

Die beiden Männer erkundeten ihre unmittelbare Umgebung, konnten das Gebäude jedoch nicht finden. Durch eine Eigenart der Topographie schien das Lachen aus allen Richtungen zu kommen wie der Gesang der Sirenen.

»Was wohl unser Mutawwa-Freund Al-Bishi sagen würde, wenn er das hören könnte?«

»Er würde Zustände kriegen.« Maddox hielt sich die Ohren zu und riss die Augen auf. »Die Stimme Evas, der Verführerin! Rettet mich vor der Stimme Evas!«

Die Reporter setzten den Aufstieg zur Festung Tarut fort. Sie bewegten sich oberhalb des Baldachins aus Dattelpalmen und auf den Hügelvorsprung zu, der die Basis bildete für die Mauern des Forts. Ein schmaler Pfad führte um das Bauwerk herum.

Barry kratzte mit einem Fingernagel an der Strebemauer entlang und zerrieb anschließend den Mörtel, der sich gelöst hatte, zwischen Daumen und Zeigefinger.

»Für die Festungsmauern fand eine Mischung aus Schlamm, Kies und Dung Verwendung«, sagte Maddox und tat so, als läse er aus dem Reiseführer vor. Er grinste, als sich Barry hektisch die Hand an der Hose abwischte. Als sie auf dem Pfad um eine Ecke bogen, hörten sie die aufgeregten Stimmen Heranwachsender. In der Mauer klaffte eine Lücke, der Maschendrahtzaun davor war niedergetrampelt. In dem staubigen, von den Festungsmauern umschlossenen Rechteck spielte eine Gruppe Jungen Fußball. Überwiegend barfuß, in zerschlissenen Fußballtrikots oder schmutzigen Thawbs, stürmten sie vor und zurück, auf ein paar Felsbrocken und abgetragene Sandalen zu, die als Ersatz für Torpfosten dienten. »So stelle ich mir eigentlich Kinder aus Entwicklungsländern vor«, bemerkte Barry, unangenehm berührt von der Armut, die sich ihm hier präsentierte.

»Die königliche Familie lässt bei Weitem nicht den gesamten Wohlstand des Königreiches herabrieseln. Das Land hat immerhin einen König und fünftausend Prinzen zu versorgen.«

Als Ausdruck des Erstaunens stieß Barry einen Pfiff aus.

Die Reporter zwängten sich durch die Lücke im Wall und ignorierten dabei geflissentlich das Schild, das darauf hinwies, dass das Betreten der Festung Tarut einer Genehmigung bedurfte. Wenn zwei Teams von Straßenjungen innerhalb der Festungsmauern Fußball spielen konnten, dürfte ein kurzer Besuch kein Problem darstellen.

Die Jungen blickten zwar auf, zeigten aber erstaunlicherweise keine Neugier. Einer von ihnen sagte etwas in einem arabischen Dialekt, den Maddox nicht verstand. Die anderen lachten, bevor sie sich wieder ihrem lebhaften, wenn auch kurzzeitigem Ausstieg aus einem Leben voller Armut und Plackerei widmeten.

»Wir gehen zum Südwall«, verkündete Maddox.

Die Bestimmtheit, mit der er das sagte, und die zielstrebigen Bewegungen nährten in Barry den Verdacht, dass Maddox mit einem Hintergedanken zur Festung gekommen war, und es verdross ihn.

Sie stiegen die Treppe hoch, die zur Brustwehr führte. Maddox wies auf die unteren Stufen. Sie waren von einem helleren Braun als die übrigen. »Drittes Jahrhundert vor Christus«, erklärte er. »Überreste der Dilmun-Kultur. Einige Archäologen glauben, dass die Quellen und Oasen des alten Dilmun den Garten Eden darstellen.« Mit diesen Worten drückte er Barry den Reiseführer in die Hand. »Falls Sie nachlesen wollen«, sagte er. Dann schritt er ohne weiteren Kommentar die Brustwehr entlang bis zu einem Punkt, wo Süd- und Ostmauer aufeinandertrafen. Dort holte er den Feldstecher heraus. Die Sonne brannte erbarmungslos auf seinen Nacken, also schob er den Schirm seiner Baseballkappe nach hinten und richtete sich auf eine lange Wartezeit ein.

Barry, verärgert darüber, dass Maddox ihn noch immer im Unklaren ließ, weshalb sie tatsächlich nach Tarut Island gefahren waren, ging die Stufen zum Innenhof wieder hinunter. Er schoss einige Aufnahmen von den Jungen in Aktion, versuchte, sich mit Händen und Füßen zu verständigen, und feierte seine kommunikativen Fähigkeiten, indem er jedem Jungen einen Riyal für eine Pepsi in die Hand drückte. Anschließend fotografierte er die Festung aus allen nur erdenklichen Perspektiven und kehrte eine Stunde später zur Brustwehr zurück. Ungeachtet der sengenden Hitze stand Maddox noch immer an derselben Stelle. Die morgendliche Kühle war längst Geschichte; selbst die Brise, die über die Insel wehte, brachte keine Linderung. Der Garten Eden war zum höllisch heißen Hochofen geworden.

Barry suchte Zuflucht in dem einzigen noch verbliebenen Fleckchen Schatten. Mit dem Rücken gegen die Mauer gelehnt, streckte er seine Beine auf dem Weg aus, wo portugiesische Soldaten vor einem halben Jahrtausend zu den Waffen gerufen worden waren. Eilig notierte er seine Eindrücke von der Festung und ergänzte den Text mit Fakten aus dem Reiseführer. Hin und wieder wanderte sein Blick hinüber zu Maddox. Der suchte den Horizont ab und bewegte dabei den Kopf, als wohnte er einem schleppenden Tennisspiel bei. Barry konnte seine Neugier nicht länger im Zaum halten. »Irgendwas Interessantes?«, fragte er.

»'ne ganze Menge«, antwortete Maddox. »Schaffen Sie Ihren Arsch her und schauen Sie selbst.«

Barry erhob sich, ging hinüber zu Maddox, der ihm den Feldstecher hinhielt. Er lehnte dankend ab und holte ein Zoomobjektiv aus seiner Kameratasche. »Wonach soll ich denn Ausschau halten?«

»Nach einem Motorboot. Möglicherweise ein kleines Kajütenboot. Ich bezweifle, dass sie eine Dhau oder ein Segelboot benutzen. Ist zu langsam.«

»Wofür zu langsam?«

»Um Schnaps zu schmuggeln. Johnnie Walker und Smirnoff – die beliebtesten Spirituosen in Saudi-Arabien. Hier wird der Schnaps von Bahrain aus ins Land gebracht.«

Barry stützte sich auf die Brüstung und wandte sich mit der Kamera gen Süden. Der Inselstaat Bahrain lag versteckt hinter einem Dunstschleier. Er suchte die ruhigen Gewässer rund um die Insel ab, konnte aber keine Boote entdecken.

»Wo werden sie den Stoff an Land bringen?«, fragte er.

»Die meisten seichten Stellen nördlich und südlich von uns sind verschlickt. Sie werden nicht riskieren, dort an Land zu gehen, wo sie im Schlick stecken bleiben könnten.«

Maddox deutete auf eine Ansammlung armseliger Hütten im Osten. Barry schwenkte mit dem Zoom in die Richtung und stellte es scharf. Lediglich von ein paar kümmerlichen Palmenhainen umgeben, befand sich die Siedlung auf staubigem Ödland, das erst kürzlich für die Stadtentwicklung erschlossen worden war. Die Straßen des Dorfes waren verwaist.

»Das da ist Darin«, sagte Maddox. »Bevor die Baufritzen kamen, lag es inmitten von Mangroven. Viel zu exponiert, als dass unsere Schmuggler es wagen würden, hier an Land zu gehen, meinen Sie nicht?«

Barry stimmte dem zu.

Maddox' Zeigefinger zeichnete den Horizont nach, bewegte sich wie eine Kompassnadel Richtung Südwesten, bis er bei einem Pier aus Holzplanken verharrte. Am Pier war ein gutes Dutzend Dhauen festgemacht. Maddox lachte schallend. »Hier sehen wir das, was die saudische Regierung großspurig als ihre nationale Fischereiflotte bezeichnet.«

»Ein bisschen zu viel Rampenlicht für ein solches Vorhaben«, sagte Barry. »Außerdem steht da ein Wachhäuschen am Kai.«

Maddox nickte. Ihm gefiel, wie Barry sich der Sache annahm. »Schauen Sie wieder nach Süden. Was sehen Sie an der Küstenlinie?«

Das Objekt des Interesses befand sich etwa einen Kilometer entfernt vom Pier. Ein Hafen. Seine verstärkten Betonarme umschlossen eine natürliche Bucht und ließen nur eine winzige Lücke offen für Dingis und ähnlich kleine Boote. Es war Ebbe und mehrere Boote lagen im Schlick wie gestrandete Tümmler.

»Wie ist Ihre Einschätzung?«, fragte Maddox.

»Wenn ich Schmuggler wäre, würde ich zum Hafen fahren. Im Dunkeln, damit man mich nicht sieht, und nicht am helllichten Tag.«

»Genau«, sagte Maddox. »Allerdings käme eine nächtliche Überfahrt nur dann in Betracht, wenn die Schmuggler die Behörden fürchten müssten. Das ist hier nicht der Fall. Sie agieren mit deren stillschweigender Duldung. Polizei und Küstenwache drücken alle Augen zu und vermeiden so, dass eine Situation möglicherweise eskaliert. Also warum sollten die Schmuggler das Risiko eingehen, bei einer nächtlichen Überfahrt mit größerem Treibgut zu kollidieren, wenn sie am Tag übersetzen können?«

Barry bot sich an, für eine Weile den Beobachtungsposten zu übernehmen, was Maddox dankbar annahm – die Nachwirkungen der exzessiven Nacht waren noch nicht abgeklungen und er spürte, wie sein Körper dehydrierte.

Eine halbe Stunde verging. Die Sonne war erbarmungslos, die Hitze mit Händen greifbar. Dennoch fühlte Maddox, wie sich Entspannung in ihm breitmachte. Barry schien ein guter Passmann zu sein und er besaß Durchhaltevermögen. Gegen die Brustwehr gelehnt, starrte er jetzt unablässig durch die Linse. Auf seinem Hemd zeigten sich die ersten Salzränder um die stetig wachsenden Schweißflecken, doch er machte nicht schlapp. Maddox gönnte sich noch einen großen Schluck lauwarmen Mineralwassers und wandte sich seinem Notizbuch zu.

»Wusste gar nicht, dass an Ihnen ein Dichter verloren gegangen ist, Peter.« Maddox sah hoch und blickte in Barrys neugieriges Gesicht. Der hatte auf die Seiten des Notizbuches gelinst und das Gekritzel entdeckt, das man für Gedichte hätte halten können.

»Limericks, Barry! Limericks! Das Verfassen von Limericks schärft Verstand und Konzentration. Es ist die strengste Form der Poesie – strenger als das Sonett.«

Barry prustete los und fragte sich, was sein Englischlehrer wohl zu dieser Ausführung bemerkt hätte. »Und wovon handelt Ihr Limerick?«, fragte er, bemüht, nicht allzu sarkastisch zu klingen.

»Von einer Joggerin mit großen Titten.«

»Doch nicht Pat, oder?« Barry lachte.

»Ihre Begeisterung für Pats Oberweite blieb gestern Abend nicht unbemerkt«, sagte Maddox. »Wie auch immer, die Besitzerin dieser Brüste stammt aus Punter, England, und nicht aus Alabama. Außerdem bezweifle ich, dass Pat in den letzten Jahren viel gejoggt ist, ganz im Gegensatz zu ihrer Freundin Tanya, deren Brüste wiederum sich eines Limericks nicht hinreichend würdig erweisen.«

»Also ... worauf warten Sie?«, sagte Barry. Er suchte die See von Darin bis hin zum Hafen ab und hatte den Eindruck, er mache dies zum millionsten Male. »Geben Sie mal eine Kostprobe Ihres großen poetischen Werkes.

Vielleicht vertreibt es die Langeweile.«

Maddox strich ein paar Worte aus, kritzelte ein paar Änderungen und als er zufrieden war, räusperte er sich:

> Die Joggerin Tina kam aus Punter
> trug 'n T-Shirt mit gar nichts darunter
> frei schwangen die Titten
> da stürzt sie inmitten
> der Straße und ihr Gebiss fiel runter

Barrys knochentrockene Kehle erlaubte ihm statt eines Gelächters nur einen Hustenanfall. Maddox reichte ihm eine Flasche Mineralwasser. Nach ein paar Schlucken stieß Barry hervor: »Shakespeare dreht sich im Grabe um«, ehe er seine Aufmerksamkeit wieder dem Arabischen Golf zuwandte. »Ja, da!«, rief er aus. »Das könnten sie sein.«

Maddox sprang auf die Füße. Er richtete den Feldstecher auf den Meeresstreifen zwischen Saudi-Arabien und Bahrain. Ein Punkt, der weißes Kielwasser hinter sich herzog, war aus dem Dunst aufgetaucht.

»Sie steuern auf den Hafen zu«, sagte Maddox.

Fünfzehntes Kapitel

Maddox raste die engen, gewundenen Straßen rund um die Festung Tarut hinunter und anschließend die pfeilgerade Straße zum Dorf Darin entlang. Die Ansammlung trostloser, verfallender Behausungen namens Darin markierte den Eingang zur Küstenstraße. Dort bog er rechts in die Straße ein. Die frühe Nachmittagssonne hatte Land und Himmel gleichermaßen entfärbt und die Welt in einen einheitlichen pastellfarbenen Schatten getaucht.

Da er auf keinen Fall verpassen wollte, wie die an Land kamen, denen er auf den Fersen war, fuhr Maddox mit halsbrecherischer Geschwindigkeit über die verwaiste Straße. Barry blieb nur, sich an den Griff oberhalb der Beifahrertür zu klammern, während der Land Rover um die Ecken schoss.

Der Pier, Anlegestelle der saudischen Fischereiflotte, sauste vorbei, gefolgt von einer Dhau, die im Schlick unterhalb der Kaimauer vor sich hin moderte.

Als sie sich dem Hafen näherten, ging Maddox vom Gas, um kein Aufsehen zu erregen. Entlang der Strandpromenade standen aus Beton geformte Sonnenschirme, die kurioserweise die Form von Golfschirmen hatten. Da in unmittelbarer Nähe kein diskreter Abstellplatz für den Land Rover zu entdecken war, stellte Maddox den Wagen neben einem dieser Schirme ab. Das Schirmdach balancierte auf einer abenteuerlich dünnen Stahlstange, die in einen runden Picknicktisch mündete. Das Ensemble wurde durch vier zylinderförmige Hocker komplettiert, das Ganze aus dem gleichen Beton wie das Schirmdach.

»Raus!«, sagte Maddox. »Und nehmen Sie die Kamera mit. Vielleicht haben wir Gelegenheit zu fotografieren.«

»Sollen wir so tun, als wären wir Touristen, ja?«, fragte Barry spöttisch.

»Exakt!«, erwiderte Maddox ungeduldig. »Das ist unsere Tarnung. Zwei bescheuerte Westler auf einem Ausflug nach Tarut Island. Durchgeknallt, britisch, das ganze Programm. Jetzt schnappen Sie sich Ihre Kamera, aber zeigen Sie sie nicht offen, bis ich Ihnen was anderes sage.«

Barry salutierte spöttisch. Er griff sich seine Fototasche und sprang aus dem Wagen.

Das Tuckern eines Außenbordmotors war zu hören, bevor das dazugehörige Boot in Sichtweite war. Jetzt bog es um eine Landzunge, hielt diagonal auf den aus Maddox' Sicht hinteren Betonarm des Hafens zu und steuerte im letzten Moment in die schmale Einfahrt. Das Boot war bis zum Dollbord mit Kartons beladen.

An Bord befanden sich drei Männer – Araber mit sonnengegerbten Gesichtern und Kufiyas, die fest um ihre Schädel gebunden waren. Sie sahen aus wie direkte Nachfahren der Piraten der Barbareskenstaaten. Ein Mann zog den Außenbordmotor hoch, ein zweiter, der Steuermann, manövrierte sein Fahrzeug geschickt auf den weichen Sand der Bucht. Der dritte suchte den Strand mit den Augen ab. Eine Minute verging, ebenso eine zweite. Schweiß rann an Maddox' Gesicht und Armen herunter, das Hemd klebte am Rücken. Die Augen des Arabers waren starr auf die Reporter gerichtet, die ihrerseits mit gespielter Gleichgültigkeit die trägen Wasser des Arabischen Golfs betrachteten.

»Was dauert da so lange?«, fragte Barry nervös.

»Das liegt an uns. Wir werden beobachtet. Taxiert.«

»Die Typen an Bord – «

»Unter anderem«, fiel Maddox Barry kryptisch ins Wort.

Der Pick-up, ein Toyota Hilux, war bei ihnen, noch bevor sie ihn gehört hatten. Er fuhr im Schritt-Tempo. Der Fahrer war drahtig – ein Beduine mit wirrem Haar und in einem schmutzigen Thawb mit halblangen Ärmeln. Er bedachte Barry und Maddox mit einem unangenehmen Lächeln und entblößte dabei zwei Reihen verfärbter, kaputter Zähne. Maddox wusste sofort, dass es sich hier um den Mann handelte, den der philippinische Kellner im Café Latte an dem Abend gesehen hatte, als McCready starb. Als der Pick-up an ihnen vorbeifuhr, spitzte der Beduine die Lippen und deutete durch das offene Fenster einen Kuss an. Diese Anzüglichkeit hatte Barry gegolten.

»Ganz ruhig!«, sagte Maddox mit leiser, unterdrückter Stimme, da ihm nicht entgangen war, dass Barry Mühe hatte, sich zu beherrschen.

»Verpiss dich!«, zischte Barry hinter zusammengebissenen Zähnen.

Überzeugt davon, dass Barry und Maddox harmlos waren, schaltete der Beduine in den zweiten Gang und fuhr davon.

»Er mag Sie und Ihre blonden Locken. Ein Grund mehr, dem Figaro zügigst einen Besuch abzustatten«, sagte Maddox. Barry ließ das unkommentiert und konzentrierte sich auf den Pick-up. Weiter unten auf der Küstenstraße bog der Wagen an einer Bootsrampe ab und fuhr hinunter zu dem schmalen Sandstreifen des Hafens. Den Gesten der drei wartenden Araber war zu entnehmen, dass sie verärgert waren.

Der Steuermann war offenbar der Anführer. Als der Toyota Hilux zum Halten kam, stieg der Steuermann aus dem Boot und ging zum Seitenfenster der Fahrerseite. Es kam zu einem Wortwechsel und der Beduine zeigte auf einen Karton. Der Araber, der den Außenbordmotor eingeholt hatte, sprang aus dem Boot, nahm den Karton und lud ihn auf den Pick-up. Der Beduine entfernte etwas vom Beifahrersitz, dann stieg der Anführer in den Hilux.

»Wenn ich richtig liege, bringt der Beduine den

Schmuggler zu seinem Boss. Sie begutachten die Ware, und wenn alle zufrieden sind, wird der Pick-up mit dem Stoff beladen und die Kohle wechselt ihren Besitzer.«

»Sie fahren los«, verkündete Barry.

Der Hilux fuhr die Bootsrampe hoch, doch anstatt die Küstenstraße zu nehmen, ging es über eine Strecke Ödland bis zu einer Gruppe verfallener Lehmziegelhäuser.

Maddox war gezwungen, gegen die Nachmittagssonne anzublinzeln, und konnte so den braunen Land Cruiser, der zwischen den Ruinen geparkt war, gerade noch erkennen. Er konzentrierte sich auf den Araber im Boot, der zur Beobachtung abkommandiert worden war. Die dunklen Augen fixierten nicht länger ausschließlich die beiden Reporter, sie hatten den Küstenstreifen insgesamt unter Kontrolle, gewappnet, das kleinste störende Anzeichen zu entdecken.

»Solange Sandokan weiter ein Auge auf uns hat, werden wir nicht ein Foto schießen können. Ich schlage vor, wir probieren es vom Auto aus. Bei dem Gegenlicht wird kaum jemand erkennen, was wir machen.«

Sie schlenderten zurück zum Land Rover. Nachdem Maddox den Motor gestartet und die Klimaanlage eingeschaltet hatte, hielt er sich wieder den Feldstecher ans Auge. Sandokan sah in ihre Richtung, schien aber nicht zu bemerken, dass er selber zur Zielperson geworden war. Barry hatte unterdessen seine Kamera scharfgestellt.

»Sie werden's nicht glauben!«, rief er aus. »Ist das der, für den ich ihn halte? Der Typ, der jetzt vom Land Cruiser zum Pick-up geht?«

Maddox nahm einen weiteren Araber ins Visier. Schmal, in kurzem Thawb und mit weißer Kufiya. Das dünne Gesicht und der spärliche Bart waren unverkennbar.

»Mansour Al-Bishi!«, murmelte er. »Unser Frettchen.«

Jetzt stieg der Anführer aus dem Toyota Hilux. Mansour Al-Bishi stand bereits an der Ladefläche und öffnete einen Karton. Er entnahm ihm eine Flasche Johnnie Walker, schraubte den Verschluss ab und genehmigte sich einen kräftigen Schluck. Mittlerweile fing Barry jeden einzelnen Moment mit der Kamera ein.

»Sieht aus, als sei unser rattengesichtiger Religionswächter dem Alkohol nicht abgeneigt«, bemerkte er.

»Interessant!«, murmelte Maddox, bezog sich jedoch damit nicht auf den Pharisäer Al-Bishi. Der braune Land Cruiser im Hintergrund war das Objekt seines Interesses. Den hatte er schon mal gesehen, nur konnte er sich nicht erinnern, wo.

Al-Bishi reichte dem Anführer die Flasche, der die Zeremonie nur aus Höflichkeit mitzumachen schien. Er nahm einen Schluck, wischte sich den Mund mit dem Ärmel ab und hielt die Flasche anschließend in die Landschaft.

Ein junger, gepflegter Saudi in einem makellos weißen Thawb kam hinter dem Land Cruiser hervor. Er setzte die Flasche an die Lippen und nippte geziert. Maddox lachte unwillkürlich auf. Offenbar war der Mann es nicht gewohnt, mit dem gemeinen Volk aus einer Flasche zu trinken. Der Ausdruck des Widerwillens auf seinem Gesicht war jedenfalls unbezahlbar.

»Der Prinz?«, fragte Barry.

Maddox nickte. »Sie nehmen mir das Wort aus dem Mund.«

In diesem Moment löste sich ein Westler aus dem

Schatten des Land Cruisers: Dichter brauner Bart, das Haar zurückgekämmt, sonnenverbrannte, knitterige Haut.

Maddox atmete tief ein. »Sieh mal einer an!«, sagte er. »Wer kommt denn da auf die Party? Wenn das nicht Jack Fletcher ist!«

»Pats Ehemann?«

»Genau der. Ich hoffe, dass Sie das alles auf Ihren Film kriegen, Barry.«

»Selbstverständlich.«

»Kriegen Sie eine Aufnahme vom Nummernschild des Land Cruisers hin?«

Ein Kopfschütteln. »Ein Teil der Mauer ist im Weg.«

Der junge Saudi reichte den Johnnie Walker an Jack Fletcher weiter. Fletcher trank, reichte die Flasche zurück und nickte. Nach einer kurzen Unterhaltung schienen die beiden Männer zu einer Einigung gekommen zu sein. Der vermeintliche Prinz schritt hinüber zum Hilux. Als sich der Anführer der Schmuggler wieder auf den Beifahrersitz setzte, händigte der Prinz dem Beduinen einen dicken Umschlag aus und dann, als fiele sie ihm jetzt erst wieder ein, die Flasche Whisky.

Minuten später war der Hilux wieder zurück an der Einfahrt zum Hafen. Während der Beduine im Wagen blieb und Johnnie Walker schlürfte, brachten der Anführer und der zweite Araber die restlichen Kartons zum hinteren Teil des Kleinlasters. Sandokan verharrte unterdessen auf seinem Beobachtungsposten.

Das Verladen stand kurz vor seinem Abschluss, als Maddox den Feldstecher sinken ließ und den ersten Gang einlegte. »Weg mit Ihrer Kamera!«

Barry spürte ein flaues Gefühl in der Magengegend.

»Fahren wir zurück in die Redaktion?«

»Falsch! Es ist Zeit, für ein wenig Unruhe zu sorgen. Wir nehmen mal das Heft in die Hand.«

»Was ist denn in Sie gefahren?«, fragte Barry verwirrt.

»Nennen Sie's von mir aus den Teufel.« Maddox fuhr die Bootsrampe hinunter und auf den Streifen Strand zu. Sandokan reagierte nervös. Er griff nach unten, nach einer Waffe, wie Maddox vermutete. Ein gebellter Befehl seitens des Anführers stoppte ihn in seinem Vorhaben.

Der Dritte im Bunde der Schmuggler sicherte die Ladeklappe des Pick-ups und hämmerte mit Nachdruck gegen die Seitenwand, woraufhin der Beduine dem Anführer den Umschlag mit dem Geld in die Hand drückte. Der Araber rannte los Richtung Boot, zählte dabei das Geld, im selben Moment drehten die Räder des Pick-ups durch, fanden Halt und der Wagen hielt auf Maddox und Barry zu.

Er umkreiste den Land Rover und zwang ihn, anzuhalten. Der Beduine brüllte und gestikulierte. Maddox ließ das Fenster herunter, beugte sich etwas hinaus und lächelte freundlich. Er machte Schwimmbewegungen und zeigte auf das trübe Wasser des Hafens.

»Hier nix schwimmen!«, schrie der Beduine. »Hier nix schwimmen!«, wiederholte er und reckte die Faust.

Das Tuckern des Außenbordmotors war das Signal für die Abfahrt der Schmuggler. Der Beduine beruhigte sich und hielt seinerseits an. Jetzt stand er auf gleicher Höhe mit dem Land Rover. »Dort schwimmen! Dort schwimmen!«, rief er Maddox zu und entblößte seine braunen Zahnstummel.

Mit einem charmanten Lächeln bedankte sich Maddox, wendete und fuhr davon. Er warf einen Blick nach rechts und sah Barrys finstere Miene.

Als sie die Küstenstraße entlangfuhren, hatte Barry die Sprache wiedergewonnen. »Was zum Teufel sollte diese Aktion?«

»Wollte mal sehen, ob das, was der Beduine vom Beifahrersitz genommen hat, als der Steuermann vorhin zugestiegen war, wieder an seinem Platz ist.«

»Und was war es? Ich habe das auch beobachtet, konnte aber nichts erkennen.«

»Eben. Es war eine Kalaschnikow.«

Barry wurde blass. »Vielleicht mal dran gedacht, dass der Kumpel sie auch hätte benutzen können?«

»Regel Nummer eins: Niemand scheißt ohne Not vor seine eigene Haustür, Barry. Für den sind wir bescheuerte Briten, die in der Gluthitze des Tages einen Ausflug unternehmen.«

»Wie schön, dass Sie sich da so sicher sind. Trotzdem, ich hätte nichts dagegen gehabt, wenn Sie mich eingeweiht hätten. Das ganze Sightseeing hier war doch nur Mittel zum Zweck. Amüsiert es Sie eigentlich, wenn ich Ihnen wie ein treuer Dackel folge?«

»Nehmen Sie's bitte nicht so persönlich, Barry. Ich wollte Sie nicht verunsichern. Schließlich sind Sie noch dabei, sich zu akklimatisieren.« Maddox bemerkte, wie schwach seine Argumentation klang, und Barry brachte es sogleich auf den Punkt. »Eines kann man Ihnen mit Sicherheit nicht attestieren, Maddox, nämlich dass Sie ein Teamspieler sind.«

Was folgte, war ein ungemütliches Schweigen, bis Barry mit einem Male sagte: »Dass man hier so einfach spazieren fahren kann mit einer AK-47 auf dem Beifahrersitz ...«

»Tarut Island ist eine Spielwiese der Schiiten, Barry. Die Polizei hält sich dort zurück.«

»In diesem Bericht von Major Mohammed, stand da nicht, dass die Rohrbombe mit Schießpulver aus AK-47-Munition gefüllt war?«

»Vermutlich AK-47-Munition. Außerdem hat das nicht viel zu sagen, schließlich gibt es auf der Arabischen Halbinsel Kalaschnikows wie Sand in der Wüste.«

»Dann war Ihr ganzer Stunt vorhin völlig sinnlos. Immerhin wissen die Jungs jetzt, dass sie Zeugen hatten. Bravo, Peter.«

»Ein Hinweis ist es dennoch. Und was meinen Sie, was ich gesehen habe, als der Beduine wie wild herumgefuchtelt hat?«

»Verraten Sie's mir«, erwiderte Barry spöttisch.

»Sein Ärmel ist nach oben gerutscht und zum Vorschein kam ein Krummdolch. Mit so einem Teil wurde der Pakistani vor dem Rafeeq erstochen.«

»Ich schätze mal, auf der Arabischen Halbinsel gibt es Krummdolche wie Sand in der Wüste«, bemerkte Barry mit einem Grinsen.

»Auch wieder wahr«, sagte Maddox und grinste zurück.

Sechzehntes Kapitel

Maddox konnte nicht widerstehen, er musste eine Aufnahme machen. Der Kamerablitz kam so unerwartet, dass Barry fast aus dem Friseurstuhl sprang. »Dieser historische Augenblick ist es wert, dokumentiert zu werden«, feixte Maddox. »Wann waren Sie zum letzten Mal derart gepflegt, Barry?«

»Ich lach später, Mann!«, sagte Barry, konnte sich ein

Schmunzeln jedoch nicht verkneifen.

Der türkische Friseur legte seine Hände auf Barrys Schultern, drückte ihn sanft zurück in den Stuhl und band den Umhang neu. Die Schere nahm ihr flinkes Schnippeln wieder auf und die Haarlocken fielen eine nach der anderen zu Boden.

Zu Maddox' Überraschung hatte es keiner großen Überredungskunst bedurft, Barry Kennedy von einem neuen Haarschnitt zu überzeugen. Der empfand die Aufmerksamkeit, die ihm seine blonde Haarpracht bescherte, inzwischen als äußerst störend.

Auf dem Weg zurück in Maddox' Apartment holten sie die Abzüge von Tarut Island ab. Die beiden Männer zogen sich ans hintere Ende des Tresens in Javids Fotostudio zurück, wo Maddox die Fotos in zwei Stapel aufteilte. Die Bilder von der Festung gab er Barry, den zweiten Stapel nahm er in Augenschein.

»Die sind ganz ausgezeichnet«, stellte er fest. Mit den Fingern formte er einen Rahmen um das Gesicht des jungen Saudis, des vermeintlichen Prinzen. Haltung und Erscheinung des jungen Mannes sprachen von einer gewissen Arroganz. »Es sollte uns gelingen herauszufinden, wer der Typ ist, der die Verantwortung für diesen Teil des Schmuggelgeschäftes trägt. Ein Saudi, der sich für derart wichtig hält, spielt vermutlich auch eine gewichtige Rolle.«

»Was macht Sie so sicher, dass dieser Mann der Kopf ist?«, fragte Barry.

»Weder das Frettchen noch der Beduine haben das Format, die Strippen zu ziehen. Die sind nur Laufburschen. Außerdem bin ich überzeugt, dass der Prinz aus der Umgegend stammt. Einer von hier mit guten Verbindungen. Damit wäre Jack Fletcher schon mal aus dem Rennen. Allerdings schien Jack dem Prinzen am nächsten zu stehen. Ich könnte wetten, dass er sein Stellvertreter ist.«

Maddox stutzte bei der Betrachtung eines Fotos. »Was haben wir denn hier?« Er ließ sich von Javid ein Vergrößerungsglas geben und hielt es über das Bild. »Da ist ein Spalt in der Mauer, wo der Land Cruiser geparkt war.« Er senkte die Linse und hob sie wieder. »Ein Teil des Nummernschildes ist zu erkennen – ein r und eine 7.« Barry zeigte sich nicht übermäßig beeindruckt. Schließlich setzten sich alle saudischen Autonummern aus drei Buchstaben und drei Zahlen zusammen – es fehlten ihnen also zwei Zahlen und zwei Buchstaben. Maddox hingegen war dank dieses kleinen Stückchens Detektivarbeit in optimistischer Stimmung, als sie das Fotostudio verließen.

»Ab ins nächste Schuhgeschäft! Jetzt kaufen wir ein Paar Sandalen für Sie«, verkündete er.

»Sandalen!?«, wiederholte Barry ungläubig.

»Genau. Wenn wir nämlich Sanjus Vorschlag aufgreifen und uns mit einigen Saudis treffen, müssen wir jedes Mal die Schuhe ausziehen, wenn wir ein Zimmer betreten.«

Maddox sah auf seine Armbanduhr. »Beeilen wir uns, dann bleibt Ihnen noch genügend Zeit, Ihren Artikel über Tarut Island ganz in Ruhe bei einem Gläschen Château Maddox zu schreiben.«

*****

Am folgenden Morgen telefonierte Barry mit Emer. In Maddox' Ohren klang das Telefonat wie ein geheimnistuerisches Flüstern und er ertappte sich dabei, wie er über die Beziehung der beiden nachdachte. Handelte es sich um eine Romanze oder steckte mehr dahinter? Schließlich hatte sich Emer im PJ's gezielt nach Barry erkundigt, hatte nach ihm Ausschau gehalten. Das sprach dafür, dass sie einander zuvor nie begegnet waren. Merkwürdig. Maddox zwang sich, fürs Erste keinen weiteren Gedanken an Barry und Emer zu verschwenden, und begab sich in die Küche, um sich ein Glas Grapefruitsaft einzugießen. Grapefruitsaft vollbrachte wahre Wunder, wenn es darum ging, die Nachwirkungen von einem Zuviel an Château Maddox zu lindern

Zurück im Wohnzimmer ließ er sich in einen Sessel fallen und griff nach seinem Mobiltelefon. Hamid Al-Korbi, der freundliche Mutawwa vom Freitagsmarkt, war nicht zu Hause. Seine Frau informierte Maddox darüber, dass er draußen in der Wüste sei und befreundete Beduinen besuche. Maddox erreichte ihn schließlich unter seiner Mobilfunknummer und berichtete ihm von der Idee zu einer Artikelserie, die der großen nichtsaudischen Leserschaft des *Chronicle* das Alltagsleben der Saudis näherbringen wolle.

Anfänglich traf Maddox auf wenig Gegenliebe. Saudis misstrauten Reportern und ihren Motiven grundsätzlich und scheuten das Rampenlicht, selbst wenn es sich um für sie positive Publicity handelte. Nachdem Maddox ihn sanft bearbeitet hatte, stimmte Hamid jedoch zu. Mehr noch, er schlug vor, Barry und Maddox mögen hinaus in die Wüste kommen, um die Beduinen kennenzulernen, sofern seine Freunde dazu bereit seien. Der

Artikel könne doch in den Mittelpunkt rücken, wie sich das traditionelle Leben der Nomaden dem Erdöl-Zeitalter und dem 21. Jahrhundert angepasst habe. Sie vereinbarten, sich in einer halben Stunde zu treffen.

Jetzt kam der Anruf, dem Maddox voller Erwartung entgegengesehen hatte. Er gab die Nummer ein, die Nahid Qarni ihm gegeben hatte, und lauschte auf den Wählton. Das Telefon läutete einmal, zweimal, dreimal.

»Hallo! Hier ist Abdullah Fletcher.«

»Hi, Jack.« Maddox nannte ihn bewusst beim bisherigen Vornamen. »Hier ist Peter Maddox. *Arabian Chronicle!* Erinnerst du dich? Wir haben öfters im PJ's einen gehoben.«

Fletcher antwortete mit leiser Stimme und leidlich verhaltenem Ärger: »Ich erinnere mich. Das PJ's ist eine Episode aus meiner sündigen Vergangenheit. Ich habe mein altes, dem Alkohol zugewandtes Dasein hinter mir gelassen.«

Maddox grinste hämisch, einen Fletcher vor Augen, der auf Tarut Island den Whisky direkt aus der Flasche genuckelt hatte. Er sagte: »Diese sündige Vergangenheit, auf die Sie anspielen, Jack. Wurde sie zur Vergangenheit, als Sie zum Islam übergetreten sind?«

Der Ton der Frage verfehlte seine Wirkung auf Fletcher keineswegs. Jetzt bewegte sich sein Zorn knapp unterhalb der Oberfläche. »Natürlich! Sie endete, als ich zum wahren Glauben fand und zum prächtigen Koran. Rufen Sie aus einem bestimmten Grund an, Maddox?«

»Nahid Qarni hat mich gebeten, etwas zu Ihrem Übertritt zum Islam zu machen«, sagte Maddox. »Ein Interview für die Seite ›Aspekte des Islam‹.«

»Gut«, sagte Fletcher, aber es klang alles andere als gut.

»Wie wär's morgen? Der Termin stand, glaube ich, schon fest, oder? Ich habe Ihre Adresse, Jack. Ich komme vorbei.«

»Nicht morgen! Da habe ich zu tun. Übermorgen. Dreizehn Uhr. Und denken Sie daran, mein Name ist Abdullah, nicht Jack.«

»Ich werd's mir merken, Jack.«

Fletcher legte auf. Maddox gestattete sich ein selbstzufriedenes Lächeln. Wenn das mal nicht zum Eigentor für Jack Fletcher wurde!

Barry sprach noch immer mit Emer. »Hören Sie auf, mit Ihrer Freundin zu telefonieren!«, rief Maddox. »In fünf Minuten reiten wir vom Hof, also kommen Sie in die Gänge. Und ziehen Sie Ihre Sandalen an.«

Siebzehntes Kapitel

Der Treffpunkt lag am Riyad-Abqaiq-Highway. Hamid Al-Korbi war bereits dort und saß in seinem am Rand geparkten Ford Explorer. Maddox stellte den Land Rover dahinter ab. Die drei Männer stiegen aus ihren Fahrzeugen und schüttelten sich die Hände.

Die über der Gegend lastende Stille verschlug einem den Atem. Keine zwanzig Minuten vom Zentrum einer Großstadt entfernt, hörte man nur das Brummen zweier Motoren und das Geräusch der Myriaden von Sandkörnern, die der Wind hin und her bewegte. Barry notierte seine Eindrücke sofort auf einen kleinen Block und fotografierte das schwarze Band des Asphalts, das sich durch die Dünen zog.

»Die Schlüssel stecken«, sagte Maddox, womit er Barry zu verstehen gab, dass er von jetzt an fahren solle.

Auf dem weichen Sand reagierte der Land Rover ungewohnt träge. Beim Erklimmen der ersten Düne zog der Wagen zuerst nach rechts, dann nach links und Barry begriff, dass Tempo in der Wüste kein Thema war. Der Trick bestand darin, das Gelände einzuschätzen, eine Route auszusuchen und Schwierigkeiten zu erkennen, bevor sie eintraten. Ein Hochgefühl breitete sich in ihm aus, als er den Wagen über den Grat einer riesigen Düne steuerte. Vor ihm, hinter ihm, überall erstreckte sich das Dünenmeer wie erstarrte Wellen einer tosenden See.

»Wenn Sie eine Düne hochfahren«, riet Maddox«, nehmen Sie immer die sanfter ansteigende Seite. Die steile sieht vielleicht aufregender, einladender aus, aber ein Fehler und Sie rutschen wieder nach unten.«

Barry nickte geduldig angesichts dieser Feststellung einer offensichtlichen Tatsache und folgte Hamid über die Dünen, die allmählich immer kleiner wurden. Verglichen mit seinem prosaischen Leben in Huddersfield war diese Erfahrung eine Mischung aus persönlicher Entdeckungsreise und einer Achterbahnfahrt.

Allmählich erreichten sie das Ende der Dünenlandschaft, an die sich eine trostlose, steinige Ebene anschloss, deren Kargheit nur von gelegentlichen trockenen Grasbüscheln unterbrochen wurde oder dem einen oder anderen Dornbusch.

Hamid fuhr in seinen eigenen Reifenspuren. Die parallelen Linien liefen auf einen Fleck am Horizont zu, der sich beim Näherkommen als braun-weiß gestreiftes Zelt entpuppte. Neben dem Zelt standen ein leerer Korral und ein Wassertank. Ein flaschengrüner Silverado-Pick-up war vor dem Zelt geparkt.

»Das klassische Beduinenlager«, sagte Maddox.

»Nebenbei bemerkt, das Wort Beduine kommt vom arabischen Wort bidun und bedeutet ohne. Es meint das ungebundene Leben der Nomaden – ein Leben ohne Verpflichtungen, die Menschen an einen Ort binden, ohne die Last irgendwelcher Besitztümer.« Er lachte kurz auf. »Natürlich reden wir hier über Nomaden der Vergangenheit. Einige Beduinen haben heutzutage Zelte, die mit Generatoren, Klimaanlage und Satellitenschüssel ausgestattet sind.«

Hamid parkte in einiger Entfernung vom Lager und quetschte sich aus dem Explorer. Barry hielt neben ihm.

»Warum halten wir so weit vom Zelt entfernt?«, fragte er beim Aussteigen. Er sprang in einen Sandhaufen und zog dann seine Fotoausrüstung aus dem Wagen.

»Das ist so Sitte«, sagte Maddox. »Man macht auf sich aufmerksam und die Frauen haben Zeit, sich zurückzuziehen. Tauchte man früher spontan in einem Beduinenlager auf, lief man Gefahr, erschossen zu werden.«

Dafür erntete er von Barry einen ungläubigen Blick. In die Hände klatschend und mit der üblichen Grußformel »Friede sei mit euch« näherten sich Hamid und Maddox dem Zelt, und Barry, der ihnen folgte, war ein wenig erleichtert, als die Antwort »Mit euch sei Friede« erklang.

Zwei junge Beduinen, einander derart ähnlich, dass man sie sofort als Brüder erkannte, waren aus dem Diwan gekommen – einem Raum im Zelt, der nach einer Seite hin offen und für Gäste vorgesehen war. Die Gesichter der Beduinen waren sonnengebräunt und scharf geschnitten, die Bewegungen ihrer schlanken Körper geschmeidig. Mit einem breiten Lächeln streckten sie zur Begrüßung die Hand aus, in der anderen hielten sie jeweils ein altes Gewehr.

»Warum die Waffen?«, fragte Maddox.

»Das ist eine lange Geschichte«, sagte Hamid.

»Wir sind gute Zuhörer. Schließlich sind wir Journalisten.«

Die Beduinen schüttelten den Reportern die Hände und begrüßten Hamid mit dem traditionellen dreimaligen Berühren der Nasen. Im Anschluss an diese Zeremonie machte Hamid die Reporter und die Beduinen, Ibrahim und Saad, miteinander bekannt.

»Willkommen! Willkommen!«, sagten die Gastgeber und führten ihre Gäste zum Diwan.

»Wo waren wir stehen geblieben?«, fragte Barry in dem Versuch, Hamid eine Erklärung für die Gewehre zu entlocken.

»Ibrahim und Saad hatten Besuch. Der Mann war ebenfalls ein Beduine. Doch irgendwas stimmte nicht mit ihm. Auf Arabisch würde man sagen, er hatte ein schwarzes Herz – eine windige Verschlagenheit. Er war schmutzig. Er war betrunken. Sein Atem roch nach Whisky und sein Mund war voller verrotteter Zähne.«

Maddox und Barry tauschten einen vielsagenden Blick.

»Was wollte er hier?«, fragte Maddox.

»Genau das ist ja das Merkwürdige. Er kam her und erhob Anspruch auf ein entlaufenes Dromedar, das sich Ibrahims und Saads Herde angeschlossen hatte. Samt Jungtier.« Hamid zeigte auf eine Reihe von Tieren in der flirrenden Hitze, die in der kargen Landschaft grasten. Drei Jungen hockten auf dem Boden und beobachteten sie genau. Die Söhne der Beduinen, wie Hamid erklärte. »Wenn sich ein entlaufenes Dromedar deiner Herde anschließt, dann ist es traditionell Pflicht, sich darum zu kümmern, bis der rechtmäßige Besitzer sich meldet.«

Die fünf Männer schlüpften aus ihren Sandalen und betraten den Diwan. Den Zugang zum Zelt und die Wüste dahinter im Blick, setzten sich Ibrahim und Saad im Schneidersitz auf einen am Boden ausgebreiteten Teppich. Ihre Waffen legten sie griffbereit neben sich. Als Gäste, die zum ersten Mal da waren, nahmen Maddox und Barry rechts von ihnen Platz.

»Vielleicht ist dieser Mann tatsächlich der Besitzer des Dromedars«, nahm Barry den Faden wieder auf.

Ibrahim schnaubte verächtlich. »Der Fremde war ein dreckiges Schwein«, sagte er. »Er kannte zwar das Brandzeichen des Tieres, aber er war nicht sein Besitzer.«

»Immerhin kannte er das Brandzeichen.« Barry blieb beharrlich. »Wie können Sie dann sicher sein, dass ihm das Tier nicht gehört?«

Saad goss eine verdächtig graue Flüssigkeit aus einer Thermosflasche in Porzellantassen, die kaum größer als Fingerhüte waren.

»Arabischer Kaffee«, klärte Maddox Barry auf.

Saad reichte seinen Gästen die Tassen und bot ihnen Datteln von einem Teller an.

»Dieser dreckige Beduine hat ein schwarzes Herz«, fuhr Ibrahim fort. »Das konnte ich in seinen Augen sehen. Außerdem sind die Besitzer des Dromedars vor drei Tagen zu uns gekommen. Sie werden es heute Abend abholen.«

»Fuhr dieser dreckige Beduine einen Toyota Hilux?«, fragte Maddox.

Ibrahim zog überrascht eine Augenbraue hoch. »Woher wissen Sie das?«

Maddox schlug auf Barrys linke Hand, als der nach einer Dattel griff. »Rechte Hand!«, sagte er. »Die Linke ist die schmutzige Hand – die, mit der man sich den Hintern wischt.« An Ibrahim gewandt, erwiderte er: »Nur eine Vermutung. Viele Beduinen, denen ich in der Wüste begegne, sind mit einem Toyota Hilux unterwegs.«

Ibrahim schien das nicht zu überzeugen. Bevor er nachhaken konnte, mischte sich Barry ein: »Hätten Sie etwas dagegen, wenn ich ein paar Aufnahmen mache? Für meine Artikel über die traditionellen Aspekte des Lebens in Saudi-Arabien.«

Anders als Hamid zeigten sich die Beduinen begeistert und stimmten bereitwillig zu. Während Barry alles vorbereitete, drangen Frauenstimmen aus dem angrenzenden Harem. Zwei mit Kajal umrandete Augenpaare starrten Barry durch einen Spalt in der Zeltplane an.

Ibrahim rief die Frauen zur Ordnung und verlangte Tee für seine Gäste. Minuten später reichte eine mit Henna bemalte Hand eine zweite Thermosflasche und eine mit Wasser gefüllte Schüssel über die Zeltwand. Darin lag ein halbes Dutzend winziger Henkelgläser, die wie Bierkrüge en miniature aussahen. Saad goss süßen, schwarzen Tees in fünf Gläser, der so heiß war, dass man sich fast den Mund verbrannte.

Nachdem die traditionelle Zeremonie des Kaffee- und Teetrinkens zwischen Gästen und Gastgebern beendet war, durfte sich Barry mit seiner Kamera im Diwan frei bewegen und nach den besten Blickwinkeln für seine Aufnahmen Ausschau halten. Mit der verlockenden Aussicht auf Fotos von sich in einer überregionalen Zeitung luden die Beduinen Barry ein, auch die Dromedarherde zu fotografieren. Sie schnappten sich ihre Gewehre und verließen mit Barry im Schlepptau das Zelt.

Jetzt, da nur Hamid im Diwan war, fühlte sich Maddox gleich entspannter und streckte sich, den Kopf auf einen Arm gestützt, auf dem Teppich aus. »Ist es nicht ungewöhnlich, dass unsere Gastgeber uns mit ihren Frauen allein lassen?«

Hamid lächelte. »Unter den Damen im Harem ist auch meine Frau. Sie ist zu Besuch bei Ibrahims und Saads Familie.«

»Aber ich habe doch gerade mit Ihrer Frau telefo – «, Maddox schlug sich gegen die Stirn. »Natürlich! Sie haben mehr als eine Frau.«

Hamid fand Maddox' Verlegenheit höchst amüsant. Er hielt drei Finger hoch als Zeichen, dass er drei von den vier im Islam erlaubten Ehefrauen hatte.

»Sieht so aus, als sei Barry nicht der Einzige, der versucht, seinen Weg um das Minenfeld der saudischen Kultur zu finden«, gestand Maddox.

Hamid Al-Korbi atmete die heiße Luft im Diwan tief ein. Er atmete sie ein, als gäbe sie ihm Energie. »Ich bringe meine zweite Frau oft hierher«, erklärte er. »Sie entstammt einer Beduinenfamilie und muss immer wieder mal raus aus der Stadt. Selbst ein Städter wie ich braucht ab und an Abstand, muss an seine Wurzeln erinnert werden. Gibt es dafür einen geeigneteren Ort als die Wüste?«

Maddox nickte. Er wusste, wovon Hamid sprach. Häufig hatte er für den *Chronicle* über Ausstellungen und Theaterproduktionen berichtet, die die mythische Ära vor dem Erdöl gepriesen hatten – eine Zeit, als das Leben einfacher war und Loyalität eine klare Sache.

Maddox nutzte die Gunst der Stunde, um dem Gespräch eine ihm genehme Wendung zu geben. »Ihr Neffe, Mansour Al-Bishi, hat diesen Schritt sehr eindeutig vollzogen, ich meine den Schritt zurück zu den Wurzeln.«

»Ja, nachdem Mansour die Tiefen der Verderbtheit und Erniedrigung kennengelernt hat, ist er auf den wahren Pfad zurückgekehrt. Das hat ihm ein großes Einfühlungsvermögen beschert, insbesondere für Ausländer, die die Erleuchtung durch den Islam suchen. Er fühlt, dass es seine Pflicht ist, andere zu retten.«

»Ich werde morgen Jack Fletcher interviewen, einen Konvertiten. Kennen Sie ihn?«

Hamid lächelte. »Aber ja! Abdullah Fletcher erschien im Zentrum zur Verbreitung des Islam. Er war auf der Suche nach einem Mentor. Er hatte bereits den Koran gelesen, also erteilte Mansour ihm Unterricht und überzeugte ihn von Gottes Wahrheit. Dann konvertierte er.«

»Ein ziemlich plötzlicher Übertritt.«

»Ein Wunder! Mansour ist dafür über alle Maßen dankbar.«

In diesem Moment betraten Barry und die beiden Beduinen das Zelt. Offenbar hatte Ibrahim Hamids letzten Satz gehört, denn augenblicklich wirkte sein Gesicht wie versteinert.

»Al-Bishi hat dem dreckigen Beduinen von dem umherstreunenden Dromedar erzählt«, sagte er schließlich. »Er hat ihn auch hierhergeführt.«

»Was könnte mein Neffe mit diesem Beduinen gemeinsam haben?«, fragte Hamid.

»Mehr, als du vielleicht glaubst«, erwiderte Saad. »Beide haben schwarze Herzen. Die Art und Weise, wie sie unsere Söhne gemustert haben«, Saad griff nach seinem Gewehr und betrachtete es, »war nicht natürlich.«

Nach einem derart vernichtenden Urteil erübrigte sich jedes weitere Wort. Maddox stand auf und entschuldigte sich. Er musste Sanju anrufen, um Bericht zu erstatten, wo sich seine Reporter gerade herumtrieben. Glücklicherweise war die Idee zur Artikelserie Sanjus Baby, also war die Chance auf eine Standpauke eher gering. Zwar lamentierte der Chefredakteur über Pflichtversäumnisse in puncto Redigieren, doch Maddox, gewöhnt an die Marotten seines Chefs, ließ ihn reden. Irgendwann legte Sanju enerviert auf.

Maddox blickte versonnen gen Süden, wo die Dünen sich auftürmten wie riesige Wellen, als Barry neben ihn trat.

»Wie kann jemand wie Al-Bishi vorgeben, tief religiös zu sein, wo er doch in Wahrheit derart verworfen ist?«, fragte er völlig unvermittelt. »Aber Emers Freunde im P.O.C.-Compound haben mich ja gewarnt, dass die meisten Saudis, die ich treffen werde, Heuchler sind.«

Ohne den Blick von den Dünen zu wenden, sagte Maddox: »Genießen Sie das, was Emers Freunde so von sich geben, mit Vorsicht. Jeder von ihnen ist vermutlich ein Ausbund an Tugendhaftigkeit. Abgesehen davon, sie leben alle in den sterilen Zonen ihrer Siedlungen. Einige von ihnen sind nie mit dem echten Saudi-Arabien in Kontakt gekommen. Sie hören unausgegorenes Zeug oder glatte Lügen und nehmen es für bare Münze.«

»Und Mansour Al-Bishi?«

»Ausnahmen bestätigen die Regel. Auf jeden Al-Bishi, auf jeden dreckigen Beduinen kommen Dutzende von Saudis wie Hamid und unsere Gastgeber.« Maddox deutete mit dem Kopf Richtung Diwan. Barry drehte sich um und sah, dass die drei sich erhoben, um sich auf ihr rituelles Gebet vorzubereiten. »Die Männer, mit denen wir hier zusammen sind, sind die echten Saudis. Doch üblen Zeitgenossen wie Mansour gelingt es, alle Saudis schlecht aussehen zu lassen.«

Am Wassertank führten Hamid, Ibrahim und Saad ihre rituellen Waschungen durch.

»Aber Mansour ist ein Mutawwa«, insistierte Barry, »ein Mitglied der Religionspolizei. Sein Benehmen sollte über jeden Vorwurf erhaben sein.«

»So wie das eines Polizisten oder eines Bankmanagers. Aber es gibt Bankmanager, die Geld unterschlagen, und Polizisten, die Verbrechen begehen. Und? Beurteilen wir alle Bankmanager und Polizisten nach den wenigen Gesetzesbrechern? Sie haben doch gesehen, was das Frettchen Al-Bishi antreibt. Religion ist etwas, wohinter er sich mit seiner Feigheit und Schwäche verstecken kann. Mehr noch, sie ist eine Waffe, die er gegen die richtet, die er hasst – Frauen und Ausländer, soweit ich es beurteilen kann. Er ist nicht Mitglied der Religionspolizei geworden, weil er ein moralischer Mensch ist – er wurde es aus dem entgegengesetzten Grund.«

»Aus Machtgier?«

Maddox zwinkerte Barry zu. »Sie haben es erfasst. Betrachten Sie die Mutawwa´in als moralische Bürgerwehr, und dann überlegen Sie, wie viele Engländer in erster Linie des Machthungers wegen bei der Bürgerwehr sind.«

Barry nickte. Hatte er während seiner Zeit beim *Huddersfield Courier* mit Bürgerwehren zu tun gehabt, hatte das auch Kontakt mit Leuten bedeutet, die, sofern sie eine gewisse Macht innehatten, meinten, sie seien das Gesetz.

Inzwischen hatten die Männer diverse Gebetshaltungen eingenommen und dabei unterschiedliche Gebetstexte gesprochen. Nach der Niederwerfung folgte jetzt das Aufsitzen auf Knien und Füßen, die Hände lagen dabei auf den Knien, anschließend wandten sie die Köpfe nach rechts, dann nach links. Barry widerstand dem Impuls, die Szene mit der Kamera festzuhalten. Er spürte eine gewisse Ehrfurcht und hatte zu viel Respekt, um Hamid und die beiden Beduinen ungefragt als Motiv zu benutzen.

»Sich Gott hingeben bedeutet, etwas von sich selbst aufgeben«, murmelte Maddox. »Am Ende ist alles eine Frage der Abwägung.« Barry streifte ihn mit einem fragenden Blick, den Maddox jedoch bewusst ignorierte. »Kommen Sie, Kennedy, die Gebetszeit ist vorüber«, sagte er. »Gehen wir zurück ins Zelt. Die Hitze hebt mir schon die Schädeldecke.«

Im Diwan empfing sie der intensive Duft von gekochtem Fleisch. Kurz darauf erschien ein zierliches indonesisches Mädchen, eine Platte mit Kräuterreis in den Händen. Der Reis war mit gebratenen Zwiebeln und gehackter Leber bestreut, das Ganze gekrönt von einer Lammkeule.

Hamid nahm das Tablett entgegen und das Mädchen verschwand mit dem schmutzigen Teegeschirr. Als Reaktion auf Maddox' neugierigen Blick erklärte Hamid verlegen: »Das Dienstmädchen meiner zweiten Frau. Ohne sie geht sie nirgendwohin.«

Barry machte sich Notizen. Dass die Saudis für alle niederen Arbeiten ausländische Hilfskräfte beschäftigten, war ihm inzwischen bekannt. Doch mitten in der Wüste, in einem Beduinenlager – damit hatte er nicht gerechnet.

Nachdem sie sich am Wassertank die Hände gewaschen hatten, setzten sich die fünf Männer um das

Tablett herum, in einer für Barry anfänglich gewöhnungsbedürftigen Haltung: ein Bein untergeschlagen und auf dem zweiten balancierend. Doch er begriff schnell, dass man sich in dieser Position am besten nach vorn beugen konnte, um mit der rechten Hand Stücke vom Lamm abzureißen oder den Reis zu Kugeln zu formen. Im Anschluss an das Essen wandte man sich wieder Kaffee, Tee und Datteln zu oder trank dank eines mit Gas betriebenen Kühlschranks gekühltes Mineralwasser. Maddox spürte, wie sich die entspannte Gangart des Beduinendaseins wohltuend auf ihn übertrug. Die Unterhaltung floss leicht und frei dahin, Gedanken an Mansour Al-Bishi oder die Schwarzbrenner traten in den Hintergrund, wurden ersetzt durch Gespräche über das von muslimischen Männern zu befolgende Verbot seidener Kleidung oder das Für und Wider in Sachen Polygamie. Barrys Faszination darüber, was er sah und hörte, was er erlebte, führte Maddox schmerzlich vor Augen, wie abgestumpft er selbst inzwischen war. Arabiens Bilder, Düfte, Klänge – alles, was Barry so in den Bann zog, war für ihn alltäglich, war zu einer Selbstverständlichkeit verkommen.

Ibrahim und Saads Söhne waren mit den Dromedaren zurückgekehrt und zeigten sich kurz im Diwan. Die Fütterung stand an und so befanden sich die Tiere in der Nähe des Zeltes, bis man sie am Abend in den Korral triebe.

Barry erkundigte sich, ob die Jungen eine Schule besuchten.

»Natürlich. Wir bringen unsere Söhne und Töchter zu den Schulen in der Stadt. Mit unseren Pick-ups«, erklärte Saad. »Unser Vater hat für uns das Gleiche getan. Aber sie sind Beduinen. Am Nachmittag kehren sie in die Wüste zurück.«

»Das ist ja ein höllisch weiter Schulweg«, sagte Barry.

Saad zuckte die Achseln. »Die Zeiten ändern sich. Heutzutage ist keines unserer Kinder ohne Ausbildung. Das gilt auch für die Mädchen.«

»Warum sind eure Söhne heute nicht in der Schule?«, fragte Maddox.

Die Atmosphäre im Zelt war mit einem Male angespannt. In den Augen der Beduinen stand Zorn, als sie erklärten, dass die Jungen erst wieder die Schule besuchten, wenn die Bedrohung durch den dreckigen Beduinen vorüber sei. Die Herde habe Vorrang.

Das Klingeln von Ibrahims Mobiltelefon brachte Maddox und Barry zurück ins 21. Jahrhundert. Es erinnerte Maddox an eine von Saads Bemerkungen, dass die Veränderungen auch an den Beduinen keinesfalls spurlos vorübergingen und ihre alte Lebensweise im Verschwinden begriffen sei. Bei Maddox sorgte das für einen schalen Beigeschmack.

Der Anruf kam von einem benachbarten Beduinenklan. Man wolle nach Sonnenuntergang herüberkommen, um das entlaufene Dromedar abzuholen.

Vor Einbruch der Dunkelheit – inzwischen hatte man den Diwan nach draußen verlegt, um in den Genuss der kühlen Wüstenbrise zu kommen – bahnte sich ein Silverado mit unfehlbarer Sicherheit seinen Weg aus den Dünen und hielt am Lager. Drei Männer stiegen aus. Nach der üblichen Begrüßung und der Teezeremonie wurde die Ladeklappe des Silverados heruntergelassen und das entlaufene Dromedar zum hinteren Teil des Fahrzeugs geführt. Maddox manövrierte den Land

Rover, damit seine Scheinwerfer die Szene von hinten beleuchteten. Um das Tier dazu zu bewegen, sich auf den Boden zu begeben, klatschte einer der Beduinen gegen die Flanken und bearbeitete die Beine mit Stöcken, bis es sich dem Willen seines Besitzers beugte.

Gebannt verfolgte Maddox, wie der Beduine das Dromedar an den Füßen fesselte. Man band ihm alle vier Beine zusammen und stellte eine kleine mechanische Winde über dem Tier auf.

Spontan drückte Barry Maddox die Kamera in die Hand. »Sie ist auf eine Entfernung von vier Metern eingestellt.« Er zeigte auf den Auslöser. »Hier wird draufgedrückt. Blitz und Transport sind automatisch.«

Hamid und der Beduine bewegten das Tier von einer Seite auf die andere, lehnten sich mit ihrem Gewicht gegen die Flanken und zogen Seile unter dem Leib hindurch. Barry, jetzt in seinem Element, bewegte abwechselnd das Dromedar und zog an einem Seil.

Das Tier leistete erheblichen Widerstand, spuckte und erbrach am Ende gallegrün. Schließlich waren die Seile festgezurrt, die Ratsche an der Winde wurde eingeklinkt und das Dromedar angehoben, bis es auf Höhe der Ladeklappe war. Der Pick-up wurde entsprechend zurückgesetzt, Barry und die anderen Männer wuchteten das Tier auf die Ladefläche und sicherten die Ladeklappe.

Was blieb, war die relativ leichte Aufgabe, das Jungtier zu fesseln und es neben seine Mutter zu legen. Barry glaubte sich dieser Herausforderung gewachsen und klopfte auf dessen Flanken. Erstaunt beobachtete der Besitzer, wie es ruhig auf den Boden sank. Während Barry dem Kleinen sanft zusprach, hielt er seine vier Beine mit einer Hand zusammen. Mit der anderen schlang er exakt den Laufknoten, den der Beduine am Muttertier angewandt hatte. Unter Ächzen hievte Barry das Jungtier hoch und legte es neben seine Mutter.

Was dann geschah, verschlug selbst dem abgebrühten Maddox die Sprache. Als die versammelten Beduinen in rauen Jubel ausbrachen, griffen Ibrahim und Saad nach ihren Gewehren und feuerten eine Reihe von Salutschüssen in den Nachthimmel, begleitet vom Trällern der Frauen, das vom Zelt herüberdrang.

Nachdem die Beduinen mitsamt ihren Tieren abgefahren waren, verabschiedeten sich Maddox und Barry ebenfalls, wenn auch widerwillig. Als er hinter dem Steuer saß und Hamid Al-Korbi folgte, der sich angeboten hatte, die beiden Reporter zur Hauptstraße zu lotsen, verfiel Maddox wieder in Nachdenklichkeit. »Beduinen geben sich mit dem Allernotwendigsten zufrieden. Ob uns das ausreichte? Ich denke nicht.« Verglichen mit dem Konkurrenzkampf, an den er sich in England gewöhnt habe, so Barry, und vergleichen mit dem nur am Materiellen interessierten Volk, das er im P.O.C.-Compound kennengelernt habe, sei dieser Einblick in das Leben der Beduinen eine erfrischende Erfahrung gewesen.

»Sie haben sich dort gut geschlagen«, stellte Maddox fest. »Wo haben Sie gelernt, so mit Tieren umzugehen?«

Barry grinste. »Zehn Jahre Reiten und Ställe ausmisten.«

Maddox grinste zurück. »Was Sie nicht sagen!«

Achtzehntes Kapitel

Dennis Simmons war nervös, und zwar aus gutem Grunde, wie er meinte. Immerhin war ein Berufswechsel in seinem Alter keine Kleinigkeit, erst recht, wenn aus einem Englischlehrer ein Schwarzbrenner wurde.

Sein Schnurrbart zuckte, als der Schulleiter seine Krawatte zurechtrückte. Ruhig bleiben, hieß die Devise, Zweifel an der Eignung für die bevorstehende Herausforderung im Keime ersticken. Nicht an die Konsequenzen denken, die drohten, sollte man ihn mit der Ladung Sidiki auf der Ladefläche seines Sierra Classic erwischen. Ein ausgedehnter Gefängnisaufenthalt auf Kosten seiner saudischen Majestät wäre ihm sicher. Und Gott allein wusste, wie es in den hiesigen Gefängnissen zuging! Andererseits drohte auch das Schicksal McCreadys – als Opfer rivalisierender Schwarzbrenner oder islamischer Fanatiker zu enden.

Aber er hatte ja Partner an seiner Seite. Fortuna war ihm hold. Vor knapp einer Woche war seine einzige Einnahmequelle eine kurz vor der Pleite stehende Schule gewesen. Jetzt mischte er mit im Alkoholgeschäft, dank eines guten Freundes, der ihm zudem geholfen hatte, sich McCreadys Lieferliste zu beschaffen.

»Und du konntest deinen klapprigen Nissan Sunny gegen diesen amerikanischen Koloss eintauschen«, murmelte Simmons vor sich hin, als er den Wagen aus dem Delta-Compound steuerte. Er warf einen Blick in den Rückspiegel, um sich zu vergewissern, dass die Plane die Behälter mit dem Sidiki ja nur gut abdeckte. Okay, sagte er sich, die andern helfen nicht allein aus Selbstlosigkeit, sie wollen schließlich dem Gerücht vom Bandenkrieg nicht weiter Nahrung geben.

Noch ein Blick in den Rückspiegel. Dieser Ford Mercury schien ihn zu verfolgen, seit er das Delta-Compound verlassen hatte. Nein – der bog jetzt ab. Hätte er nur Shereef mitgenommen!

Simmons zerrte ein Taschentuch aus der Brusttasche seines Jacketts und wischte sich über die Brauen. Was machte man nicht alles für die Familie. Vielleicht konnte er die Schule nebenher weiter betreiben, mit dem Profit aus dem Alkoholgeschäft einen Schulleiter anstellen. Konnte? Er musste die Schule weiterführen. Sie sicherte ihm die Aufenthaltsgenehmigung. Ohne sie war er ein Illegaler wie Shereef.

Noch einen Blick in den Rückspiegel.

»Es wird ein langer Tag. Also nimm dich zusammen!« Er fuhr jetzt auf den Al-Khobar-Highway.

An der zweiten Abfahrt bog er vom Highway ab. Seine Zuversicht wuchs, als er jetzt die entlegenste Station seiner Tour ansteuerte, den AeroBrit-Compound. Eigentlich stand das PJ's ganz oben auf der Liste, doch Pat hatte ihre Lieferung bereits gestern Abend erhalten.

Wieder gingen Simmons' Gedanken auf Wanderschaft. Einer seiner neuen Partner hatte ihn beiseite genommen, hatte ihm etwas über eine ominöse Figur im Hintergrund zugeraunt, den Paten des Alkoholgeschäftes in der Ostregion, bekannt als der Prinz. Wenn Simmons' Brennerei erst einmal laufe, werde der Prinz mit Schutzgeldforderungen absahnen. Obendrein sei er der einzige Lieferant von Whisky und Wodka und seine Preise hätten nichts mit Wettbewerb zu tun – wie es typisch sei für Monopolisten. Simmons stimmte das nicht froh, aber was blieb ihm anderes übrig, als es philosophisch zu nehmen? So lief das nun mal in der Halbwelt.

Er fuhr jetzt auf einer zweispurigen asphaltierten Straße, zu deren beiden Seiten sich eine Salzpfanne bis zum Horizont ausdehnte. Die einzige Abwechslung in der Monotonie dieser Landschaft war hier und da salzresistentes Gestrüpp, das eines ungehemmten Nordwindes wegen keinerlei Chance zur Entwicklung hatte.

Simmons' Angst flaute allmählich ab, etwas Bangigkeit war normal, damit musste man rechnen – immerhin war dies seine erste Liefertour.

In einiger Entfernung war ein weißer Fleck auszumachen, der sich vom Schwarz des Asphalts deutlich abhob. Als Simmons sich dem Fleck näherte, erkannte er, dass es ein Wagen war. Ein kleiner Wagen. Ein Toyota Tercel, der am Straßenrand geparkt war. Kurz bevor er auf gleicher Höhe war, fuhr Simmons gerade noch Schritt-Tempo. Angestrengt starrte er durch die Windschutzscheibe. Es schien sich um keine Autopanne zu handeln. Der Wagen stand einfach nur da. Die Frontscheibe des Toyotas reflektierte das Sonnenlicht und Simmons meinte, zwei Personen im Innenraum zu erkennen, hätte darauf aber keinen Eid leisten können. Und da war er wieder, der ungeheure Druck in der Magengegend. Sollte er umkehren? Aufgeben? Nein! Unmöglich! Auch er hatte seinen Stolz.

Simmons gab Gas, fuhr an dem Toyota vorbei und fühlte sich beinahe wie ein Held. Dieses Hochgefühl hielt sich jedoch nur bis zum nächsten Blick in den Rückspiegel. Der Tercel wendete und heftete sich ihm an die Fersen.

»Zwei Leute, die eine Spazierfahrt machen.« Simmons sprach sich Mut zu. Es gelang ihm sogar ein tapferes

Lächeln. Ein paar Schwuchteln, die ein ruhiges Plätzchen suchen. Hab sie wohl in flagranti erwischt. Das tapfere Lächeln wich einem amüsierten Grinsen. Vielleicht eine Zivilstreife? Oder der Sicherheitsdienst der Regierung? Also doch Gefängnis? Und wenn die *Tribune* richtiglag mit ihrer Vermutung vom Bandenkrieg und seine Verfolger rivalisierende Schwarzbrenner waren? Er ermahnte sich zur Vernunft, allerdings ohne Erfolg. Wild wirbelte alles durch seinen Kopf: muslimische Fundamentalisten, McCreadys Tod, ob er den Sidiki wegschütten solle und und und ...

»Lieber Gott, hilf mir!«, flehte er und war den Tränen nahe.

Die Rettung kam in Form eines Bandes, das sich links von ihm über die Salzpfanne bewegte, eine Staubfahne hinter sich her ziehend: der 9-Uhr-25-Express von Dammam nach Riad. Wenn es ihm gelänge, den Bahnübergang kurz vor dem Zug zu passieren – der Tercel hätte das Nachsehen, müsste dort anhalten und er, Simmons, wäre aus dem Schneider. Simmons trat aufs Gas und brachte den zwei Tonnen schweren Sierra Classic in Fahrt. Fahrzeug und Zug kamen einander immer näher. »Komm schon! Komm schon!« Nervös blickte er hinüber zu dem Zug.

Vor ihm leuchteten die Warnlampen des Bahnübergangs rot auf. Die Glocke bimmelte, der einzige Laut in der Stille, und die dünnen rot-weißen Arme senkten sich herunter. Wo war das Problem? Augen zu und durch! Zwei demolierte Schranken, Blech- und Lackschaden am Sierra – eventuell eine gesplitterte Windschutzscheibe. Ein vergleichsweise geringer Preis, wenn er so allem ausweichen konnte. Doch im letzten Moment verließ Simmons die Courage. Er vollführte eine Vollbremsung, hörte, wie ein Reifen platzte, und spürte, wie der Sierra nach rechts ausbrach und beinahe umkippte. Rote und weiße Splitter flogen umher, als die Bahnschranken in tausend Stücke zerbrachen.

Über das Gebimmel der Glocke erhob sich der wütende Hupton des Zuges. Weniger als einen Meter entfernt von dem Punkt, wo der Sierra zum Stehen gekommen war, raste der 9-Uhr-25-Express nach Riad vorbei. Der letzte Waggon passierte den zerbeulten Sierra mit einem Windstoß und der Zug zog in der flache Ebene davon. Das Bimmeln der Glocke verklang und abgesehen vom Geräusch des Motors herrschte absolute Stille.

Der Tercel hatte etliche Meter vor dem Bahnübergang angehalten. Simmons starrte aus dem Seitenfenster und schluckte. Er stellte den Motor ab, klickte den Sicherheitsgurt aus und saß einen Moment ruhig da. Kein Weglaufen mehr.

Entschlossen stieg er aus, rückte in einer trotzigen Geste seine Krawatte zurecht und ging auf den Tercel zu. Gesplittertes Holz knirschte unter seinen Schuhen, doch er nahm es nicht wahr.

Als Simmons nur noch wenige Meter entfernt war, wurde die Beifahrertür geöffnet und ein Saudi stieg aus. Ein Mann mit schmalem Gesicht, um den Kopf das weiße Tuch des Glaubenseiferers. Ein Grinsen umspielte seine Lippen. Simmons grinste ebenfalls. Er glaubte, den Saudi zu erkennen. Es war der Abgesandte des Prinzen. Shereef hatte ihn lebhaft beschrieben und berichtet, dieser unangenehme Mensch habe McCready die geschmuggelten Spirituosen geliefert, in Begleitung eines zwielichtigen Beduinen.

Wer also war der Fahrer des Tercel? Der Beduine? Der Prinz?

Simmons blieb stehen. »Wollen Sie das Schutzgeld?«, fragte er. »Ist es das? Niemand hat mir gesagt, dass ich schon jetzt zahlen muss, aber ich kann es auftreiben.«

Das Grinsen des Saudis schlug um. »Wir wollen nicht dein Geld, Ungläubiger«, sagte er voller Häme. »Wir wollen dich.« Mit diesen Worten stieg er wieder in den Wagen und schlug die Beifahrertür zu. Der Fahrer setzte zurück in die Salzpfanne, wendete und fuhr davon. Keine Chance für Simmons, ihn zu identifizieren. Er drehte sich um und ging, den Blick nachdenklich gesenkt, zurück zu seinem Wagen. Der Reifen musste gewechselt und der Sidiki pünktlich geliefert werden, Business as usual, wenn er seine Karriere als Schwarzbrenner mit dem richtigen Schwung starten wollte. Möglichst keinen Gedanken an die Drohung aus dem Munde des Saudis verschwenden, auf die er sich ohnehin keinen Reim machen konnte. Er hatte den Sierra noch nicht ganz erreicht, als er aufblickte und auf der gegenüberliegenden Seite der Schienen einen verbeulten Toyota Hilux stehen sah. Daneben eine Gestalt in dreckigem Thawb und ein Sturmgewehr in den Händen. Noch bevor der Schulleiter die Situation erfassen konnte, zerriss ein Schuss die Stille. Simmons ging zu Boden. Er umklammerte seinen linken Fuß. Ungläubig starrte er auf die Spitze seines Schuhs. Blut quoll heraus. Dann war ein Ratschen zu hören, gefolgt von einem zweiten Schuss. Simmons musste miterleben, wie der obere Teil seiner rechten Kniescheibe nahezu weggesprengt wurde. Mehr instinktiv als bewusst glitt er auf den Bauch und robbte hinüber zu seinem Wagen.

Er schaffte es zur offenen Fahrertür, schaffte es, sich aufzurichten und sich mit dem Rücken an den Wagen gelehnt hinzusetzen, als ein dritter Schuss sein Fußgelenk zertrümmerte. Simmons gab sich keiner Illusion hin: Das hier war eine Exekution, seine Exekution. Das war es, was der Saudi gemeint hatte. Eine unheimliche Ruhe breitete sich in ihm aus. Seine eiskalte rechte Hand fuhr in die Innentasche seines Jacketts, holte seine Brieftasche heraus, mit der linken entnahm er ihr das Foto seiner Familie. Wie zum Abschied hielt er es sich an die Lippen, als er Schritte hörte. Er blickte hoch in das Gesicht seines Mörders, sah zwei Reihen brauner Zahnstümpfe, dann sah Dennis Simmons nichts mehr.

Neunzehntes Kapitel

Eine Stunde, bevor Dennis Simmons hingerichtet wurde, lag Maddox in seinem Schlafzimmer auf dem Bett. Er trug nur Unterhosen, kein schöner Anblick, aber scheiß drauf, in der kühlen Luft aus der Klimaanlage, die über seinen Körper strich, fühlte er sich halbwegs passabel. Maddox litt unter einem ausgewachsenen Kater. Gestern Abend hatte er Barry das Wohnzimmer überlassen, weil der sich, dem anstrengenden Tage zum Trotze, sofort an seine Artikel gemacht hatte. Es hatte den Anschein gehabt, als habe der junge Reporter befürchtet, die Sinneseindrücke könnten sich verwischen, die noch frischen Erinnerungen an Bilder, Gerüche, Geräusche aus der Wüste sich im Nu verflüchtigen. Für Maddox hatte das bedeutet, zum ersten Mal seit Monaten wieder in Martinas »Amerikanischem Schlafzimmer« zu nächtigen, mit dem Ergebnis, dass Martinas indirekte Gegenwart ihn mit Schlaflosigkeit und Schuldgefühlen verfolgt hatte. Derlei Phänomenen konnte man nur mit einem adäquaten Gegenmittel begegnen: mit Alkohol, Alkohol und nochmals Alkohol.

Der Gedanke daran verführte Maddox dazu, seine Hand nach dem halb ausgetrunkenen Glas Selbstvergorenem auszustrecken. Eine alte Säuferweisheit besagte schließlich, dass man mit dem beginnen solle, womit man aufgehört habe. Seine Finger umschlossen bereits den Stiel des Glases, als es an der Tür klopfte.

»Ja? Kommen Sie rein, Kennedy!«

Barry öffnete die Tür, einen Stapel Papier im Arm. »Guten Morgen, Peter!«

»Sind das Ihre Artikel?«, fragte Maddox und überging das amüsierte Lächeln auf Barrys Gesicht, das vermutlich Maddox' Aufzug geschuldet war.

Barry nickte und hielt den Papierstapel hoch. »Ich habe mir erlaubt, Ihren Drucker mit meinem Laptop zu verbinden. Drei Artikel sind fertig, drei noch zu schreiben. Hat mich die ganze Nacht gekostet.«

»Legen Sie sie auf meinen Schreibtisch.« Maddox massierte sich die Schläfen. Statt des schalen Restes würde es eben zwei Panadol zum Frühstück geben. »Und hauen Sie sich ein paar Stunden aufs Ohr«, sagte er. »Ich lese die Artikel beim Frühstück.«

Maddox quälte sich vom Bett hoch, ein Anblick, der Barry umgehend vertrieb. Nachdem er sich ein T-Shirt übergestreift und zwei Panadol trocken heruntergewürgt hatte, ging Maddox in die Küche, um sich sein Frühstück zuzubereiten.

Eine Tasse Kaffee in der Hand, ging er noch mal ins Schlafzimmer, schnappte sich Barrys Artikel und zog sich ins Wohnzimmer zurück. Dort machte er es sich in einem Sessel bequem, legte die Füße auf den Couchtisch und begann zu lesen.

»Dünenreiter« lautete die Überschrift des ersten Artikels. Griffiger Titel, dachte Maddox. Was folgte, war eine im Erzählton gehaltene Beschreibung des Ausflugs vom Tag zuvor. Eine detaillierte Schilderung der Ereignisse, begonnen damit, dass man die Sicherheit des Asphalts gegen die Unsicherheit des Sandes eintauschte, um durch den Irrgarten der Dünen zum Beduinenlager gelotst zu werden. Der freundliche Plauderton war dazu angehalten, den Leser nicht zu überfordern oder gar zu belehren. Er verband Frische mit Einsicht und war bar jeglicher Naivität. Widerstrebend erteilte Maddox seine Zustimmung, indem er nur ein Dutzend Änderungen vornahm.

Mit »Kaffee und Tee – auf arabische Art« und »Ein Fest in der Wüste« hatte Barry die beiden anderen Beiträge überschrieben. Qualitativ standen sie dem ersten Artikel in nichts nach, und während er seine Anmerkungen an den Rand der Seiten kritzelte, hoffte Maddox, dass die Fotos mithalten konnten. Er hatte gerade erwogen, zu Javid zu fahren, um die Bilder abzuholen, als das Telefon klingelte. Etwas schwerfällig erhob er sich aus dem Sessel und ging ohne Eile hinüber ins Schlafzimmer. Die Uhr über Martinas Frisierkommode zeigte zehn Uhr zwanzig.

»*Arabian Chronicle!* Abqaiq-Büro!«

»Glücklicher Sanju! Seliger Sanju! Ein großer Tag für Nachrichten!«, rief der Chefredakteur aus. »Die Götter lächeln uns heute zu!«

»Lass das nicht die Religionswächter hören, wie du hier

von Göttern redest. Vergiss nicht, Sanj, es gibt nur einen Gott. Worüber bist du eigentlich so aus dem Häuschen?«

»Eine weitere Schießerei, Peter! Noch ein Schwarzbrenner wurde umgebracht!«

Maddox' Magen geriet ins Schlingern. Er zog seinen Bürostuhl heran und setzte sich. »Was haben die beim Polizeifunk denn gesagt?«

Sanju bemerkte Maddox' ernsten Ton. Ihm dämmerte, dass seine Euphorie womöglich unangebracht war, also fuhr er verhaltener fort: »Vor zehn Minuten hat sich eine Motorradstreife über Funk gemeldet, und zwar von der Landstraße, die zur Half Moon Bay führt. Genauer gesagt, vom Bahnübergang. Der Cop hat durchgegeben, Opfer und Fahrzeug seien von Kugeln durchlöchert. Totaler Overkill.«

»Was für ein Fahrzeug?«

»Ein rotweißer Sierra Classic.«

Hatte nicht Dennis Simmons seinen Nissan Sunny gegen einen Sierra Classic eingetauscht? »Woher wissen die, dass die Schießerei mit Schwarzbrennern zu tun hat?«

»Der Officer vor Ort sagt, dass dort alles nach Benzin und Sidiki stinkt. Kannst du darüber berichten?«

»Bin schon unterwegs.« Maddox knallte den Hörer auf. »Barry!«, schrie er. »Bewegen Sie Ihren Arsch. Wir haben was vor!«

*****

Maddox ging zur Beifahrerseite des Land Rovers und warf Barry die Schlüssel zu. »Sie fahren!« Vorsichtig stieg er in den Wagen, seine alte Ricoh SLR um den Hals. Er ging davon aus, dass Barry nicht sonderlich versessen darauf war, die Fotos vom Tatort zu schießen. »Zum Al-Khobar-Highway. Dann bis zur Abfahrt Half Moon Bay. Dort biegen wir ab.«

Barry bestätigte die Instruktionen mit düsterer Miene. Die Neuigkeiten, die Maddox ihm auf dem Weg zum Wagen mitgeteilt hatte, machten ihm zu schaffen.

Maddox holte sein Mobiltelefon hervor und wählte Pats Privatnummer.

»Pat? ... Oh, Tanya! Kann ich bitte Pat sprechen? Nein! Es ist was Persönliches!«, sagte er.

Tanya schnaubte ungehalten, dann war es still in der Leitung.

Neugierige Kuh, dachte Maddox. Was hat sie eigentlich um diese Zeit bei Pat verloren? Zu weiteren Überlegungen reichte die Zeit nicht, da Pat am Apparat war.

»Hallo?«

»Pat? Hier ist Peter. Ich muss dich was fragen.«

»Schieß los.«

»Dennis Simmons fährt doch einen Sierra Classic, oder?«

»Ja. Hat ihn erst vor Kurzem abgeholt, der Professor.«

»Welche Farbe hat er?«

»Rot und Weiß.«

Es folgte ein längeres Schweigen. Maddox wusste nicht, was er sagen sollte. Mit ihrer Beschreibung hatte Pat bestätigt, was er vermutet hatte. Die von Kugeln durchsiebte Leiche auf der Landstraße zur Half Moon Bay war die von Dennis Simmons.

»Ist was mit Dennis?« In Pats Stimme schwang Unsicherheit mit.

Maddox dachte an McCreadys Liste mit den Pubs und

Klubs. Das PJ's stand ganz oben, gefolgt von Trotters Bar. Die lag hinter der Half Moon Bay im Aeronautical-Britannica-Compound. Wenn die Liste keine willkürliche Zusammenstellung der Kunden war, sondern die Reihenfolge der Lieferungen darstellte, wäre das PJ's Simmons' erste Station gewesen. »Hat Simmons dir heute Sidiki geliefert?«

»Nein, gestern Abend. Der Professor hat gestern Abend geliefert. Die anderen wollte er heute beliefern. Ist ihm was passiert, Peter?«

»Es hat einen weiteren Schwarzbrennermord gegeben. Ich bin ziemlich sicher, dass es Simmons ist. Das Opfer fuhr einen rot-weißen Sierra Classic. Es tut mir leid.«

Sie atmete tief ein. »Oh Gott, nein!«

»Hör zu, Pat! Wenn die Polizei herausfindet, dass Simmons im Alkoholschmuggel aktiv war, wird man seine Konten einfrieren. Sein Ruf wird einen immensen Schaden erleiden. Es wird nicht mal möglich sein, seine Leiche überführen zu lassen, und zwar für Monate.«

»Aber der Sierra Classic war mit Sidiki beladen«, sagte Pat.

»Dann muss man's so drehen, dass er einem Freund einen Gefallen getan und für den ausgeliefert hat. Ich weiß jetzt auch nicht ... aber wir sind es irgendwie der Familie schuldig. Auf jeden Fall muss die Destillieranlage verschwinden. Fahr rüber zu Dennis' Haus, lass alle Beweise verschwinden. Nimm von mir aus Tanya mit. Und ruf Shereef an. Der ist doch telefonisch zu erreichen, oder?«

»Ja, der Professor hat mir erst letztens die Nummer gegeben.«

»Gut, also informier Shereef. Hast du alles verstanden, Pat?«

»Ja, habe ich. Ich tu, was ich kann, Peter.« Pats Stimme klang mutlos und verzagt.

Zwanzigstes Kapitel

Major Mohammed nahm seine Mütze ab und wischte sich den Schweiß von Stirn und Brauen. Bisher hatte er als Einziger den Tatort inspiziert. Zu seinen Pflichten hatte es gehört, die Errichtung von Straßensperren beidseitig des Bahnübergangs anzuordnen und zu überwachen, das Gleiche galt für die Absperrung des Geländes. Alles Weitere war vornehmste Aufgabe der Spurensicherung und der Rechtsmedizin.

Als der schwarze Land Rover eintraf, war bereits ein Dutzend Einsatzkräfte vor Ort. Der Major winkte den Wagen durch die Straßensperre und begrüßte die beiden Reporter.

»Wo ist der Bursche, der die Leiche entdeckt hat?«, fragte Maddox. Er versuchte, den Anblick von Simmons' malträtiertem Körper an den Rand seines Blickfeldes zu drängen.

Der Major zeigte auf einen Verkehrspolizisten, der breitbeinig auf einer neuen Yamaha saß.

»Officer Yousef fuhr Richtung Half Moon Bay«, erklärte Major Mohammed. »Uns wurde gemeldet, dass Jugendliche mit ihren Strandbuggys ein Naturschutzgebiet durchpflügen würden. Auf seinem Weg dorthin stieß er auf diese Schweinerei.«

Seit ihrer Ankunft hatte Barry wie hypnotisiert auf die Leiche des Mannes gestarrt, den er vor gerade mal drei Tagen als lebendiges Wesen kennengelernt hatte. Schließlich wich die Schockstarre, Barry hielt sich die

Hand vor den Mund und rannte los, hinein in die offene Salzpfanne.

Jetzt warf auch Maddox einen Blick hinüber zum Sierra: An den Wagen gelehnt, saß Simmons in einer riesigen Blutlache. Fliegen, angelockt vom Geruch, umschwärmten die Szene. Der Sierra selbst war durchlöchert wie ein Schweizer Käse. Ganze Salven mussten auf ihn abgegeben worden sein.

»Sie schreiben den Bericht, ich mache die Fotos«, rief Maddox der zusammengekrümmten Gestalt Barrys zu.

Major Mohammed warf Barry einen mitfühlenden Blick zu. »Wollen Sie dem Jungen nicht eine Auszeit gönnen, Peter?«

Maddox schüttelte den Kopf. »Da muss er jetzt durch. Der schafft das auch, der ist härter im Nehmen, als man glauben mag. Übrigens, ich kenne den Toten. Sein Name ist Dennis Simmons. Ein Bekannter von mir ... ach was! Er war ein Freund.«

»Das tut mir leid.«

Eine Ambulanz des Roten Halbmondes hielt an. Keine Sirene, keine Blinklichter. Zwei Sanitäter stiegen aus, gefolgt von einem Arzt. Er marschierte hinüber zu der Leiche, watete durch die Mischung aus Blut, Sidiki und Benzin, hockte sich hin, berührte Simmons' Hals und erklärte den Mann für tot.

»Könnten Sie noch warten, bevor Sie den Namen bekanntgeben? Wir hätten da einiges zu regeln, im Sinne der Familie. Der Schock für sie ist ohnehin groß genug.«

In Major Mohammed regte sich Widerspruch. Die Affäre rund um die Weitergabe von McCreadys Autonummer war bei seinen Vorgesetzten noch lange nicht vom Tisch, ein weiteres Dienstvergehen konnte er sich kaum leisten. Doch in diesem Moment kam der Arzt herüber, ein geknittertes Foto in der Hand. »Das habe ich bei dem Toten gefunden, er hielt es umklammert.« Mit diesen Worten reichte er die Aufnahme an den Major weiter. Der betrachtete das Foto einer lächelnden Frau und zweier junger Mädchen. Er drückte Maddox die Aufnahme in die Hand.

»Maximal zwei Stunden. So lange kann ich es hinauszögern.«

»Danke.«

Barry, der sich inzwischen gefangen hatte, war zurückgekommen und machte sich Notizen über die Lage am Tatort.

»Geht's wieder?«, fragte der Major.

»Es muss, wenn's auch schwerfällt«, erwiderte Barry. »So ein Massaker sieht man schließlich nicht alle Tage. Darf ich Ihnen gleich mal ein paar Fragen stellen, Major?«

Während sein Kollege den Major befragte, machte sich Maddox widerstrebend an die Arbeit. Er fotografierte Officer Yousef auf seinem Motorrad, verzichtete jedoch auf eine Nahaufnahme von Simmons. Das wollte er dem Fotografen der *Tribune* überlassen, sofern der hier auftauchte. Stattdessen hockte er sich auf die Schienen und nahm den verbeulten Sierra frontal auf. So wurde nur der untere Teil von Simmons eingefangen, den Rest verdeckte die offene Tür.

Er brachte die Kamera zurück zum Land Rover und begleitete anschließend den Major auf einem Rundgang.

»Von dort hat der Schütze die ersten drei Schüsse abgegeben«, erklärte der Major und zeigte auf die gegenüberliegende Seite des Bahnübergangs. »Das

Opfer – Mr. Simmons – stand auf der einen Seite der Schienen, der Killer auf der anderen.«

»Der Zustand des Sierras, die Bremsspuren, die zersplitterten Schranken – deutet alles auf eine Vollbremsung hin«, stellte Maddox fest.

»Wegen des 9-Uhr-25-Express nach Riad. Der Lokführer berichtete über Funk von einer Beinahe-Kollision.«

»Hat er sonst noch was mitbekommen? Konnte man ihn bereits befragen?«

»Ja! Dieser Bahnübergang ist berüchtigt dafür, dass Autofahrer versuchen, ihn in allerletzter Minute zu passieren. Die Fahrer der Züge sind hier zu besonderer Aufmerksamkeit angehalten. Der Triebfahrzeugführer hat also doppelt aufgepasst und bemerkt, dass ein weißer Kleinwagen dem rot-weißen Sierra gefolgt ist. Beide fuhren mit hoher Geschwindigkeit. Und auf der anderen Seite näherte sich ein Pick-up.«

»Der Schütze.«

»Sieht so aus.« Der Major führte Maddox über die Schienen und wies auf drei ausgeworfene Patronenhülsen am Boden.

»Hinter dem Sierra verläuft eine Blutspur«, fuhr der Major fort, »die darauf hindeutet, dass Mr. Simmons sein Fahrzeug aus irgendeinem Grund verlassen und versucht hat, wieder zurückzugelangen.«

Maddox hockte sich neben eine der Patronenhülsen. »Munition für eine AK-47.«

Der Major war beeindruckt. »Sie kennen das Zeug?«

»Vergessen Sie nicht, ich habe längere Zeit in Simbabwe gelebt. Jeder Weiße kennt sich dort mit Waffen aus. Mit einem Häuptling wie Onkel Bob kann's da ganz schön brenzlig werden.«

Der Major brüllte los und stauchte einen Polizisten zusammen, der in der Nähe des Sierras rauchte, dort, wo sich Sidiki, Benzin und Simmons' Blut vermischten. Im Anschluss an dieses Intermezzo setzten die beiden Männer ihren Rundgang fort.

Auf dem Boden vor dem Sierra lagen zwei leer geschossene Bananenclips und jede Menge Patronenhülsen.

»Der Killer leerte den ersten Clip in Mr. Simmons, während er etwa hier stand«, sagte der Major. »Er warf den Clip aus, trat zurück, setzte den zweiten Clip ein und beschoss dann den Sierra – jedenfalls deuten die Position der Clips und der Patronenhülsen darauf hin. Der Täter muss im Blutrausch gehandelt haben. Allerdings hielt ihn das nicht davon ab, Mr. Simmons' Brieftasche zu stehlen.« »Merkwürdig«, fuhr er nach einer kurzen Pause fort, »hier spricht alles für einen Mordanschlag, nicht für einen Raubmord.«

Maddox zuckte die Achseln. »Wer weiß? Vielleicht hatte der Mörder die paar Kröten nötig. Oder er wollte die Identifizierung des Opfers hinauszögern.« Insgeheim vermutete er jedoch, dass der Mörder hinter McCreadys Kundenliste her gewesen war, die Simmons mit Sicherheit in seiner Brieftasche mit sich geführt hatte. Wenn diese Liste in die Hände der Polizei gelangt wäre, kennte man dort jetzt die Empfänger der Sidiki-Lieferungen. Ein Viertel der illegalen Säufer-Treffpunkte in der Ostregion stünde kurz vor dem Aus. Das konnte nicht im Interesse des Prinzen liegen. Nur woher hatte der Mörder all die Informationen? Über Simmons, über seine Liefertour und die Liste in seiner Brieftasche?

Die Spurensicherung war eingetroffen und der Major

eilte hinüber, um die Mitarbeiter über seine bisherigen Erkenntnisse ins Bild zu setzen. Maddox schwirrte der Kopf. Die Nachwirkungen der letzten Nacht machten es nicht besser, dazu der Gestank, der über dem Ort hing. Er winkte Barry zu sich heran.

»Und? Alles wieder im grünen Bereich, Barry? Betrachten Sie das Ganze hier als eine Art Feuertaufe. Was hat denn unser Motorradfahrer so zu Protokoll gegeben?«

»Im Grunde nicht viel von Belang.« Barry sah auf seinen Notizblock. »Interessant vielleicht, dass ihm auf dem Weg zum Bahnübergang, etwa zehn Minuten von hier, ein weißer Tercel entgegengekommen ist. Mit zwei Insassen.«

»Das schränkt es etwas ein«, sagte Maddox und berichtete über seinen Rundgang mit Major Mohammed und die Aussagen des Triebfahrzeugführers. »Leider Gottes kühlt die Liebe der Saudis für Benzinfresser sukzessive ab. Japanische Kleinwagen haben ihr Herz erobert und so stößt man heutzutage an jeder Ecke auf einen weißen Tercel.«

»Der berühmte Sand in der Wüste.« Barry seufzte. »So wie Kalaschnikows und Krummdolche. Apropos Krummdolche – der Toyota Hilux am Bahnübergang. Da fällt mir spontan unser Beduine mit dem schlechten Gebiss ein.«

Maddox schlug Barry auf die Schulter.

»Wollte mal sehen, ob Sie von selbst drauf kommen.« Dann zählte er an den Fingern ab, was sie bisher in Erfahrung gebracht hatten. »Wir können den dreckigen Beduinen mit diesem Tatort und dem Rafeeq in Verbindung bringen. Wir haben Beweise für eine Verbindung zwischen dem Beduinen und Mansour Al-Bishi. Wir haben Fotos vom Alkoholschmuggel auf Tarut Island. Und wir haben Fotos vom Prinzen – «

»Und nicht zu vergessen: Jack Fletcher, Pats zum Islam konvertierter Ehemann«, warf Barry ein.

»Ich frage mich nur eines: Wenn unser strenggläubiges Frettchen auch mit den Morden zu tun haben sollte, also Schwarzbrenner aus dem Weg räumt, wie passt das mit dem Schmuggel von Alkohol zusammen? Eine Menge loser Enden, aber wir kommen gut voran. Und das zählt.«

»Was steht als Nächstes auf Ihrer Agenda?«

»Wir fahren auf einen Nachmittagsdrink zum Aero-Brit-Compound. Ich habe da eine Theorie, die ich überprüfen möchte.«

»Warum beschleicht mich ein ungutes Gefühl bei der Vorstellung, wie Sie eine Theorie überprüfen? Egal, je weniger ich davon weiß, desto besser.« Barry grinste.

Lautes Hupen aus Richtung einer Straßensperre ließ beide Reporter herumfahren. Gerade wurde ein BMW in Grünmetallic durchgewinkt. Zwei Buchstaben zierten die Türen – KT für *Kingdom Tribune.*

»Scheint so, als hätte Bentley Gorman Wind von der Sache bekommen.«

Barry verzog das Gesicht, sagte aber nichts.

Der BMW hielt neben dem Land Rover und der Neuseeländer stieg aus. Er warf einen abschätzigen Blick auf die versammelten Polizisten. Für den bevorzugten Korrespondenten der königlichen Familie war Höflichkeit keine Eigenschaft, die er an jene verschwendete, die er unter seinem Niveau glaubte.

»Arroganter Wichser!«, stieß Barry hervor.

Der philippinische Fotograf stieg an der Fahrerseite aus und folgte Gorman wie ein Schatten.

»Guten Morgen, Bentley«, sagte Maddox mit einer Vertrautheit, die darauf abzielte, den *Tribune*-Reporter zu irritieren.

Gorman ignorierte den Gruß.

»Welcher Trottel hat hier die Verantwortung?«, fragte er lediglich.

»Oh, das kann ich gar nicht sagen. Wir sind ebenfalls erst angekommen. Ich frag mal nach.« Maddox winkte mit der Hand. »Major Mohammed!«

Der Major wies gerade einen Polizeifotografen an, einige Nahaufnahmen zu machen.

»Wie lange sind Sie schon am Tatort?«, fragte Gorman.

»Sagte ich doch. Wir sind vor ein paar Minuten hier eingetroffen.«

»Der *Chronicle* muss über bessere Verbindungen verfügen als wir.«

Maddox' Gesicht hellte sich auf, als der Major zu ihnen kam. »Major Mohammed Al-Tamimi! Das ist Bentley Gorman – von der *Kingdom Tribune*.«

Der Major runzelte leicht die Stirn, als er und Gorman sich die Hände schüttelten.

»Mr. Gorman möchte wissen, wer der Trottel ist, der hier die Verantwortung hat«, sagte Maddox.

Gormans Kinnlade klappte herunter.

»Ich. Ich bin der Trottel, der die Verantwortung hat.«

Angesichts dieser Enthüllung geriet der eloquente Gorman ins Stottern. »Aber ... aber Ihre Uniform. Sie sind Verkehrspolizist. Wie können Sie da die Verantwortung haben?«

»Erstens war einer meiner Männer der erste Beamte am Tatort. Zweitens handelte es sich nach dem ursprünglichen Bericht um einen Beinahe-Zusammenstoß zwischen einem Fahrzeug und einem Zug. Drittens bin ich der ranghöchste Beamte hier, falls Sie das noch nicht bemerkt haben sollten.« Er tippte auf die Messingkrone auf seinen Schulterstücken, dann wandte er sich an Maddox. »Ist das der Journalist, der in der *Tribune* über den Mord an McCready berichtet hat?«

Maddox nickte.

»Derjenige, der Beschwerde gegen Sie eingereicht hat, Peter?«

Wieder ein Nicken.

»Derjenige, der mich in die Scheiße geritten hat wegen der Sache mit McCreadys Nummernschild?«

»Genau der.«

»In diesem Fall, Mister Gorman, dürfen Sie und Ihr Fotograf nicht näher an den Tatort heran. Sollten Sie es dennoch tun, behindern Sie polizeiliche Ermittlungsarbeit und ich werde Sie festnehmen lassen.«

Gorman presste vor Wut die Lippen aufeinander. Schließlich sagte er: »Bestünde vielleicht die Möglichkeit, Ihnen und dem Beamten, der die Leiche entdeckt hat, ein paar Fragen zu stellen?«

Der Major schüttelte bedauernd den Kopf. »Solange die Angehörigen nicht informiert sind, müssen wir uns leider in allen Punkten bedeckt halten, Mr. Gorman.«

Dem Journalisten der *Kingdom Tribune* blieb nichts anderes übrig, als unverrichteter Dinge abzuziehen. Er ließ es sich jedoch nicht nehmen, einen Akzent zu setzen, bevor er in den BMW stieg. »Das ist der zweite ermordete Schwarzbrenner, Maddox. Ich kann es riechen.« Der Gestank des Sidiki hängt ja hier wohl jedem in der Nase, dachte Maddox. »Das ist ein Bandenkrieg, und Sie wissen das. Richten Sie Khalid Al-Yaani aus, seine Wahnvorstellung, diese Morde seien das Werk muslimischer Fundamentalisten, ist nichts als Mist.«

»Das mach ich glatt«, sagte Maddox und winkte dem BMW freundlich hinterher.

Einundzwanzigstes Kapitel

Maddox umfuhr die Absperrungen am Tatort, lenkte den Land Rover auf die Salzpfanne und dann über den Bahndamm.

»Ich hoffe, wir kommen ohne Reifenpanne zum Aero-Brit-Compound«, sagte er. »Diese Salzebenen sind ziemlich steinig.«

Wie zur Bestätigung sprangen scharfe Steine gegen den Unterboden und die Radkappen des Land Rovers.

»Was ist das für eine Geschichte zwischen Ihnen und Bentley Gorman? Ihre gegenseitige Abneigung scheint ziemlich verfestigt«, fragte Barry, als sie endlich auf der Landstraße fuhren.

»Er arbeitet für die Konkurrenz. Darin liegt die Abneigung begründet. Wie ich Ihnen vor einigen Tagen bereits gesagt habe, liegt die *Tribune* ganz auf Regierungslinie – sprich auf Linie der korrupten Monarchie. Diese Zeitung gibt vor, die Sache des saudischen Volkes zu vertreten, aber in Wirklichkeit kontrollieren Besitzer und Gesellschafter die Journalisten und entscheiden, was reinkommt in dieses Käseblatt und was draußen bleibt.«

»Also, wo oder wofür steht Gorman in Saudi-Arabien?«, fragte Barry.

Maddox sah keinen Anlass für Zurückhaltung, was Bentley Gorman betraf. Er war sich inzwischen ziemlich sicher, dass das, was er Barry gegenüber äußerte, an die richtige Adresse gerichtet war. »Gorman ist ein Außenseiter in der westlichen Gemeinde, ein ungeschickter dazu. Und er meint, das kompensieren zu müssen. Als er ins Königreich kam, versuchte er krampfhaft, Zugang zur Pub- und Klubszene zu finden. Allerdings hat er strikte politische Ansichten und kann die Klappe nicht halten. Deswegen auch meine Warnung an Sie, im PJ's nicht nach jedem Knochen zu schnappen, der Ihnen von unseren zum Teil fanatischen Freunden dort hingehalten wird. Fakt ist, Gorman hat sich mit seinem losen Mundwerk sehr, sehr unbeliebt gemacht.«

»Also keilt er zurück«, stellte Barry fest.

Maddox fuhr fort: »Genau. Er nennt uns intolerant und Faschisten, aber ist nicht in der Lage, die eigenen Defizite wahrzunehmen. Gorman hält diese Schwarzbrennermorde für ein Gottesgeschenk. Eine andere Form von Vergeltung an denen, die ihn brüskiert haben.«

»Die Hölle kennt keine Wut, die der eines verschmähten Journalisten gleichkäme«, sagte Barry in Abwandlung eines Sprichwortes.

Maddox fuhr auf den dreispurigen Highway entlang der Half Moon Bay. Die Straße war für Touristenschwärme und Tagesausflügler gebaut worden, die sich nie gezeigt hatten. Sie war nahezu leer. Linkerhand erhob sich eine Dünenkette. Breite, parallel verlaufende Spuren bezeugten einen Einsatz von Strandbuggys. Also hatte man Officer Yousef keinesfalls für nichts und wieder nichts in die Spur geschickt. Wie die Straße so lag auch der Strand verwaist da. Die Sonnensegel boten allenfalls zurückgelassenem Müll Schutz und die Kioske, die groteskerweise die Form riesiger Fische hatten, waren geschlossen.

»Und was ist mit Khalid Al-Yaani?«, fragte Barry.

Maddox stutzte. »Was soll mit ihm sein?«

»Nun, nimmt er ähnlich starken Einfluss auf die Berichterstattung?«

Maddox zögerte, zu wenig wusste er über die wahre Natur der Beziehung zwischen Barry Kennedy und dem Eigentümer des *Chronicle*.

»Die Al-Yaanis sind eine der ältesten und angesehensten Familien am Arabischen Golf«, begann er schließlich. »Im Laufe der Geschichte dieses Landes hat das gegenwärtige Königshaus im Zuge militärischer Eroberungen neben anderen die Gebiete der Al-Yaanis annektiert und das Vereinigte Königreich Saudi-Arabien proklamiert.«

»Das wirkt mit Sicherheit noch nach«, stellte Barry fest.

»Worauf Sie einen lassen können! Wenn's um Rache geht, sind Araber erbarmungsloser und konsequenter als Sizilianer. Obwohl sich das alles in den zwanziger und dreißiger Jahren des vorigen Jahrhunderts abgespielt hat, sind die Wunden noch frisch. Bis in die Achtziger lebten die Al-Yaanis im englischen Exil. Die Rückkehr wurde ihnen erlaubt, solange sie das königliche Boot nicht ins Wanken brachten. Khalid gründete den *Arabian Chronicle* unter der Voraussetzung, dass die Zeitung keine regierungsfeindliche Haltung einnehmen würde.«

»Was sie aber macht!«, warf Barry ein.

»Was sie nicht macht! Hin und wieder sticheln wir gegen Leute, die sich für mächtig halten, aber nie gegen die ganz oben. Khalid würde gern öfter das Messer ansetzen, aber es gibt eine Grenze, die nicht überschritten werden darf.«

»Die sich inzwischen jedoch verschiebt, oder?«

»Unwesentlich. Noch sind wir nicht so weit, über Themen wie Zuhälterei und Prostitution berichten zu können, Phänomene, die es im Königreich gibt, aber vielleicht kommen wir dorthin. Bis dahin sind ein gewisser Grad an Selbstzensur und viel Umsicht gefragt.«

Barry sah aus dem Fenster. Sie passierten eine Reihe von Strandcafés. Durch offene Tore sah man auf Höfe mit Tischen und Stühlen, Schilder warben für türkischen Kaffee und Wasserpfeifen.

»Alles Haschischhöhlen«, sagte Maddox.

»Tatsächlich?«, fragte Barry perplex. »Dieses Land ist doch immer wieder für eine Überraschung gut.«

*****

Eine halbe Meile hinter den Wasserpfeifenbuden lag das AeroBrit-Compound. Ein trostloser Schauplatz auf einer Landzunge, einem salzverkrusteten Finger, der in den Arabischen Golf reichte. Die Unterkünfte waren zweigeschossige, senffarbene Einheiten, die von einer Mauer mit Nato-Draht umgeben waren. Außerhalb der Siedlung stand ein Wachhäuschen. In seinem schwindenden Schatten, auf einem Klappstuhl, saß ein Soldat.

»Was für paranoide Ärsche!«, stieß Maddox hervor. »Heuern die Armee an, um die Deppen, die hier wohnen, beschützen zu lassen.« Er hielt an und ließ das Seitenfenster herunter. »Warum hocken Sie in der Hitze?«, fragte er den Soldaten. »Ist die Klimaanlage defekt?«

Der Soldat spuckte auf den Boden. »Die Klimaanlage ist okay. Aber es gibt 'ne neue Bestimmung, seit sie diesen Schwarzbrenner am Rafeeq in die Luft gesprengt haben. Jetzt ist es aus mit dem gemütlichen Herumsitzen im Wachhäuschen.« Er spuckte ein zweites Mal auf den Boden, um zu unterstreichen, was er von der neuen Anordnung hielt.

Ein Sicherheitsposten, ein Sri Lanker, kam aus dem Wachhäuschen. Er trug eine marineblaue Uniform und hielt das Besucherbuch in der Hand.

»Wir wollen ins Trotters«, sagte Maddox mit der Stimme des wichtigen weißen Mannes.

Der Wächter schnippte mit den Fingern. »Mitgliedskarte?«

»Sagen Sie Rodney Lister, dass Peter Maddox hier ist.«

Der Sicherheitsposten ging zurück ins Wachhäuschen. Kurz darauf steckte er den Kopf zum Fenster heraus, den Hörer in der Hand.

»Er sagt, er hat noch nie von Ihnen gehört.«

»Richten Sie ihm aus, Dennis Simmons hat uns geschickt.«

Barry warf Maddox einen fragenden Blick zu.

»Ob meine Theorie sich bestätigt«, murmelte Maddox, »hängt davon ab, ob die Nachricht von Simmons' Tod hier schon angekommen ist oder nicht.«

Der Sicherheitsposten kam wieder heraus.

»Biegen Sie die Erste rechts ab. Am Ende der Straße sehen Sie das Trotters dann direkt vor sich«, sagte er verdächtig eilfertig.

Maddox bedankte sich. Als sie weit genug vom Eingang entfernt waren, holte er seine Brieftasche hervor und förderte ein Blatt Papier zutage.

»Eine Liste der Pubs und Klubs. Hab sie aus McCreadys Haus mitgehen lassen.« Er reichte Barry das Blatt.

»Also waren Sie doch vor Eintreffen der Polizei in McCreadys Haus.«

»Und niemand hätte sich drum geschert, wenn Gorman nicht seine Anschuldigungen vorgebracht hätte.«

Barry sah sich die Liste genau an. »Das PJ's steht ganz oben, gefolgt vom Trotters.« Er fuhr mit dem Finger die Liste entlang. »Und hier, das Ranch House. Das liegt im BritTech-Compound. Da haben die Tabs gespielt. Sieht so aus, als wäre es die Reihenfolge, in der geliefert wird.«

»Das denke ich auch«, sagte Maddox, »PJ's, Trotters und so weiter – eine gerade Linie, die durch Al-Khobar und Dammam führt.«

»Das erklärt, warum man uns in die Siedlung gelassen hat. Dieser ... dieser – «

»Rodney Lister.«

»Genau. Dieser Rodney Lister erwartet seine Lieferung.«

»Sie haben es erfasst! Und wenn man vom Teufel spricht ... « Maddox deutete mit dem Kopf auf das zweigeschossige Gebäude direkt vor ihnen. Über dem Eingang hing ein Schild. Es zeigte ein Schwein, das auf den Hinterbeinen stand. Seine Vorderhufe ruhten auf einer rostigen kleinen Schwingtür. Darüber stand der Name des Pubs in alten englischen Buchstaben. Im Türrahmen stand ein untersetzter, feister Mann; zwei kleine, tiefliegende Augen in einem ungesund roten Gesicht spähten nervös die Straße entlang.

»Wenn man den sieht, fragt man sich, ob der Stress, den das Schnapsgeschäft so mit sich bringt, die ganze Sache wert ist«, sagte Maddox und parkte den Land Rover vor dem Trotters.

Rodney kam einen Gehweg entlanggeflitzt, dem sich zu beiden Seiten Rasenflächen anschlossen, die aussahen, als hätte man sie mit einer Hautschere geschnitten.

»Peter Maddox! Lange nicht gesehen!« Seine Jovialität war geradezu überbordend.

»Dachte, Sie hätten noch nie von mir gehört, Rodney«, sagte Maddox. »Barry Kennedy, Rodney Lister.«

Die beiden Männer nickten einander zu und murmelten eine Begrüßung.

»Wo ist Dennis?«, fragte Lister. Seine Stirn war schweißbedeckt – der Morgen-danach-Schweiß – und sein unsteter Blick wanderte immer wieder in Richtung Wachhäuschen.

»Dennis Simmons ist tot«, sagte Maddox frei heraus. »Ermordet! Wie McCready.«

Rodney Lister machte einen Satz nach hinten und seine Lippen formten ein schockiertes O.

Maddox setzte noch einen drauf: »Anders als McCready starb Simmons an mehreren Schusswunden.«

Wortlos drehte Lister sich um, hastete den Gehweg hinauf, und schon halb im Pub, bedeutete er Maddox und Barry, ihm zu folgen.

»Ging's nicht noch taktloser?«, lautete Barrys Kommentar zu Maddox' Fähigkeit, schlechte Neuigkeiten zu überbringen.

Als sie sich der Tür näherten, war Lister verschwunden. Beim Betreten des Pubs jedoch tauchte er wie ein Zwerg hinter dem Tresen auf, sein Blick misstrauisch, erschrocken.

Ungläubig betrachtete Barry das Dekor des noch leeren Pubs. Die Tischplatten waren aus rosa PVC, die Stühle rosafarben gepolstert, die Wände rosa gestrichen. Wäre da nicht die Fotogalerie der besten Zuchtschweine gewesen, Barry hätte sich in Barbies Welt gewähnt. Das ursprüngliche Motto des Pubs hatte das Hohelied der

Schweine und ihrer Farbe anstimmen, sozusagen einen Heiligenschrein für Schweine kreieren wollen. Dahinter steckte die Absicht, den saudischen Behörden eine lange Nase zu drehen und sich über das Verbot des Genusses von Schweinefleisch zu mokieren. Herausgekommen war allerdings eine klebrige Atmosphäre, die eine ganz andere Klientel anzog.

»Ziemlich warm hier«, sagte Maddox, während er sich einen pinkfarbenen Barhocker heranzog. »Wie läuft's denn so im Tuntenpalast?«

Für einen Moment vergaß Lister seine Beklommenheit, eine Beklommenheit, die nichts mit Dennis Simmons' Tod zu tun hatte. Das Trotters sicherte Lister ein finanzielles Polster. Was spielte es also für eine Rolle, wenn sein Kundenkreis hauptsächlich aus Schwulen bestand? Lister sorgte sich um sein Geschäft, und Maddox' Anzüglichkeit verärgerte ihn. Und dieser Ärger spiegelte sich auf seinem Gesicht wider.

Dann geschah das Unerwartete: Maddox beugte sich über den Tresen, packte Lister am Hemd und zog ihn zu sich heran.

»Ich mochte Dennis!«, zischte er dem feisten Mann ins Gesicht. »Und wer auch immer ihn umgebracht hat, er kannte Dennis' Route und wusste, dass er hierherkommen würde. Es ist doch kein Zufall, dass er auf dem Weg zu Ihrem Pub in einen Hinterhalt gelockt wurde.«

Maddox stieß Lister weg, als verursachte der ihm Ekel. »Das setzt Sie dem Verdacht der Beihilfe zum Mord aus, Rodney.«

»Sie sind ja völlig übergeschnappt«, stieß Lister hervor und strich sich das Hemd glatt. Doch anstatt seinen unerwünschten Gästen die Tür zu weisen, goss er mit fliegenden Händen drei Sidiki mit Cola ein.

Maddox fragte sich, ob Lister schon bereit sei zu reden. Hinreichend verunsichert schien er zu sein. »Wer setzt Ihnen Daumenschrauben an, Rodney? Was hat sich verändert seit McCreadys Tod?«

Lister leerte sein Glas zur Hälfte und wischte sich mit dem Handrücken über die Lippen. »Irgendein Saudiheini, der sogenannte Prinz. Er hat allen Pubbesitzern in der Ostregion das gleiche Ultimatum gestellt: Zahl oder macht den Laden dicht.«

»Schutzgeld?«

»Ja!«, bestätigte Lister. »Schutzgeld.«

Er trank seinen Drink aus und schenkte sich nach.

»Wurde das Ultimatum persönlich überbracht?«

Lister nickte.

»Wer hat es überbracht?«

Zögern. Listers verschlagener Blick wanderte von Maddox zu Barry und wieder zurück.

»Ich an Ihrer Stelle würde mich nicht hinter Lügen verschanzen«, sagte Maddox und an Barry gewandt: »Mr. Lister arbeitet für die Peninsular Oil Company. Genauer gesagt in der Abteilung für seismologische Untersuchungen. Kennen Sie das Aufgabengebiet dieser Abteilung?«

Barry schwieg, noch völlig perplex, dass Maddox zu Drohungen und Gewalt gegriffen hatte.

»Diese Abteilung nimmt Sprengungen in der Wüste vor. Man beobachtet die Vibrationen und zieht daraus Rückschlüsse auf Ölvorkommen.«

Lister erkannte, worauf Maddox' mit seinen Ausführungen hinauswollte. »Ich arbeite jetzt in einem Büro – seismische Auswertungen.«

»Sie Glücklicher! Aber Sie sind immer noch stolzer Besitzer einer Sprenglizenz, nicht wahr, Rodney?«

»Ich habe nichts mit dem Mord an McCready zu tun!«, rief Lister von Panik erfasst.

»Dann verraten Sie mir doch, wer Ihnen dieses Ultimatum überbracht hat. Andernfalls kann ich meinen Freunden bei der Polizei auch einen Wink geben, was Ihre Sachkenntnis auf dem Gebiet der Sprengstoffe betrifft.«

Lister goss sich einen weiteren Drink ein. Als er sprach, war seine Stimme ein Flüstern, als fürchte er, belauscht zu werden. »Er kam letzte Woche zu mir nach Hause. Irgend so ein saudischer Mistkerl. Ein Rattengesicht. Und er trug den kurzen Thawb der Mutawwa´in. Er hat mir erklärt, dass ich ab Ende des Monats Schutzgeld an den Prinzen oder so zahlen muss.«

»Warum haben Sie ihm nicht gesagt, dass er sich verpissen soll?«, fragte Maddox.

»Da war ein Beduine dabei. Der hat gestunken wie ’ne tote Katze. Ein echter Psycho. Nicht gerade einer, dem ich sagen würde, dass er sich verpissen soll.«

Maddox warf Barry einen bedeutsamen Blick zu, bevor er sich wieder an Lister wandte. »Warum haben Sie den Sicherheitsleuten nicht verklickert, dass sie die beiden nicht reinlassen sollen?«

Lister lachte, als wäre das die dümmste Frage, die ihm je gestellt worden war. »Einem Abgesandten des Prinzen schlägt man nichts ab – vor allem dann nicht, wenn er einem sagt, dass McCready nur ein Beispiel dafür ist, wozu sie fähig wären.«

»Sie erhöhen ihren Profit, indem sie nicht nur von den Sidiki-Produzenten Geld erpressen, sondern auch die Abnehmer unter Druck setzen«, sagte Barry. »Sie haben sogar die Chuzpe, sich zum Mord an McCready zu bekennen. Das nenn ich Selbstbewusstsein.«

»Natürlich haben Sie Dennis über diese neue Entwicklung informiert, nicht wahr, Rodney?«

»Ich – ich befürchte, das habe ich versäumt. Aber seine anderen Kunden haben ihn ganz bestimmt informiert.«

Maddox hatte sein Glas geleert und glitt von dem rosa Barhocker. »Nun, es war nett, mit Ihnen zu plaudern, Rodney. Kommen Sie, Barry, ich denke, wir sind hier fertig.«

»Und was ist mit mir?«, winselte Lister. »Was soll ich jetzt machen? So viel wirft das Geschäft nicht ab, dass ich auch noch Schutzgeld zahlen kann. Und was, wenn die irgendwann nicht nur die Lieferanten aufs Korn nehmen, sondern auch uns?«

»Ich schlage vor, dass Sie Ihren Laden dichtmachen, bis sich alles beruhigt hat«, sagte Maddox voller Verachtung. »Wenigstens sind Sie noch halbwegs gesund und lebendig, Rodney.«

Wie auch immer, dachte Maddox, dieser Lister hat erkannt, wo der Hase im Pfeffer liegt. Wenn rundherum Schwarzbrenner über die Klinge springen und sich die Pubbesitzer noch dazu mit Schutzgeldforderungen konfrontiert sehen, geraten diese Geschäfte zur Belastung – und derart belastete Geschäfte lassen sich allenfalls für null verkaufen.

»Sie haben den armen Kerl ziemlich hart drangenommen«, sagte Barry auf dem Weg zum Land Rover.

»Lister ist ein sturer Bock. Ich musste ihn in die Zange nehmen, damit er was ausspuckt«, versuchte Maddox sich zu rechtfertigen.

»Wir sollten zur Polizei gehen, bevor noch jemand stirbt.« Barry sah besorgt aus.

»Dazu ist es zu früh. Bis auf ein paar Fotos ist alles nur Hörensagen. Warten wir noch das Interview mit Fletcher ab, dann sehen wir weiter.«

Zweiundzwanzigstes Kapitel

Maddox sah auf die Uhr. Noch eine Stunde bis zum verabredeten Interviewtermin. Er hatte Fletcher mit seinem frühen Erscheinen überrumpeln wollen, nur hatte der ihm einen Strich durch die Rechnung gemacht, indem er schlicht nicht zu Hause war. Maddox bewegte die Zehen. Obwohl er heute ausnahmsweise Socken trug, empfand er den kühlen Luftstrom der Klimaanlage im Fußbereich als unangenehm. Er beugte sich vor, um einen Blick auf Fletchers zwei Stockwerke hohes Ungetüm zu werfen. Außer griechischen Säulen hatte es angedeutete Balkone zu bieten, die Fenster dahinter waren mit schmiedeeisernen Gittern versehen und offenbar abgedunkelt. Das türkisfarben gedeckte Dach vervollständigte die Ibero-Romantik, die dem Ganzen anhaftete.

Fletcher residierte in Abqaiqs jüngstem Vorort und Maddox fragte sich, ob die Menschheit jemals in der Lage sei, lebenswerte Vorstädte zu errichten. Jedes Haus hier glich einer Bastion, dazu bestimmt, den Rest der Welt auf Distanz zu halten. Die Tore waren aus Stahl und hinter so manch hoher Mauer konnte man einen Blick auf Portiken imposanter Eingänge erhaschen. Kein Zweifel, dass die Innenausstattungen dieser Anwesen als üppig bezeichnet werden durften.

Es war Freitag – muslimischer Sabbat – und so präsentierte sich die Umgegend als nahezu ausgestorben. Nur zwei saudische Jungen auf ihren Fahrrädern und eine verschleierte Frau, die, Schatten suchend, die Straße entlangeilte. Den weißen Tercel entdeckte Maddox zuerst im Rückspiegel. Der Wagen hielt vor Fletchers Haus, und Maddox war nicht sonderlich überrascht, als Jack Fletcher ausstieg. Das verwitterte Gesicht mit dem gewohnt missmutigen Ausdruck wirkte durch den ungewohnt dichten Bart keinesfalls sympathischer, auch nicht durch das nach hinten gekämmte, gegelte Haar. Fletcher sah sich misstrauisch um. Zur Sicherheit rutschte Maddox in seinem Schalensitz nach unten.

Auf der Rückbank des Tercels saßen zwei Frauen. Da Fletcher keinerlei Anstalten machte, ihnen die Tür zu öffnen, waren sie gezwungen, sich mitsamt ihren prall gefüllten Einkaufstaschen aus dem Wagen zu quälen.

Wie die meisten ausländischen Frauen trugen beide Abajas, aber keinen Schleier. Der Ersten sah man an, dass sie im Leben nichts ausgelassen hatte. Ihre Haut hatte die Farbe dunkler Trauben und die Struktur eines 3-D-Modells der Alpen. Klein, zäh, selbstsicher und ätzend wie Essigsäure, schoss es Maddox durch den Kopf. Dazu passte, dass sie die Wagentür mit einem Stoß ihres Hinterns schloss. Die zweite Frau war hochgewachsen und elegant. Ihr Teint war von einem unnatürlich hellen Braun. Einige Partien sahen scheckig aus, als benutze sie eine Creme zur Hautaufhellung. Jacks Somali-Frau, vermutete Maddox. Wie hübsch sie war!

»Schafft eure Ärsche rein!«, schrie Fletcher ungeduldig. »In einer Stunde kommt dieser Scheißkerl vom *Chronicle*. Ich will, dass die Bude bis dahin picobello ist.« Er trieb die Frauen buchstäblich vor sich her ins Haus.

Nachdem das Trio verschwunden war, lag die Straße völlig verwaist da. Maddox stieg aus dem Caprice und ging hinüber zum Tercel. Ohne rechte Vorstellung, wonach er eigentlich suchte, sah er sich den Wagen genauer an. Der Tercel war makellos sauber, hatte also eine Autowäsche hinter sich. Maddox hockte sich hin und entdeckte etwas im Profil des Hinterreifens. Mit der Spitze seines Kugelschreibers gelang es ihm, einen Feuerstein herauszulösen, einen Stein, wie man ihn auch am Bahnübergang finden konnte. Er ließ den Stein in die Brusttasche seines Hemdes fallen.

Mansour Al-Bishi, der dreckige Beduine und jetzt Jack Fletcher – alle waren sie in die Morde an Duncan McCready und Dennis Simmons verwickelt. Jetzt hieß es, unwiderlegbare Beweise zu erbringen. Maddox kehrte in den kühlen Innenraum des Caprice zurück. Er wollte Fletcher noch eine Verschnaufpause gönnen.

Auf dem Beifahrersitz lagen die Freitagsausgaben der *Tribune* und des *Chronicle.* Maddox blätterte sie durch. Beide Zeitungen berichteten über die Ermordung Dennis Simmons'. Während Maddox' und Barrys Beitrag durch prägnante Formulierungen und Fakten überzeugte, erging sich Gorman in Geschwafel und Vermutungen. Die Fotos in der *Tribune* erwiesen sich als körnige Fernaufnahmen vom Tatort. Sanju hatte sich für das Foto entschieden, das lediglich die Beine des ermordeten Schulleiters zeigte, die inmitten einer Blutlache hinter der offenen Fahrertür hervorlugten. »Eine gewisse Raffinesse ohne übertrieben grausam zu sein«, hatte Sanju die Aufnahme kommentiert. Alles in allem vermittelten die Artikel den Eindruck, dass der *Chronicle* bei dieser Story die Nase vorn hatte, nicht die *Tribune.* Maddox spürte eine gewisse Genugtuung, die allerdings durch Simmons' tragisches Schicksal reichlich gedämpft wurde. Er sah auf seine Uhr. Ein paar Minuten würde er Jack noch geben, also blätterte er vor zum Lokalteil. Barrys Artikel über den Ausflug in die Wüste nahmen eine ganze Seite ein und Maddox konnte befriedigt feststellen, dass die Qualität der Fotos ganz vorzüglich war. Die heutige Ausgabe des *Chronicle* hatte die *Kingdom Tribune* völlig in den Schatten gestellt. Mit der Verlängerung von Barrys Artikelserie für weitere fünf Tage würden sie die Tribune vermutlich auch in der nächsten Woche übertrumpfen.

Maddox schnappte sich Diktaphon und Kamera, stieg aus dem Caprice und ging hinüber zum Stahltor vor Fletchers Haus. Er drückte etwas länger, als die Höflichkeit es erfordert hätte, auf die Klingel der Gegensprechanlage.

»Zeit, die Hosen runterzulassen, Jack.«

*****

Fletcher öffnete das Tor. »Sie sind früh dran, Maddox.« Er rang sich ein Lächeln ab.

»Nennen Sie mich Peter. Wir sind alte Freunde, Jack.«

Das Lächeln verblasste. »Ich erinnere mich. Und tun Sie mir bitte den Gefallen und nennen mich Abdullah. Jack ist der Name des Ungläubigen, der ich einst war.«

»Schön zu hören, dass Sie zu sich gefunden haben – Abdullah!«

Fletcher trug einen Haus-Thawb mit Karomuster. Maddox' vorzeitiges Erscheinen hatte ihn wohl kalt erwischt, denn er ließ die guten Umgangsformen eines Muslim fahren und verzog beim Anblick der Maddox'schen Fußbekleidung spöttisch das Gesicht.

»Socken und Sandalen! Sehr britisch!«

»Wie heißt es doch so schön, Abdullah? Man kann einen Engländer aus seiner Heimat holen, aber nicht die Heimat aus einem Engländer.«

Fletcher drehte sich wortlos um und schritt auf den säulenflankierten Eingang seines Hauses zu.

Der Reporter folgte seinem Gastgeber in den Diwan. Wie in arabischen Wohnräumen üblich, war der Fußboden mit Teppichen in kräftigen Farben und mit Kissen bedeckt. Das Zimmer roch nach abgestandenem Zigarettenrauch. Fletcher nahm seinen Platz inmitten einer Ansammlung von Kissen ein und bedeutete Maddox mit der Hand, sich auf den Kissen ihm gegenüber niederzulassen. Maddox setzte sich vorsichtig im Schneidersitz hin und zog dabei die Hosenbeine glatt, die etwas hochgerutscht waren.

Jacks Miene drückte wenig Begeisterung aus und Maddox wurde das Gefühl nicht los, dass der Mann das Interview am liebsten abgesagt hätte. Er platzierte Kamera und Diktaphon zwischen sich und Fletcher.

»Was dagegen, wenn ich das Interview aufnehme?«

Bevor Fletcher protestieren konnte, drückte Maddox die Aufnahmetaste.

»Ich werde vielleicht von Zeit zu Zeit unterbrechen müssen, wenn ich der Ansicht bin, dass ein Punkt der näheren Erläuterung bedarf«, erklärte Maddox. »Beschreiben Sie bitte mit Ihren eigenen Worten, was Sie zum Übertritt zum Islam bewegt hat.« Er lächelte, um Jack zu ermutigen.

»Im Namen Allahs, des Gnädigen und Allbarmherzigen!«, begann Fletcher. »Mögen Frieden und Segen auf dem Propheten Mohammed, seiner Familie und seinen Gefährten ruhen und auf denen, die sich seiner Führung bis zum Tag des Jüngsten Gerichts anvertraut haben.«

»Haben wir schon angefangen?«, fragte Maddox spöttisch.

Fletcher musterte ihn mit dem mitleidigen Wohlwollen des Rechtgläubigen. »Bevor ich zum Islam fand, war mein Leben nutzlos. Ich verbrachte meine Tage mit dem Genuss von Alkohol und mit Frauengeschichten.«

»Weiß Pat davon? Von den Frauengeschichten, meine ich? Über das Trinken wussten wir ja alle Bescheid.«

»Würde Patricia nur das Licht des Islam in ihr Leben lassen, dann könnte sie mir von ganzem Herzen vergeben.«

»Ich fasse das als ein Ja auf«, sagte Maddox.

Fletcher ballte seine Hand zur Faust, bewahrte aber Contenance.

»Zuerst empfand ich Widerwillen gegenüber einer Religion, die ich – fälschlicherweise, wie sich herausgestellt hat – mit Gewalt in Verbindung brachte. Schnell erkannte ich, dass dieser Irrglaube von zionistischen Medien und bösen Zungen aus dem Westen verbreitet wird.« Er kraulte sich den Bart und kicherte. »Einige meiner alten Bekannten – samt und sonders Christen – machen sich lustig über mein neues Selbst. Sie nennen mich Osama, wissen Sie.«

»Das gilt nicht für mich, Abdullah«, bemerkte Maddox trocken.

»Möge Allahs Segen über Sie kommen, Peter.« Gedankenverloren heftete Jack seine Augen auf einen imaginären Punkt, als durchlebe er längst Vergangenes –

oder als rekapituliere er auswendig Gelerntes. »Als Junge ging ich pflichtschuldig in die Kirche. Aber dieselben Leute, die ich jeden Sonntag auf den Kirchenbänken sitzen sah, beherzigten an den anderen Tagen der Woche mitnichten die Lehren der Bibel. Ich war verwirrt, bedurfte der geistigen Führung – fand sie jedoch nicht.«

Maddox hatte Mühe, sein Mienenspiel unter Kontrolle zu halten, derart einstudiert und verlogen klang Fletchers Suada. »Stattdessen wurden Sie einer dieser Heuchler, nicht wahr, Abdullah? Und wenn ich mich recht erinnere, waren Sie vor Ihrer Bekehrung nicht einmal ein Sonntagschrist.«

»Ja, ich war noch verworfener als jene Eintagschristen. Ich trieb Unzucht. Wie Sie wissen, führte ich einen Pub und trank das Gebräu des Satans«, fuhr der Mann fort, der sich vor drei Tagen auf Tarut Island einen kräftigen Schluck aus der Whiskyflasche genehmigt hatte.

Maddox nickte. »Was hat Sie veranlasst, zum Islam zu konvertieren?«

»Zurückzukehren!«, korrigierte Fletcher. »Nicht ›zu konvertieren‹. Ich bin ein zurückgekehrter Muslim. Jedes von Allahs Kindern ist Muslim von Geburt – nur werden einige von ihnen in andere Glaubensrichtungen gedrängt. Wenn wir zum wahren Glauben finden, ist es eine Umkehr und wir sind Zurückgekehrte.«

Bravo, dachte Maddox. Gut einstudiert. »Also, wie ist es zu Ihrer Umkehr gekommen?«

Im Vorfeld der großen Lüge gab es eine Pause. »Ich lernte Mansour Al-Bishi kennen«, begann Fletcher, »wie ich ein bekehrter Sünder. Er betätigte sich im Sinne Allahs auf den Straßen und im Zentrum zur Verbreitung des Islam, predigte vor den noch nicht Zurückgekehrten.

Gepriesen sei Allah, dass er zur Herde zurückgefunden hatte und dort war, um mich die mannigfachen Segnungen des Islam zu lehren. Er gab mir eine englische Übersetzung des Koran und überzeugte mich davon, sie zu lesen. Ich begann, Allahs Botschaft an die Menschheit zu studieren, las das wichtigste Buch der Welt in einem Monat. Nicht eine Seite, nicht eine Zeile ließ ich aus.«

Der melodramatische Ton in Fletchers Stimme forderte Maddox alles ab. Nur mühsam konnte er ein Lachen unterdrücken.

»Der heilige Koran wirkte wie ein Wunder auf mich. Ich war überwältigt – voller Verzückung. Indem ich das Wort Gottes in mich aufnahm, gelang es mir, den spirituellen Gipfel in meinem Leben zu erklimmen. Ohne zu zögern begab ich mich in das Zentrum zur Verbreitung des Islam, um mich zum Glauben an Allah und seinen Propheten zu bekennen. Mit freudigem Herzen schüttelte ich die Hände meiner islamischen Brüder und erwiderte dankbar ihre Umarmungen.«

Gerade als Maddox dachte, die Grenze des Erträglichen sei erreicht, wurde die Tür zum Diwan geöffnet und die Damen des Hauses betraten die Bühne. Jacks Ehefrau hielt eine Spraydose in der Hand, vermutlich um die Luft im Zimmer aufzufrischen. Die Alte trug ein Tablett mit Teegeschirr und anderen Utensilien für die Teezubereitung.

Als die Frauen Maddox sahen, erstarrten sie. Offensichtlich hatten auch sie nicht so früh mit seinem Erscheinen gerechnet.

Als Erste gewann die Alte ihre Fassung zurück. In der Annahme, der Besucher sei des Arabischen nicht mächtig, kicherte sie belustigt. »Du Idiot hast doch behauptet, dieser Dreckskerl würde erst später kommen«, sagte sie zu Fletcher.

Der hielt seine Stimme gesenkt, als er erwiderte: »Hudda, halt die Klappe! Dumme Niggerschlampe!«

Die Furchen im Gesicht der Alten wurden vor Wut noch tiefer. Mit Aplomb stellte sie das Tablett zwischen die beiden Männer auf den Teppich und rauschte hinaus.

»Schwiegermütter«, sagte Fletcher achselzuckend. Doch seine Augen forschten in Maddox' Gesicht nach Anzeichen, ob der etwas von den wechselseitigen Beleidigungen verstanden hatte. »Man kann nicht mit ihnen leben, kann sie aber auch nicht umbringen.«

Derweil hatte Maddox die junge Frau verstohlen gemustert, die im Türrahmen stehen geblieben war. Die Spraydose in der Hand, schien sie zur Salzsäule erstarrt. Er konnte sich beim besten Willen nicht vorstellen, dass dieses große, schlanke, dunkelhäutige Mädchen die Tochter der vulgären Alten sein sollte. Fletcher bedeutete ihr mit einer Geste der Geringschätzung, sich zurückzuziehen, und sie huschte davon.

»Verzeihen Sie, wenn ich das so freiheraus sage, aber für einen Außenstehenden geben Sie beide ein ungleiches Paar ab. Wie haben Sie Ihre Frau kennengelernt?«, fragte Maddox.

»Unsere Verbindung ist nicht seltsamer als die zwischen Martina und Ihnen«, konterte Fletcher. »Mansour Al-Bishi hat bei unserer Heirat vermittelt. Als ich ihm meine Absicht offenbart habe, eine gute muslimische Frau zu finden, hat er sogleich wohlwollend seine Hilfe angeboten. Er hat in meinem Namen bei Aishas Mutter vorgesprochen und dann hat man alles arrangiert. Allah sei Dank!«

Maddox erinnerte sich, dass Pat ihm erzählt hatte, Jacks somalische Frau habe downtown in einem Bordell gearbeitet. Natürlich, das war's! Er schlug sich innerlich vor die Stirn. Die verlebte Alte war Aishas Madam und beschützte ihr Investment.

»Wie steht Pat Ihrer neuen Ehe gegenüber, Abdullah? Immerhin ist sie rechtlich gesehen Ihre Ehefrau. Oder haben Sie sich scheiden lassen?«

Der Anflug eines echten Lächelns erschien auf Fletchers Gesicht. »Ja, nach englischer Rechtsauffassung ist Patricia noch immer meine Gattin. Allerdings können wir nach islamischem Recht nicht mehr als Mann und Frau angesehen werden, es sei denn, sie bekennt sich zum wahren Glauben. Wir werden wieder vermählt sein, wenn Patricia einsichtig geworden ist.«

Fletcher beugte sich nach vorn und goss Tee in die Tassen.

»Wie sehen Sie Ihre Zukunft in der islamischen Bruderschaft, Abdullah?«

»Meine erste Pflicht als Muslim ist es, verlorenen und fehlgeleiteten Seelen zu helfen, den wahren Pfad zu finden, und sie davor zu bewahren, im Höllenfeuer zu enden.«

»Eine noble Haltung.«

Fletcher ignorierte den Sarkasmus. »Mein Bestreben ist es, die Botschaft des Islam zu verbreiten. Möge Allah mir helfen, bei meinem Vorhaben erfolgreich zu sein.«

»Nur noch ein paar Fragen, um die Sache abzuschließen«, sagte Maddox. »Da wäre als Erstes das Geld, das Sie mit dem Verkauf von Alkohol und dem Betreiben eines Pubs verdient haben. Das Geld, das Sie verdienten, bevor die Strahlen des Islam Ihr Leben erleuchtet haben.

Ist es nicht das, was Muslime verbotenes Geld nennen? Schmutziges Geld?«

Ein Ruck ging durch Fletcher. Er setzte sich aufrecht hin, ein Funkeln in den Augen. »Das Geld gehört weiterhin mir, weil es, wie Sie zu Recht bemerkt haben, vor meinem Übertritt zum wahren Glauben verdient wurde.«

»Umkehr«, korrigierte Maddox. »Vor Ihrer Umkehr zum wahren Glauben.«

Fletcher geriet ins Schwimmen und sah sich genötigt, eine Erklärung dafür zu finden, dass er diese unrechtmäßigen Einnahmen behalten hatte. Selbst in seinen Ohren klang es falsch, als er jetzt sagte: »Meine Mutter in Kanada ist krank. Wie könnte ich mich weigern, ihren Aufenthalt in einem Altersheim zu finanzieren, obwohl ich die Mittel dazu habe? Im Islam ist es eines Sohnes Pflicht, für die Eltern zu sorgen. Das Geld, das ich in der Vergangenheit verdient habe, kommt nicht mir zugute.«

Maddox lächelte provokant. »Man kann nur hoffen, dass Ihre Mutter das zu schätzen weiß. Haben Sie sie bereits auf den rechten Pfad geführt? Die Vorstellung einer Mrs. Fletcher im Höllenfeuer erscheint mir wenig angenehm.«

Jack Fletchers versteinertes Gesicht lief dunkelrot an. »Meine Mutter ist nicht mehr bei sich, Peter«, platzte es aus ihm heraus. »Alzheimer. Sie erkennt mich nicht mal mehr.«

»Welch eine Tragödie, Abdullah.«

Allerdings musste Maddox einräumen, dass Fletcher sich hervorragend im Griff hatte. Nur wenige Männer hätten eine derartige Bemerkung über ihre Mutter so beherrscht hingenommen.

»Um noch mal auf die alten Zeiten zurückzukommen,

als Sie noch Betreiber dieser Pinte waren, Abdullah – wie freundschaftlich war Ihr Verhältnis zu McCready?«

»Er war Sidiki-Produzent, ein Verteiler. Ab und an tauchte er im Pub auf. Ich habe kaum ein Wort mit ihm gewechselt. Aber was hat das alles mit dem Interview zu tun?«

»Gar nichts, Abdullah, rein gar nichts. Ich betrachte es nur als merkwürdigen Zufall, dass Ihr selbstgerechter Freund und Mentor, Mansour Al-Bishi, McCready mit Whisky und Wodka versorgt hat, mit Schmuggelware aus Bahrain.«

Maddox konnte buchstäblich sehen, wie es hinter Jack Fletchers Stirn arbeitete.

»Wie haben Sie Al-Bishi tatsächlich kennengelernt, Jack? Als Sie auf McCreadys Bungalow aufgepasst haben? Als Sie die Destillieranlage betrieben haben, während er auf Urlaub war? Hat Al-Bishi nicht eine Lieferung Spirituosen zu McCreadys Haus gebracht, während Sie sich um alles gekümmert haben? Oder geht die Phantasie mit mir durch? Komm schon, Jack, so habt ihr euch kennengelernt, Al-Bishi und du. Und lass die Schmierenkomödie. Du bist genauso wenig Muslim wie ich, Jack.«

Fletcher sprang auf. »Mit Alkoholhandel habe ich nichts zu tun, Maddox. Und mein Name ist Abdullah, nicht Jack! Kriegen Sie das endlich in Ihren dummen Schädel, Sie Hurensohn!« Er schlüpfte in seine Sandalen und machte drohend einen Schritt nach vorn. »Sie haben meine Gastfreundschaft missbraucht, Maddox. Verschwinden Sie, bevor ich Sie rauswerfe.«

»Noch immer der alte Rausschmeißer, was, Jack?«

Maddox griff nach seiner Kamera. Allerdings war er nicht schnell genug, um das Diktaphon an sich zu nehmen. Fletcher trat mit seinem Fuß darauf und zertrümmerte das Gerät.

»Interview beendet!«, sagte er und lächelte bösartig.

Maddox erhob sich, glitt in die Sandalen und wandte sich zur Tür. Mit vor Vergnügen blitzenden Augen drehte er sich um. »Heißt das, ich werde nicht ins Zentrum zur Verbreitung des Islam eingeladen? Willst du mich nicht vor dem Höllenfeuer bewahren, Jack?«

Fletchers bereits zuvor ins Wanken geratene Fassade brach jetzt vollends zusammen und er ließ seinem Zorn freien Lauf. »Ach, fick dich, Maddox! Fahr zur Hölle!«

»Wir sehen uns dort, Jack.«

Maddox ging den Flur entlang zur Haustür und trat hinaus ins grelle Sonnenlicht.

»Kümmer dich um deinen eigenen Scheiß!«, brüllte Fletcher ihm hinterher. Er stand jetzt auf den Stufen zum Hauseingang. »Du hast nichts gegen mich in der Hand. Du hast keine Ahnung, wem du da auf die Zehen trittst«

Maddox gab keine Antwort. Er ließ das Tor hinter sich ins Schloss fallen und schlenderte zu seinem Wagen.

Und ob ich was gegen dich in der Hand habe, murmelte er und dachte dabei weniger an die Fotos von Tarut Island. Als er im Caprice saß, krempelte er das linke Hosenbein hoch und schob die Socke nach unten.

Etwas wie Erleichterung überkam ihn. Erleichterung darüber, dass Fletcher seinem Ruf als Schläger diesmal nicht gerecht geworden war. Nicht auszudenken, wenn ein wie auch immer gearteter körperlicher Kontakt zur Entdeckung des zweiten Diktaphons an seinem Unterschenkel geführt hätte. Er löste das Klebeband, mit dem das Aufnahmegerät an seinem Bein befestigt war, nahm das Gerät in die Hand und schaltete es ab.

»Interview beendet«, zitierte er Fletcher.

Als er den Motor anließ, kamen ihm die beiden Somalierinnen in den Sinn. Ihre Funktion bestand ausschließlich darin, der Legende vom Konvertiten Abdullah den allerletzten Schliff zu verpassen. Maddox mochte nicht in ihrer Haut stecken, wenn diese Funktion erfüllt war.

Dreiundzwanzigstes Kapitel

Samstagmorgen. Maddox stand vor seiner Korktafel. Nachdenklich rollte er den Feuerstein aus Fletchers Reifenprofil zwischen den Fingern hin und her. An der Tafel hingen kaum noch Karteikarten, die ihn an Aufträge erinnern sollten. Er löste die Karte mit dem Hinweis auf das Interview, zerknüllte sie und warf sie in den Papierkorb. Die beiden verbliebenen Karten brachte er weiter oben an. Die erste betraf einen Artikel über den AMG, den Südafrikanischen Frauenverein. Ein Job, der in Barrys Ressort fiel und den er heute erledigen wollte. Der zweite Auftrag klang ähnlich verheißungsvoll: Die Pfadfinder planten, am Wochenende die Strände an der Half Moon Bay vom Müll zu befreien. Maddox' Blick blieb an der rechten Ecke der Tafel kleben, an der zerknitterten Fotografie von Dennis Simmons' Familie – welch morbides Andenken an einen sympathischen Landsmann.

Wie Jack Fletcher jetzt wohl reagierte? Jetzt, da er in Maddox einen gefährlichen Mitwisser ausgemacht hatte, der zudem dicht an der Wahrheit war? Aus Maddox' Sicht blieben Fletcher nur zwei Möglichkeiten: Sollte er tatsächlich in die Morde verstrickt sein – Maddox hegte diesbezüglich keinerlei Zweifel –, musste er sich Al-Bishis und des Beduinen entledigen. Je mehr Maddox über sie ausgrub, desto mehr wurden sie zu einer Belastung. Was das Alkoholgeschäft betraf, waren sie entbehrlich. Ihre Funktion bestand lediglich darin, Unruhe und Angst unter den Westlern zu verbreiten. Die zweite Möglichkeit betraf ihn, Maddox. Fletcher war gezwungen, ihn aus der Gleichung zu entfernen, bevor er, Maddox, alle losen Enden zusammengeführt hatte. Er war sich des Drahtseilaktes bewusst, den er vollführte. Trotz alledem, die Polizei mit den bisherigen Erkenntnissen zu konfrontieren widersprach seinem Berufsethos. Erst wenn bekannt war, wer sich hinter der Person des Prinzen verbarg –

Das Klingeln des Telefons schreckte ihn auf.

»Peter? Hier ist Tanya.«

Sie klang aufgeregt, wenn nicht sogar völlig aufgelöst. Dennoch verwunderte es Maddox, dass sie ihn anrief. Schließlich war ihr Verhältnis zueinander nicht gerade entspannt.

»Wir haben es geschafft, die Destillieranlage und das ganze Zeug aus Dennis' Haus zu holen, bevor die Polizei eingetroffen ist. Danke noch mal für die Warnung.«

»Keine Ursache. Hat die Polizei Verdacht geschöpft?«

»Ja, schon. Aber ihnen fehlen die Beweise.«

Schweigen am anderen Ende der Leitung. »Sind Sie noch da, Tanya?«, fragte Maddox.

»Ja, ich bin noch dran. Könnten Sie vielleicht vorbeikommen, Peter? Ins PJ's? Ich meine, wegen der Anlage. Was sollen wir denn jetzt damit machen? Wir kennen uns doch nicht aus.«

»Arbeiten Sie heute nicht im Kindergarten?«

»Der ist bis auf Weiteres geschlossen. Aus Sicherheitsgründen.«

»In Ordnung. Ich bin gleich drüben.«

*****

Als Barry auf den Parkplatz vor dem Gebäude des *Arabian Chronicle* fuhr, waren alle Plätze im Schatten bereits besetzt. Das tat jedoch seiner guten Laune keinen Abbruch, denn alles fügte sich zu seiner vollsten Zufriedenheit. Wenn man dem Chefredakteur Glauben schenken konnte, waren die Wüsten-Artikel eingeschlagen wie eine Bombe, zudem hatte er den gestrigen Freitag überwiegend mit Emer verbracht und er war endlich im Besitz eines Mobiltelefons – aus seiner Sicht unabdingbarer Bestandteil nicht nur journalistischer, sondern auch persönlicher Unabhängigkeit an der Telekommunikationsfront. Er stellte den Land Rover in der brütenden Hitze ab und lief hinüber zum Eingang des Gebäudes. Oben, in der Redaktion, warf er einen Blick auf die Wanduhr. Es sollte nur ein kurzer Abstecher in der Redaktion werden, schließlich erwartete man ihn beim Südafrikanischen Frauenverein.

»Ein Geschenk von Maddox«, sagte Barry, griff in seine Tasche und legte Nahid Qarni das Band mit dem Fletcher-Interview auf den Schreibtisch. »Er meint, Sie sollen es sich erst einmal in aller Ruhe zu Gemüte führen und dann entscheiden, ob er es für die Islam-Seite aufbereiten soll.«

»Barry! Barry! Da ist ja mein Junge!« Sanju war mit einem Satz vom Stuhl hoch und um den Schreibtisch herum. »Glücklicher, überglücklicher Sanju! ›Willkommen in Arabien‹ sorgt für Furore. Die Leserbriefe sind voll des Lobes.«

»Danke, Mr. Zinta.«

»Diese Idee war eine meiner Sternstunden!« Der Chefredakteur hatte sich vor Barry aufgebaut und lehnte mit seinem beeindruckenden Hinterteil an der Schreibtischplatte. Seine Stimme nahm einen verschwörerischen Tonfall an. »Mir ist zu Ohren gekommen, dass man bei der *Tribune* nahezu Amok läuft. Sie sollen händeringend nach jemandem suchen, der etwas im gleichen Stil zusammenschustert. Aber wahrscheinlich müssen die wieder auf Gorman, diesen Trottel, zurückgreifen.«

Sanju und Barry lachten. »An welcher Story arbeiten Sie heute?«, fragte Sanju.

»Die Damen des Südafrikanischen Frauenvereins erwarten mich.« Barry verzog das Gesicht. »Hört sich ziemlich prosaisch an, aber ich werde mein Bestes geben.«

Sanju lächelte. »Na dann lassen Sie die Schönen bloß nicht warten. Übrigens, der Boss will Sie noch sprechen. Kommen Sie!«

In seinem Überschwang ließ es sich Sanju nämlich nicht nehmen, Barry höchstpersönlich zur Tür des Herausgebers zu geleiten.

Erst eine Stunde später verließ Barry das Büro wieder, einen Umschlag in der Hand. Er ging hinüber zu Maddox' chaotischem Schreibtisch und kritzelte den Namen seines Kollegen auf den Umschlag.

Nahid saß mit Kopfhörern aufrecht an seinem Platz. Seine Augen waren geschlossen, während er sich auf das Interview mit Fletcher konzentrierte. Was dieses Interview betraf – Barry war im Bilde, da Maddox ihm am Abend zuvor alles Wesentliche berichtet hatte, und so war der enttäuschte Gesichtsausdruck des alten Saudis ihm kein Rätsel.

Die Schublade von Maddox' Schreibtisch war unverschlossen. Barry zog sie auf. Im Gegensatz zum Schreibtisch war sie ein Muster an Akkuratesse – sie war nämlich leer. Er blickte sich verstohlen um, registrierte, dass niemand ihn beobachtete, und legte den Umschlag in die Schublade. Er schob die Lade nicht vollständig zu in der Hoffnung, Maddox werde dies sofort bemerken, wenn er an seinen Schreibtisch zurückkehrte.

Auf dem Weg zum Parkplatz ging ihm so einiges durch den Kopf. Sein neues Leben gefiel ihm von Tag zu Tag besser. Daran war Emer nicht ganz unschuldig und vielleicht war er ja zum ersten Mal richtig verliebt. Sah man davon ab, dass er Maddox gegenüber hin und wieder zu einer List greifen musste, fand er langsam Geschmack an seinem Job beim *Arabian Chronicle.*

Barry stieg in den Land Rover. Bevor er den Motor anließ, schob er noch eine Kassette ein, die er diskret aus Maddox' Wohnung hatte mitgehen lassen. Creedence Clearwater Revival. Zwar konnte Kollege Maddox mitunter ganz schön anstrengend sein, aber an seinem Musikgeschmack gab's nichts zu bemängeln. »*Have you ever seen the rain?*«, sang John Fogerty und obgleich Barry England erst vor einer Woche verlassen hatte, schien es ihm eine Ewigkeit her zu sein, dass er Regen gesehen hatte.

*****

Der Eingang zum Peninsular-Compound war kaum wiederzuerkennen. Zu beiden Seiten des Tores sah man schwere Betonblöcke aufgereiht, die den Parkplatz absperrten. Links vom Eingang saß ein Soldat hinter einem Maschinengewehrnest aus Sandsäcken; ein geblümter Sonnenschirm schützte ihn vor der Hitze.

Die Regierung hatte auf die Kritik in der ausländischen Presse reagiert, ihre Anstrengungen zum Schutze der ausländischen Arbeitnehmer seien nicht hinreichend. Man betrachtete es jetzt als vordringlich, diese Arbeitskräfte bei Laune zu halten, war es schließlich zum großen Teil ihrem Fachwissen zu verdanken, dass das Öl sprudelte. Abgesehen davon hatte Simmons' Tod Regierung und Ausländer gleichermaßen in Panik versetzt. Botschaften forderten mehr Schutz für ihre Landsleute und Betonbarrieren nebst Soldaten unter geblümten Sonnenschirmen sollten diesen Schutz bieten.

Als Maddox parallel zur Barriere parken wollte, gab ihm der Soldat zu verstehen, er solle mit seinem Fahrzeug aufs Gelände fahren. Das Tor glitt zur Seite und dann stand da Rodriguez, mürrisch wie immer und bereit, jeden versteckten Sprengsatz mittels eines Spiegels ausfindig zu machen.

Rodriguez hämmerte gegen das Seitenfenster. Maddox fuhr zusammen und ließ das Fenster herunter.

»Kofferraum!«, sagte der Filipino. »Ich hab den Befehl, den hinteren Bereich und den Kofferraum eines jeden Fahrzeugs zu überprüfen. Ausnahmen gibt's nicht.«

»Tanya erwartet mich.«

»Ausnahmen gibt's nicht!«

»Blöder Arsch«, murmelte Maddox. Er öffnete das Handschuhfach, drückte einen Knopf und der Deckel des Kofferraums sprang auf.

Rodriguez warf einen flüchtigen Blick in den Kofferraum, schloss ihn wieder und klopfte im Vorbeigehen gegen die Seitentür als Zeichen, dass Maddox passieren könne.

Er stellte den Caprice auf dem nahezu leeren Parkplatz der Siedlung ab und marschierte los Richtung PJ's.

Um diese Zeit war der Pub leer und hell erleuchtet. Als Tanya Maddox durch die Tür kommen sah, starrte sie ihn an, als sähe sie ein Gespenst. Das Glas in ihren Händen fiel zu Boden, das Geschirrtuch flatterte hinterher.

»Nun sieh nur, was du angestellt hast, du Tollpatsch!« Pat lachte. »Hol Handfeger und Müllschippe und feg es weg.«

Tanya schoss hinter dem Tresen hervor, machte einen weiten Bogen um Maddox und flüchtete buchstäblich aus dem Pub. Maddox setzte sich auf einen Barhocker. Amüsiert runzelte er die Brauen. »Hier liegen wohl alle Nerven blank«, bemerkte er.

Pat schüttelte den Kopf. »Keine Ahnung, was in sie gefahren ist«, sagte sie und kehrte die Scherben auf. »Gab's vorn Probleme, Peter?«

»Rodriguez hat mich gefilzt, aber der Soldat hat mich gleich durchgewinkt. Muss an meinem sympathischen weißen Gesicht liegen.«

Pat verdrehte die Augen. »Nicht mal 'ne Passkontrolle?«

»Nee. Nicht mal das.«

Die Wirtin lachte und schenkte zwei Sid mit Cola ein.

»Was treibt dich eigentlich hierher, Peter? Um diese Zeit?«

Maddox stutzte. »Ich bin dem Ruf unserer süßen Tanya gefolgt. Sie hat mich angerufen und gefragt, ob ich euch bei der Destillieranlage helfen könnte. Offen gestanden hat mich das einigermaßen erstaunt.«

Pat zeigte sich nicht minder verwundert. »Davon hat sie gar nichts erzählt. Merkwürdig.«

»Vielleicht will sie ja das Kriegsbeil begraben.«

»Das begräbt sie höchstens in deinem Kopf, Peter. Ziemlich eifersüchtig, meine Tanya.«

»Eifersüchtig?«

»Man könnte auch sagen, extrem fürsorglich.«

Maddox hielt es für ratsam, das Thema zu wechseln. Ihm stand nicht der Sinn nach Erörterungen, die Tanyas Befindlichkeiten betrafen.

»Aber es trifft zu, dass ihr in die Sidiki-Produktion einsteigen wollt?«

»Tanya hat mich überredet, die Destillieranlage des Professors zu übernehmen. Das spart Kosten. Man braucht keinen Zwischenhändler mehr.«

»Hast du denn keine Angst, Pat? Ich meine, nach alldem was passiert ist? Ganz offenkundig sind's die Produzenten und Verteiler, die in den Fokus geraten.«

Pat zuckte die Achseln. »Ja, das mit dem Professor ist wirklich furchtbar. Aber wie Tanya gesagt hat, der Blitz schlägt immer zweimal ein. Es ist also unwahrscheinlich, dass er ein drittes Mal einschlägt. Und dann sind da noch die anderen Sidiki-Produzenten. Einige haben schon kalte Füße gekriegt, reden dauernd davon, sich aus dem Geschäft zurückzuziehen. Tanya ist der Ansicht, dass es bald schon eine Art Monopol geben wird. Jeder, der jetzt seine Chance nutzt, kann sehr schnell sehr reich werden, sofern er seine Karten richtig ausspielt.«

»Wirst du das Schutzgeld zahlen?«

»Schutzgeld?!«

»Ja, Schutzgeldzahlungen an den Prinzen. Jeder Pubbesitzer in der Ostregion hat Besuch bekommen. Hat mir zumindest Rodney Lister vom Trotters erzählt. Der Prinz hat ein paar Schlägertypen beauftragt, die frohe Botschaft zu verkünden.«

Pat schüttelte den Kopf. »Welcher Prinz? Bei mir war keiner. Vielleicht hat Rodney was missverstanden.«

In Maddox' Kopf rotierte es. Rodney Lister gehörte zu den Typen, die in Gelddingen partout nichts missverstanden. Außerdem hatte er durchblicken lassen, dass er seinen Pub verkaufen müsse, wenn er das Schutzgeld nicht aufbringen könne, und zwar zu einem Schleuderpreis angesichts der Situation. Und Pat wurde von den Schutzgeldzahlungen verschont? Mehr noch – sie plante, in die Sidiki-Produktion einzusteigen? Maddox sah die Wirtin nachdenklich an, die jetzt den Tresen abwischte.

»Du willst also tatsächlich unter die Produzenten gehen, Pat?«

Sie sah hoch. »Aber ja doch! Ich habe sogar Shereef angeheuert. Deshalb verstehe ich Tanyas Anruf nicht. Shereef kennt sich schließlich bestens mit allem aus.«

Für Maddox ergab das alles keinen Sinn. Sollte Pat mit Jack und den anderen unter einer Decke stecken? Völlig absurd! Das Klingeln seines Mobiltelefons riss ihn aus seinen Gedanken.

»Maddox!«

»Guten Tag, Mr. Maddox! Hier ist die Oasis Limousine and Car Rental. Wir wollten nur wissen, wann Sie die Schlüssel für den Land Rover zurückbringen. Der Chef macht heute Inventur. Wir brauchen die Schlüssel.«

Maddox runzelte die Stirn. »Welche Schlüssel?«

»Das zweite Paar Ersatzschlüssel, das Sie gestern angefordert haben.«

»Wer hat die Schlüssel abgeholt?«

»Ihr Hausboy, Sir. Kleiner nepalesischer Bursche. Er hat gesagt, Sie hätten Ihre Schlüssel im Land Rover eingeschlossen und die Ersatzschlüssel lägen im Handschuhfach. Stimmt was nicht, Mr. Maddox?«

»Nein, nein, alles in Ordnung. Ich bringe sie vorbei.« Maddox beendete das Gespräch. Er musste nachdenken, schnell nachdenken. Pat sah ihn neugierig an.

»Oh, mein Gott!«, flüsterte Maddox. Er zog seine Brieftasche hervor und warf ihren Inhalt auf den Tresen. Er hatte Barrys neue Telefonnummer auf einen Zettel geschrieben und den in die Brieftasche gesteckt. »Verdammt noch mal, wo ist das Ding?«

*****

»*I see a bad moon arising*«, sang Barry zusammen mit John Fogerty, »*I see troubles on the way.*«

Vor ihm leuchteten Bremslichter auf, orangefarbene Kegel markierten die unterbrochenen weißen Linien, die die Fahrbahnen einteilten – Polizeisperre. Na super, dachte Barry, die Ladys werden mich teeren und federn. Er warf einen Blick auf die Uhr. Wenn er nicht zügig durchkäme, konnte er den Termin mit dem Frauenverein knicken.

Er entschied sich für die mittlere der drei Spuren, die sich, einem ungeschriebenen Gesetz gehorchend, als die langsamste entpuppte. Barry verpasste Creedence Clearwater Revival einen Maulkorb, indem er die Kassette abstellte, um ja nicht einen konservativen Ordnungshüter zu brüskieren. Seine Finger trommelten auf dem Lenkrad, während er das Palaver zwischen dem Fahrer des burgunderfarbenen Oldsmobile vor ihm und dem Verkehrspolizisten verfolgte. Dieser Beamte schien pflichtbewusster als seine Kollegen rechts und links. Er überprüfte die Papiere, durchsuchte Einkaufstüten auf der Rückbank und gab dem Fahrer endlich das Zeichen zur Weiterfahrt.

Barry rollte heran. Der Polizist verzog keine Miene. Er trug einen buschigen Bart, durchsetzt mit hennagefärbten Strähnen, aber keinen Schnurrbart – ein Ultrakonservativer.

»Führerschein!«

Barry griff nach den Papieren in seiner Gesäßtasche. Irgendwie saß die Brieftasche fest. Leise fluchend löste er seinen Sicherheitsgurt und schaffte es schließlich, die Brieftasche hervorzuholen.

Der Polizist sah auf das Foto im Führerschein, sah Barry an, schien zufrieden und gab das Dokument zurück.

»Fahrzeugpapiere!«

Barry beugte sich hinüber zum Handschuhfach und öffnete es. Allerlei Papiere fielen heraus und landeten im Fußraum. Als er alles wieder zusammengeklaubt hatte, zuckte Barry mit den Achseln und bot dem Beamten an, sich das entsprechende Dokument herauszusuchen. Der Mann wählte eine türkisfarbene Karte, an der ein Zettel befestigt war. Er studierte den Zettel eingehend.

»Ist das Ihr Wagen?«

»Ein Mietwagen.«

Der Polizist nickte.

»Sind Sie Peter Maddox?«

Du hast doch gerade erst diesen Scheißführerschein gesehen, dachte Barry. Du weißt verdammt gut, dass ich nicht Peter Maddox bin. Langsam fühlte er sich höchst unbehaglich in Gegenwart dieses Polizisten mit Kinnbart.

»Dieser Mietwagen ist auf den Namen Peter Maddox registriert.«

»Peter Maddox und ich arbeiten zusammen«, erklärte

Barry. »Beim *Arabian Chronicle.*«

Die Erwähnung des *Chronicle* in Zusammenhang mit dieser fragwürdigen Situation zeitigte keinerlei Wirkung. Der Polizist händigte Barry alle Dokumente wieder aus, nur die Fahrzeugpapiere behielt er in der Hand. Er ging zum Fond des Wagens, schirmte die Augen vor der Sonne ab, beugte sich vor und starrte durch das Seitenfenster auf die leere Rückbank.

Na klar doch, dachte Barry in einer Mischung aus Wut und Verzweiflung, ich bin weiß, Westler und fahre einen Wagen mit Allradantrieb, ergo bin ich ein potentieller Schwarzbrenner! Vermutlich die Revanche dafür, dass die BBC so hartnäckig an ihrer Version der extremistischen Umtriebe festhält. Der Beamte klopfte jetzt gegen die Heckscheibe. Sicherlich beargwöhnt er die Reisetasche, von der Maddox behauptet, man müsse sie ständig dabeihaben, für alle Fälle. Was für ein Hohn! Wo zum Teufel ist nur der Knopf für die Klappe? Barry suchte an der Seite seines Sitzes. Nichts. Im Rückspiegel sah er, wie der Polizist auf das offene Handschuhfach deutete.

Barry beugte sich über den Beifahrersitz, als sich sein Telefon mit einer schrillen Melodie meldete. Sicherlich Emer! Mit der linken Hand tastete er danach, mit der rechten suchte er im Handschuhfach nach irgendeinem Knopf. Seine linke hatte das Telefon gefunden. »Kennedy!« Selbst aus der Entfernung konnte er Maddox hören. Seine Stimme überschlug sich. Ungeduldig klopfte der Polizist gegen die Heckscheibe. Endlich fanden Barrys Finger einen Knopf.

»Mögen dich die Fliegen von tausend Kamelen heimsuchen, Bulle«, murmelte Barry und drückte den Knopf.

Am anderen Ende der Leitung hörte Maddox das

dumpfe Donnern einer Explosion, dann war die Verbindung unterbrochen.

Vierundzwanzigstes Kapitel

Beinahe wäre Maddox in die Automatiktür gerannt, so langsam reagierten die Sensoren auf seine Präsenz. Die mit flaschengrünen Polstermöbeln ausgestattete Eingangshalle des König-Faruk-Militärhospitals vermittelte das Gefühl, man befinde sich in der Lobby eines Hotels. Allerdings hatte Maddox dafür keinen Blick; er stürzte sofort zur Anmeldung.

»Kennedy!«, stieß er völlig außer Atem hervor, »Barry Kennedy!« Ein baumlanger Angestellter mit spärlichem Bartwuchs musterte ihn abschätzig. Er trug eine lilafarbene, mit Gelb abgesetzte Uniform, die den Eindruck, man befinde sich in einem Hotel, noch verstärkte.

»Er ist noch im OP. Nehmen Sie Platz!«, sagte er kurz angebunden.

Maddox ging hinüber zu einer Sitzgruppe und sank erschöpft in einen Sessel.

»Er ist tot!«, wimmerte eine verschleierte Frau unweit von ihm. Sie wand sich aus dem Griff des jungen Saudis, der sie begleitete, machte zwei Schritte und fiel schluchzend auf die Knie.

Der junge Saudi beugte sich hinunter zu ihr und flüsterte beruhigende Worte, die jedoch ihre Wirkung verfehlten. Die Frau warf sich der Länge nach auf den Boden und schlug mit den Fäusten auf den polierten schwarzen Marmor. Der junge Mann sah sich hilflos um. In diesem Moment marschierte Major Mohammed durch die Glastür und nahm Kurs auf den Empfang.

Nach einem knappen Dialog zeigte der Mitarbeiter auf die weinende Frau am Boden.

Major Mohammed bedeutete Maddox, auf ihn zu warten, ging hinüber zu der Frau, half ihr gemeinsam mit dem jungen Saudi auf die Beine und führte sie zu einem Sessel. Der Major setzte sich ihr gegenüber auf die Lehne eines Sofas, seine Mütze auf dem Schoß. Ein kurzes Gespräch, Händeschütteln, dann erhob er sich wieder. Mit einem Kopfnicken forderte er Maddox auf, ihm zu den Fahrstühlen zu folgen.

Einer der Fahrstühle klingelte. Sie stiegen ein. Der Major drückte den Knopf der zweiten Etage – Intensivstation.

»Das war die Witwe des Beamten, der bei der Explosion getötet wurde. Unser Mann war förmlich gespickt mit Splittern. Kein schöner Anblick. Der Sprengsatz befand sich hinten im Land Rover. Eine Rohrbombe. Wie im Fall McCready. Diesmal verbunden mit dem Öffnungsmechanismus des Kofferraums. Als der Kofferraum geöffnet wurde, ging das Ding in die Luft.«

»Ping!« Die Türen des Fahrstuhls öffneten sich.

Major Mohammed führte Maddox einen Flur entlang. »Jedermann geht davon aus, dass Kennedy der dritte Westler ist, der im Zuge des Bandenkriegs ins Visier genommen wurde«, fuhr der Major fort. »Es braut sich einiges an Empörung zusammen angesichts des Todes eines saudischen Verkehrspolizisten, der zwischen die Fronten eurer verfeindeten Schwarzbrennerbanden geraten ist.«

»Es sind nicht meine Schwarzbrennerbanden«, widersprach Maddox. »Und Barry ist auch kein Schwarzbrenner. Das wissen Sie nur zu gut.«

»Können Sie sich vorstellen, weshalb die Barry umbringen wollten?«

Maddox schüttelte den Kopf.

»Weil er Journalist ist, vielleicht?«, hakte der Major nach. Er kannte Maddox lange genug, um zu erkennen, wenn sich der Reporter um die Wahrheit herumdrückte. »Vielleicht hat er jemandem mit einem seiner Artikel vors Schienbein getreten.«

»Vielleicht.« Maddox hätte am liebsten auf die Wand eingedroschen und sich selbst verletzt, um seinem Ärger – vor allem über sich selbst – Luft zu machen, hatte der Major doch den Nagel auf den Kopf getroffen: Es wurde jemandem vors Schienbein getreten, allerdings hatte er, Maddox, den Tritt ausgeführt, nicht Barry. Nur hatte der dafür bezahlen müssen. Maddox stand kurz davor, Major Mohammed reinen Wein einzuschenken. Doch das letzte Fünkchen Bereitschaft fehlte, erst wenn der Fisch fest an der Angel hing, würde er alles erzählen.

Am Ende des Gangs bewachten zwei Polizisten die Tür zu einem Krankenzimmer. Durch eine riesige Glasscheibe konnte man den gesamten Raum überblicken. Barry lag im Bett. Offenbar bewusstlos, Kopf und Oberkörper bandagiert, einen Arm in Gips. Ein Arzt überprüfte die Monitore, eine Krankenschwester suchte in der Beuge des anderen Arms nach einer Vene, um den Tropf anlegen zu können.

»Mein Gott!«, rief Maddox aus.

Der Arzt verließ das Zimmer und schloss lautlos die Tür hinter sich. Er war ein fülliger Mann mit sanften Gesichtszügen. Auf seinem Namensschild stand Dr. Anwar.

»Wie geht's ihm, Doktor?«, fragte der Major.

»Mr. Kennedy hat sehr viel Glück gehabt. Der Besatzung der Ambulanz zufolge hatte sich Mr. Kennedy über den Beifahrersitz gebeugt, als es zur Explosion kam«, erklärte der Arzt. »Die Lehnen der Sitze haben die Wucht der Explosion abgefangen. Sie wurden aus den Verankerungen gerissen und gegen die Windschutzscheibe gedrückt. Mr. Kennedys Verletzungen rühren größtenteils daher, dass er zwischen den Lehnen und dem Armaturenbrett eingeklemmt war.«

»Und welcher Art sind seine Verletzungen?«, wollte Maddox wissen.

»Er hat eine Gehirnerschütterung, drei Rippenfrakturen und eine Fraktur des linken Unterarms. Die Hörschädigungen durch den Knall der Explosion dürften minimal sein.«

»Wann können wir mit ihm sprechen?«, fragte der Major.

Dr. Anwar winkte ab. »Heute nicht! Vielleicht morgen Vormittag. Erst einmal muss er das Bewusstsein wiedererlangen und dann sehen wir weiter.«

Ping! Emer Brady stürmte aus dem Fahrstuhl und den Flur entlang. Vor Maddox blieb sie stehen, holte aus und versetzte ihm eine Ohrfeige. »Sie haben ihn da mit hineingezogen!«, schrie sie völlig außer sich. »Sie sind schuld!« Bevor sie jedoch zum zweiten Schlag ausholen konnte, packte Major Mohammed sie am Handgelenk. Er zog sie vor die Glasscheibe.

»Liegt er im Koma?«, fragte Emer und Tränen schossen ihr in die Augen.

»Er ist bewusstlos.« Der Major lockerte seinen Griff. »Es ist halb so schlimm, wie es aussieht.«

»Kann ich zu ihm? Bitte?«, fragte sie Dr. Anwar.

»Sind Sie eine Verwandte?«

»Nein, seine Verlobte. Bitte lassen Sie mich zu ihm!«

Der Arzt zögerte. »Gut«, sagte er schließlich. »Aber nur kurz.«

Die Polizisten, die zur Bewachung abkommandiert waren, sperrten sich dagegen. Sie hatten strikten Befehl, nur autorisierten Personen den Zutritt zu gestatten. Es kostete den Major einige Überzeugungsarbeit, doch am Ende ließ man Emer zu Barry.

Für Maddox und den Major gab es nichts mehr zu tun. »Was muss eigentlich noch passieren, bevor Sie mit der Sprache rausrücken, Maddox?«, fragte der Major auf dem Weg zum Fahrstuhl sichtlich ungehalten.

»Vertrauen Sie mir«, erwiderte Maddox ausweichend. »Ich muss noch dem einen oder anderen nachgehen. Alles, was mir derzeit zur Verfügung steht, sind Vermutungen, Spekulationen. Das reicht nicht aus. Das hilft auch Ihnen nicht weiter.«

Der Major schüttelte den Kopf, alles andere als zufrieden mit dieser Antwort. »Und was, wenn Sie der Nächste sind, Peter?«

»Dann bin ich Teil des Barometers auf der Homepage von Reporter ohne Grenzen«, gab Maddox grinsend zurück.

*****

»Warum Barry? Die BBC berichtet bereits darüber und behauptet, die Extremisten greifen wieder tief in die Trickkiste. Also erklär mir bitte, weshalb Barry zur Zielscheibe wurde.« Sanju war mehr als nur verstimmt.

Maddox zuckte die Achseln.

»Khalid gerät dadurch mächtig unter Beschuss.« Sanju tupfte sich den Schweiß von der Stirn. »Es werden eine Menge Fragen gestellt.«

»Von wem?«

»Das braucht dich nicht zu interessieren. Drücken wir's mal so aus: Barry ist fürs Erste außer Gefecht gesetzt, gegen dich ermittelt die Pressebeschwerdestelle – unser Blatt präsentiert sich kurz vor der Verleihung der Presse-Awards nicht gerade in Bestform. Es gibt Leute von Belang, die verdammt noch mal wissen wollen, was hier vor sich geht.«

Maddox war es langsam leid, dass man ihn ständig im Dunkeln tappen ließ. Er wollte von Sanju endlich Antworten auf einige Fragen, die Barrys Stellung beim *Chronicle* betrafen und sein Verhältnis zu Khalid Al-Yaani. Um das zu erreichen, musste er Sanju überrumpeln.

»Nettes Krankenhaus, das Khalid für Barry ausgesucht hat. Eins der besten im Land. Warum werde ich das Gefühl nicht los, dass man mir keine VIP-Behandlung im König-Faruk-Militärhospital angedeihen ließe, würde man mich in die Luft sprengen? Was ist an Barry so besonders?«

Sanju schien es die Sprache verschlagen zu haben. Er glotzte Maddox hinter dicken Linsen an und der erwartete sekündlich einen der sattsam bekannten Ausbrüche des Chefredakteurs. Gerade als Sanju anhob, sich in seine aufwallenden Gefühle hineinzusteigern, quäkte es aus der Schreibtischschublade – der Polizeisender.

»Lassen wir's jetzt dabei bewenden, Peter. Wir reden später drüber. Bis dahin tanzt du einen Pas de deux mit Iqbal und bringst mit ihm zu Papier, was Barry zugestoßen ist. ›Reporter im Fadenkreuz der Bombenleger.

Attentäter unbekannt‹. Etwas in der Art.«

So unbekannt nun auch wieder nicht, dachte Maddox grimmig.

*****

In der Nachrichtenredaktion herrschte gedämpfte Stimmung. Offensichtlich war der Anschlag auf Barry jedem unter die Haut gegangen. Wenn's mich getroffen hätte, würden sie wahrscheinlich bengalisches Feuer abbrennen, dachte Maddox mit einer gehörigen Portion Sarkasmus, in die sich jedoch ein Hauch von Bitterkeit mischte. Er nahm Barrys Stuhl, rollte ihn zum nächsten Schreibtisch und setzte sich neben Iqbal Singh. Der Inder arbeitete bereits an dem Artikel über die Autobombe. Mit undurchdringlichem Gesichtsausdruck starrte er unentwegt auf den Bildschirm.

»Saudi-Arabien ähnelt mehr und mehr dem Londoner East End«, sagte er.

»Oder downtown Bombay«, konterte Maddox.

»Downtown Mumbai«, gab Iqbal zurück.

»Von mir aus auch Mumbai.«

Iqbal stellte das Tippen ein und sah Maddox an. Sein Blick drückte Bedauern und Mitgefühl aus. »Das mit Barry tut mir leid. Der Junge ist so gut eingeschlagen.« Er nahm einen Stapel Fotografien und reichte sie Maddox. Sie zeigten den qualmenden Land Rover aus allen möglichen Perspektiven und die mit einer Plane bedeckte Leiche des Polizisten. »Sanju hat mich hingeschickt, damit ich Fotos mache.«

Maddox wählte zwei weniger grausame Bilder für den Artikel aus.

»War Gorman auch da?«, fragte Maddox.

Iqbal nickte. Seine Finger flitzten über die Tastatur und der Artikel nahm Gestalt an. »Gorman ist sich nicht sicher, wie er den Anschlag einordnen soll. Er passt so gar nicht in seine Theorie vom Bandenkrieg. Ich glaube, er wird es als einen Fall von Verwechslung darstellen.«

Was es auch ist, dachte Maddox. Mit dem Hinweis, sie stammten aus verlässlichen Quellen, versorgte er Iqbal mit den Informationen, die er von Major Mohammed und Dr. Anwar erhalten hatte. Iqbal arbeitete alles ein und in weniger als einer Stunde stand der Artikel, ein Ergebnis kollegialer Zusammenarbeit. Maddox erhob sich und klopfte dem Inder auf die Schulter. »Danke!«, sagte er, ohne genau zu wissen, wofür er sich eigentlich bedankte.

Der Inder erwiderte sein Lächeln. Der beinahe tödliche Anschlag auf einen Kollegen hatte ein Gefühl von Solidarität erzeugt. Zum ersten Mal zollten Iqbal Singh und Peter Maddox einander Respekt.

»Iqbal! Kommen Sie her!«

Sanju stand im Türrahmen seines Büros und rieb sich genüsslich die Hände. »Zwei zerstückelte Leichen in den Dünen am Rande des Al-Khobar-Riad-Highways! Glücklicher, glücklicher Sanju!«

Bevor Iqbal in Sanjus Büro verschwand, drehte er sich noch einmal zu Maddox um. Der Blick, den er dem englischen Kollegen zuwarf, brachte zum Ausdruck, wie sehr Saudi-Arabien aus seiner Sicht dem Londoner East End nacheiferte – oder Mumbai.

Maddox ging zu seinem Schreibtisch und ließ sich in den Drehstuhl fallen. Nahid Qarni wandte sich vom Monitor ab.

»Was Neues von Barry?«, fragte er.

»Vorhin war er noch bewusstlos«, erklärte Maddox. »Intensivstation. Aber der Arzt ist zuversichtlich, dass er wieder ganz der Alte wird.«

Nahid Qarni seufzte. »Ich werde heute Abend hingehen und für ihn beten.«

»Er wüsste das sicherlich zu schätzen.« Damit schien alles zu dem Thema gesagt, also fragte Maddox: »Wie ist Ihre Meinung über das Fletcher-Interview?«

Nahid schoss die Röte ins Gesicht. »Der Mann ist ein Schwein!«

»Schlimmer als ein Ungläubiger wie ich?«

Nahid lachte kurz auf. »Viel schlimmer. Und danke, dass Sie das Interview an meiner statt gemacht haben. Mir hätte er wahrscheinlich weismachen können, er sei ein echter Konvertit. Schließlich kenne ich seine persönliche Geschichte nicht.«

Was wahrscheinlich genau der Punkt ist, dachte Maddox. Gibt es eine bessere Methode, die eigene Tarnung zu untermauern, als ein Interview in einer überregionalen Zeitung? Aber der Schuss ist ja nun gründlich nach hinten losgegangen, Jack!

»Der Islam kann auf Bekehrte dieser Art verzichten«, fuhr Nahid fort. »Sie verzerren den Geist des Islam und benutzen die Religion für ihre eigenen Zwecke.«

Maddox riss sich aus seinem Stuhl hoch. »Leider, leider ist Fletcher nicht der Einzige, der den Geist des Islam verzerrt.«

Er war bereits im Begriff, die Redaktion zu verlassen, als sein Blick auf die Schublade seines Schreibtisches fiel. Sie stand ein wenig offen, er schob sie zu, besann sich und zog sie auf. Drinnen lag ein gelber Umschlag, beschriftet mit seinem Namen. Er nahm ihn heraus, drehte und wendete ihn und fragte sich, wer ihn da hineingelegt haben könnte. Er würde ihn zu Hause öffnen. Es war ein ätzender, langer Tag gewesen und er war einfach nur müde.

*****

Bevor sich Maddox einen Drink einschenkte, ging er ins Schlafzimmer. Er hob den Telefonhörer hoch und wählte die erste Nummer aus dem integrierten Speicher. Während er auf die Verbindung wartete, blickte er sich im Zimmer um. Kaum hatte er angefangen, sich an Barrys Gegenwart zu gewöhnen, seine Gesellschaft schätzen zu lernen, war das Apartment wieder still und ohne Leben.

»Hallo?«

»Martina! Hier ist Peter.«

Eine gefühlte Ewigkeit frostiger Stille. »Ich hol sie«, sagte Angelina, Martinas Cousine.

Eigentlich hatte er Martina nur versichern wollen, dass es ihm gut gehe. Doch als sie jetzt ans Telefon kam, wurde ihm klar, dass er früher hätte anrufen müssen.

»Ich wollte dir nur mitteilen, dass ich okay bin«, sagte er schwach.

»Es war in den Nachrichten. Ich bin halb wahnsinnig geworden vor Angst und habe mindestens ein Dutzendmal bei dir angerufen. Wo hast du gesteckt?«

»Es war mein Kollege, den sie in die Luft gejagt haben. Ich war bei ihm im Krankenhaus. Mein Mobiltelefon war aus.«

»Das habe ich gemerkt. Ich dachte, du wärst es, Peter. Ich habe wirklich gedacht, du wärst es!« Im Hintergrund hörte er einen Fernseher und dann Kerrys Lachen.

»Kannst du dir nicht einen Job in England suchen? Meinetwegen auch bei einem Lokalblatt?«

Maddox stellte sich Barrys früheren Job beim *Huddersfield Courier* vor. »Für einen Hungerlohn über Basare der Pfadfinder berichten oder über Fußballspiele in der Amateurliga? Verschon mich damit!«

Schweigen.

Irritiert fragte Maddox: »Kann ich mit Kerry sprechen?«

»Sie schläft.«

Es war bereits acht Uhr abends in Saudi-Arabien, aber erst sechs Uhr in England. Zu früh für Kerry, um im Bett zu sein. Und hatte er seine Tochter nicht eben erst gehört?

»Ich liebe dich«, sagte Maddox. Tränen traten ihm in die Augen.

»Ich liebe dich auch.«

Aus dem Hörer drang ein Summen. Maddox war zu erschöpft, um das Telefon an die Wand zu schmettern.

Fünfundzwanzigstes Kapitel

Eine Nacht der Ausschweifungen – eine Nacht mit Schnaps, Haschisch und Analverkehr – hatte Mansour Al-Bishi einen dicken Kopf beschert. Er stützte sich im Bett auf. Die Scham stand ihm im scharfgeschnittenen Gesicht geschrieben. Neben ihm lag der Beduine und schnarchte. Sein Thawb war hochgerutscht, welch widerlicher Anblick! In einem Anflug von Prüderie strich Mansour seinen eigenen Thawb glatt. Ekel vor sich selbst überkam den Mutawwa. Er war unrein, wieder einmal – ein Sünder. Doch mit dem ersten Gebet konnte er

Abbitte leisten. Die Reue würde ihn reinwaschen und Gott ihm vergeben, so wie Gott ihm seine Beteiligung an den beiden Morden vergeben hatte, den Morden an McCready und Simmons. Dieser junge Kennedy, ein Versehen, genau wie der Verkehrspolizist, aber der Allmächtige würde auch das verstehen. Mansour bekämpfte Feuer mit Feuer – bekämpfte die fortschreitende Dekadenz der neuen Kreuzzügler mit der Reinheit des Islam.

Der Prinz hatte es so wortgewandt ausgedrückt, als er gestern Abend angerufen hatte. Es dürfe keine Skrupel geben, wenn es darum gehe, die Ungläubigen aus dem Westen mit Alkohol zu versorgen oder das illegale Geschäft der Ungläubigen durch Schutzgeldforderungen zu regulieren. Und wenn man den Schmuggel ihrem Griff entreißen könne, umso besser. Westler seien Ungläubige jenseits der Erlösung, warum also sollte man mit ihren illegalen Begierden kein Geld verdienen? Bei Lichte besehen liege die Fortführung des Alkoholhandels im Interesse eines jeden Muslim und es sei keine Schande, wenn Mansours Haus zeitweilig als Lager für geschmuggelten Alkohol diene. Das so gewonnene Geld werde für die Verbreitung des Islam eingesetzt – um die spirituelle Wüste auf Erden mit der wahren Religion zu bewässern. Dafür, so hatte der Prinz es versprochen, würden die Einnahmen Verwendung finden. Überall auf dem Globus würden Moscheen errichtet, die die armseligen Kirchen, Schreine und Tempel der Ungläubigen überstrahlten.

Mansour lächelte. Schon jetzt spürte er, wie sich Gottes Vergebung warm in ihm ausbreitete. Er wandte den Kopf und starrte den nepalesischen Hausjungen an, der in trunkener Benommenheit auf dem Boden lag – mit dem Gesicht auf dem Teppich, nackt, seine Haut von einem sanften Honigbraun. Gott erwartete, dass er diesem jungen Mann Mitgefühl entgegenbrachte, ihm, der so arm war und fern der Heimat. Mansour wusste das. Und so hoffte er, dass Gott ihm seinen Mangel an Zärtlichkeit vergeben werde. Doch er musste sich eingestehen, dass er nichts als Verachtung für den Nepalesen empfand. Bei ihrem homosexuellen Rendezvous kam ihm der passive Part zu – und er nahm es nicht so genau, durch welche Körperöffnung er es abbekam. All das machte den Nepalesen doppelt verachtenswert.

Mansour fragte sich, ob er sich noch ein letztes Mal stimulieren könne, bevor er seine rituellen Waschungen vornahm. Besser nicht. Außerdem hatten sich vergangene Nacht zwei Männer des Nepalesen bedient und er war eventuell wund. Oder vielleicht doch?

Während Mansour über eine weitere Runde Analverkehr nachdachte, hörte er ein Geräusch, als bewege sich jemand außerhalb des Schlafzimmers. Er rüttelte den Beduinen an der Schulter, doch der stöhnte nur und rollte sich auf den Rücken. Mansour schwang die Beine aus dem Bett.

Wieder dieses Geräusch.

»Wer ist da?«, flüsterte er.

Angst und Alkohol sorgten für weiche Knie und so stand Mansour unsicher auf seinen Beinen, als Abdullah Fletcher das Zimmer betrat. Er trug drei halb volle Gläser mit Whisky auf einmal und stellte sie vorsichtig auf einen kleinen Beistelltisch.

»Genau das Richtige, um meinen Kater zu besänftigen, Abdullah«, sagte Mansour.

»Einen Toast! Wir haben Grund zu feiern!« Fletcher

grinste breit. »Die letzten Sidiki-Produzenten der Ostregion packen ihre Koffer und suchen das Weite. Rennen davon wie aufgeschreckte Karnickel.«

»Gott ist groß!« Mansour boxte in die Luft. Alle Gedanken an ein reinigendes Gebet hatten sich verflüchtigt.

»Sobald sie verschwunden sind, machen wir da weiter, wo sie aufgehört haben – übernehmen ihre Produktion und Verteilnetze.«

»Gelobt sei Allah!«, rief Mansour aus. Er kletterte zurück ins Bett und schüttelte den Beduinen kräftig genug, um ihn aufzuwecken.

»Vergiss nur nicht deinen anderen Freund«, sagte Fletcher mit kaum verborgenem Ekel vor Mansours häuslichen Verhältnissen.

Der Mutawwa stieg ungelenk aus dem Bett und trat seinem Hausdiener in die Seite. Der Nepalese ächzte, rollte sich herum und bedeckte verlegen seine Blöße mit den Händen, bevor er nach einer Decke griff.

Mansours Stimmung schlug mit einem Male um ins Feindliche. »Wir haben diese Nachricht bereits gestern Abend von dir erwartet, haben erwartet, dass du die Schnapskartons abholst, um sie an einen sicheren Ort zu bringen.«

Fletcher zuckte mit den Achseln. »Ich war beschäftigt. Hausputz.« Er verließ das Zimmer, kam aber umgehend mit einem vierten Glas Whisky zurück. »Auf unser Wohl!«

Mansour nahm sich ein Glas und drückte auch seinen Kumpanen je eines in die Hand.

»Auf uns!«, riefen alle drei und Mansour fügte hinzu: »Und auf den Sieg der wahren Religion über die Ungläubigen!«.

Mansour spürte, wie der Whisky seine Kehle hinunterrann und seinen Magen wärmte. Er lächelte Abdullah zu. Der Plan des Prinzen funktionierte wie ein Schweizer Uhrwerk, wenn man davon absah, dass dieser Mistkerl Maddox dem Anschlag entkommen war. Dieser Kerl war mit Satan im Bunde. Der Prinz war außer sich gewesen, dass Maddox dem Tode entronnen war. Doch jetzt nur nicht den Augenblick des Triumphes verderben. Man konnte später noch gemeinsam mit Abdullah einen neuen Plan ausarbeiten. Wenn es Allahs Wille war, würde man mit Maddox zu einem anderen Zeitpunkt fertig werden.

Das Hochgefühl verschaffte Mansour Herzrasen. Sein Atem kam stoßweise. Wie viel Luft auch immer er in seine Lungen zu pumpen versuchte, er blieb mehr als kurzatmig. Seine Beine versagten ihm den Dienst. Er musste sich auf den Bettrand setzen.

Hilfe suchend sah er sich um. Doch der Beduine wand sich auf dem Bett, sein Brustkorb hob und senkte sich. Und dort, vor ihm, lag der Hausdiener auf dem Boden und rang ebenfalls nach Luft. Mansour hatte das Gefühl, sein Herz wolle aus dem Brustkorb springen, dann umfing ihn Schwärze.

Sechsundzwanzigstes Kapitel

Sein Beobachtungsposten auf der anderen Straßenseite garantierte Maddox einen freien Blick auf das geschmacklos-pompöse Eingangstor zu Fletchers Anwesen sowie auf jeden, der möglicherweise dort hindurchging. Er fuhr sich durchs Haar und sah zum vielleicht hundertsten Male in den Rückspiegel. Noch immer keine Spur von dem weißen Tercel. Maddox fragte sich, wohin Fletcher wohl gefahren sein mochte. Er gähnte und fragte sich zudem, was er eigentlich zu entdecken hoffte. War Fletcher zu einer Art Obsession geworden? Glaubte er, dieser Pharisäer könne ihn zum Prinzen führen, zur Schlüsselfigur in diesem Drama? Maddox gähnte wieder, er fühlte sich müde, ausgelaugt. Allerdings war es diesmal nicht dem Alkohol geschuldet. Keinen Tropfen hatte er gestern angerührt und seine Disziplin, die dafür vonnöten gewesen war, hatte ihn beeindruckt.

Wahrscheinlich saß er hier noch eine halbe Ewigkeit. Auf dem Beifahrersitz warteten die Morgenausgaben des *Arabian Chronicle* und der *Kingdom Tribune*. Noch einen Blick in den Rückspiegel. Nichts. Also nahm er sich als Erstes den *Chronicle* vor. Barrys tête-à-tête mit dem Tod hatte ihm, Maddox, den Aufmacher gesichert. Allerdings wurde Iqbal in der Verfasserangabe als Erster genannt. Damit konnte Maddox leben, er hielt das für einen Schachzug Sanjus, um Iqbal Singh zu motivieren, künftig besser mit Maddox zu kooperieren. Weiser, weiser Sanju.

Maddox war beim Lokalteil angelangt. »Rätsel um enthauptete Leichen«, donnerte eine Schlagzeile. Auch hier hatte Iqbal ganze Arbeit geleistet. Maddox überflog die Schauergeschichte von zwei afrikanischen Frauen, die man geköpft und anschließend in den Dünen abgelegt hatte. Den Rest der Seite füllte ein Artikel aus Barrys »Willkommen-in-Arabien«-Serie.

Auch die *Tribune* beschäftigte sich mit dem Anschlag auf einen Mitarbeiter ihres Konkurrenzblattes. In gewohnter Manier ging Gorman den Westlern journalistisch an die Gurgel: »Der objektive Journalist«, posaunte er, »wird sich nicht durch feige Machenschaften einiger gewalttätiger, betrunkener Schwarzbrenner einschüchtern lassen.«

Maddox faltete die *Tribune* zusammen, nahm den *Chronicle* vom Beifahrersitz und warf beide Blätter in den Fußraum. Dabei fiel sein Blick auf den gelben Umschlag. Den hatte er völlig vergessen. Er nahm ihn in die Hand, öffnete ihn und fand einen Ordner mit Dokumenten – ein Dossier über Jack Fletcher, wie sich herausstellte. Was er dann las, ließ ihn sprachlos zurück. Er hatte nicht die leiseste Ahnung, wer ihm das Dossier zugespielt, geschweige denn wer es zusammengestellt haben könnte.

Wie das Dossier in seine Hände gelangt war, erschien Maddox unerheblich. Entscheidend war sein Inhalt. Nach der Schule war Fletcher zur kanadischen Armee gegangen – als Pionier bei der Technischen Truppe, zuständig für Kampfmittelräumung, unter anderem Bomben- und Minenentschärfung. Später hatte er in den südafrikanischen Goldminen gearbeitet und eine Sprengmeisterlizenz erworben. Fletcher besaß also hinreichend Sachkenntnis, um Sprengsätze herzustellen. Es gab zudem den Hinweis auf eine Vorstrafe. In Südafrika hatte man ihn der Unzucht mit einer Minderjährigen, einem siebzehnjährigen Mädchen, überführt. Allerdings war er mit einer Geldstrafe davongekommen. Der Rest des Dossiers betraf den Zeitraum seiner noch aktuellen Beschäftigung als Ingenieur bei der Peninsular Oil Company, dazu Kopien von Kontoauszügen, Hypothekenzahlungen und Lebensversicherungen. Sowohl Jack als auch Pat waren bis zum Anschlag versichert.

Maddox schloss die Akte. Irgendjemand wies ihm die Richtung, versuchte, die Schlinge um Jack Fletchers Hals enger zu ziehen.

Was passiert, wenn eine Zweckehe ihren Zweck erfüllt hat? Dieser Gedanke hatte Maddox seit seinem Interview mit Fletcher nicht mehr losgelassen. Er zog sein Notizbuch aus der Brusttasche, blätterte die Seiten durch, bis er Fletchers Nummer gefunden hatte, und nahm sein Mobiltelefon. Jack und der weiße Tercel waren offensichtlich nicht da, aber sicherlich seine Frau und seine Schwiegermutter.

Niemand nahm ab. Maddox beschlich ein ungutes Gefühl. Er kramte in seiner Brieftasche und zog Hamid Al-Korbis Visitenkarte heraus. Eine seiner Frauen ging an den Apparat und erklärte, ihr Mann schlafe. Maddox betonte die Dringlichkeit des Anrufes und sie weckte ihn.

»Hallo. Hoffentlich haben Sie gute Nachrichten für mich, Mr. Maddox. Heute ist nämlich mein freier Tag.«

»Ich muss unbedingt wissen, wo Ihr Neffe Mansour wohnt, Mr. Al-Korbi.«

Nach einer Pause sagte Hamid: »Und worum geht es?«

»Um Mord!« Für sprachliche Verrenkungen war jetzt keine Zeit.

Hamid schwieg, und zwar so lange, dass Maddox dachte, er habe aufgelegt. »Die Morde an den Schwarzbrennern?«, fragte er schließlich.

»Genau die.«

Wieder ein längeres Schweigen. Dann:

»Kommen Sie zu mir nach Hause. Ich wohne gegenüber dem Women's Technical College in der Altstadt. Wissen Sie, wo das ist?«

Maddox bejahte.

»Ich sollte 999 anrufen – es handelt sich schließlich um eine polizeiliche Angelegenheit. Wir können dann gemeinsam mit den Beamten zu Mansour fahren.«

»Das mit der Polizei kann ich regeln«, sagte Maddox. »Ich habe Verbindungen.«

»In Ordnung.« Al-Korbi legte auf.

Maddox drückte die zweite Nummer im Speicher seines Telefons. Während er darauf wartete, dass Major Mohammed abhob, wunderte er sich, wie wenig überrascht Hamid geklungen hatte. Immerhin ging es um eine Verbindung seines Neffen zu den Morden. Ob der Mutawwa bereits selbst erkannt hatte, dass Mansours Läuterung ihn von Schandtaten nicht abzuhalten vermochte?

*****

Das Women's Technical College in der Altstadt von Abqaiq war nicht zu verfehlen, lag es doch hinter einer dreieinhalb Meter hohen Mauer. Vor dem Eingang stand ein Wachtposten. Unter den argwöhnischen Blicken des Mannes parkte Maddox seinen Caprice direkt vor Hamids Haus unter einem Eukalyptusbaum. Al-Korbi teilte den Schatten dieses Baumes mit Maddox' Wagen. Er lagerte auf einer hölzernen Plattform vor seinem Haus, als habe er seinen Diwan nach draußen verlegt.

Maddox zog seine Sandalen aus und kletterte auf die Plattform. Hamid erhob sich, schüttelte Maddox die Hand und nötigte ihn, Platz zu nehmen. Maddox zögerte, sah demonstrativ auf seine Uhr, doch Al-Korbi bot unbeirrt Kaffee und Datteln an.

Kaum hatte Maddox die erste Dattel heruntergeschluckt, hielt auch schon ein Chevrolet Lumina vor dem Haus. Major Mohammed stieg aus. Der Major entledigte sich seiner Schuhe und erklomm ebenfalls die Plattform. Maddox wollte keine Zeit verlieren und drängte direkt im Anschluss an die Begrüßung zum Aufbruch.

»Nicht so schnell! Wer rennt, stolpert«, sagte der

Major. »Sie sind mir eine Erklärung schuldig, Peter. Kein Entgegenkommen mehr meinerseits, solange Sie mich im Unklaren lassen. Was, bitte, soll Mansour Al-Bishi, ein Mutawwa, ein Mann, der sein Leben der Arbeit bei der Behörde für die Verbreitung von Tugendhaftigkeit und Verhinderung von Lastern gewidmet hat, mit den Morden an Schwarzbrennern zu tun haben?«

Maddox berichtete von Tarut Island und Mansours Rolle im Netzwerk der Alkoholschmuggler, selbst die Schutzgelderpressung und das Fletcher-Interview ließ er nicht aus.

Hamid schien das nicht zu überzeugen. »Warum sollte mein Neffe das tun? Diese Handlungen sind illegal, sowohl in den Augen des Gesetzes als auch in den Augen Gottes.«

»Natürlich des Geldes wegen!«, sagte Maddox. »Denken Sie nur daran, wie die afghanischen Taliban den Anbau von Schlafmohn gefördert haben.«

»Um ihn weiterzuverarbeiten und als harte Droge in den Westen zu exportieren«, sagte der Major.

»Das Argument ist das gleiche: Wenn das Geld verderbten Westlern abgeknöpft wird und nicht Muslimen, ist es sauberes Geld. Heiliges Geld, das sich der Zustimmung Gottes erfreut.«

Hamid schüttelte ungläubig den Kopf.

»Mansour Al-Bishi scheint mir überhaupt nicht in die Typologie von Mördern zu passen. Und dann seine angebliche Verbindung zu diesem zwielichtigen Beduinen.« Auch der Major hatte seine Zweifel.

Maddox wandte sich an Hamid. »Erinnern Sie sich an unseren Abstecher in die Wüste und die Bemerkung Ihrer Freunde über den Beduinen und Mansour? Sie hätten beide schwarze Herzen?«

Als Letztes zog Maddox dann sein Ass aus dem Ärmel. »Im Übrigen haben Barry und ich auf Tarut Island jede Menge Fotos geschossen, die einige meiner Ausführungen belegen.«

Das genügte. Der Major stand auf. »Gehen wir!«

Die drei Männer stiegen in den Lumina. Hamid dirigierte den Fahrer vom Rücksitz aus zu Mansours Haus. Major Mohammed drehte sich zu Maddox um. »Der Anschlag, dem Barry Kennedy gestern beinahe zum Opfer gefallen wäre, galt Ihnen, nicht wahr?«

Maddox nickte. »Man hat uns auf Tarut Island in diesem Wagen gesehen. Um ehrlich zu sein, ich habe es sogar provoziert. Dass meine Aktion die Runde machte, war vorauszusehen. Dann Barrys Artikel im *Chronicle* und die Mistkerle haben eins und eins zusammengezählt. Nachzuforschen, ob vor meinem Haus ein schwarzer Land Rover steht, bedeutete sicherlich keine große Hürde für Jack Fletcher.«

»Und Fletcher installierte die Bombe?«

Maddox nickte.

Hamid hatte den Fahrer in eine Sackgasse navigiert und ließ ihn anhalten. Ein Toyota-Pick-up stand vor dem Eingangstor, daneben Al-Bishis silberner Dienstwagen. Das Grundstück verfügte über eine Zufahrt nur für Fahrzeuge. Das Tor war geschlossen.

»Vielleicht steht dahinter Fletchers Tercel. Aber wieso?«, sagte der Major mehr zu sich selbst.

»Um Schmuggelware einzuladen? Und dabei nicht beobachtet zu werden?«, meinte Maddox.

»Wenn dem so wäre, können wir sie alle festnehmen.« Der Major gab sich zuversichtlich.

Die Männer, auch der Fahrer, stiegen aus dem Lumina und gingen zum Tor. Hamid drückte auf die Klingel. Sie erzeugte ein helles Echo im Haus, als stünde es leer. Nichts geschah. Hamid klingelte ein zweites Mal. Major Mohammed bat Maddox um Fletchers Adresse und ging zum Lumina zurück. Über Funk gab er Anweisung, Fletchers Haus unter Beobachtung zu stellen und Fletcher festzunehmen, sollte er dort auftauchen. Als er zum Eingang zurückkehrte und sich noch immer nichts im Haus getan hatte, hockte er sich hin, formte mit den Händen eine Räuberleiter. »Los, Junge, nichts wie rüber«, forderte er den Fahrer auf.

Der Fahrer zögerte. Nach saudischer Tradition war das Eindringen in die Privatsphäre eines Mannes ein Tabu.

Maddox sprang ein. »Ich mach's!«

Er setzte einen Fuß in die Räuberleiter, stützte sich auf der Schulter des Fahrers ab und konnte sich mithilfe des Majors und Hamid Al-Korbis hochhieven. Oben dann schwang er die Beine über die Mauer und setzte sich hin, um sich einen Überblick über Mansour Al-Bishis armseliges Grundstück zu verschaffen.

Ein kurzer Weg führte zur Eingangstür des Hauses. Rechts und links des Eingangs sah man vertrocknetes Gras. Das Haus selbst machte einen vernachlässigten Eindruck. Links befand sich der Stellplatz, eine Überdachung aus Zinkblech, die auf vier Holzpfählen ruhte. Ein Tercel stand nicht darunter.

»Nun springen Sie doch endlich, Peter!«, rief Major Mohammed ungeduldig.

Maddox sprang und landete auf allen Vieren.

Nachdem auch die anderen das Grundstück betreten konnten, ging man gemeinsam zur Tür. Der Fahrer jedoch hatte Anweisung erhalten, beim Wagen zu bleiben. Die Eingangstür war nur angelehnt. Als der Major sie mit der Schuhspitze aufstieß, schlug ihnen ein ekelerregender Geruch entgegen.

»Das stinkt ja wie eine Kloake«, bemerkte Maddox.

Er und Hamid folgten dem Major ins Haus. Sie fanden sich in einem Flur wieder, von dem diverse Räume abgingen. Alle Türen standen offen. Das erste Zimmer links war der Diwan. Das nächste Zimmer lag auf der rechten Seite und schien ein Schlafzimmer zu sein. Allerdings mangelte es ihm an jeglichem Komfort. Eine Matratze mit einem schmuddeligen Laken war das einzige Inventar. Davor sah man einen vollen Aschenbecher und einen Krummdolch und an die Wand gelehnt eine Kalaschnikow. Wie der Diwan war auch dieser Raum leer.

»Der Beduine?«, flüsterte Major Mohammed.

Maddox nickte.

Die drei Männer setzten ihren Gang fort, vorbei an einem Badezimmer und der Küche. Auf dem Küchentisch stand eine halb leere Flasche Johnnie Walker Black Label. In der Spüle befand sich jede Menge schmutziges Geschirr und Besteck. Ein Treteimer quoll über von leeren Flaschen und Fast-Food-Kartons. Und über allem hing der Gestank nach Fäkalien.

»Hier hat wohl jemand ’ne Party geschmissen«, sagte Maddox. Er hielt sich Mund und Nase zu, während sie sich dem letzten Zimmer näherten.

Selbst der Major zögerte, als er an die offene Tür kam. An der Decke flackerte und summte eine Neonröhre und der Gestank war derart intensiv, dass dieses Zimmer leicht als seine Quelle auszumachen war. Major Mohammed betrat den Raum und augenblicklich wich alle Farbe aus seinem Gesicht. Maddox linste ihm über die Schulter und der Anblick, der sich ihm bot, war grauenhaft.

Der Beduine lag auf dem Bett. Sein Thawb war hochgerutscht und entblößte Beine und Unterkörper. Seine extrem geschwollene Zunge streckte sich den Männern entgegen. Mansour Al-Bishi lag mit dem Gesicht nach unten halb auf einem jüngeren Mann.

»Der nepalesische Hausboy«, sagte Maddox.

Alle drei lagen sie in ihren eigenen Fäkalien. Hamid Al-Korbi, der dem Major ebenfalls über die Schulter geschaut hatte, schlug sich die Hand vor den Mund und rannte ins Badezimmer, um sich zu übergeben.

»Sieht alles nach einer Vergiftung aus. Ich tippe auf Zyanid«, sagte der Major.

»Zyanid?«, fragte Maddox.

»Ja, Blausäure. Schauen Sie sich die Zunge des Beduinen an und die Rotfärbung der Haut. Aber überlassen wir das den Experten.«

Maddox' Blick fiel auf den Beistelltisch mit den vier leeren Gläsern.

»Vier Gläser, drei Leichen«, sagte er. »Wenn unser Dr. Crippen mal nicht Jack Fletcher heißt. Nur hat er die Leichen in einem Stück gelassen.«

Draußen atmeten Maddox und Major Mohammed erst einmal tief ein und Maddox wünschte sich nichts sehnlicher als eine reinigende Dusche. Vor dem Grundstück saß Hamid Al-Korbi auf dem Bordstein, den Kopf in die Hände gestützt. Neben ihm hockte der Fahrer.

»Sind sie schnell gestorben?«, fragte Maddox auf dem Weg zum Lumina.

»Nicht sehr schnell. Vielleicht innerhalb von fünf Minuten. Zyanid blockiert die Fähigkeit des Blutes, Sauerstoff aufzunehmen. Die Männer sind erstickt«, erklärte der Major.

Über Funk forderte er weitere Beamte, die Spurensicherung und die Rechtsmedizin an und er gab Anweisung, die Beobachtung von Fletchers Haus zu verstärken.

In der Nähe knackte der Lautsprecher einer Moschee und der Muezzin rief die Gläubigen zum Vormittagsgebet auf.

»Dieses Haus wäre ein idealer Ort, um geschmuggelten Alkohol zu lagern. Außerhalb des Stadtzentrums. Keine neugierigen Blicke neugieriger Nachbarn. Einfach perfekt!«, sagte Maddox.

»Und wo soll das Zeug sein?«, fragte der Major. »Ich habe drinnen nichts gesehen und viele Möglichkeiten, Kartons zu verstecken, bieten sich dort nicht. Und vor allem: Wo ist Jack Fletcher?«, fügte er hinzu.

»Finden Sie Fletcher und Sie finden den Stoff. Oder umgekehrt. Die Einfahrt zum Stellplatz ist frei. Keines der beiden Fahrzeuge, die vor dem Haus geparkt sind, blockiert sie. Wir können davon ausgehen, dass Fletcher hin- und hergefahren ist. Er hat die Kartons weggeschafft.«

Der Major schwieg, während Maddox den stetigen Fluss der Menschen in Richtung Moschee beobachtete. Hamid Al-Korbi stand auf. Er nickte Maddox und dem Major kurz zu und schloss sich dem Menschenstrom an.

Maddox sah ihm hinterher. Neid war die falsche Vokabel für seine Empfindungen. Vielleicht Eifersucht, Eifersucht, dass Hamid Al-Korbi etwas besaß, das ihn dabei unterstützte, all das zu verarbeiten, was er gerade erlebt hatte – seinen Glauben. Maddox als überzeugtem Atheisten blieb nur die schiere Verstandeskraft und er spürte, wie seine Schuldgefühle sich zu einem Knäuel verhedderten, das ihm buchstäblich vor dem Magen lag. Er hatte Fletcher darauf gestoßen, dass er ihm auf der Fährte war. Die Rechnung dafür hatte Barry begleichen müssen. Obwohl die Beweise bis dato nicht ausgereicht hätten, Fletcher des Mordes zu überführen, hätten sie genügt, um ihn als unerwünschten Ausländer abzuschieben. Fletchers gesamtes Konstrukt war ins Wanken geraten. Er wollte in Saudi-Arabien bleiben, wollte abkassieren. Um ganz sicherzugehen, hatte er sich Mansour Al-Bishis, des Beduinen und des Hausboys entledigt, im Grunde Statisten in seinem ganz persönlichen Thriller, aber auch potentielle Zeugen. Das Gleiche galt für Jacks Frau und die sogenannte Schwiegermutter. Auch sie gerieten zur Belastung.

Das Knäuel zog sich enger. »Also doch Dr. Crippen«, murmelte er vor sich hin.

Der Major musterte ihn erstaunt.

»Die beiden enthaupteten Leichen, die gestern entdeckt wurden«, sagte Maddox. »Direkt neben dem Riad-Highway.«

»Was ist mit denen?«

»Werden die von der Rechtsmedizin toxikologische Tests durchführen?«

»Nicht unbedingt. Nicht, wenn es sich um einen Fall von brutalem Mord zu handeln scheint, dessen Opfer Mitglieder einer der zahlreichen ethnischen Gruppen von ausländischen Arbeitnehmern sind. Dann wird die Untersuchung nicht unbedingt so gründlich durchgeführt.«

»Können Sie mir einen Gefallen tun? Bitte!«, sagte Maddox. »Könnten Sie dafür sorgen, dass man toxikologische Untersuchungen macht – und nach Zyanid sucht?«

»Und flugs wird aus einem miesen Tag ein beschissener Tag«, wetterte Maddox, als er seinen Caprice neben Rami Al-Rasheedis Land Cruiser abstellte. Besuche vom Leiter der Pressebeschwerdestelle verhießen nie Gutes. Unbeherrscht trat Maddox gegen den Hinterreifen, stutzte, blieb wie angewurzelt stehen und drehte sich um. Sieh mal einer an, dachte er. Mit einem selbstzufriedenen Grinsen betrat er die Redaktionsräume. Als er an Iqbals Schreibtisch vorbeiging, sprach der Inder ihn an. »Haben Sie's schon gehört, Peter?«, fragte er.

»Was?«

»Na, Barry!«

Maddox hatte mit einem Mal das Gefühl, ein Lift sause durch seinen Körper.

»Was ist mit ihm?!«

»Barry ist wieder bei Bewusstsein und es geht ihm gut. Er hat bereits mit dem Boss telefoniert.«

Sanju hatte Maddox kommen sehen und stand im Türrahmen seines Büros.

»Glücklicher, überglücklicher Sanju! Und was für ein Segen für Barry! Heute feiern wir seine Rückkehr ins Reich der Lebenden.«

»Ja, es ist in der Tat ein Segen«, pflichtete Maddox ihm bei und ließ sich erleichtert auf einen von Sanjus unbequemen Stühlen sinken. Mit dem Kopf deutete er auf die Wand zu Khalid Al-Yaanis Büro. »Ich muss mit ihm sprechen. Dringend.«

Sanju schüttelte den Kopf. »Khalid hat eine Unterredung mit Rami Al-Rasheedi. Und du weißt, wie Khalid sein kann, wenn er nicht gestört werden will. Im Übrigen geht's um deine Zukunft.«

»Vielleicht auch um die nicht mehr vorhandene«, sagte Maddox. »Egal, ich muss ihn sprechen. Es betrifft die Beteiligung islamischer Fundamentalisten an den Schwarzbrennermorden. Es ist mehr als eine Theorie, es ist eine beweisbare Tatsache. Aber wenn du der Ansicht bist, Khalid habe kein Interesse daran ... «

*****

Kurz darauf pochte Sanju zaghaft an die Bürotür des Herausgebers. Maddox drängte den Chefredakteur beiseite und klopfte seinerseits dreimal lautstark.

»Herein!« Khalid Al-Yaanis Stimme klang überrascht.

Maddox trat als Erster ein, gefolgt von Sanju, der sich entschuldigte. Ohne dazu aufgefordert worden zu sein, setzte sich Maddox in einen der Sessel, und Sanju, sich bewusst, dass er der Einzige war, der stand, nahm ebenfalls Platz.

»Ich hoffe, die Herren haben einen guten Grund für ihr Eindringen vorzuweisen«, sagte der Herausgeber.

Rami Al-Rasheedi, einen dicken, braunen Umschlag auf dem Schoß und vor sich die Palette der Accessoires arabischer Gastfreundschaft, zog erstaunt die Augenbrauen hoch.

»Wir unterhalten uns gerade über Ihre Verletzung des journalistischen Berufsethos«, schnarrte der Vorsitzende der Pressebeschwerdestelle. »Und zwar unter vier Augen«

»Ich bitte um Entschuldigung, Euer Exzellenz«, sagte Maddox, wobei es ihm nicht gelang, seinem Tonfall die Verachtung zu nehmen. Er wandte sich an Khalid Al-Yaani. »Ich komme direkt aus dem neuen Vorort von

Abqaiq, aus einem Haus, in dem drei Personen vergiftet wurden. Diese Morde stehen in Verbindung mit den Bombenanschlägen auf Schwarzbrenner.«

Khalid Al-Yaani beugte sich vor.

»Eines der Opfer gehörte der Behörde für die Verbreitung von Tugendhaftigkeit und Verhinderung von Lastern an. Ein Mutawwa.«

Al-Yaanis Miene blieb undurchdringlich.

»Es spricht alles dafür, dass diese drei Männer von einem Vierten aus ihrer Mitte im Rahmen einer Homosexuellen-Orgie ermordet wurden. Ich frage mich nun, wie ich das in meinem Artikel formulieren soll.«

Rami Al-Rasheedi, der gerade an seinem Tee genippt hatte, verschluckte sich aufs Heftigste.

»Wie unerfreulich diese Enthüllungen für die *Tribune* sein werden«, sagte Khalid, nachdem Al-Rasheedis Hustenanfall abgeklungen war. »Wo man sich doch darauf kapriziert hatte, dass die Morde ein Werk westlicher Schwarzbrenner seien.« Zum Vorsitzenden der PBS sagte er: »Ich hoffe doch, dass Sie dieser Tatsache bei der Vergabe der Saudi Press Awards Rechnung tragen werden, Euer Exzellenz.«

Selbst Sanju ließ es sich nicht nehmen, weiteres Salz in die Wunde zu streuen. »Man kann durchaus eine Entschuldigung von Ihrem Freund Gorman erwarten, auch dass er seine Behauptungen zurücknimmt. Immerhin hat er die gesamte westliche Gemeinde im Zusammenhang mit den jüngsten gewalttätigen Ereignissen mehrmals an den Pranger gestellt.«

Rami Al-Rasheedi erhob sich. »An Bentley Gormans Artikeln über Schwarzbrennerei und Mord im Königreich gibt es nichts zu bemängeln.« Er stieß mit dem Finger in Maddox' Richtung. »Und wenn Bentley einen Preis für seine detaillierten Berichte über die Missachtung und Ablehnung saudi-arabischer Gesetze durch Leute Ihres Schlages verdient hat, wird er ihn bekommen. Und zwar mit meinem Segen! Egal, wie die anderen Jurymitglieder darüber befinden mögen!«

»So viel zur neuen Demokratie in Saudi-Arabien«, bemerkte Khalid trocken.

Der Vorsitzende der PBS nahm den braunen Umschlag und warf ihn Maddox in den Schoß. »Sie haben das Recht auf Kenntnisnahme aller Beweise gegen Sie, die unserem Ethik-Komitee vorliegen. Solange die Untersuchung wegen unethischen Verhaltens nicht abgeschlossen ist, haben Sie auch der Preisverleihung fernzubleiben.«

Doch Rami Al-Rasheedi war noch nicht fertig. »Inzwischen steht für uns zweifelsfrei fest, dass es Major Mohammed Al-Tamimi von der Verkehrspolizei war, der Sie mit Daten aus dem Computer versorgt hat.« Und mit einem Blick auf Sanju: »Wir müssen nur noch herausfinden, wer hier illegalerweise den Polizeisender installiert hat, um sich in Sachen Berichterstattung anderen gegenüber einen Vorteil zu verschaffen, und dann wird eine bestimmte Zeitung ihr Erscheinen einstellen müssen.«

Sanju zupfte an seiner Krawatte und strich sie glatt. Vor gut zwanzig Minuten erst hatte er Raj, einen jungen Reporter, zum Tatort des Dreifachmordes abkommandiert – natürlich aufgrund von Informationen, die er über den Polizeisender erhalten hatte.

»Guten Tag, Gentlemen.«

Mit diesen Worten verließ Rami Al-Rasheedi das Büro.

Sanju stieß einen Pfiff der Erleichterung aus

»Es scheint«, sagte Khalid Al-Yaani, »als hinge Mr. Al-

Rasheedis Flagge fest am Mast der *Kingdom Tribune* – genauer gesagt, an Bentley Gormans Mast, soweit es die Auszeichnungen betrifft. Wie viel Sorgen muss ich mir über die Erkenntnisse des Ethik-Komitees machen, Peter?«

»Darum habe ich mich bereits gekümmert«, erwiderte Maddox kryptisch.

»Diesbezüglich besteht unsere einzige Sorge darin, dass unser Scharmützel mit der PBS und dem Ethik-Komitee jegliche Chance zunichtemacht, die Goldene Feder zu ergattern«, sagte Sanju.

»Macht euch keine Gedanken wegen der Auszeichnungen. Auch darum habe ich mich gekümmert.«

Khalid Al-Yaani kniff die Augen zusammen. Ganz offensichtlich hatte sein eigenwilligster Reporter einen ausgebufften Plan in der Hinterhand. Also besser nicht nachfragen. Stattdessen schlug er mit den Handflächen auf seine Schreibtischplatte. »Wenn das alles ist, Gentlemen – wir müssen eine Zeitung rausbringen. Und ... Sanju? Diskretion, was den Sender betrifft!«

Mit breitem Grinsen verließen Maddox und Sanju das Büro.

»Bin mal neugierig, wie du dich diesmal aus der Affäre ziehst, Peter«, sagte Sanju und steuerte auf seine Tür zu.

Maddox machte sich umgehend an den Artikel über den Giftmord in Mansour Al-Bishis Haus.

Der Artikel war durchsetzt mit Vokabeln wie »angeblich«, »verdächtig« oder »mutmaßlich«. Ein Zitat nach dem anderen wurde »offiziellen Quellen« zugeschrieben, um den Major zu schützen. Jack Fletcher, alias Abdullah Fletcher, war der »mutmaßliche Autobomber und Mörder« eines nepalesischen Gastarbeiters und zweier Komplizen, von denen einer »verdächtigt« werde, Dennis Simmons erschossen und Juwaid erstochen zu haben. Mansour Al-Bishi, ein Mutawwa, sei »angeblich« auf Tarut Island gesehen worden, in Gesellschaft Jack Fletchers und des »mutmaßlichen« Todesschützen, wo er Schmuggelaktivitäten koordiniert habe.

Obwohl Ehrgeiz ihn dazu antrieb, der *Tribune*, vor allem aber Bentley Gorman zuvorzukommen, fehlten Maddox' Artikel Elemente einer kompletten Enthüllungsstory. Um den Konflikt mit der PBS mit heiler Haut zu überstehen, erwähnte er den geheimnisvollen Prinzen in keiner Zeile. Diese Figur blieb seine Trumpfkarte.

Auch um Gorman eins auszuwischen, spielte Maddox die Rolle der Schwarzbrenner bewusst herunter. Derzeit ging es darum, die Verantwortung für Mord und Totschlag einzig den Fundamentalisten zuzuschreiben. Weitere Enthüllungen konnten warten. Letzten Endes waren die einzigen Verbindungen zwischen Islamisten und Schwarzbrennern, die er vorweisen konnte, der vergiftete Mutawwa und Jack »Abdullah« Fletcher, der vermeintliche Konvertit. Das sollte jedoch reichen, um vom wahren Motiv für die Verbrechen abzulenken, ein Motiv, das Maddox weitestgehend im Dunkeln lassen würde, um Leute wie Pat, Tanya oder Rodney Lister zu schützen. Die Loyalität mit der eigenen Bagage ist mitunter eine teuflische Sache, dachte er.

Nach flüchtigem Redigieren schickte Maddox den Artikel an Khalid, Sanju und Iqbal.

Stress, seelischer Druck, Erschöpfung, alles machte sich mit einem Male bemerkbar. Maddox schloss die Augen und lehnte sich in seinem Stuhl zurück. Er malte sich aus, wie es wohl wäre, für den *Manchester Courier* zu arbeiten, über Fußballspiele der Amateure zu berichten, die im strömenden Regen ausgetragen wurden, allerdings mit der Option, im Anschluss an derartige Abenteuer in den viel zitierten Schoß der Familie zurückzukehren. Keine Streitigkeiten mehr wegen seiner persönlichen Sicherheit in einem Land, wo ein investigativer Reporter seitens der Regierung nicht als Gewinn, sondern als Bedrohung betrachtet wurde. Auch keine Streitereien mehr darüber, dass er so weit weg sei von Martina und seiner heranwachsenden Tochter. Er öffnete die Augen und die Realität hatte ihn wieder. Lediglich Zoff wegen der enormen Gehaltseinbußen, die bei meiner Rückkehr nach England hinzunehmen wären, dachte Maddox voller Zynismus.

Sanju kam gerade aus seinem Büro. Offensichtlich hatte er den Artikel in Gänze gelesen. Seine Reaktion war eindeutig: Daumen nach oben. Mit den Blättern in der Hand verschwand er in Khalid Al-Yaanis Büro.

Vor Freude strahlend trat er kurz darauf an Maddox' Schreibtisch und ließ sich auf Nahid Qarnis Stuhl fallen.

»Khalid gibt sein Okay. Außerdem haben wir gerade mit Raj telefoniert. Er befindet sich noch immer am Tatort. Hat Fotos von Al-Bishis Haus, Fotos vom Abtransport der Leichen. Wir werden seine Interviews in deinen Artikel einarbeiten. Ganz nebenbei, Gorman treibt sich ebenfalls dort rum, ohne jeden Schimmer, was sich eigentlich zugetragen hat. Raj meint, Gorman habe versucht, an Informationen zu kommen, sei aber nur abgewimmelt worden.« Maddox vermutete eine kleine Racheaktion Major Mohammeds. »Sag Raj, er soll ein paar Bilder von Major Al-Tamimi machen, falls der noch da ist. Er hat gute Publicity nötig.«

»Mach ich«, sagte Sanju. »Übrigens ... uns fehlen noch Fotos von Tarut Island.«

Maddox zögerte einen Augenblick. »Die sind im Apartment. Ich suche dir die besten raus und schick sie noch vor Redaktionsschluss per Mail.«

Sanju erhob sich schwerfällig. »Das war ein guter Tag für den *Chronicle*, Peter, und mehr als nur eine Ohrfeige für Gorman und die *Tribune*. Fahr nach Hause und ruh dich aus.«

Auch Iqbal Singh hatte den Artikel inzwischen gelesen. Einen Ausdruck in der Hand, stand er plötzlich vor Maddox.

»Das ist gut, Peter!«, sagte er mit ehrlicher Begeisterung. »Das ist verdammt gut!«

Maddox bedeutete ihm, sich auf den freien Platz ihm gegenüber zu setzen. »Raj ist noch vor Ort. Können Sie nachher seine Interviews einarbeiten und den Text redigieren? Ich muss weg und brauche jemanden, der Korrektur liest.«

Iqbal lächelte. »Das mache ich doch gern.«

Maddox senkte seine Stimme. »Hören Sie, ich habe einen echten Knaller für Sie – es betrifft die verstümmelten Leichen.«

»Sie meinen die beiden Afrikanerinnen?«

»Ja, genau die.«

Iqbal beugte sich vor, er witterte eine gute Story.

»Ist Ihnen etwas an ihnen aufgefallen? Ich meine, abgesehen davon, dass man sie enthauptet hat?«, fragte Maddox.

»Der Leiche der älteren Frau fehlten neben dem Kopf auch die Hände«, sagte Iqbal. »Und die Hände der jüngeren sahen gebleicht aus, als hätte sie eine dieser aufhellenden Mittel benutzt.«

Maddox schloss die Augen. Jetzt war er sich sicher, dass sein Herumschnüffeln in Jack Fletchers Angelegenheiten beide Frauen das Leben gekostet hatte.

»Jack Fletcher hat mit seiner somalischen Frau und ihrer angeblichen Mutter zusammengelebt. Seine Frau war groß und schlank und bleichte sich die Haut.«

»Diese Beschreibung erscheint mir als sehr zutreffend, was das jüngere der beiden Opfer betrifft«, sagte Iqbal und zog sein Notizbuch hervor.

»Fletcher hat mir gegenüber den Namen seiner Frau erwähnt: Aisha. Aus einer anderen Quelle habe ich erfahren, dass sie vor ihrer Heirat eine Prostituierte gewesen sei und – «

»Dann war die Ältere die Madam«, fiel Iqbal ihm ins Wort. »Das würde die fehlenden Hände erklären. Falls man sie jemals wegen Führung eines Bordells verhaftet hat, muss es Fingerabdrücke von ihr geben.«

Maddox nickte. »Dann hätte man sie auch abgeschoben und sie ist illegal nach Saudi-Arabien zurückgekehrt. Jack weiß, dass die Polizei ihre Fingerabdrücke hat, und um eine Identifizierung nahezu unmöglich zu machen, hat er ihr die Hände abgehackt. Was für ein Albtraum! Da fällt mir ein, Jack hat sie mit ›Hudda‹ angesprochen, als ich wegen des Interviews bei ihm war.«

Iqbal machte sich eifrig Notizen.

»Nicht ausgeschlossen, dass auch die beiden Frauen vergiftet wurden«, fuhr Maddox fort. Er nahm einen Zettel und schrieb eine Telefonnummer auf. »Hier ist die Mobilfunknummer von Major Al-Tamimi. Kontaktieren Sie ihn. Er wollte sich darum kümmern, dass toxikologische Tests an beiden Leichen durchgeführt werden.«

Iqbal schüttelte den Kopf. »Das sollte Ihre Story sein.«

»Sanju hat Ihnen diese Story gestern gegeben, also ist und bleibt es Ihre Story. Wäre ich mit meinem Wissen rechtzeitig zur Polizei gegangen, könnten die beiden Frauen noch leben und Barry läge nicht im Krankenhaus. So einfach ist das.«

»Und glauben Sie, dass es Ihnen hilft, mit dieser Schuld fertig zu werden, wenn ich an der Geschichte arbeite und das Verbrechen öffentlich mache?«

Maddox nahm den braunen Umschlag mit den Beweisen des Ethik-Komitees und erhob sich. »Ich weiß es nicht, Iqbal. Das wird die Zukunft zeigen.«

Achtundzwanzigstes Kapitel

Maddox ging die Fotos von Tarut Island durch und entschied sich für zwei. Das erste zeigte die herzliche Begrüßung zwischen Mansour Al-Bishi, dem Beduinen und dem Anführer der Schmuggler. Auf dem zweiten sah man Jack Fletcher aus einer Flasche Johnnie Walker trinken. Sollte Khalid diese Fotos veröffentlichen, würde das die Grenzen dessen, was im Königreich publiziert werden durfte, zugunsten der Pressefreiheit weiter verschieben. Ob es einem gefiel oder nicht, das einundzwanzigste Jahrhundert klopfte an die Tore Saudi-Arabiens.

Er scannte die beiden Bilder ein und schickte sie per Mail an Sanju.

Nach kurzer Überlegung nahm er sich die Fotos nochmals vor. Diesmal wählte er ein Bild des Prinzen aus, eine Profilaufnahme, aussagekräftig genug, sodass jeder, der ihn kannte, ihn auch erkannte. Es war die Aufnahme mit dem Spalt in der Mauer, durch den man nicht nur den braunen Land Cruiser sah, sondern auch einen Teil des Nummernschilds. Jack Fletcher trank einen Schluck Whisky und Mansour Al-Bishi und der Beduine unterhielten sich mit dem Schmuggler aus Bahrain. Perfekt! Diese Fotografie würde Khalid Al-Yaani nie zu Gesicht bekommen. Diese Fotografie war Maddox' Trumpf, den er auch auszuspielen gedachte.

Im Laufe des Nachmittags wurde Maddox von wachsender Unruhe geplagt. Untätigkeit war er nicht gewohnt, und derzeit hatte er nichts zu tun. Es gab nichts zu Redigieren, an der Korktafel hing lediglich der Pfadfinder-Auftrag fürs Wochenende und seit Abgabe seines Artikels lag die Schwarzbrenner-Story fürs Erste auf Eis, so lange, bis sich in Sachen Jack »Abdullah« Fletcher neue Entwicklungen abzeichneten. Vor allem aber ging ihm die Stille in der Wohnung auf die Nerven. Anfänglich hatte er Barry als Eindringling empfunden, doch jetzt vermisste er den jungen Kollegen und seine lockere, unterhaltsame Art. Maddox sah auf seine Armbanduhr. Die Besuchszeit im Krankenhaus war erst in drei Stunden.

Er tigerte durch seine Wohnung, trug das Bettzeug wieder ins Wohnzimmer, rückte Teppiche gerade, fuhr mit dem Finger über die Bilder an der Wand, verwundert darüber, wie viel Staub ein so schmaler Rahmen aufzunehmen vermochte. In einem Augenblick tiefster Desorientierung erwog er sogar den Einsatz des Staubsaugers. Mehrmals hatte das Telefon geklingelt, doch er hatte sich nicht aufraffen können, abzunehmen. Sein Mobiltelefon war ebenfalls abgeschaltet. Er brauchte Zeit für sich, musste den Kopf entrümpeln. Also schnappte er sich die Wagenschlüssel und verließ das Apartment. Nachdem er den Caprice nach möglichen Sprengsätzen abgesucht hatte, machte er sich auf den Weg zu einem Ort glücklicher Erinnerungen.

*****

Der Parkplatz des Seeparks von Al-Khobar begann sich zu füllen, als Maddox dort ankam. Die frischere Luft des Nachmittags lockte viele hierher, gleichwohl eine leichte salzgeladene Brise ein Mehr an Feuchtigkeit ankündigte.

Auf einer der attraktiveren Rasenflächen hatte eine Familie ihr Lager mit Teppichen und Picknickkörben aufgeschlagen. Eine verschleierte Frau saß im Schneidersitz, umgeben von ihren lachenden, schwatzenden Töchtern. Der Rest der Familie spielte auf einer ansonsten menschenleeren Grasfläche Fußball. Der Vater, ein Mann mit grauem Bart, war bemüht, mit seinen Söhnen mitzuhalten, deren Altersskala vom Kleinkind bis zum älteren Teenager reichte.

Maddox fand eine leere Bank mit Blick über den Arabischen Golf. Weit draußen lagen Öltanker vor Anker. Ein Angler stand lustlos hinter seiner Angel, rollte die Schnur mit mechanischen Bewegungen ein, die auf einen Mangel an Begeisterung schließen ließen. Wie es aussah, hatte er keinen Fisch am Haken. Jemand berührte Maddox an der Schulter. Er erschrak, sprang von der Bank hoch und drehte sich blitzschnell um.

»Sie sind ja ganz blass, Peter. Wen haben Sie erwartet? Jack the Knife?« Major Mohammed grinste Maddox an. Der gab einen Stoßseufzer von sich und ließ sich zurück auf die Bank fallen. »Wusste gar nicht, dass Sie über schwarzen Humor verfügen, Major.«

Major Mohammed setzte sich neben Maddox auf die

Bank. »Ich hab versucht, Sie anzurufen. Einer Ihrer Kollegen, Iqbal Singh, hatte ein paar aufschlussreiche Hinweise für mich ... bezüglich unserer enthaupteten Leichen.«

Die beiden Männer starrten auf das Meer hinaus. Der Angler warf einen winzigen Fisch zurück. Er fiel mit einem Plopp ins Wasser.

»Wie haben Sie mich gefunden?«

»Sie waren nicht zu Hause, nicht in der Redaktion. Ihr Mobiltelefon ist abgeschaltet. Da hab ich mir gedacht, entweder haben ihn Aliens gekidnappt oder er gibt sich einer seiner berühmt-berüchtigten miesen Stimmungen hin und will nicht, dass man ihn findet.«

»Nun haben Sie mich gefunden«, sagte Maddox, »doch das erklärt nicht, woher Sie wussten, dass ich hier bin.«

Der Major nahm seine Mütze ab, wischte den Schweiß weg, der sich unter dem Rand gesammelt hatte. »Im letzten Jahr, als Martina und Kerry noch hier waren, haben Sie einen mehr als wohlwollenden Artikel über die Vorzüge des Seeparks geschrieben. Sie haben geschrieben, es sei Ihr bevorzugter Ort, um abzuschalten und zu entspannen.«

Maddox lachte kurz auf. »Sie sind fürwahr ein Maestro Detective, Major! Hoffen wir, dass Jack Fletcher den Artikel nicht gelesen hat.«

»Wahrscheinlich ist Fletcher längst abgetaucht. In dieser Gegend ist er viel zu bekannt, um sich länger hier herumzudrücken. Und geht sein Name erst mal durch die Presse, gibt es im gesamten Königreich keinen Ort, an dem er sich verstecken könnte. Ihm bleibt nichts anderes übrig, als außer Landes zu gehen und von dem zu leben, was er über die Jahre zusammengeschachert hat. Wir fahnden nach ihm, an jeder Straßensperre, jedem Flughafen und jedem Grenzübergang. Er wird nicht weit kommen.«

»Ich schätze, da haben Sie recht.«

Doch ganz so zuversichtlich war Maddox nicht. Gut möglich, dass Jack abgetaucht war, aber nur, um den richtigen Moment abzupassen. Ihm eilte der Ruf voraus, ein rachsüchtiger Zeitgenosse zu sein, und es war Maddox, der ihm die Tour vermasselt hatte.

Der Angler warf einen weiteren kleinen Fisch zurück ins Wasser, und Maddox fielen die heiteren Wochenenden ein, die er mit Martina und Kerry im Seepark verbracht hatte. Dort, wo der Graubärtige und seine Söhne den Fußball über den Rasen kickten, hatten sie Frisbee gespielt, und wo die verschleierte Frau mit ihren Töchtern saß, hatten sie gepicknickt.

Die guten Zeiten mit Martina. Vergessen waren Anspruchshaltung und Druck, alles, was ihre Ehe belastet hatte. Streitigkeiten wegen der Finanzen, Martinas Ehrgeiz, andere Frauen auszustechen.

Maddox wurde sich bewusst, dass Major Mohammed mit ihm sprach.

»Ich bezweifle, dass wir genügend Beweise haben, um Fletcher des Mordes überführen zu können.«

»Selbst mit der saudischen Justiz im Rücken?«

Der Major warf Maddox einen scharfen Blick zu. »Er ist überaus umsichtig vorgegangen, um keine Spuren zu hinterlassen. Nirgendwo Material zur Herstellung von Sprengsätzen, nicht bei ihm zu Hause, nicht bei Al-Bishi. Nirgendwo eine Spur von Zyanid oder wie er's sich beschafft haben könnte. Obwohl ... so kompliziert, wie man gemeinhin annimmt, ist das gar nicht.«

»Vermutlich auch keine Fingerabdrücke an den Gläsern oder an der Whiskyflasche in der Küche«, sagte Maddox.

»Sauber abgewischt. Nahezu keimfrei.«

»Was Neues über die beiden Frauen?«

»Eine Identifizierung ist unmöglich – aber ich habe die Namen, die uns Iqbal gegeben hat, durch den Computer laufen lassen. Vor zwei Jahren wurde eine gewisse Hudda Barre abgeschoben, im Anschluss an eine achtmonatige Gefängnisstrafe, die sie sich als Betreiberin eines Hurenhauses eingehandelt hat. Wir haben uns mal ein wenig umgehört in der somalischen Gemeinde. Spricht alles dafür, dass sie zurückgekommen ist und als Illegale ihr altes Gewerbe wieder aufgenommen hat. Eines ihrer Mädchen heißt Aisha. Beide sind seit einiger Zeit nicht mehr im Milieu gesichtet worden.«

»Die Ergebnisse der toxikologischen Analyse liegen noch nicht vor«, fuhr der Major fort. »Aber wie mir die Rechtsmedizin mitgeteilt hat, hafte den Leichen ein Bittermandelgeruch an. Das ist weit mehr als ein Verdachtsmoment.«

Maddox nickte. »Im Dossier über Jack Fletcher bin ich auf eine interessante Sache gestoßen. Er hat unter anderem in den Goldminen Südafrikas gearbeitet. Vielleicht hat er dort mehr als das Übliche über Zyanid erfahren.«

»Was hat Zyanid mit dem Abbau von Gold zu tun?«

»In Simbabwe habe ich mal eine Artikelserie über den Bergbau geschrieben. Die Zyanidierung ist ein Verfahren bei der Goldgewinnung. So können bis zu 97 Prozent des vorhandenen Goldes vom Erz gelöst werden.«

»Sehr interessant«, sagte der Major. »Man lernt nie aus. Leider sind das auch nur Indizien.«

Maddox wusste genau, dass der Major an anderen Hintergründen als denen der Goldgewinnung interessiert war, und zollte ihm Respekt angesichts seiner Geduld.

»Nun fragen Sie schon, Major! Ich will Sie nicht länger auf die Folter spannen.«

»Gut. Fangen wir mit Fletcher an. Warum dieses Theater mit dem Übertritt zum Islam? Nie und nimmer ist dieser Mann ein gläubiger Muslim.«

»Zur Lebenswirklichkeit der Ausländer in Saudi-Arabien gehört die Gier nach Geld. Je mehr man verdient, desto mehr will man dazuverdienen. Es ist nie genug. Jack reicht es nicht, als Ingenieur zu arbeiten und Inhaber eines Pubs zu sein. Er will mitmischen im lukrativen Geschäft des Alkoholschmuggels und der Sidiki-Produktion. Der Prinz ist die zentrale Figur im Schmuggelgeschäft und Mansour Al-Bishi war sein Organisator. Um einen Fuß in den inneren Zirkel zu setzen, um sich sozusagen bei Al-Bishi einzuschmeicheln, gab Jack den gläubigen Konvertiten, womöglich mit dem Ziel, irgendwann die rechte Hand des Prinzen zu werden.«

Der Major runzelte die Stirn. »Und der Prinz? Haben Sie etwas über ihn in Erfahrung bringen können?«

Maddox schwieg für einen Moment. »Nein, so gut wie nichts«, sagte er schließlich entschlossen. »Er agiert ausschließlich im Hintergrund. Keine Chance, an ihn heranzukommen.«

»Aha! Es ist Ihnen also nicht gelungen, das Geheimnis zu lüften. Er bleibt die viel zitierte graue Eminenz, ein Phantom«, sagte der Major nicht ohne Ironie.

»Wenn man so will, ja. Feststeht nur, dass er bisher nie in Erscheinung getreten ist, geschweige denn dass etwas über ihn durchgesickert wäre, seine Nationalität zum

Beispiel oder was auch immer.« Maddox konnte selbst nicht glauben, wie fadenscheinig seine Ausflüchte klangen, andererseits kannte der Major ihn inzwischen gut genug, um zu wissen, wie wenig Erfolg versprechend es war, ihn zu Aussagen zu drängen, die er nicht machen wollte.

»Nun gut, aber unser Prinz dürfte nicht sonderlich begeistert davon sein, dass ihm sein Handelsvertreter abhanden gekommen ist. Warum also hat Jack Al-Bishi umgebracht?«

»Wer weiß? Ich zumindest unterstelle beiden, Jack und dem Prinzen, alles andere, nur keine hehren Ziele. Ihnen geht es ums Geld, nicht um die Religion. In diesem Sinne war Al-Bishi ein unsicherer Kantonist. Sein Interesse galt erst in zweiter Linie dem Mammon, er fühlte sich dem Allmächtigen und einer vermeintlich höheren Berufung verpflichtet.«

»Und der Beduine?«

»Er war nur ein Werkzeug. Ein Psychopath mit einer Passion fürs Töten. Mit solchen Leuten kann man auf Dauer keine kriminelle Organisation am Leben erhalten. Sie sind zu unberechenbar.«

Für einen Moment herrschte Schweigen. Gedankenversunken blickten beide Männer hinaus auf den Golf.

»Wenn Ihr Psychogramm von Fletcher zutrifft, dann reicht es ihm nicht, nur mitzumischen, dann will er alles«, sagte der Major unvermittelt. »Dazu muss man jedoch lästige Konkurrenz aus dem Feld schlagen.«

»Das sehe ich ebenso. Und angefangen hat er mit McCready, einem Mann, dem Fletcher sowieso nie viel Sympathie entgegenbrachte. Spektakulär in Szene gesetzt, vor einem bekannten Einkaufszentrum – allerbeste Voraussetzungen, die Schwarzbrenner-Szene in Angst und Schrecken zu versetzen.«

»Dazu passt auch das Schutzgeld, das Sie vorhin erwähnt haben, Peter. Leg allen Daumenschrauben an, zieh sie immer fester, lass sie um ihr Leben fürchten und schon sind sie bereit, sich aus dem Geschäft zurückzuziehen. Ja, das ergibt mehr und mehr ein Gesamtbild. Nur frage ich mich, warum auch Simmons ermordet wurde.«

»Anders als erhofft, ließen sich die Sidiki-Produzenten nicht so schnell einschüchtern. Man gibt eine sprudelnde Geldquelle nicht gleich verloren. Um den Vermutungen, es handele sich um Revierkämpfe unter Schwarzbrennern, keine weitere Nahrung zu geben, haben sie gemeinsam beschlossen, McCreadys Territorium nicht unter sich aufzuteilen, sondern Dennis Simmons mit ins Boot zu holen. Eine Entscheidung, mit der ein Raffke wie Fletcher nicht rechnen konnte. Also musste noch ein Exempel statuiert werden.« Maddox stand auf.

»Tja«, resümierte der Major und erhob sich ebenfalls, »wer auch immer der geistige Urheber war, der Plan klingt bestechend: Der Vertrieb von Alkohol lag bereits in einer Hand. Als Nächstes wollte man ein Sidiki-Monopol errichten, um am Ende die Pubbesitzer mit Schutzgeldforderungen derart in die Ecke zu drängen, dass sie ihr Geschäft aufgeben und man sich dann ins gemachte Nest setzen konnte. Leider ist das alles graue Theorie, wir können nichts beweisen. Sollte uns Fletcher ins Netz gehen, kriegen wir ihn zumindest wegen Konsum und Vertrieb von Alkohol dran. Dank Ihnen. Die Opfer aber, so fürchte ich, bleiben ungesühnt.«

»Eines der Opfer befindet sich zum Glück auf dem Wege der Besserung«, sagte Maddox.

»Sie meinen Barry. Wie geht es ihm?«

»Er ist wieder bei Bewusstsein und mein Besuch bei ihm ist längst überfällig. Ich denke, ich habe ihm einiges zu erklären.«

»Darum beneide ich Sie nicht, Peter.«

»Da sind wir schon zu zweit. Und sprechen Sie mit Ihren Vorgesetzten, Major. Geben Sie weiter, was ich Ihnen erzählt habe, wenn auch vieles nur graue Theorie ist, wie Sie sagen. Vielleicht hilft es Ihnen bei der internen Ermittlung.«

Der Major lachte nicht ohne Bitterkeit. »Davon gehe ich aus. Meine Vorgesetzten sind heilfroh, dass der mutmaßliche Autobomber identifiziert wurde. Und dass es ein Westler ist. Wenn ich in meinem Bericht noch die Hintergründe erläutern kann, dürfte mir das gehörige Pluspunkte einbringen.« Sie hatten den Parkplatz erreicht. Nachdem Major Mohammed Maddox' Caprice unter die Lupe genommen hatte, wollte er sich von dem Reporter verabschieden. Doch der hatte noch etwas auf dem Herzen.

»Eine Bitte hätte ich, Major.«

»Warum bin ich jetzt nicht überrascht, Maddox? Sagen Sie's mir!«

»Weil Sie mich kennen. Nein, im Ernst. Bitte erwähnen Sie die Figur des Prinzen nicht in Ihrem Bericht. Mit viel Glück ist er mein Jack Fletcher, wenn Sie verstehen, was ich meine.«

Der Major zögerte. Schließlich signalisierte er seine Zustimmung.

»Noch was. Schreiben Sie Ihren Bericht noch heute. Morgen kann alle Welt die Geschichte von Jack Fletcher und seiner Vorliebe für Zyanid im *Chronicle* lesen.«

Neunundzwanzigstes Kapitel

»Die Opfer aber, so fürchte ich, bleiben ungesühnt.« Dieser Satz des Majors ging Maddox auf seiner Fahrt zum König-Faruk-Militärhospital nicht mehr aus dem Kopf. Konnte es denn sein, dass Fletcher sich absetzte, um irgendwo auf diesem Planeten wieder aufzutauchen? Mit neuer Identität? Ein Mistkerl wie Jack kommt überall durch und über das notwendige Startkapital dürfte er verfügen, dachte er. »Finden Sie Fletcher und Sie finden den Stoff. Oder umgekehrt.« Seine, Maddox', Worte. Nur ... wo ist das Zeug gebunkert? Geldgierig, wie Jack nun mal ist, würde er die Ladung Alkohol, eine anständige Ladung Alkohol, nicht verloren geben, jetzt, da er womöglich jeden Penny brauchen kann. Maddox gab sich keinerlei Illusion hin, es war nicht Obsession, was ihn antrieb. Es war der Versuch, einen Teil seiner Schuld wiedergutzumachen, so es ihm gelänge, Fletcher beim Kanthaken zu kriegen.

Maddox' Gedankengang wurde unterbrochen, als ein Toyota Echo den Caprice rüde schnitt und auf die Ausfahrt zusteuerte. Doch die Sache hatte auch ihr Gutes.

»Das Peninsular-Compound!«, rief Maddox aus und schlug auf das Lenkrad. Gab es einen besseren Ort, um kistenweise Alkohol zu lagern, als den Tank, Pats improvisierte Ausnüchterungszelle?

Unter dem kakophonischen Protest unzähliger Hupen wendete Maddox an der nächsten Ampel und nahm Kurs auf das P.O.C.-Gelände.

*****

Die Sicherheitsvorkehrungen für die Wohnsiedlung waren nochmals verstärkt worden. Jetzt galt es, eine Schikane aus Betonbarrieren zu umschiffen, zudem hatte der geblümte Sonnenschutz für den Soldaten einer Holzkonstruktion weichen müssen, die man rund um das MG-Nest errichtet hatte. Nur die laxe Haltung des Wachhabenden war die Gleiche. Ein flüchtiger Blick auf Maddox' europäische Züge reichte und er konnte passieren.

Rodriguez lungerte vor seinem Kabuff herum. Als Maddox die Hand nach dem Handschuhfach ausstreckte, schüttelte der Filipino lediglich mit dem Kopf.

»Was denn, heute keine Fahrzeugkontrolle?«, fragte Maddox spöttisch. »Ich will ins PJ's.«

»PJ's gibt's nicht mehr, heißt jetzt Tanya's«, erwiderte Rodriguez lakonisch. »Ist aber zu. Probieren Sie Ihr Glück.«

Kopfschüttelnd fuhr Maddox auf den Parkplatz vor dem Pub. Wo sich sonst um diese Tageszeit Auto an Auto drängte, herrschte heute gähnende Leere. Merkwürdig, dachte er. Beim Aussteigen fiel ihm ein lindgrünes Schild über dem Eingang ins Auge: Tanya's. Alle Achtung, diese Kratzbürste schien sich erfolgreich in Pats Leben einzunisten. Und als hätte sie den sechsten Sinn, bog Tanya auch schon um die Ecke, einen Farbeimer in der Hand. Sie blieb wie angewurzelt stehen, als sie Maddox' gewahr wurde. Der winkte ihr freundlich zu und rief: »Bin gleich bei euch!«, Tanya nickte und stieg die Treppe hoch.

Maddox ging durch das Tor, das zum Swimmingpool führte. Rund um den Pool standen die Mini-Bungalows des Peninsular-Compounds. Schäbige Hütten mit zwei oder drei Betten, euphemistisch Chalets genannt.

Chalet 26 war der berüchtigte Tank. Die Tür war verschlossen. Maddox spähte durch das verdreckte Fenster und schirmte dabei die Augen vor der tief stehenden Sonne ab. Sauber gestapelt standen sie da, Karton über Karton. Mit Johnnie Walker. Mit Smirnoff. Ein Volltreffer!

Durch den Biergarten, vorbei an Tischen und Bänken, ging er zum Pub. Als er dort durch die Tür trat, staunte er nicht schlecht. Das gesamte Mobiliar war in der Mitte zusammengestellt und mit Planen abgedeckt. In den Regalen hinter der Bar befand sich nicht eine einzige Flasche mit Alkohol.

»Wollt ihr hier 'ne Bäckerei aufmachen?«, sagte Maddox zur Begrüßung und deutete mit dem Kopf auf die vereinsamten Regale.

Pat und Tanya standen hinter dem Tresen, wickelten Gläser ein und verstauten sie in Kartons. Maddox setzte sich auf einen der wenigen Barhocker, die noch vorhanden waren.

»Na wenigstens ist mir das Stückchen Heimat geblieben«, meinte er grinsend.

»Schön, dich zu sehen, Peter«, sagte Pat. Sie sah ein wenig abgespannt aus. »Wie geht's Barry? Ich hab gelesen, was passiert ist. Ich finde das alles so furchtbar.«

»Er hat eine Gehirnerschütterung und ein paar gebrochene Rippen. Aber sonst ist er okay. Hat mächtig Glück gehabt, der Junge. Aber erklär mir doch bitte mal, was hier los ist.«

Pat seufzte. Sie goss Maddox einen Sid mit Cola ein.

»Wir renovieren. War längst überfällig. Shereef hat ein paar seiner Leute angeheuert, die uns helfen.«

»Neuer Name, neues Ambiente, neues Leben – weiß Jack über euch Bescheid?«, fragte Maddox und setzte das Glas an die Lippen.

Tanya ging augenblicklich in die Offensive: »An unserer Beziehung ist nichts Verwerfliches. Wir lieben uns, und basta! Was ist falsch daran?«

»Nichts, Tanya, absolut nichts.«

Pat drückte beruhigend Tanyas Hand.

»Und wie seid ihr beide zusammengekommen?«, fragte Maddox.

»Nachdem Jack abgehauen ist, hat mich Pat gebeten, sie im Pub zu unterstützen. Und dann ist es passiert.«

Maddox bemerkte, dass Tanya immer mal wieder an ihm vorbei zur Tür linste. Das sonst so abgebrühte Mädchen schien reichlich nervös zu sein.

»Verstehe«, sagte er, »die berühmte Liebe auf den ersten Blick.«

»Ganz so war es nicht, Peter«, sagte Pat lächelnd. »Ich brauchte eine Weile, um mir über meine Gefühle klar zu werden. Und dann war da immer noch Jack. Er fand sich in seinem neuen Leben nicht zurecht und versuchte, wieder bei mir zu landen, behauptete, er liebe mich noch. Ich war ziemlich durcheinander. Bis ich ihn dann erwischt habe, wie er sich an Tanya ranmachen wollte.«

»Dieser Mistkerl!«, warf Tanya dazwischen.

»Dein Jack, Pat, der dich so sehr liebt, hat seine Frau und die angebliche Schwiegermutter umgebracht und in der Wüste abgelegt wie Müll. Aus Liebe zu dir? Wohl kaum«, sagte Maddox mit brutaler Offenheit. Pat wurde blass und schlug sich die Hand vor den Mund.

»Er hat Menschen nur benutzt. Und wenn sie ihren Zweck erfüllt haben oder seine Pläne zu durchkreuzen drohten, hat er sie umgebracht. Aisha, den Professor, McCready. Und sein Übertritt zum Islam? Fünfmal beten, Bart und Thawb? – Alles nur Staffage.«

Maddox trank seinen Drink aus.

»Das mit McCready – ja, Jack wollte McCreadys Anteil am Sidiki-Geschäft. Aber er wollte ihm nur eine vor den Bug knallen, das hat er gesagt, ich schwöre es, Peter. Es sollte eine kleine Sprengladung sein, genug, um den Blazer zu demolieren. Dann wären die Behörden auf McCready aufmerksam geworden, hätten ihn abgeschoben und Jack hätte übernommen.«

»Erzähl mir doch nichts, Pat! Das hätte er auch anders haben können. Mit einem anonymen Hinweis zum Beispiel. Und warum hast du geschwiegen? Du hast es sogar zugelassen, dass Dennis Simmons über die Klinge springen musste.«

»Was hätte ich machen sollen? Ich habe keine eigene Aufenthaltsgenehmigung. Jacks Verhaftung hätte meine Ausweisung bedeutet. Und hätte ich ihn der Polizei ausliefern sollen? Du kennst die Strafe für Mord in Saudi-Arabien, Peter. Hätte ich zusehen sollen, wie man ihn hinrichtet?«

Pat starrte auf den Boden, unfähig, Maddox in die Augen zu schauen.

»Na ja, jeder ist sich eben selbst der Nächste. Aber auch wenn's um Mord geht? Das musst du wohl jetzt mit deinem Gewissen ausmachen, Pat«, sagte Maddox leise.

»McCready war ein fettes Schwein. Niemand heult ihm eine Träne nach. Die Welt ist ohne ihn besser dran.« Tanya warf den Kopf in den Nacken und lächelte gehässig.

»Es war nicht an Jack, das zu entscheiden.« Maddox zog die Augenbrauen hoch. »Und was ist mit dem Professor? Ist die Welt auch ohne ihn besser dran? Was meinen Sie, Tanya?« Sie zuckte lediglich mit den Achseln.

»Beim Professor sollte es ein Hinterhalt ohne Blutvergießen werden. Sie wollten seine Ladung rauben, mehr nicht«, erklärte Pat. »Er hatte nicht das Zeug zum Schwarzbrenner, war viel zu nervös. Durch ihn wäre womöglich noch alles aufgeflogen. Es sollte lediglich eine Warnung sein, um ihn aus dem Geschäft zu treiben.«

»Wie zerschlissen Dennis' Nervenkostüm war, ist selbst mir aufgefallen. Warum habt ihr so jemanden an euern Tisch geholt?«

Pat wusste darauf offenkundig keine Antwort. Die Tränen schossen ihr in die Augen. »Dieser Beduine hat durchgedreht. Jack hat versucht, ihn zu stoppen, geriet dabei selbst in Lebensgefahr.«

»Das ist ja schrecklich. Der arme Jack!«, sagte Maddox mit beißender Ironie. »Und Barry?«

»Jack hat mich heute Morgen angerufen. Er hat geschworen, dass er nichts damit zu tun hat. Er sprach von einem Nachahmungstäter, einem Trittbrettfahrer.«

Maddox schüttelte ungläubig den Kopf. »Und du hast ihm das alles abgekauft? Sagen wir mal so, du hast jeden aufkommenden Zweifel an Jacks Versionen im Keim erstickt, nicht wahr? Schließlich profitierst du von den jüngsten Entwicklungen nicht unerheblich.«

Pat sah ihn entsetzt an. »Traust du mir das etwa zu, Peter?«

»Entweder das oder es gibt eine andere Erklärung, warum du alles mitgetragen hast. Deine Ausweisung allein reicht mir nicht. Nicht bei vielfachem Mord. Weshalb werde ich das Gefühl nicht los, dass du mir etwas verschweigst?«

»Es war wegen Tanya«, sagte Pat schließlich. »Er hat Tanya bedroht. Auf einen Mord mehr oder weniger komme es ihm nicht mehr an, hat er gesagt.«

»Das hat er dir gesagt? Und du hast auch das geschluckt?« Maddox konnte nicht fassen, was er hier hörte.

»Nein, das hat er nicht Pat gesagt, sondern mir«, mischte sich Tanya ein. »Und wer Jack Fletcher kennt, weiß, dass er verdammt überzeugend sein kann.«

»Du sprichst ein großes Wort gelassen aus, Tanya!«

Alle drei blickten zum Eingang. Keiner von ihnen hatte bemerkt, dass die Tür aufgegangen war. Fletcher schloss sie hinter sich und kam an die Bar. Er hatte sich den Bart abgenommen und das verlebte Gesicht dicht vor Maddox' Nase, flüsterte er: »Warum, Maddox? Warum musstest du alles kaputtmachen?« Und lauter: »Konntest du deine schimmligen Griffel nicht aus meinen Angelegenheiten lassen? Es war alles perfekt eingefädelt. Der Zusammenschluss des Schnapskartells stand kurz bevor. Davon hättest du auch deinen Nutzen gehabt, schließlich säufst du wie ein Loch!«

»Ich bezahle meinen Stoff aber nicht mit Menschenleben, Fletcher.«

Der Kopfstoß traf Maddox völlig unerwartet. Er kippte mitsamt dem Barhocker um und schlug mit dem Hinterkopf hart auf den Boden. »Jack, hör auf! Sofort! Ich mach da nicht mehr mit!« Im Nu war Pat um den Tresen herum, doch Fletcher wehrte ihre Attacke ab, griff ihr ins Gesicht und stieß sie weg. Sie geriet ins Taumeln und knallte gegen die zusammengestellten Möbel. Maddox hatte das Gefühl, der Boden hebe und senke sich, dennoch versuchte er sich aufzurappeln. Fletcher wusste das zu verhindern und trat wie von Sinnen auf Maddox ein. Der spürte die schweren Tritte an den Seiten, an den Armen, im Rücken, als er versuchte, sich zusammenzukrümmen. Pats Stimme: »Hör auf, Jack! Hör gottverdammt noch mal auf! Ruf die Polizei, Tanya, hol Rodriguez, aber tu was!«

Maddox befürchtete wegzudriften. Von oben hörte er Fletcher ächzen und stöhnen. Nur nicht ohnmächtig werden, nicht ohnmächtig werden, sagte sich Maddox ein ums andere Mal. Er hielt die Augen geschlossen, versuchte, sich Jack Fletcher vorzustellen, der blindwütig auf ihn eintrat. Doch er sah nur einen roten Schleier und hörte das Blut durch seinen Schädel rauschen. Fletcher musste innegehalten haben, keine Tritte mehr. »Tu's nicht, Jack, bitte!« Pats flehende Stimme. Gerangel. Das Rascheln von Plastikfolie. Dann fiel ein Schuss. Maddox fragte sich, ob er noch lebe, als ein zweiter Schuss fiel.

Dreißigstes Kapitel

Er öffnete die Augen, schloss sie jedoch gleich wieder. Er war am Leben und lag noch auf dem Boden. Und der war unheimlich bequem. Das tat gut. Nur nicht rühren. Mit den Händen tastete er vorsichtig an sich entlang, suchte nach einer Schussverletzung. Zwei Schüsse, daran erinnerte er sich. Er befühlte seinen Kopf, spürte etwas Warmes.

»Nein, lassen Sie das«, sagte eine überaus bekannte Stimme. »Eine Platzwunde. Man wird Sie gleich versorgen. Die lädierte Augenbraue konnten wir behandeln, mit dem Hinterkopf wäre das etwas schwieriger gewesen. Wir wollten nur warten, bis Peter Maddox wieder unter uns weilt.«

Maddox schlug zum zweiten Mal die Augen auf und über ihm schwebte das Gesicht von Major Mohammed.

»Sie hier? Was ist passiert?«

Langsam wandte er den Kopf zur Seite. Von seiner Position aus konnte er Tanya auf einem der Hocker sitzen sehen, reglos, stoisch geradeaus blickend. Man hätte meinen können, sie befinde sich in einem Zustand der Katatonie. Neben ihr, auf einem zweiten Hocker, saß Pat. Sie hielt sich etwas gegen die Stirn, was wie ein Eisbeutel aussah. Matt lächelte sie Maddox zu.

»Das arme Mädchen ist traumatisiert«, sagte Major Mohammed.

»Wer? Pat Fletcher?«, fragte Maddox.

»Tanya van Slooten. Sie hat Fletcher erschossen. In Notwehr.«

»Notwehr?«

»Den Aussagen der beiden Frauen zufolge zog Fletcher eine Waffe. Pat Fletcher wollte sie ihm entreißen, dabei löste sich ein Schuss. Dann zog Fletcher seiner Frau eins mit der Waffe über und zielte anschließend auf Sie. Die Frauen haben unterm Tresen eine Pistole, für alle Fälle. Tanya van Slooten hat Fletcher damit erschossen, um Ihnen das Leben zu retten, Peter.« Der Major winkte zwei Sanitäter heran, die am Eingang standen und rauchten.

»Jetzt wollen wir mal Ihren Kopf versorgen und anschließend geht's ab ins Krankenhaus.«

Maddox musste es mit sich geschehen lassen, dass man ihn auf eine Trage hob. »Ich hab keine Zeit für Weißkittel«, protestierte er. »Ich hab noch was zu erledigen.«

»Man muss Sie röntgen«, sagte einer der Sanitäter. »Gut möglich, dass Sie ein paar gebrochene Rippen haben, von Prellungen der Nieren und einer Gehirnerschütterung mal abgesehen.«

»Falls ich Nierenprobleme bekomme, verabschiede

ich mich vom Saufen. Alles andere heilt mit der Zeit.« Maddox streckte den rechten Arm aus. »Geben Sie mir Ihre Hand, Major.«

Der Major zuckte die Achseln. »Es ist Ihre Beerdigung«, sagte er und half Maddox auf die Beine. »Aber setzen Sie sich wenigstens auf einen Stuhl, damit die Platzwunde behandelt werden kann.«

Maddox biss die Zähne zusammen und ließ sich zu einem Stuhl führen, vorbei an Tanya und Pat, die ihre Aussagen zu Protokoll gaben. Tanya wirkte noch immer äußerst verstört.

»Wie kommt es eigentlich, dass Sie hier den Hut aufhaben?«, fragte Maddox, während einer der Sanitäter an seinem Kopf hantierte. »Das hier ist wohl kaum Sache der Verkehrspolizei.«

Major Mohammed lächelte vielsagend. »Drücken wir's mal so aus, höheren Ortes war man mehr als beeindruckt von meiner Rolle im Mordfall Al-Bishi und andere. Ich war gerade beim Rapport, habe über die enthaupteten Leichen berichtet, als die Nachricht eintraf, Fletcher sei erschossen worden. Man war der einhelligen Meinung, dass ich das übernehmen soll, da ich quasi eingearbeitet bin. Und nun ist es mein Fall.«

»Ich werde wohl nie begreifen, wie dieses Land tickt«, sagte Maddox. »Aber damit dürfte die interne Ermittlung gegen Sie vom Tisch sein.«

»Davon gehe ich aus.«

Nachdenklich blickte der Major vor sich hin.

»Jetzt gibt es doch noch eine Form von Sühne für die Opfer«, sagte er. »Zwar nicht durch einen Urteilsspruch, aber immerhin eine Form von Sühne. Wie heißt es doch so treffend: ›Wer alles haben will, verliert alles‹.«

»Sehr pointiert, Major. Darf ich Sie in meinem Artikel zitieren?«

*****

Maddox schleppte sich die Treppe zu seinem Apartment hinauf. Es hätte der Schmerzen nicht bedurft, um ihm zu verdeutlichen, wie angeschlagen er war. Allein die Tatsache, dass er es einem Verkehrspolizisten gestattet hatte, den Caprice, seinen Caprice, nach Hause zu steuern, selbstverständlich mit ihm, Maddox, auf dem Beifahrersitz, war beredter Beweis genug. Endlich in seinem Flur angekommen, nahm Maddox ein nie gekanntes, an Euphorie grenzendes Gefühl der Erleichterung wahr. Er war am Leben, um Haaresbreite hätte er nie wieder das zweifelhafte Vergnügen gehabt, über Martinas grellbunte Teppiche zu schreiten. Sein Sarkasmus war zurückgekehrt. Ein gutes Zeichen, ein gutes Omen.

Eigentlich hatte er duschen, den wohligen Strahl warmen Wassers auf seinem geschundenen Körper spüren wollen, doch das musste warten. Mit zusammengebissenen Zähnen ließ er sich vorsichtig auf seinem Schreibtischstuhl nieder und warf den Rechner an. Über eine Suchmaschine gab er »Saudi-Arabien – Regierungsministerien« ein. Die Seite erschien, Maddox klickte erst »Informationsministerium« an und als Nächstes dann »Pressebeschwerdestelle«.

Er sollte nicht enttäuscht werden. Ein weiterer Link führte ihn zur persönlichen Seite des Vorsitzenden der PBS. Da war er: Rami Al-Rasheedi, mit dem Bart des Inquisitors und allem Pipapo strahlte er selbstgefällig vom Bildschirm herab, als feiere er einen erfolgreichen

Tag der Hexenjagd. Unterhalb des Bildes konnte man sich an einer Lobeshymne erfreuen, jede Zeile pure Anbiederung. Wesentlich aufschlussreicher, zumindest für Maddox, war das Bild vom Familienmenschen Rami Al-Rasheedi direkt darunter.

Die Aufnahme zeigte ein mit Regenwasser gefülltes Wadi und darin Al-Rasheedis Land Cruiser. Das Fahrzeug steckte im Schlamm fest. Für Al-Rasheedi offenbar kein Problem, lehnte er doch gut gelaunt und breit grinsend aus dem Fenster. Die Damen der Familie, Mutter und Tochter, beobachteten das Ganze mit stolzer Haltung, die Gesichter nach Sitte konservativer Saudis züchtig abgewandt, während ein junger Mann, laut Bildunterschrift Uthman Al-Rasheedi, ältester Sohn des PBS-Vorsitzenden, so tat, als schiebe er das Fahrzeug von hinten an.

»Söhne und Töchter der Wüste«, murmelte Maddox. »Welch eine Idylle.«

Maddox nahm das Foto von Tarut Island in die Hand und verglich das Profil des Prinzen mit dem des jungen Mannes, der den Land Cruiser anschob. Es bestand nicht der Hauch eines Zweifels, dass es sich um ein und dieselbe Person handelte. Er scrollte weiter und fand das, was er benötigte: Die E-Mail-Adresse und die Telefonnummer Al-Rasheedis. Vielleicht hatte er Glück und Seine Exzellenz befanden sich noch im Büro, das ersparte die Mühe der Recherche nach der Privatnummer.

Nur wenige Minuten später hatte Maddox das Foto eingescannt und einer E-Mail an Al-Rasheedi beigefügt. Jetzt konnte der Tanz beginnen.

Rami Al-Rasheedi hob beim zweiten Klingeln ab.

»Hier ist Seine Exzellenz Rami Al-Rasheedi.«

»Guten Abend, Euer Exzellenz. Peter Maddox hier,

Arabian Chronicle. So spät noch im Büro?«

»Wüsste nicht, was Sie das anginge. Was wollen Sie, Maddox?« Die Stimme klang feindselig, aber auch wachsam. »Meinen Sie, Sie könnten mich umstimmen? Mich dazu bringen, die Ermittlungen gegen Sie einzustellen?«

»Keineswegs, Sir.«

Ein kurzes, spöttisches Lachen. »Ich hoffe, das läuft nicht auf einen Versuch hinaus, mich zu bestechen. Ich fürchte, das dürfte Ihre Mittel übersteigen, Maddox.«

»Nichts läge mir ferner, Euer Exzellenz. Möge der Himmel verhindern, dass es jemals eine Zeit gibt, in der ein Mitglied der königlichen Familie sich bestechen lässt.« Dann kam Maddox zur Sache. »Ist Ihr PC eingeschaltet?«

»Ja.«

»Sind Sie online?«

»Das bin ich.«

»Gut!« Maddox klickte auf ›senden‹. »Ich habe nämlich ein Präsent für Sie. Keine Sorge, es ist kein Virus, lediglich Ungeziefer.«

Schweigen am anderen Ende, während Maddox vor seinem geistigen Auge sah, wie Rami Al-Rasheedi irritiert die Tastatur bediente, um die E-Mail zu öffnen.

»Sollte das Bild Sie nicht beeindrucken, können Sie weitere Verhandlungen Ihrem Sohn Uthman überlassen.«

Noch immer Schweigen.

Dann ein Laut, der wie ein halb erstickter Aufschrei klang.

»Dieses Foto wurde letzten Dienstag in der Nähe des Hafens von Tarut Island aufgenommen. Uthman nahm dort eine Ladung geschmuggelten Alkohol in Empfang. Sehen Sie die Personen neben Ihrem Sohn?«

Keine Antwort.

»Bei den beiden Saudis handelt es sich um die Männer, die heute morgen ermordet wurden – Sie erinnern sich doch an die Orgie mit anschließendem Giftmord? Der Westler, der sich am Whisky delektiert, ist übrigens der Mörder. Sie können alles dazu in der morgigen Presse lesen. Ich empfehle im Übrigen den *Chronicle*, nicht die *Tribune*. Unsere Berichterstattung ist fundierter.«

Al-Rasheedi verlegte sich auf einen Bluff. »Das ist nicht mein Sohn. Das könnte nahezu jeder junge Saudi sein. Das Bild könnte auch gefälscht sein. Ihnen würde ich das glatt zutrauen, Maddox.«

»Sehen Sie das Fahrzeug, das von der Mauer verdeckt ist – den braunen Land Cruiser? Er sieht aus wie Ihr Land Cruiser, finden Sie nicht? Sie haben nicht zufällig letzten Dienstag Uthman Ihren Land Cruiser geliehen?«

»Es gibt viele braune Land Cruiser in Saudi-Arabien«, sagte Al-Rasheedi, aber seiner Stimme mangelte es inzwischen an Selbstvertrauen.

»Dann konzentrieren Sie sich bitte auf den breiten Spalt in der Mauer. Da sieht man den Teil eines Nummernschildes. Ich räume ein, dass es mit einem Vergrößerungsglas besser zu erkennen wäre, aber ich kann Ihnen verraten, dass es sich um ein r und eine 7 handelt, genau wie auf dem Nummernschild Ihres Land Cruisers. Davon durfte ich mich erst vorhin überzeugen, als ich neben Ihnen geparkt habe. Vor dem Gebäude des *Chronicle*.«

»Was soll das werden? Eine Erpressung?«, zischte Rami Al-Rasheedi.

»Ich ziehe es vor, in diesem Zusammenhang von Kooperation zu sprechen. Ich biete Ihnen an, Uthman aus dieser scheußlichen Geschichte herauszuhalten. Niemand muss je erfahren, dass er darin verwickelt war. Er kann ganz still verschwinden und Ihre Familienehre bleibt unangetastet.«

»Und was erwarten Sie im Gegenzug von mir?«

Wären da nicht die Schmerzen, Maddox hätte die Faust in die Luft gereckt. »Sehen Sie, jetzt sprechen wir die gleiche Sprache, Euer Exzellenz.«

Einunddreißigstes Kapitel

Barry blinzelte. Er musste eingenickt sein. Auf dem Bildschirm des Fernsehers sah er eine Araberin mit zu viel Make-up. Al Jazeera. Dabei hatte er doch vorhin BBC World eingestellt. Er tastete mit der unversehrten Hand nach der Fernbedienung, als sich rechts von ihm jemand räusperte. Barry zuckte zusammen.

Maddox saß neben seinem Bett, Stift und Notizbuch in der Hand. Auf seinem Schoß lag eine Ausgabe des *Guardian Weekly*.

»Nettes Zimmer, Kollege. Noch dazu im siebenten Stock«, sagte Maddox und grinste. »Genau das Richtige für eine entspannende Auszeit.«

»Wurde langsam Zeit, dass Sie sich blicken lassen«, entgegnete Barry leicht pikiert.

Maddox erhob sich, um Barry den *Guardian Weekly* zu überreichen. Offensichtlich zu schnell. »Oh!« Ein heftiger Schmerz attackierte seine linke Seite, er sank zurück in den Stuhl und warf das Blatt aufs Bett. »Hier, für Sie, damit Sie mal sehen, was eine anständige Schreibe ist.«

»Danke! Mit Verlaub, Sie sehen echt Scheiße aus, Maddox. Was sind das für Flecken an den Armen?«

»Sie haben's grad nötig! Und überhaupt, die Collage

auf meinem Hinterkopf haben Sie noch gar nicht zur Kenntnis genommen.« Maddox drehte den Kopf. »Ein paar Haarbüschel weniger, dafür ein ästhetisches Heftpflaster.« Er nahm die Fernbedienung vom Nachttisch und schaltete den Fernseher aus. »Nun, ich hatte eine Begegnung der körperlichen Art mit Jack Fletcher.« Er berichtete Barry von den Ereignissen tags zuvor.

Der pfiff liese durch die Zähne, dann klopfte er auf die Zeitungen neben sich. »*Chronicle* und *Tribune*. Bin bereits auf dem Laufenden, was die Giftmorde betrifft. Meinen Glückwunsch! Iqbal und Sie haben zwei vorzügliche Artikel geschrieben. Aber was ist das nur für eine perfide Geschichte.«

Maddox druckste ein wenig herum. »Was den Anschlag auf Sie betrifft, Barry, ich – «

»Vergessen Sie's Peter. Wer Hitze nicht verträgt, soll die Küche meiden. Es ist ja nicht so, dass ich nicht gewusst hätte, worauf ich mich einlasse.«

Maddox sah ihn erstaunt an.

»Kommen Sie, helfen Sie mir bitte«, sagte Barry. »Der Arzt hat mir erlaubt, in den Gemeinschaftsraum zu gehen, sofern ich Begleitung habe.«

Maddox half seinem Kollegen aus dem Bett. Nachdem der akribisch seinen Bademantel in Ordnung gebracht hatte, verließen sie im Zeitlupentempo das Zimmer. Auf Maddox gestützt, setzte Barry behutsam einen Fuß vor den anderen.

»Ist heute Abend nicht die Verleihung der Goldenen Federn?«, fragte er.

»Ja, und das erinnert mich daran, dass ich noch Jackett und Krawatte kaufen muss«, erwiderte Maddox.

»Wie? Sind Sie denn nicht ausgeschlossen von der Veranstaltung? Wie haben Sie das gedreht?«

Maddox zwinkerte Barry zu. »Ich habe Grund zu der Annahme, dass mein alter Freund Rami Al-Rasheedi nachher meiner moralischen Unterstützung bedarf.«

»Ach ja?« Barry warf Maddox einen misstrauischen Blick zu. »Wie auch immer. Noch mal zurück zur Fletcher-Story«, sagte er dann, »ich gehe davon aus, dass Sie und Gorman auf der jeweils eigenen Position beharren werden, nicht wahr? Doch wenn man zwischen den Zeilen liest, stößt man auf eine Verschwörung, die beide Elemente enthält, islamischen Fundamentalismus und Krieg unter Schwarzbrennern.«

Maddox ließ dies unkommentiert.

»Was den Prinzen betrifft, weder im *Chronicle* noch in der *Tribune* bin ich auf einen Hinweis gestoßen.«

»Gorman weiß nichts von seiner Existenz«, sagte Maddox.

»Haben Sie vor, seine Rolle im Schmuggel- und Sidiki-Geschäft zu enthüllen?«

Maddox schüttelte den Kopf. »Je mehr Aufhebens wir davon machen, desto größer werden unsere eigenen Probleme. Der Prinz und sein Anhang stehen ziemlich weit oben in der Saudi-Hierarchie. Ein eher unbedeutender Zweig der königlichen Familie, aber immerhin ein Zweig. Ich habe dafür gesorgt, dass er aus allem rausgehalten wird. Würde seine Verstrickung in diese Affäre öffentlich, würden die Behörden jeden Pub, jede illegale Destille mit einer Racheaktion überziehen.«

»Weiß Khalid Al-Yaani, was Sie mir gerade erzählen?«

»Nein.«

»Und weshalb erzählen Sie's mir?«

Maddox lächelte.

»Weil ich darauf vertraue, dass es unter uns bleibt.«

Endlich hatten sie den Aufenthaltsraum erreicht. Als sie die Tür öffneten, schlug Ihnen eine Mischung aus abgestandenem Rauch und Schweißgeruch entgegen. Sie suchten sich einen Platz am Fenster, und nachdem sie in zwei zerschlissenen Sesseln Platz genommen hatten, starrte Barry für eine Weile hinaus auf den sandgeschwängerten Dunst, der über der Stadt hing.

Schließlich sagte er: »Ich könnte wahrlich ein Buch schreiben über all die krummen Dinger, die da draußen gedreht werden. Da wär nur das Problem, dass mir niemand die Sache abkauft.«

Maddox nahm das Stichwort auf. »Das Buch oder was drinnen steht?«

»Sehr spitzfindig, Maddox.«

»Ich bezweifle sehr, dass Sie ein Buch über Ihre Abenteuer in Saudi-Arabien schreiben werden, Barry. Sicherlich haben Sie die Geheimhaltungserklärung unterschrieben, bevor Sie hier eingeschwebt sind.«

Alle Farbe wich aus Barrys Gesicht.

»Wie lange wissen Sie es?«

»Dass Ihre Loyalität Khalid Al-Yaani und seinen Freunden beim britischen Geheimdienst gilt? Ich gebe zu, noch nicht allzu lange. Aber ich hatte von Anfang an so eine Ahnung.«

Barry betrachtete seinen Gipsarm.

»Sie haben ein bisschen zu dick aufgetragen, was Ihre Naivität betrifft. Die Flasche Scotch, die Sie einführen wollten. Kein versierter Journalist reist in ein Land, ohne sich über den kulturellen Hintergrund informiert zu haben. Erst recht nicht, wenn es sich um Saudi-Arabien handelt.«

»Khalid war der Ansicht, je unbedarfter ich mich gebe, desto schneller nehmen Sie mich unter Ihre Fittiche.«

»Um mir besser hinterherspionieren zu können?«

Barry schwieg.

»Und dann Emer.«

»Was ist mit Emer?«

»Nun ja, erst Ihr heimlicher Anruf bei ihr, am Sonntag, von meinem Telefon, und dann taucht sie im PJ's auf, sucht gezielt nach Ihnen. Mir war klar, dass sie keine alte Bekannte aus Huddersfield ist und so wurde mir Ihre Beziehung zu schnell zu eng, um echt zu sein.«

Zum ersten Mal ging Barry in die Defensive. »Da ist nichts vorgetäuscht. Das ist echte Zuneigung.«

»Ich vermute, Emer ist Ihre Kontaktperson – die Verbindung zwischen Ihnen und dem britischen Konsulat.«

Barry nickte. »Und wenn nötig fungiert Emer auch als Vermittlerin zwischen dem britischen Konsulat und Khalid Al-Yaani.«

»Und Khalid?«

»Die Verbindung zwischen Khalid und – wie haben Sie's gerade ausgedrückt? – seinen Freunden beim britischen Geheimdienst ist Ihnen hinlänglich bekannt. Als die saudische Regierung darauf beharrte, dass der Mord an McCready Teil eines Bandenkrieges unter Schwarzbrennern sei, befürchtete das Außenministerium Vergeltungsaktionen gegenüber seinen Staatsbürgern. Man ist an mich herangetreten und ich habe ja gesagt.«

»Ja gesagt, mich und meine Recherchen im Auge zu behalten und Khalid und dem Konsulat Bericht zu erstatten?«

Barry nickte. »Ihnen eilt nicht unbedingt der Ruf voraus, besonders kooperativ zu sein. Sie sollen schon mal mit der einen oder anderen Info hinterm Berg halten. Dazu Ihr sprichwörtlicher Eigensinn. In einer heiklen Angelegenheit, die zudem die Unversehrtheit britischer Bürger betrifft, muss man dem etwas entgegenhalten.«

»Dann war das Fletcher-Dossier von Ihnen?«

»Vom Konsulat, genauer gesagt, vom dortigen Verbindungsbeamten für Sondereinsätze. Es sollte Ihnen auf die Sprünge helfen, was Fletcher betraf.«

Maddox seufzte. »Aber jetzt verraten Sie mir noch, wie die auf Sie gekommen sind. Ich will Ihnen nicht zu nahetreten, aber ein Reporter vom *Huddersfield Courier* landet so mir nichts, dir nichts im Gestrüpp der Geheimdienste. Oder sind Sie etwa – «

»Nein, nein, ich kann Sie beruhigen. Ich bin Journalist, ein begeisterter sogar. Nur ist Huddersfield nicht die Fleet Street oder besser gesagt die Virginia Street. Ich habe gewisse Verbindungen ... aber Sie werden sicherlich verstehen, wenn ich mich da bedeckt halte. Wie auch immer, man hat mir die Tüte Popcorn hingehalten und ich hab reingegriffen.«

Einen missmutigen Zug um die Mundwinkel, starrte Barry aus dem Fenster und beobachtete das sepiagetönte Schauspiel der Staubwolken, die sich sachte auf die Stadt und ihre Vororte senkten.

»Woran denken Sie, Barry?«

»Woran ich denke? Gute Frage. Ich will nicht mehr zurück nach Huddersfield, daran denke ich.«

»Ich sehe nicht, warum Sie das sollten. Man müsste es Khalid nur schmackhaft machen.«

»Sie haben doch wieder Hintergedanken, Maddox!«

Maddox hatte in der Tat ein noch ungelöstes Problem. Wie sollte er Barry davon überzeugen, den Prinzen zu ignorieren? Vermutlich hatte er ihn bereits in einem seiner Berichte erwähnt. Noch dazu schuldete er Barry einen Gefallen und nicht umgekehrt.

»Ich schlage Ihnen einen Deal vor. Ich rede mit Khalid und Sie vergessen den Prinzen.«

»Wie soll das gehen? Ich habe bereits berichtet, dass ich ihn auf Tarut Island gesehen habe. Und wie wollen Sie Khalid überzeugen, mich fest anzustellen?«

»Eins nach dem andern, Barry. Khalid zu überzeugen, dürfte mir nicht schwerfallen. Ihre journalistischen Fähigkeiten sind hervorragend, das kann ich wohl am besten beurteilen. Außerdem treibt ihn eines ganz besonders um: Die saudische Königsfamilie nicht zur Ruhe kommen zu lassen. Mit der Fletcher-Al-Bishi-Story, an der Sie nicht unerheblich beteiligt waren, haben wir ihm genügend Munition geliefert. Alles eine Frage der Argumentation. Ein Angehöriger der Religionspolizei, der knietief im Alkoholsumpf steckt und im Anschluss an eine Orgie vergiftet wird – das ist mehr als ein Staubkorn auf einem weißen Thawb. Außerdem sollte sich Khalid erkenntlich zeigen, dass Sie für seine Ambitionen Ihr Leben riskiert haben. Na, wie klingt das?«

Barry seufzte. »Sie sind wirklich mit allen Wassern gewaschen, Maddox. Okay. Den Naivling habe ich bereits gegeben und die im Konsulat sind nicht im Ansatz so scharfsinnig wie Sie. Für die wird mir schon was einfallen, um mich aus der Prinzen-Geschichte zu winden. War schließlich auch ein schönes Durcheinander.«

»Dann haben wir also einen Deal?«

»Haben wir, Maddox.«

Maddox sah auf seine Uhr. »Ich muss los. Jackett und

Krawatte kaufen. Soll ich Sie zurück in Ihr Zimmer bringen?«

»Nein, lassen Sie mal. Ich warte hier auf Emer.«

Maddox stand vorsichtig auf. »Dann machen Sie's gut, Barry, bis demnächst.«

»Ja, bis demnächst und viel Spaß mit Seiner Exzellenz und den Goldenen Federn.«

»Den werd ich haben, verlassen Sie sich drauf.«

Zweiunddreißigstes Kapitel

Hotel Grenada, Al-Khobar

»Junge, wie ich das Ding hasse!«, sagte Maddox, der vom Schutze seines Caprice aus an der architektonischen Monstrosität emporblickte.

Eine goldbemalte Konstruktion in Form einer Pyramide krönte das Dach der Veranstaltungsräume des Hotels Grenada. Was die Pyramiden von Gizeh mit Grenada zu tun hatten, vermochte Maddox nicht einmal ansatzweise zu erraten. Das Gebäude hätte eher als verkitschtes Casino nach Las Vegas gepasst. Heute Abend waren die Veranstaltungsräume Ort der Vergabe der Saudi Press Awards. Bei seinem Gang über den Parkplatz atmete Maddox die feuchte Luft tief ein, die sich bei Sonnenuntergang aus Richtung See hereingeschoben hatte.

Am Eingang musste er sich seinen Weg durch eine Gruppe von Rauchern bahnen, die man nach draußen verbannt hatte. Ein gutes Zeichen, bedeutete es doch, dass man die Reden bereits gehalten hatte, das Essen beendet war– also Zeit, um eine Zigarette zu genießen, bevor die Preisvergabe losging.

Maddox blieb am Eingang des Foyers stehen, um Manschetten und Jackett zu richten. Die Farbe des Jacketts passte halbwegs zu seinen beigefarbenen Hosen. Nur bei dem marineblauen Hemd und der burgunderfarbenen Krawatte war er sich nicht sicher. Sein Kleidungsstil war von jeher Martinas Lieblingsthema gewesen. Zum Glück ist sie nicht hier und sieht meine Schuhe, dachte Maddox. In Ermangelung von Schuhcreme hatte er sie schnell mal mit einem feuchten Tuch abgewischt.

Maddox bemühte sich um Dynamik im Schritt, obwohl sein Körper noch immer Schmerzen aussandte. Allein die Pflaster am Hinterkopf und an der Augenbraue reichten als Blickfang, man musste nicht auch noch schleichen, als sei man gerade von den Toten auferstanden. Unterhalb der Decke des Foyers, über seine gesamte Längsseite, hing ein Banner. Blaue Buchstaben auf weißem Grund verkündeten die Verleihung der 12. Saudi Press Awards.

Am Eingang zum Saal, hinter einem Pult, stand einer von Rami Al-Rasheedis Günstlingen aus dem Informationsministerium. Was den Einlass betraf, hielt er sich strikt an die auswendig gelernte Gästeliste. Als Maddox sich näherte, trat der Adlatus hinter dem Pult hervor. Die Hand ausgestreckt wie ein Polizist, der den Verkehr regelt, senkte er den Blick und mit einem spöttischen Lächeln sagte er: »Was machen Sie hier, Maddox? Sie kennen die Regeln. Solange eine Untersuchung wegen beruflichen Fehlverhaltens nicht abgeschlossen ist, dürfen Journalisten keiner Presseveranstaltung beiwohnen.«

»Schauen Sie in die Gästeliste!«

Der Adlatus schüttelte den Kopf, als er wieder hinter das Pult trat. Betont langsam fuhr sein Finger die Gästeliste entlang. Das maliziöse Lächeln fror buchstäblich ein, während er die Seiten durchging. Allerdings verschwand es augenblicklich, als er auf der letzten Seite den handschriftlichen Eintrag Peter Maddox, *Arabian Chronicle* zur Kenntnis nehmen musste. »Es kann sich nur um ein Versehen handeln, dass Sie ursprünglich nicht auf der Gästeliste standen.«

Maddox lächelte ihn charmant an, sagte: »Fick dich«, und schlenderte in den Saal. Obwohl die Ähnlichkeit nur eine oberflächliche war, fühlte er sich an einen Ballsaal des achtzehnten Jahrhunderts erinnert. Allerdings gab es keine Musik. Doch was Veranstaltungen wie diese für Maddox so unnatürlich machte, war die völlige Abwesenheit von Frauen. Alle Kolleginnen, die zur Preisverleihung erschienen waren, drängten sich vermutlich irgendwo in einem kleinen Raum des Hotels und konnten die Preisvergabe nur per Videoschaltung verfolgen.

Der Saal lag im Halbdunkel. Maddox, der im kühlen Strom der Klimaanlage zu frösteln begann, ließ seinen Blick durch den Raum schweifen und musterte die Gesichter an den gut fünfzig Tischen. Die größten Gruppen saßen an den Tischen der arabischsprachigen Blätter. An einem der zentralen Tische entdeckte Maddox die Mannschaft der *Tribune*. Bentley Gorman saß inmitten seiner Waffenbrüder. Sie waren mehr als aufgeräumter Stimmung, ihre Siegesgewissheit war förmlich zu greifen.

Wie zu erwarten, lag der zugewiesene Platz für die Vertreter des *Arabian Chronicle* – Khalid Al-Yaani, Sanju und Iqbal – weiter hinten im Saal, also deutlich am Rande des Ereignisses. Maddox ging zwischen den Tischen hindurch und spürte den Blick Dutzender Augenpaare im Rücken – neugierige Blicke, verschlagene Blicke, enttäuschte Blicke derer, die versucht hatten, ihn auszuschließen.

»Setzen Sie sich, Maddox.« Khalid Al-Yaani bedeutete ihm, den leeren Platz zwischen sich und Sanju einzunehmen. Maddox' Anwesenheit schien ihn nicht im Geringsten zu überraschen. »Ich habe mich schon gefragt, weshalb man einen zusätzlichen Stuhl an unseren Tisch gestellt hat.« Selbst zu einem solchen Anlass ließ es sich Al-Yaani nicht nehmen, die Versammelten zu brüskieren. Während alle Saudis seines Standes in prächtige Gewänder gehüllt waren, gefiel er sich im weißen Thawb des einfachen Mannes.

Maddox nahm Platz. Ihm gegenüber saß ein nervöser Iqbal Singh, zumindest deutete sein ständiges Zerren am Krawattenknoten auf eine gewisse Anspannung hin.

»Hören Sie doch um Gottes willen endlich mit dieser Fummelei auf«, fuhr Sanju ihn an. Dann tippte er Maddox auf den Arm und reichte ihm einen Plastikbecher mit Sidiki und Orangensaft, ein Gemisch, das er aus einer unter dem Tisch versteckten Flasche eingegossen hatte. »Cheers!«, flüsterte er. »Trink, denn hinterher haben wir nichts zu feiern – wir haben nicht die richtigen Ärsche geleckt, mein Freund. Was ist das eigentlich für ein Pflaster an der Stirn? Zu viel Château Maddox?« Sanju hatte bereits einen gehörigen Zacken in der Krone.

»Kann man so sagen. Cheers. Ich bin froh, wenn Misses Zinta wieder da ist und sich um dich kümmert, Sanj«, sagte Maddox.

»Und bis Misses Zinta vom Subkontinent zurück ist, wird Sanju wohl für sich selber sorgen müssen.« Der Chefredakteur blickte sich verstohlen um und schenkte sich unterm Tisch nach. Glücklicherweise begann in diesem Moment die Preisverleihung.

Rami Al-Rasheedi stieg hinauf zum Podium und trat

ans Rednerpult. Daneben stand ein Tisch mit den kitschigen Trophäen – eine stattliche Anzahl vergoldeter Federn auf einem mit einer Gravur versehenen Sockel. Da Al-Rasheedi seine Rede über journalistische Integrität bereits früher am Abend gehalten hatte, stieg er sogleich in die Vergabe der Preise ein. Wie vorauszusehen war, räumten unter den arabischsprachigen Zeitungen die Blätter ab, die mit der Regierungspolitik konform gingen, darunter auch das Schwesterblatt der *Kingdom Tribune*, das eine wahre Legion von Auszeichnungen für sich verbuchen konnte.

Am Tisch der *Tribune* kam es fast zu einem Aufruhr, als der Preis »Bester Journalist in der Kategorie Frauenthemen« an eine bei einem Konkurrenzblatt beschäftigte Reporterin ging. Der männliche Begleiter der Reporterin nahm den Preis für sie entgegen und hielt eine begeisterte Dankesrede. Schließlich schritt man zur Preisvergabe an die beiden englischsprachigen Zeitungen Saudi-Arabiens. Maddox sah die Anspannung bei Khalid Al-Yaani, sah den stoischen Gesichtsausdruck, mit dem er sich gegen das jährlich stattfindende Ritual der Erniedrigung wappnete. Sein Stolz verbot es ihm, dem Spektakel fernzubleiben, und Jahr für Jahr zahlte er den gleichen Preis für seine Weigerung, Passagier auf dem Dampfer der Regierung zu werden.

Nach bewährtem Muster gingen die Preise für die Sport- und Islamseiten an die *Tribune*. Was folgte, war die Auszeichnung für die beste Artikelserie über ein Kulturthema. Heiß gehandelt wurde der Restaurantkritiker der *Tribune* und seine über drei Monate vierzehntägig erschienene Serie »Mit Lucullus durch die Ostregion«. Maddox beobachtete mit hämischer Freude, wie der massige Mann sich bereits in Positur warf.

Rami Al-Rasheedi nahm den Umschlag, schlitzte ihn mit einem silbernen Brieföffner auf, der ihm, wie Khalid erklärte, früher am Abend von Mitarbeitern der *Kingdom Tribune* überreicht worden war. »Sie wollen doch nicht andeuten, dass dies eine vorzeitige Dankesbekundung sei?«, fragte Maddox mit gespielter Verwunderung.

Khalid zog eine Augenbraue hoch. »Gott behüte! Nur ein Zeichen der Wertschätzung. Völlig in der Ordnung.«

Nachdem er die Karte aus dem Umschlag genommen hatte, las Al-Rasheedi mit leiser Stimme: »Die Goldene Feder in der Kategorie ›Beste Artikelserie zu einem einzelnen kulturellen Thema‹ geht an Barry Kennedy vom *Arabian Chronicle* für seine aktuelle Serie ›Willkommen in Arabien‹.«

Schweigen. Schließlich begriff man, dass die *Tribune* aus dem Rennen war, und mit Ausnahme der *Tribune*-Ecke brachen alle in spontane Beifallsrufe und Applaus aus. Maddox bemüht sich, ähnlich überrascht zu wirken. Doch Khalid Al-Yaani führte man nicht so leicht aufs Glatteis und so musterte er Maddox mit leichtem Argwohn.

Sanju wollte aufstehen, um die Dankesrede zu halten, doch Maddox legte ihm die Hand auf die Schulter und hielt ihn zurück. »Iqbal ist dran.«

Khalid signalisierte seine Zustimmung mit einem Nicken und so fügte sich Sanju, wenn auch widerwillig.

»Ein Preis aus Mitleid, weil Barry das zugestoßen ist«, sagte Sanju und goss sich noch einen Drink ein.

Stocksteif schritt Iqbal den Gang zwischen Wand und Tischen entlang. Doch der beinahe frenetische Applaus vieler Kollegen flößte ihm Selbstvertrauen ein und mit Schwung in den Bewegungen stieg er hoch zum Podium. Mit versteinerter Miene überreichte Al-Rasheedi Barrys

Goldene Feder. Anschließend posierten Iqbal und der PBS-Vorsitzende für ein Pressefoto. Dann trat Al-Rasheedi beiseite, um Iqbal den Platz hinter dem Rednerpult zu überlassen. Der Inder räusperte sich. »Sehr verehrte Damen und Herren. Unglücklicherweise ist Barry Kennedy nicht in der Lage, den Preis persönlich entgegenzunehmen. Wie Sie alle wissen, wurde er in Ausübung seiner journalistischen Tätigkeit Opfer eines Bombenanschlags, der ihn fast das Leben gekostet hätte.

Barry ist ein neues Gesicht unter uns Journalisten im Königreich Saudi-Arabien. Er war gerade mal eine Woche bei uns, bevor er außer Gefecht gesetzt wurde. Doch bereits in dieser relativ kurzen Zeitspanne hat er eine ganze Reihe von Artikeln für seine Serie ›Willkommen in Arabien‹ verfasst. Seine frische Sichtweise auf das Leben im Königreich hat eine ganze Nation in ihren Bann geschlagen und ihn bei der Leserschaft beliebt gemacht. Er hat uns ein neues Verständnis für die kulturelle Schlucht vermittelt, die ein Ausländer überwinden muss, will er mit den Menschen dieses wunderbaren Landes in Harmonie leben.«

Er hielt die Goldene Feder hoch wie eine Fußballtrophäe. Seine Schlussworte waren ein kaum verhohlener Angriff auf die mit undurchdringlichen Mienen dasitzenden Abgesandten der *Kingdom Tribune.* »Barry Kennedy hat bewiesen, dass man als Journalist mit Aufrichtigkeit und Sensibilität die Herzen und Seelen einer Nation gewinnen kann. In tiefer Dankbarkeit nehme ich in seinem Namen diese Anerkennung seiner journalistischen Fähigkeiten an.«

Khalid zeigte eines seiner seltenen Lächeln. »Gute Rede.«

»Mir kam's ein wenig übertrieben vor«, sagte Sanju eingeschnappt.

Unter dem großen Applaus der Gäste stieg Iqbal vom Podium herunter und steuerte auf den Tisch des *Arabian Chronicle* zu. Mit strahlender Miene platzierte er die Trophäe mitten auf dem Tisch.

Al-Rasheedi war zum Rednerpult zurückgekehrt, um den nächsten Umschlag zu öffnen. Sanju füllte Maddox' Becher nach. »Gorman hat den Preis so gut wie in der Tasche«, sagte er.

»Du scheinst heute in blendender Stimmung zu sein.« Maddox lachte.

Mit nochmals gedrosseltem Enthusiasmus nahm Al-Rasheedi die Karte aus dem Umschlag. »Die Goldene Feder in der Kategorie ›Beste investigative Reportage‹, vergeben für die Recherchen und Artikel im Zusammenhang mit den Bombenanschlägen auf Schwarzbrenner in der Ostregion, geht an Peter Maddox und Iqbal Singh vom *Arabian Chronicle.*«

Bentley Gorman war bereits vor der Verkündung der Namen aufgestanden. Jetzt drehte er sich zum Tisch des *Chronicle*, doch seinem Gesicht war keinerlei Gefühlsregung abzulesen. A la bonne heure, dachte Maddox, der Junge hat sich echt im Griff. Anders als Khalid und Sanju, die mit offenen Mündern dasaßen. Erneut brandete Beifall auf im Saal, diesmal begleitet von Pfiffen der Begeisterung. Maddox erhob sich, beugte sich hinüber zu Iqbal und schüttelte ihm die Hand.

»Kommen Sie, man erwartet uns da oben. Was dagegen, wenn ich hinters Rednerpult trete?«

Iqbal schüttelte den Kopf. »Keinesfalls«, sagte er, »mir würden diesmal die Worte fehlen.«

Nachdem Rami Al-Rasheedi Maddox und Iqbal Singh die Auszeichnungen überreicht hatte und das obligatorische Foto im Kasten war, wollte er einen hastigen Rückzug antreten. Maddox nagelte ihn mit einem Blick am Boden fest, bedeckte das Mikrophon mit der Hand und flüsterte ihm zu:

»Ich weiß Ihre Klugheit zu schätzen, Euer Exzellenz, und ich wette, Uthman geht es nicht anders. Wo wird er sich künftig engagieren?«

Der PBS-Vorsitzende lief rot an. »In Übersee. Er wird Betriebswirtschaftslehre studieren.«

»Sehr weise!«

Maddox wandte sich an das erwartungsvolle Publikum und nahm die Hand vom Mikrophon.

»Werte Damen und Herren, geschätzte Kollegen. Als Erstes geht unser Dank – denn ich spreche hier auch im Namen meines Kollegen Iqbal Singh, der hier neben mir steht – an den Herausgeber des *Arabian Chronicle*, Mr. Khalid Al-Yaani, und an seinen Chefredakteur Mr. Sanju Zinta für ihre beharrliche Unterstützung.«

Maddox wartete, bis sich der Applaus gelegt hatte.

»Vor kaum einer Woche noch waren die Meinungen über den Hintergrund der sogenannten Schwarzbrennermorde geteilt. In einigen Kreisen, und ich beziehe mich hier auf die BBC, nahm man an, dass die Morde islamischen Fundamentalisten zuzurechnen seien. Andere wiederum sahen in ihnen Indizien für einen Bandenkrieg, ähnlich den Massakern, die zu Zeiten der Prohibition in den USA an der Tagesordnung waren. Durch sorgfältige Recherche ist es Iqbal Singh und mir gelungen, die Richtigkeit der ersten Theorie zu beweisen. Es ist uns gelungen, eine Verschwörung unter Islamisten aufzudecken, die sich mörderische Angriffe auf die westliche Gemeinde zum Ziel gesetzt hatte. Betrachten wir, die wir uns als professionelle Journalisten begreifen, das als Lektion und hüten wir uns davor, voreilige Schlüsse zu ziehen. Ich danke Ihnen.«

Auf dem Weg zurück zum Tisch trat Bentley Gorman auf Maddox zu.

»Gratulation, Maddox! Wie haben Sie das geschafft?« Er streckte die Hand aus und Maddox griff zu und schüttelte sie.

»Mit Leistung, Bentley«, sagte er schlicht.

»Fragt sich nur, worin diese Leistung bestand.«

»Das interessiert doch im Nachhinein niemanden mehr. Wer wüsste das besser als Sie.«

Mit diesen Worten ließ Maddox den verdutzten Gorman stehen und begab sich zu seiner Truppe. Khalid Al-Yaani lehnte sich zu Maddox hinüber. »Ich werde das Gefühl nicht los, dass sich hier Räder in Rädern drehen, Peter.«

»Und manchmal sollte man seinem Gefühl absolut vertrauen, Khalid.«

Al-Yaani erhob sich von seinem Platz.

»Gentlemen, es war ein guter Abend für uns.« Er sah seinen Chefredakteur an und verdrehte die Augen. Sanju döste vor sich hin. »Sorgen Sie bitte dafür, dass Mr. Zinta nicht selbst nach Hause fährt.«

*****

Ein Glas Wein in der Hand, ließ sich Maddox aufs Sofa fallen. Einfach nur abhängen. Er stellte den Fernseher ein. Auf Deejay TV schwangen ein paar Frauen ihre Hüften in einer Art und Weise, die ihm eigentlich gefallen müsste, zumindest seine Aufmerksamkeit erregen sollte. Doch er ertappte sich dabei, dass er fernsah ohne fernzusehen. Maddox' Kapital war sein Instinkt und der hatte sich noch nicht beruhigt. Er nagte an ihm. Auf dem Beistelltisch lag der dicke braune Umschlag mit den ach so belastenden Beweisen für sein Fehlverhalten. Die Sache war gegessen. Maddox' Gedanken wanderten zu Pat, zu Pat und Tanya. Dass man so Knall und Fall sexuell die Seiten wechseln konnte? Maddox grinste in sich hinein und fragte sich, ob das bei Männern auch so funktioniere. Nun, bei ihm bestand die Gefahr nicht. Immerhin, wäre Tanya nicht gewesen, läge er im Leichenschauhaus und nicht auf seinem Sofa. Tanya?

Er stieß sich aus dem Sofa hoch, stolperte in sein Schlafzimmer und nahm das Dossier zur Hand. Er blätterte zu den Seiten, die Jacks Zeit in Südafrika betrafen. Es gab eine Reihe von Strafmandaten, hauptsächlich Geldstrafen wegen Geschwindigkeitsübertretungen oder Fahrens unter Alkoholeinfluss. Dann war da der Bericht über seine Festnahme.

Maddox brauchte nicht lange zu lesen. »Wie blöd muss man eigentlich sein?«, murmelte er vor sich hin.

Dreiunddreißigstes Kapitel

»Morgen, die Damen! Macht ihr eine Pause vom Renovieren oder habt ihr noch gar nicht angefangen?«

Maddox zog sich einen Verandastuhl heran und stellte ihn unter einen Sonnenschirm. Er saß jetzt mit dem Rücken zum Pool, Tanya und Pat vor sich, die es sich auf Liegestühlen bequem gemacht hatten.

Pat lächelte und nahm ihre Sonnenbrille ab.

»Morgen, Peter. Nein, das Renovieren besorgen doch die Jungs von Shereef. Übrigens, herzlichen Glückwunsch! Wie ist es dir gelungen, Gorman bei den Press Awards auszustechen? Der muss doch Amok gelaufen sein.«

»Es hielt sich in Grenzen, aber je weniger man darüber redet, desto besser.« Maddox zwinkerte ihr zu. »Eigentlich bin ich gekommen, um mich zu bedanken. Bei Tanya.«

Tanya richtete sich auf. »Bei mir?«

»Aber sicher doch. Ohne Sie hätte Bentley Gorman die Goldene Feder abgegriffen, es sei denn, man hätte sie mir posthum verliehen.«

»Hätte ich etwa mitansehen sollen, wie man Sie erschießt?«, fragte sie schnippisch.

»Vermutlich hätte Sie das den Rest Ihres Lebens verfolgt. Im Grunde muss ich mich als vom Glück verwöhnt betrachten. Dafür durfte mein Kollege Barry Kennedy die Suppe auslöffeln, die Jack für mich angerichtet hatte.«

Pat sah ihn erstaunt an. »Du sprichst in Rätseln, Peter.«

»Na ist doch ganz einfach. Jack hat gedacht, ich fahre den Land Rover, und hat ihn präpariert. Wäre ich am Samstag nicht mit dem Caprice ins PJ's gekommen, hätte es anstelle des Verkehrspolizisten Rodriguez getroffen. Rodriguez und seine ansteckend gute Laune. Da würde richtig was fehlen. Von mir ganz zu schweigen.«

Tanya fixierte Maddox. Pat setzte sich auf und sah sie an. »Ich erinnere mich. Du hast Peter angerufen und ihn gebeten, er soll herkommen und uns mit der Destillieranlage helfen. Warum eigentlich? Wir haben doch Shereef? Ich habe das gar nicht begriffen. Und dann bist du rausgerannt.«

Tanya lächelte vage. »Mir war schlecht.«

»Vielleicht ist Ihnen bei meinem Anblick schlecht geworden?«

Pat sah verwirrt von Tanya zu Maddox und wieder zurück.

Maddox nutzte die Chance. »Hatte Jack eigentlich eine Lebensversicherung, Pat?«

»Ja. Wir sind, beziehungsweise waren beide versichert. Erst gestern hat Tanya gemeint, dass ... «

»Ja?«

»Nun, sie hat vorgeschlagen, dass wir unter den jetzigen Umständen eine neue Versicherung abschließen und uns gegenseitig als Begünstigte einsetzen sollten – nur für den Fall.«

Maddox wandte sich wieder Tanya zu. »Es geht ständig nur ums Geld, nicht wahr, Tanya? So war's immer, so wird es immer sein. Sie haben mir erzählt, Sie hätten Ihre Ausbildung in Südafrika gemacht. Dort haben Sie Jack kennengelernt, als er in den Goldminen gearbeitet hat. Ich habe den Polizeibericht gelesen. Jack hatte Sex mit einer Minderjährigen. Vorname ›Tanya‹, der Nachname wurde auf Grund Ihres Alters nicht erwähnt.« Tanya fest im Blick, fragte er: »Wo bist du eigentlich gewesen, als Jack in Südafrika gearbeitet hat, Pat?«

»Ich war in Kanada, in unserem Haus.«

Tanya war intelligent genug, um zu wissen, dass weiteres Leugnen keinen Sinn hatte. Ohne Rücksicht auf Pat legte sie los. »Schon mal was von den Typen gehört, die junge Mädchen aushalten? Auf dem Internat hatten alle Niggermädchen einen. Ein älterer Mann, der sich um sie kümmert, ihnen Kleider kauft und sie zum Essen einlädt. So ein Sugardaddy war das Normalste von der Welt und Jack war mein Sugardaddy. So hab ich auch den Job im Kindergarten bekommen. Jack hat dafür gesorgt. Er brauchte eben ein zweites Gleis, eins, das noch nicht so ausgefahren war. Mit dir lief doch nicht mehr viel.«

Aus den Augenwinkeln sah Maddox Pats entsetztes Gesicht.

»Wie ist es Ihnen gelungen, Dennis Simmons zu manipulieren? Ich habe Sie in der Nähe von McCreadys Haus gesehen, als Sie so taten, als würden Sie joggen. Sie haben nur die Gegend im Auge behalten, während Dennis in McCreadys Haus nach der Lieferliste gesucht hat, stimmt's?«

»Armer, alter Dennis«, sagte Tanya. »Alt und doch so naiv. Mit seinen braven Töchtern und dieser englischen Rose von Frau. Ich hab's genossen, diesen Mustergatten zu vögeln. So weit weg von seiner Xanthippe und den bescheuerten Töchtern, und der wollte nur eine Schulter, um sich auszuheulen, weil seine Sprachschule den Bach runterging.«

Pat konnte es nicht glauben. »Du hast Dennis dazu gebracht, McCreadys Schwarzbrennergeschäft zu übernehmen? Du bist verantwortlich dafür, dass man ihn ermordet hat?« Ihre Stimme überschlug sich nahezu.

»Weißt du, Pat, hinter jedem Menschen lauert möglicherweise eine Enttäuschung. Aber tröste dich, diese bittere Pille hab ich auch schlucken müssen«, warf Maddox ein.

»Ist der Groschen endlich gefallen, mein Schatz? Habe mich schon gewundert über deine lange Leitung«, erwiderte Tanya höhnisch. »Jack hat mir gesagt, ich soll dem Trottel irgendwas auftischen. Ich habe Dennis erzählt, dass McCready sich geweigert hat, Schutzgeld zu zahlen, und der Prinz ihn deshalb aus dem Weg geräumt hat. Dennis fand wohl nichts dabei. Warum auch? Was war McCready schon? Ein widerlicher Säufer, mehr nicht. Dennis hat nicht lange überlegt und McCreadys Geschäft übernommen – es war leicht verdientes Geld und er brauchte leicht verdientes Geld. Wie sagt man so schön? Gier frisst Hirn. Der Professor war der ideale Kandidat, um ein Exempel zu statuieren, das die anderen einschüchtert.«

»Und was ist mit mir?«, fragte Pat. »Ich habe gedacht, dass ich dir etwas bedeute, dass du mich liebst.«

Tanya lachte auf und schüttelte den Kopf. »Jack wollte, dass ich dich im Auge behalte. Er musste verhindern, dass du dich wegen Untreue von ihm scheiden lässt und ihm womöglich das letzte Hemd ausziehst. Er hatte vor, irgendwann das PJ's zu übernehmen, ob es dir nun gepasst hätte oder nicht. Allerdings konnte niemand ahnen, dass du 'ne heimliche Lesbe bist. Aber wo ist das Problem? Gleichstrom? Wechselstrom? Mir egal. Solange die Kasse klingelt, kann ich auch lesbisch sein.«

Pat holte aus und schlug Tanya ins Gesicht. »Du Schlampe hast auch mit McCready gefickt, darauf könnte ich wetten!«

»Selbst ich hab meine Grundsätze, Pat.«

Maddox musste grinsen. »Na ja, Tanya, wer's glaubt,

wird selig. Woher sollte Jack denn gewusst haben, dass McCready immer eine Kassette eingeschoben hat, sobald er in den Blazer gestiegen ist?«

Tanya massierte ihre Wange und schwieg.

»Was hast du damit gemeint, als du gesagt hast, dass Jack das PJ's übernehmen wollte, egal ob's mir gepasst hätte oder nicht? Was hattet ihr denn für mich geplant?«

»Überleg mal! Immerhin bist du gut versichert.«

»Aber warum hast du Jack erschossen, wenn du ihn geliebt hast?«

»Ich und Jack geliebt? Wie blöd bist du eigentlich? Am Ende wurde er zur Belastung, nachdem es ihm nicht gelungen ist, Maddox auszuschalten. Danach war es nur noch eine Frage der Zeit, bis man ihm auf die Schliche gekommen wäre.«

»Und da waren Sie natürlich mit Pat besser dran. Gleichstrom? Wechselstrom? Ihnen egal«, sagte Maddox angewidert und stand auf. Pat sah ihn entgeistert an.

»Wie? Willst du jetzt gehen?«, fragte sie.

»Warum nicht? Was mich betrifft, ist die Sache seit gestern Abend abgeschlossen.«

»Ja, aber –«

»Aber was? Warum ich überhaupt gekommen bin? Meinst du das, Pat? Vergiss nicht, ich bin investigativer Journalist. Ein Ende war noch lose und ich bin es mir schuldig, allem auf den Grund zu gehen. Das habe ich hiermit getan und mein Informationsbedarf ist gedeckt.«

»Und was soll ich jetzt machen? Mit ihr?« Pat sah Maddox Hilfe suchend an.

Maddox drehte sich um und schlenderte davon. Als er in seinem Caprice saß, fiel ihm auf, dass er seit Ewigkeiten keine Musik mehr gehört hatte. Er kramte in der

Ablage, fand Van Morrisons »Astral Weeks« und schob die Kassette rein.

If I ventured in the slipstream
Between the viaducts of your dream ...

Genau das Richtige, den Wahnsinn erst mal hinter sich zu lassen, dachte Maddox und ließ den Motor an.

Zu den Übersetzern:

Ango Laina (Heinz-M. Vogel), geboren 1947 in Faßberg (Celle). Er ist Buchhändler, Diplomdesigner und studierte Ägyptologie, Iranistik, Klassische Archäologie und Finnougristik in Hamburg. Er schrieb Feuilletons und Kritiken für den Rundfunk und veröffentlichte in Zeitschriften und Anthologien. Seit Ende der 80er Jahre arbeitet er auch als Übersetzer für Englisch, Französisch, Ungarisch.

Angelika Müller, geboren 1954 in Berlin, Magister in Germanistik und Politologie, zeichnet seit 1988 als Lektorin und Übersetzerin für die Reihe Pulp Master verantwortlich und lässt sich von Rammstein und Velvet Underground inspirieren.

»Als Label für Entdeckungen hat Pulp Master fulminante Bedeutung.«
arte-tv/KrimiWelt-Bestenliste

»Pulp Master ist definitiv das härteste und schönste und unverbrüchlichste Label der Zunft.«
Tobias Gohlis, Krimitagebuch

»Die außergewöhnlichste Krimireihe des Landes.«
FAZ

Pulp Master 21

Paul Freeman
DIE LEGENDEN VON OPHIR

Deutsche Erstausgabe
Paperback EUR 12,80
ISBN 978-3-927734-35-7

lieferbar

»Es gibt so Bücher, die lassen ein leidenschaftliches Leserherz schon beim Aufschlagen schneller pochen, weil sie einen von Beginn an richtig überraschen. So zum Beispiel ›Die Legenden von Ophir‹, der Debütkrimi von Paul Freeman.«
Ulrich Noller, WDR

»Simbabwe zwischen den biblischen Legenden von König Salomons Goldminen, der Kolonialzeit und dem Alltag der 1990er Jahre. Paul Freeman verfügt über die Unbekümmertheit, mit der solche Geschichten erzählt werden müssen.«
Thomas Kürten, Krimi-Couch

»... eine abenteuerliche Reise in ein afrikanisches Land, zu einer Zeit, in der die Hoffnungen groß waren.«
3sat Kulturzeit

Pulp Master 27

Thor Kunkel
KUHLS KOSMOS

Originalausgabe
Paperback EUR 13,80
ISBN 978-3-927734-41-8

lieferbar

»Kuhls Kosmos in seiner Version von 2008 ist ein brutaler Killerkosmos. Kuhl ist bewaffnet, und Kuhl schießt.«
Volker Weidermann, FAS September 2008

»Thor Kunkel schafft es, zwischen Gallus-Viertel und Hauptwache ein völlig fremdes Universum zu inszenieren, das durch seine Überdrehtheit nicht weniger realistisch ist als eine gnadenlos reduzierte Black Community in einem Mosley-Roman.« *Titel Magazin, Sabina Schutter*

»Kuhls Kosmos ist eine brillante Melange: selbstreflektiert, juvenil und actionreich. Kurz: ein wunderbares Stück Literatur zwischen Wahnsinn und Pulp Fiction-Kino.«
Martin Spieß, Financial Times Deutschland

Pulp Master 18

Garry Disher
NIEDERSCHLAG
Ein Wyatt-Roman

Deutsche Erstausgabe
Paperback EUR 12,80
ISBN 978-3-927734-37-1

Die Wyatt-Romane:
GIER
DRECK
HINTERHALT
WILLKÜR
PORT VILA BLUES

»In einer eindringlichen Sprache zeichnet Garry Disher in dem Thriller Niederschlag das düstere Psychogramm eines einsamen Menschen – schonungslos und bewegend.«
Martin Schöne, 3sat

»Die Bücher handeln alle davon, wie dem Gangster die Grundlagen seiner Arbeit abhanden kommen. In Niederschlag geht es um Räuber in mehreren Entwicklungsstadien, junge, mittelalte und zwei konkurrierende Profis. Alle scheitern.« *Holger Kreitling, Die Welt*

»Garry Dishers Krimi-Personal ist durchweg übel. Jeder betrügt jeden und man stirbt meistens an Schusswunden oder fällt betäubt über eine Reling.« *Ingeborg Sperl, Der Standard*

Pulp Master 28

Jim Nisbet
DUNKLER GEFÄHRTE

Deutsche Erstausgabe
Paperback EUR 12,80
ISBN 978-3-927734-42-5

lieferbar

»Jim Nisbet erzählt von den Interferenzen einer kaputten Gesellschaft in seinem Roman noir ›Dunkler Gefährte‹, der Schwärze nicht aus Unterweltnocturnos bezieht, sondern aus der Endlosigkeit des Weltalls - der nur die sinnlose finale Aktion trotzen kann, die das Spiel beendet.« *Fritz Göttler, SZ*

»Jim Nisbets ›Dunkler Gefährte‹ ist ein großer existenzialistischer Thriller, eine literarische Lehrstunde in Dramaturgie, Sprache und Fokussierung der Frage nach den Wahlmöglichkeiten des Lebens und der Philosophie des schnellen Glücks. Brillant und kompromisslos jongliert Nisbet klassischen Realismus und slapstickhafte Groteske und balanciert alles zusammen auf den rauchenden Trümmern des guten alten sozialkritischen Romans, wo - um es mit dem Vorwort des Verlegers und Übersetzers Frank Nowatzki zu sagen - ›die Makel des Systems bloßgelegt‹ werden.« *Günter Grosser, Berliner Zeitung*

Pulp Master 29

Angelo Petrella
NAZI PARADISE

Deutsche Erstausgabe
Paperback EUR 12,80
ISBN 978-3-927734-43-2

lieferbar

»Nazi Paradise ist in erster Linie ein einigermaßen fulminant geschriebener Bericht aus einer unglaublichen Welt, die irgendwo da draußen vor den Radiogeräten existieren muss. Prügelnde Fußballrowdies, aggressive Nazis, skrupellose Hacker. Angelo Petrella hat versucht, einem von ihnen - wenn schon keinen Namen - so doch ein Innenleben zu geben ... und versucht er sich an der heiligsten Aufgabe der Literatur: Uns fremde Welten und Gefühle zu erschließen.«
Andreas Ammer, Deutschlandfunk

»So zeichnet Petrella die Welt einer Randgruppe, wie sie ist. Übrigens ohne sich groß um Ideologie zu kümmern. Um die geht es hier niemandem - weder dem Autor noch seinen Figuren. Es geht um das Milieu der Rechten, und näher kann man ihm literarisch kaum kommen.« *Antje Deistler, WDR*

Pulp Master 24

Gerald Kersh
OUVERTÜRE UM MITTERNACHT

Deutsche Erstausgabe
Paperback EUR 13,80
ISBN 978-3-927734-38-8

lieferbar

»Gerald Kersh (1911–1968) war der Urvater des jüdischen Krimis. Jüdisch nicht nur, weil er selbst Jude war, sondern auch und vor allem, weil er als erster Thriller in einem jüdischen Milieu ansiedelte, zu einer Zeit, als Juden im Genre, wenn überhaupt, höchstens als obskure Nebenfiguren auftauchten.« *Michael Wuliger, Titel Magazin*

»Ouvertüre um Mitternacht ist brillant und ideenreich. Bis zum Ende ist diese Mischung aus Gesellschaftsstudie und Psychothriller ein Pageturner, der sich auch nach 60 Jahren nicht verstecken braucht.« *Thomas Kürten, Krimi-Couch*

»Sehr beeindruckend und, ganz am Rande, ein gelungenes Beispiel dafür, wie ›das Genre‹ mit seinen Regeln angesichts der Wirklichkeit versagen muss.« *Dpr, Watching the Detectives*

Pulp Master 31

Rick DeMarinis
KAPUTT IN EL PASOER-TÜRE UM MITTERNACHT

Deutsche Erstausgabe
Paperback EUR 13,80
ISBN 978-3-927734-44-9

in Vorbereitung

»Rick DeMarinis' Kaputt in El Paso ist so ein Meisterwerk; es ist ein Kriminalroman der schwarzen Serie mit einem Helden, der die Hölle comme il faut durchlebt, der aber als Kriminalheld doch ein Aussenseiter ist, ein gewesener Mathematik-Lehrer, der sich im Laufe der Handlung dazu aufrafft ein Buch über Zahlentheorie zu lesen.«
Franz Schuh, Literaturen

»Pulp Master hat nun wiederum die irrsten Krimis herausgebracht, bei denen es hart zugeht, die internationale Mafia eine Rolle spielt und viel Blut fließt. Auch hier geht es ums Eingemachte in der Zone des unübersichtlichen Grauens: der Kultur- und Währungsgrenze zwischen USA und Mexiko.«
Weltexpress

Pulp Master 26

Buddy Giovinazzo
PISS IN DEN WIND

Deutsche Erstausgabe
Paperback EUR 13,80
ISBN: 978-3-927734-40-1

in Vorbereitung

James Gianelli fristet ein beschauliches Dasein als College-Dozent für Fotografie. Als ihn seine langjährige Freundin Karen verlassen will, bekommt der psychisch labile James einen psychotischen Anfall. Als er wieder zu sich kommt, liegt Karen mit Würgemalen am Hals tot neben ihm. Überzeugt davon, sie getötet zu haben, entsorgt er ihre Leiche an einem entlegenen Pier und scheint damit sogar durchzukommen. Doch James ist nicht der Typ, der lange allein sein kann. Als die hübsche Dominique auftaucht, fangen die Probleme erst richtig an, denn sie ist nicht nur ultra-cool, sondern irgendwie auch ultra-tot ...
Nach seinem grandiosen Roman *Potsdamer Platz* führt uns Buddy Giovinazzo mit einer Tour de Trance zu den Abgründen der menschlichen Seele, in den Bereich zwischen Traum und Wirklichkeit, der der Liebe immer die Dimension des Verhängnisvollen gibt.

Pulp Master 30

Buddy Giovinazzo
CRACKTOWN

Neuauflage
Paperback EUR 12,80
ISBN: 978-3-927734-12-8

in Vorbereitung

Cracktown, Endstation. Es gibt kein Zurück. Wer hier angekommen ist, den hat die Gesellschaft längst abgeschrieben. Dem bleiben nur Crackträume. So die transsexuelle Prostituierte Marybeth und ihr Mann Benny, ein Crackhead und Einbrecher, die versuchen, ein normales Leben zu führen. Oder der ultrabrutale Romeo, der mit seiner Gang die Straßen terrorisiert. Manny versucht indes, seine Familie mit Nebenjobs über Wasser zu halten, und schuftet Tag und Nacht, während sich der 10-jährige Willy eher um seine Schwester sorgt als die von ihrem gewalttätigen Lover abhängige drogensüchtige Mutter. Die allgegenwärtigen Drogen zerstören alles und jeden.
Die sich gelegentlich kreuzenden Short Cuts verwebt Giovinazzo zu einem episodenhaften Panorama der Armut und Verzweiflung, das die verbrannte Erde offenlegt, inmitten der Großstädte Amerikas.